U0562026

让世界看见我

——盲人曹晟康的环球之旅

口　　述：曹晟康
改　　编：施　聪　高　钰
特别顾问：刘思海

中国出版集团
中译出版社

图书在版编目(CIP)数据

让世界看见我 / 曹晟康口述;高钰等整理. —北京:中译出版社,2018.2
ISBN 978-7-5001-5558-4

Ⅰ.①让… Ⅱ.①曹… ②高… Ⅲ.①游记-作品集-中国-当代 Ⅳ.①I267.4

中国版本图书馆CIP数据核字(2018)第033468号

出版发行 / 中译出版社
地　　址 / 北京市西城区车公庄大街甲4号物华大厦6层
电　　话 / (010) 68005858,68358224(编辑部)
邮　　编 / 100044
传　　真 / (010) 68357870
电子邮箱 / book@ctph.com.cn
网　　址 / http://www.ctph.com.cn

总 策 划 / 张高里
责任编辑 / 范　伟
封面摄影 / 黄霄阳
装帧设计 / 潘　峰

排　　版 / 北京竹页文化传媒有限公司
印　　刷 / 山东临沂新华印刷物流集团
经　　销 / 新华书店

规　　格 / 710mm×1000mm　1/16
印　　张 / 21.75
字　　数 / 300千字
版　　次 / 2018年2月第一版
印　　次 / 2018年2月第一次

ISBN 978-7-5001-5558-4　定价:49.80元

版权所有　侵权必究
中 译 出 版 社

目录

CONTENTS

序 一　看不见的旅行 3
序 二　我们是否也是盲人 6
楔 子　荒谷客店 7

第一章　亚洲：活着 17
一个八岁男孩的悲剧 19
飞蛾扑火，毫无准备地离开了祖国 23
盲人与聋哑人 42
与死神同行 55

第二章　北美洲：自由 87
洛杉矶不眠夜 89
迷路与绑架 99
媒体的宠儿 115
中美大 PK 127
自由女神 149

第三章　欧洲：追逐 161
心中的海市蜃楼 163

众人之善……………………………… 175
与另一个盲人的重逢…………………… 186
自知之明……………………………… 201

第四章 大洋洲：黑工……………………… 217
许氏按摩店中的"厮杀"………………… 219
色　戒………………………………… 260
黑道白道都是无间道…………………… 267
忘忧之药……………………………… 291

第五章 非洲：爱…………………………… 313
暗　夜………………………………… 315
愿为君之瞳…………………………… 334

尾　声　虽然我看不见世界，却想让世界看见我………… 345

序 一

看不见的旅行

我始终忘记不了那个夜晚：2016年1月24日，晟康给我电话，说到北京了，见一面？我去找他，在一个陈旧的小区里，一个灯光昏暗的小旅馆里，一个暖气不足的窄小房间里，他给了我一个热情有力的拥抱。

那一天，他刚从坦桑尼亚回国。从2012年开始，历时五年，完成了环游世界五大洲的目标，也是在那一天，他成了中国有史以来第一个环游世界的盲人。

晟康是个盲人。一个爱上了行走的盲人。

他出发去泰国、柬埔寨、尼泊尔、印度的时候，我觉得他很了不起；他出发去澳大利亚的时候，我觉得不可思议；他去了法国、德国、西班牙、葡萄牙、比利时的时候，我觉得难以想象；他去了美国，又从美国去了古巴和墨西哥，我甚至怀疑我听到的只是个"故事"；他去了非洲，完成了周游五大洲的梦想，我已经在太多的惊讶中变得"麻木"。

那晚，他问我："非洲挺好的，而且中国人去的越来越多，你说我在那里开个旅行社好不好？"我刚想说"不好"，看着他兴奋的表情，换了个说法："有点难。"

对晟康来说，哪有容易的事情？他看不见，他英文很差，他一边打工一边旅行，他经历过被骗、被偷、被抢、被嘲弄、被背叛、被攻击，但他很

让世界看见我
盲人曹晟康的环球之旅

倔强，倔强到跌倒了一百次，还是要爬起来，在无边的黑暗中继续走下去。

他环游世界归来，本该得到欢呼、掌声和鲜花；而此刻，只有我和他，还有昏暗的灯光，当然，他并不需要这灯光。

一个盲人周游世界的故事，如同这座城市每天发生的千万件琐事一样，被淹没了，被一种巨大的冷静和荒芜淹没了。我们的生活匆匆忙忙，我们的心里长满杂草，我们无暇为这样一个故事感到激动。

我们开了一瓶啤酒，听晟康兴高采烈地"吹牛"，电话来了，是远在老家的女儿，晟康的语气变得异常温柔，他说："你好好读书，别担心爸爸，学费还差多少？我这两天就给你打过去。"女儿刚下晚自习，她正在准备今年的高考。晟康在旅途中打工，一是为了旅费，二是为了攒够女儿上大学的学费。

放下电话，他继续兴奋地跟我说："下一次，下一次我要去攀登乞力马扎罗山，我知道很多人以为我疯了，我知道很多人认为我该老老实实当个盲人按摩师，但我不想命运告诉我该怎么活，你明白吗？我不想！！！"

我从不认为晟康是个完美的人，但我从来都认为晟康是这个时代最了不起的人之一。我常常问大学生朋友："如果我告诉你，一个盲人想一个人环游世界，你觉得可能吗？"他们每一个人都说"不可能"。可是，一切伟大的计划，一切疯狂的行动，一切令人激动的异想天开，一切足以改变世界的真理光芒，最大的阻碍，就是我们心中的那个"不可能"。然后，我告诉他们晟康的故事，每个人都沉默了。晟康用一个人的力量，让这个时代相信：你所梦想的，你所奋力追求的，你所锲而不舍去坚持的，总会在无边的黑暗中，看到光亮。

那一晚，已经过去将近两年了。这两年间，晟康真的爬上了乞力马扎罗山。而就在我写这篇文字的当下，晟康正一个人徒步在丝绸之路上，脚底生出水泡。

序 一

　　晟康童年意外失明,他心里有一个"执念":既然我看不见这个世界,那就让这个世界看见我吧。

葛　磊

畅销书作家

中青旅联科公关顾问有限公司执行总经理

清华大学国家形象传播研究中心研究员

2017 年 11 月

序 二

我们是否也是盲人

黎明，站在窗前，看着东方的晨曦，眼前的世界越来越明晰。

我们每天似乎都在用眼睛看着世界，外部的世界五彩斑斓，丰富多彩。可是，我们也很容易迷失在外部声色世界中，迷失在各种名利诱惑中，迷失在各种得失情绪中，以至于有的人却陷入抑郁、焦虑、恐惧的漩涡，再也看不到灿烂的阳光、绚烂的朝霞。而他，一个盲人，曾经绝望过、自杀过、离家出走过，当他接纳了残酷的现实，不再回避命运带来的痛苦，选择了一条少有人走的路，毅然用坚持的行动从抑郁、焦虑、恐惧的漩涡中走了出来。而且，他越走越辽阔，走过了六大洲三十多个国家，现在又要走一带一路。虽然他仍然看不到外部世界的阳光、朝霞，却能用心感受到人生的阳光、朝霞。他的书不是写出来的，而是走出来的，是用坚实的双脚一步一个脚印走出来的。每读一个字，你都能感受到他坚定的步伐，感受他一路的风霜，领略他内心丰富多彩的风景。

我们每个人何尝不是一个盲人？曹晟康看不到世界却让世界看到了自己，我们能够看到世界，是否看清了自己？知道了自己的使命？看清了自己的梦想？明确了前行的方向？迈出了坚定的步伐？

沿着曹晟康的人生旅途，也许能看清我们内心的世界。

祝卓宏
中科院心理研究教授
中央国家机关职工心理健康咨询中心主任
2017 年 11 月

楔 子

荒谷客店

一片漆黑，远处，不知是什么动物在嘶鸣。

深蓝色的天空下，隐藏在黑色的轮廓之中、棱角分明的层峦峭壁，散发出一股压迫感。谷中山风骤起，岩壁上随之碎石滚落，仿佛阵阵喃语，在这千年之中反复诉说：

"远离吧，弱小的人们，你们的命，随时将被夺去——"

深谷之中，仰起头，只能看见一束天景。

也只有在这远离繁华都市耀眼霓虹之地，才能看见如此的星光漫天。

他不禁叹息一声。

一直向往远走世界的夙愿，实际却并没有那么简单。真正的大自然，不是如同美文里描述的，诗和远方般的惬意唯美，反而是充满极度的危险与对身体心灵的双重折磨。

没有一定的觉悟，就任性踏出人类抱团而累积的舒适小窝，只是显得自己太天真。

就如同此时，伴着荒野无名动物的嘶叫，身后，一股哀怨不止的呻吟，也同时在深夜中飘荡不止。

两边黑色的峭壁，一直延伸到视线的尽头，仿佛是通往地狱的道路，那股绵延不止的哀怨，正顺着这条崎岖蜿蜒的峡谷，游向地狱深处。

他紧抱双臂。

明明弥漫在皮肤四周的，都是燥热的空气，即使谷中山风不止，却掩盖不了沉淀在此处上万年的燥热，深入到了骨子里的不舒服，这绝不是他之前在舒适的办公室里所幻想的美丽田园。

此刻，身体里散发出的，却是寒意。

这里可是非洲，自己正身处赤道上的热带，感到寒意是多么不可思议的

一件事！可是，此时此刻，他就正切身体会着这种不可思议。

是恐惧。

被身后那断续不止的哀鸣所牵引出的恐惧。

这里是非洲东部，坦桑尼亚与肯尼亚的交界，被世人称作"地球表皮上的一条大伤痕"的东非大裂谷纵向贯穿此地，形成了多处大大小小的峡谷地带，吸引了来自世界的成千上万的旅行者们来此挑战。

这里只是其中一处。

在远离市区的这个荒凉之地，却立着一间旅店，供徒步的旅行者落脚歇息。这是一间看似极其普通的旅店，砖混构筑的两层坡顶小屋。

多么普通的建筑啊，他不禁感叹，但却是此处，黑色的天地之间，唯一能让人感到欣慰的一处光明之所。也许正是如此，旅店的主人，才放弃了在市区里更高的旅店收益，反而选在这偏远郊区经营吧。

他转身走进旅店。那股呻吟便听得更加清晰。旅店里嘈杂不堪，对比屋外的荒凉，又是一种截然不同的氛围。

有人在安抚慰问，有人在抱怨牢骚，不同国度不同种族的语言，搅拌在屋子里的空气中，更显得混乱。

他已经知道，发生了什么。

在向着未知的旅行中，意外总是不期而至。

方圆数里，没有平坦的水泥道路。平日里，只有徒步行者穿越此地，驾车行驶的人，其路线中大多不会包括这里。只有在白日里方能行车，勉强能保证不发生事故，但是在晚上，就连再有经验的当地土著，也是万万没有胆量驾车行驶穿越这道深谷。

峡谷位于地震带之上，小震常有，落石是家常便饭。

不用说也没有通信信号。在城市郊区，发生了意外，一个电话拨出，自然有人来救助。可是，在这阻断人类文明之地，一旦夜晚在荒郊发生意外，却是真正能让人体会到叫天不应、叫地不灵的绝望之感。

另外，荒野的兽类，可不像城市里关在金属栅栏之后的动物一般乖巧，人类在它们眼中，不管是可供食用充饥的肉，还是危险的敌人，只有一种应对方式——攻击。

因此，夜晚交通断绝，已是一件常事，在此店中歇脚，无人惊慌，休息一晚，待得天明，自能安然上路。

只是，今夜却是不同。

旅店老板姆克瓦瓦听见他进门的脚步声，抬起头来看了看他，却连招呼都不及，便匆匆跑开，忙碌不堪。这里平时并不会有如此多客人，据说今日某处小震，因此比往日多的游客耽搁在此寄宿，却是姆克瓦瓦意料之外。

更有甚者，竟有一人意外跌落山崖，虽性命无碍，却身遭错骨。店内本也是备了寻常伤药，应对临时病症，倘若是皮外小伤，自然无事，只是这错骨却是涉及外科手法，店内一时无奈，此刻夜晚，既请不得医生来，也无法将病患送去诊所。只能安慰男人，等到天明，便送他去城内的诊所救治。偏偏那受伤男人却又忍不得痛楚，哀叫不已。

于是，有人安慰，有人受不得烦，止不住骂其像女人一般，难免引来一阵辩护争论。小屋的厅内，一时呻吟、抚慰、叫骂、辩解回旋缭绕，却似市集上一般喧闹。

老板姆克瓦瓦更是焦躁心乱，止不住双手抱着头，嘴中用听不懂的当地土著语咒骂不休。

唉，他叹息，老板本是一位热情而体贴的中年大叔呢。

正在此时，一阵"吱呀"声，店门再次打开。

有人进出店门，本是再正常不过的事，本来根本不会有人在意，但说来奇怪，也许是因为店中众人对这里的吵闹不安已经厌烦。当那扇破旧的木门打开的一刻，所有的声响，仿佛在那瞬间，都掉入了时空的裂缝，戛然而止，

众人不约而同望将过去。

只见一名中年男人缓步而入，一副墨镜，一根细拐杖地，寻到客店厅中的一把椅子坐下，讨了一杯清水，仰头便咕噜咕噜地一口饮尽，直言自己只是外出走走，因行走缓慢，误了时间，信号全无，还好记得回来的路，否则便要露宿荒野，不知性命如何。

说完竟然哈哈笑了几声，似乎并不在意周围因他到来而片刻止息了声响。

他口中说的是中文。众人才发现，他竟是一盲人。

店主姆克瓦瓦是知道这位盲者的，已经在此歇住了两日，说是在等待某人。姆克瓦瓦此时正为那名病患头痛不已，不想又见到一个盲眼的残障人士，一时更是焦虑不耐，操着土著语言，叫他回屋休息，不要添乱。

盲眼听其语气不带好感，脸现不悦之色，他并不知晓店中发生之事，本能以为其不尊重。旁边人有劝说他，现在正在忙乱之时，少安毋躁，却是无果，大家才想到，原来盲者不识当地语言，也是大家都忙得糊涂了。于是旅客中有通中文者出现，让盲者能安静下来。言下之意，却是嫌盲者在关键时候添乱。

那名中年盲者，却也不像一个好脾气，脸色愈加铁青，握着杖托的右臂前伸，显然是要撑地让身体站起来。那气势，让空气凝滞，完全不像是从一个瞎了双眼的盲人身上散发出的。翻译中文的男人是个皮肤黝黑的矮个子，不自觉后退了半步。众人视线聚焦在盲者身上，不知他要如何发作，只觉一场暴雨将至。

这时，一阵呻吟声又出现了，是那受伤的男人。呻吟声从一楼的客房内传来。盲者听见，问是何故。

矮小男人用不熟练的中文说："有人摔折了骨头，这里没有医生。"

听来虽然别扭，语意倒是精练，盲者侧耳状似微微思索，然后说："带我过去。"

众人见了，还以为他是想看热闹，但再一想，一个盲人，又怎么能"看"热闹呢？

矮小男人说道："你看不见，过去又有什么用？"

盲者又是不悦，却是淡淡说道："不要多问，先带我去。"

矮小男人问："你是医生？"

盲者摇头。

矮小男人说："那去做什么？"

盲者见他推三阻四，并无帮忙意思，于是自行循声前往，没想到厅中杂物众多，却被一矮凳绊倒。人群中有人忍不住笑出声，盲者闻之，神色一凛。

矮小男人终是不忍，于是上前搀扶，走向伤者所在的客房。

伤者的朋友却拦住，不让盲者靠近。

言语不通，盲者眉头紧皱。

矮小男人翻译解释，受伤的男人全身剧痛，不能乱碰。

盲者一字一字道："我会正骨。"

矮小男人翻译过后，伤者友人方抬头盯着盲者，半信半疑地挪开，让盲者得以接近病床，伸手摸向伤者。

忽然，躺在床上的伤者爆出杀猪一般凄厉恸叫，友人急忙上前，一把推开盲者，口中叫唤："你到底懂不懂？"

这不用识得语言，也知其意。盲者用拐杖稳住，站直了身子，用低沉的声音道："让开，我自会负责。"

友人不知他能负什么责，但也被其气势震慑，未再阻拦，只见那盲者一步跨前，来到伤者身前，背对众人。

只听得伤者呻吟越来越大，那位友人几次想要上前，都被翻译中文的矮小男人拦住，只能捏紧拳头，嘴中叽里咕噜。

众人在大厅内都朝客房那张望。

只不多时，忽然房中爆出一声惨叫，而后竟然再没了声音。一时间，整间小屋仿佛掉进西伯利亚数千年的冰窟之中，一切都被冰封冻结。众人面面相

觑，不知客房内到底发生了什么。

友人推开矮小男人，冲进房内，却见盲者已转身而出，一只手依旧拄着盲杖，另一只手蜷在身前旋转着手腕。

往他身后看时，躺在床上的棕发伤者，脸上汗水涔涔，面色却是恢复宁静，不再呻吟，脸偏向这一侧，对着盲者的背，喘息着吐出两个英语单词："Thank you……"

众人转喜！于是拥盲者再到大厅茶几前，奉上果点茶酒，为之接风，厅内顿时其乐融融。

聊天中，有人问道盲者哪里来，将去哪里。谁承想，盲者竟说："登顶雪山。"

他口中雪山，自然是著名的乞力马扎罗山。

那是当地坦桑尼亚人的骄傲，素有"非洲屋脊"之称，是非洲最高山脉，虽然身处赤道热带，山顶却是终年满布冰雪，每年都吸引了来自全世界的众多挑战者攀登征服。

群客中，有人发笑，带着讥笑与不屑。

店主姆克瓦瓦叹口气，好心上前奉劝："爱惜自己的生命，真主保佑，你眼睛看不见，就应该在安全的地方待着。"

人中，一名身材颇壮的黑色皮肤汉子沉声道，那雪山危险异常，即使是寻常游客上山，也要有经验丰富的当地向导跟随指引，且是艰难重重，倘有疏漏，便是有去无回。更说起自己早年，曾和一名好友尝试挑战登山，却是在山顶遇见风雪，只有自己回来……

言语间，壮汉神色黯然，不禁低头。众人唏嘘不已。

有人感慨，此壮汉当年多么勇猛，年纪轻轻，只是两人，无人援助，便敢于攀登非洲最高峰，已是常人难及，只是如此之人，在雪山面前，亦不免显出惧意。

言下之意，正常人强登雪山，都艰难重重，何况一盲眼目不见物之人，必死无疑。

矮小男人将之翻译为中文，盲者听之，却是冷笑。

壮汉色变，问笑是什么意思。

盲者答说："因怕死而不敢向前，如何敢妄称是勇？"

壮汉不解其意，却是能看懂盲者的神情，不禁大喝一声。

矮小男人吓得战战兢兢地翻译盲者言语，没想到壮汉听了，竟是羞惭而坐回椅子上。

又有人笑说盲者是在说大话而已。

盲者性子豪爽，听出嘲讽之意，面带怒色而站起，矮小男人拦住他，劝说他不必计较，大家都是为了他好。

盲者说："欺我眼盲，就藐视我吗？我目不见物，却也看不见你们害怕的恐惧！"

众人呆立。

盲者双指指向自己两眼，又说："我这一双盲眼，却是已环游世界五大洲。"

众人都不能置信。盲者耳聪听风，已感到厅中质疑的氛围，不禁叹息一声。

忽然，人群中一人说话："你是，你是曹晟康吗？"说的却是蹩脚的英语，盲者不识其意，却忽然感到周围一时转为安静，于是问他。

他说道，数年前，在东南亚泰国，曾与盲者有过一面之缘，见证了他的转变。

众人方信，才知道，盲者的全名——曹晟康。

于是，纵然店外燥热无比，远处兽类蠢动吠叫，众人却不再躁动惊慌，围坐在不大的客店大厅内，听盲者晟康娓娓叙出其从前经历，讲述那年，这一场在世人认为，绝不可能发生的环球之旅，是如何开始的。

"那是一次不可能的转变，至今想来，亦是叹息与庆幸……"

【注】本书为保证相关人物的隐私，除曹晟康外，全部采用化名。

第一章

亚洲：活着

这是个你死我活的世界，
活着本身就是最大的冒险。

第一章 亚洲：活着

一个八岁男孩的悲剧

　　苦难有着罂粟般的毒，时而排山倒海，时而丝丝渗透，让人沉醉其中，只剩下绝望和极度的抑郁。悲剧的水蛭啜饮着一个男孩儿的鲜血，将他带入无限的黑暗之中，那里有妖魔的暗影、有无止境的凌辱、有爱的背弃；但是，命运永远会留给你最后一团苍白的火焰，那就是——活着。

　　淮北的农村跟这世界上别的农村没什么不同，这个八岁的男孩也和这世界上别的男孩没什么不同。他个子不高，瘦得像只小猴子，可是四肢的肌肉结实有力，让他永远不知疲倦地蹿上跳下；他还有一双明亮的大眼睛，充满求知地四处张望，村里的槐树、泡桐、香樟树都是他的瞭望塔。

　　"粗瓷大碗！"另一个男孩子怪声怪气地对这个男孩子说，"咱们用的碗算不算粗瓷大碗？"

　　"你家的是，我家的不是，我家的碗可白呢！"他们嘻嘻哈哈，有说有笑，今天的课文讲的是赵一曼和她的粗瓷大碗的故事。大人们都在忙着收玉米和地瓜，快的人家已经开始种秋小麦。玉米田高得望不到边，饱满的绿色苞谷像是胀得要崩开，在风中不情愿地摇晃着。两个年轻的姑娘骑着自行车，擦着男孩子们的肩膀疾驶而过，她们都梳着两条长长的麻花辫，一直长到腰下，笑声从小路一直飞过庄稼地，在金黄的穗子上奔跑着。

　　他们的身后又出现几个三年级的同学，他们追逐打闹、吵吵嚷嚷。

　　远处驶来一辆拖拉机，驾驶员是村里的卫东，本来应该读初中，由于村里缺人手，于是回家帮忙。路上没什么人，所以他开得特别快。秋风刮擦着他的脸和发梢，他就喜欢戗着风的感觉，而且遇到不平的地方拖拉机还

会跳一下，像是飞起来，变成鸟，有巨大翅膀的鸟！他看到迎面而来骑自行车的姑娘，炫耀似的又加快了速度，毕竟村里没几家有拖拉机，而他俨然已跻身于大人的行列。

一位姑娘冲着卫东呼啸的拖拉机灵巧地划过去，眼都没眨；但另一个胆小的却将车轮逼到了路沿儿，车轮侧壁擦着土坷垃瞬间失去了平衡，连人带车栽进了玉米田。咒骂声从被压倒的几根甜秆子里传出来，细细腻腻的，完全不像庄稼汉子被戏弄后发出的野猪般的狂吼。卫东没有减速，而是回头哧哧地笑，但他的笑容很快扭曲而凝固起来，因为他听到姑娘的咒骂声马上就变成了惊恐的尖叫！

拖拉机头的"缰绳"被拉得也和主人一起向左转。卫东赶紧掉转车头，他发现自己正向前面的几个小学生冲过去！孩子们本能地四散逃命，卫东声嘶力竭的喊声滞留在喉咙里。等他终于叫出声来：让开！一切为时已晚。他的生活在那一刻被撕裂了，时间硬生生地变成了两半，一半是人间，一半是地狱。

近在咫尺的似乎不是小孩儿，而是飞沙走石的死神，巨大灾难的前奏，少年感到头脑里发出飞机的轰鸣声，大脑被震成了粉末，完全没法思考，拖拉机直挺挺地冲进了玉米地。卫东早已听不见玉米秆的断裂声，他只能听到他全身颤抖的骨头断裂的声音，他的心上像是插着把剑，有生以来第一次明白恐惧是什么滋味。他瘫倒在驾驶座上，另一个卫东控制着他的身体跌跌撞撞地走下车，来到拖拉机头前。就在轮子下面，趟着一个三年级的男孩儿，他认识他，也不认识。他认识的是活的，而面前这个已经死了。男孩的眼睛、耳朵和鼻子里正汩汩地向外流血，四肢以一种奇怪的形状摆放着，身下的血被拖出一条长印，像是蘸了墨的拖把。

这里没有什么墨，这是个由血写成的悲剧。卫东的耳朵唯一能听得到的声音就是自刚才一直轰鸣的嗡嗡声。在这嗡鸣声中，他看到男孩的妈妈扑倒在儿子身边，也死了。之后是男孩的堂哥。

人们似乎说，没救了，送医院也白搭；流那么多血肯定活不了；算了……他听到堂哥的最后一句话是："走，送医院！不能死在这里！"

……

脑震荡、粉碎性骨折、脏器受损、眼底出血、玻璃体积血、视网膜脱落……

一个星期的危险期、一次又一次的手术……

终于，男孩再次回到人间。血可以凝固、肉可以愈合，粉碎性骨折也可以再长好，只是那双美丽的大眼睛再也不会发出光芒了。好久没去上学，老师一定会责备我的，他想。可是，"妈妈，"他问，"天为啥还不亮啊？我还要去上学呢！"

众人被孩子的话问愣了，孩子听到轻微的哭泣声在回答他；不只他的妈妈，周围的人都在默默地哭，这些哭声让孩子的心抽紧了，大人们痛苦的阴云笼罩在病房中，撕心裂肺，让永远亮不起来的天更加阴暗。这个暗无天日的房间中，到处都是嶙峋的礁石、刀一样冰冷的锯齿；未知的狂风激起大海的怒涛，翻卷起血沫，将每个人击得粉身碎骨。

深夜显得特别恐怖，虽然白天也是一样的黑，但是白天有人声，孩子能感到世界醒着的悸动；然而夜晚是魑魅魍魉的舞台，寂静就是鬼魂的舞蹈，他们从宇宙的尽头缓缓爬出来，爬上窗台，一滴滴从玻璃缝隙中流淌进房间，之后又融合在一起，无止境地膨胀，幽暗诡谲地阴影撑满了整个房间，向他逼近。他独自一人躺着，恐惧得默默哭泣，似乎天都要塌在他身上了，却没有人帮他一把。

拖拉机是一把宝剑，把这世界化成灰烬，从此以后，什么都变了形，桌子不是原来的桌子，床不是原来的床，父母不是原来的父母。原来的父母是慈祥的，甚至对他有点溺爱，毕竟他是家里唯一的男孩儿。可如今男孩变

成了一个黑洞，一团墨的阴霾，并将这黑色散发出去；父母被染成黑色，如绝望一样黑，焦虑成了他们唯一的特质。

这不仅仅是一个孩子的悲剧，而是整个家庭的悲剧；但谁都要活下去，日子还在继续。男孩有个小他一岁的妹妹，但家里没个正常的男孩意味着，不仅没人养老，残疾儿子也面临无法生存的困境。养大个孩子步履维艰，眼看着孩子渐渐长大，可一切都得重来。

两年后，男孩的弟弟出生了。

这就意味着——这个男孩对于家人来说，已经毫无价值可言。

父母虽然会无私地爱孩子，但他们会更无私地爱自己。

这个男孩就是我们故事的主人公——曹晟康。谁能想到，这个看似"报废"了的人，在若干年后居然完成了正常人都无法完成的梦想。谁承想，一个双目失明的瞎子竟然成为环游世界的旅行家、短跑和帆板运动员，他还要冲刺世界八大高峰，向着帆船环球的梦想坚定地前行。

每个人都有自己的河床，好让生活的河水流淌。河水只会奋不顾身地奔向大海，是绝对不会回头的。有时候河水被大坝阻隔，它停留在那里成为一处宁静的水库，你以为它被驯服了。不，生活永远不会被驯服，越是压抑越是要爆发，一旦大坝被冲垮，那巨瀑将盖过一切平缓而行的其他水流。有时候，越是被上帝造就的弱者、残疾人，就越能迸发出超于常人的能量，这能量在漫长的压抑与积蓄中长出了利爪与翅膀，势不可当；如一条囚于泥塘的巨龙，横空出世，拖着满身的泥水，鲜血淋淋，直冲长空。

飞蛾扑火，毫无准备地离开了祖国

【2012-4-18　老挝　磨丁】

一只飞蛾，在混沌、驳杂的黑暗中飞翔，它冲着阴郁摇曳的烛影飞过去，一意孤行。

"回去吧。"一个穿着蓝红相间花衬衫的年轻男人低沉的声音说。两片厚厚的嘴唇间衔着一支香烟，烟头烧红的炭轻烟袅袅，钻进他的眼睛。他被熏得眯起眼睛："你啥也看不见，不会说英语，又没钱，只有死路一条。"

宽阔的灰色混凝土道路，在烈日的炙烤下，撕出一道道裂缝，从裂缝中喷吐出的高温，就连飘荡的空气都被熏出焦味，晃动着眩晕的彩色光圈。脚下的热气使得他不时地用拖鞋踩踏地面，语气中带着焦躁：

"你一定会死的，你知道吗？"

旁边的盲人没说话，拄在一支金属拐杖上的手捏得更紧了。他讨厌闻烟味儿，更讨厌戗人的话，听起来涩涩的，像竖起背上长毛的野猫。数天前，因为某些原因，这个不安分守己的盲人萌生了跨出国门，凭一支盲杖游历世界的想法。他与途中相遇的年轻驴友胡义，经云南西双版纳的磨憨口岸进入老挝境内。他们背着巨大的背包和帐篷，在户外安营扎寨，靠搭车一路前行。

"曹晟康！"驴友见盲人没有反应，大声叫道："你不明白吗？我敢保证你会死在路上！你怎么走？你告诉我！"

"我不知道。"被唤作曹晟康的男人说道，他的心中充满恐惧，恐惧像一张白纸，蒙住了他所有的思想。可是他已经没有退路了，千辛万苦走出了国门，怎能前脚踏出门，后脚就又退回去了！那我不是什么都没改变吗？

还想要重复过去的生活吗？狭路相逢，要么冲过去，要么战死，绝对不能回头。

"我、不、会、回、去。"与其说是在嘴硬，倒不如说是鞭策自己。曹晟康紧咬着下嘴唇，弹开盲杖，大步走向那未知的空白，未知的黑暗。黑暗就是瞎子的全部，可是此时的黑暗比所有黑暗更黑。

有驴友胡义在，曹晟康多了许多安全感，毕竟都是中国人，语言相通。他为曹晟康办理签证等各种繁杂手续，或找旅馆、点菜等，一路上，给他描述在异国的远方，是高山还是低谷，是繁花似锦还是碧波荡漾。胡义俨然就是曹晟康的眼睛。曹晟康一度幻想，其实出国旅行，也不是太难。

可是，这一天终究要到来。

胡义将要结束旅行，回国去了。虽然只是同行数日，却是一起感受"旅行者"这一光荣而艰苦身份的战友，两人感情已深。

胡义一开始听说曹晟康想要一个人环游世界，只道他就随口说说，三分钟热度，并未去较真驳斥，想着他到时自然会乖乖回国。

一个盲人，怎么可能独自环游世界嘛！

在他心中，觉得这若不是一个笑话，便是一个如同人类想要自己身上长出一对翅膀能飞上天一般的天方夜谭。可是，他万万没有想到，当他提出要返回中国时，曹晟康却毅然选择留下。

"你怎么听不懂人话！"

胡义苦口婆心劝不动曹晟康，愈加不耐烦起来，心想着只是一个顽固的中年男人，焦躁之下，竟强力去拉扯曹晟康。

曹晟康正拄着盲杖，身体忽然被拉扯向后，本能地甩动盲杖，驱开攻击者。那金属的盲杖，便击打在胡义裸露的手臂上，胡义吃痛不禁"啊"地呻吟了一声。

曹晟康看不见胡义此时由惊愕转为愤怒，但他能听见胡义说话的语气变了，变得颤抖而失控。

"我告诉你！曹晟康！我保证你会死在路上！为你好你不听，你以为国外是那么好混的？你会被强盗抢劫、被人唾弃、被警察殴打！你会饿死、被车轧死、掉下悬崖摔死！你知道不知道？你一个瞎子在国外只有死路一条！你一定会死的！"

此时的曹晟康并没有听清胡义的话，他只听到震耳欲聋的咆哮声：你是个失败者，懦弱、肮脏、千疮百孔、一无是处，你做什么都做不成，一个彻彻底底的失败者！这是他自己的声音，令人沮丧的人生，失败的前半辈子，一个残缺不全的人。

"你就是自私！好高骛远，完全不考虑对家人的责任！"胡义越说越激动。

"家人……"瞎子想，"我能给家人的永远赶不上他们想要的，永远不能让他们满意，越是努力，越是被讨厌，我讨厌死自己了。"

"我知道你就是想出名，想当网红对吧！实话告诉你，你这么做毫无意义，死路一条！出名哪有那么容易！"

"可能有一天，我走出去就再也回不来了。"这是曹晟康临走前对女儿说的话，如果不抱着必死的决心，就什么事都做不成。他没有回头，也不能回头。

"你走到马路中间了！"胡义叫道。

曹晟康一愣，立住脚步。紫外线的暴晒，让他有些眩晕，他重新用盲杖摸索，走回道路边，向远方走去。

"曹晟康……"

胡义看着远去的盲者，没有再上前阻止，他知道再说什么也改变不了了。

"曹晟康，你一定会死的！"

他朝着曹晟康的背影咆哮，这声音里面多少有一点诅咒的意味，自尊

心被打击后的报复。

曹晟康没有回头,他咬着牙,朝前一步一步地走。这是我曹晟康一个人的旅行!哪怕下一步就被车撞死,被野狗咬死。

成功的人身上常常会背负一些诅咒,它们在真正毁掉这个人之前,反而会让他们更勇敢,破釜沉舟,无所畏惧。

但是很快,他便动摇了。

正如胡义所说,没有了同伴的帮助,他言语不通,甚至连英语都不会,只会 yes 和 no 等几个基本单词,看不见,他甚至不知前往的是哪个方向。

没有了熟悉的语言,没有人告诉他周围的样子,他只能靠双耳、鼻子来感觉。大自然的温度,是他最清晰的感知。这里温差变化极大。早晚很凉,中午却是极热,紫外线非常强,强到常常让人无法忍受。

与胡义分别后,他独自沿着道路前行,被晒得灼热的地面散发的热气,没有云遮挡的漫天散射的紫外线,同时刺在他的身上,汗水跟热浪一起流淌。有好几次曹晟康都以为下雨了,而那只是他自己不断滴落下来的汗水。只有些许微风才能让他感到舒服。

"风越大,则行越快。"

他口中轻念,似咒语一般。

沿着大路走,他一边感受着大地的震动,一边倾听远处发动机的轰鸣,一旦听见,他就立刻停下,伸出大拇指,想要搭顺风车。车没有停下,他也没有放弃,一边向前走,一边持续努力。

可是,渐渐地,他有些气馁。他一直在默默计数。走了一公里又一公里,已经步行超过五公里了。路没有尽头,车更没有停下,甚至他耳中听见的,没有一辆车有意为他减速,已经二十多辆了啊。他开始怀疑,自己是否将要这样一直走下去,而不会有一辆车停下愿意搭载他。

第一章 亚洲：活着

背包里的水已经喝得一干二净，曹晟康口干舌燥，头脑发涨，渐渐力不从心，甚至有些眩晕趔趄。

"你一定会死的！"

胡义最后的话忽然又出现在他的脑中。他那时候赌气，强硬地反驳，但此时此刻，却在心中生出退意。他也知道，自己虽然口说不怕，实际上却是为了压抑住心中的恐惧，他只是不能服输，哪怕只是言语上的。能活到今天，就是因为不服输、不怕死。

他担心一旦在言语上服输了，那么一直所支撑残疾的他前行的某种东西，也将瞬间崩塌、消失。他不能让这种情形发生，哪怕对方是一直帮助自己的好友和国人同胞，哪怕自己也确实需要他们的帮助。

但此刻，他却不禁开始怀疑，是否会为了争一口气而丢了性命。

这里的公路并不宽敞，路边是泥土与灌木、杂草，时不时会有磕绊。从回音能感到，周围有连绵的丘陵。这是一段地处荒郊的孤独公路。

忽然，他一脚踏空，顿时失去平衡，整个人往下倒去。旁边是什么？他本能地张开双臂挥舞着，他的胳膊碰到一些树枝，可待手去抓时，身体早已跌落下去。他的腿重重地磕在一块棱角尖利的岩石上，来不及喊疼，整个身体便随着重力被狠抛在荆棘丛中；那种身不由己的无助同时激起曹晟康的愤怒和恐惧，带着毒草他滚下山坡，直到深深的沟底。

他心下一凉。

难道真是一语成谶，我当真要跌落悬崖而死？

死的恐惧，从心底快速升起，扩散到他周身四肢百骸，紧接着是一阵剧烈的震颤，曹晟康便失去了意识。

像春天一样温暖，像春天一样冷酷；像春天一样包容，像春天一样排斥；像春天一样孕育生命，像春天一样暗藏杀机。

太阳永远穿不透他黑暗的空间，别人眼中的光明不属于他。说什么理

解，道什么鸡汤，都是虚伪的迷魂汤！没有走进过那震慑一切的黑暗王国，正常人怎能理解他？他们跟他讲话，一起生活，可是他却生活在别处，生活在一个沙漠，他是那里唯一的骆驼。无论如何嘶吼也不会有人听到，无论如何挣扎，还是会无情地陷于流沙中。

他想起招娣，村里跟他同岁的小女孩。她不像其他男孩子那样欺负他：悄悄抢走他的东西；不知从东南西北哪个方向伸出拳头殴打他、踢他；趁他不备而用笔在他脸上涂鸦；在他走路的时候伸出腿来把他绊倒摔个鼻青脸肿……她有时候会跟他好好说话。但是他不想跟她玩，他想和男孩子们一起玩。失明后，小晟康总是一个人，他藏起家中的零食，每天都盼望着同学们放学，他给他们吃好吃的，希望男生能陪他玩，好好玩。

可是他们更喜欢玩捉弄他的游戏，零食吃完就开始动手动脚了，这个踢他一脚，那个打他一拳。那个时候的曹晟康就像一只愤怒的小公鸡，易怒和暴躁，他不明白老天为什么对他如此不公，为什么别的孩子可以上学、可以自由自在地奔跑，为什么他只能独自一人待在家中？为什么人们都说他装瞎，眼睛还是眼睛，无论瞪得多大，看不见就是看不见啊！为什么我要看不见啊！还我的眼睛！无数次，他大声疾呼，还我的眼睛！还我的眼睛！我要报仇，那些欺负我的人，你们打我的每一拳，踢我的每一脚，我都要加倍奉还！

浑身打了一个激灵，曹晟康从童年的噩梦中惊醒。

他摸了摸疼痛的脑袋，让大脑渐渐冷静下来，开始思考现在的处境。

自己到底睡了多久了？还能感受到阳光晒在身上的温度，看来依旧是白天。身上和腿上少不了钝伤，露出来的胳膊和面颊被划了几道深深的血沟，他感到细细的几股在皮肤上流淌。他试图站起来，可终于还是躺倒在地上。

他的双手在四周摸索，好在盲杖上有一个绳圈系在他的手腕上，没有丢了这唯一的依靠。

此时自己正倒在一个相对阴凉的地方，是一个狭小空间，周边是干硬的泥土与杂草，似乎是一个土坑。我果不其然要死在这里，跟胡义分手还不到半天，他的话就应验了。四周的环境是什么样的？他在哪里？是否会有人发现他？附近有没有毒蛇？他全都无从知晓，只有无尽的黑暗在回答他的每一个问题。

鲜血凝结在脸上、胳膊上，依旧疼痛难忍。躺在老挝荒野沟中的曹晟康开始唱歌，虽然并不知道这些旋律为什么会跑到他的脑海里来。儿时的同伴都已长大成人，为人父母，种地的种地、打工的打工，想见一面都难。对他来说，最有效的反击就是活下来。

即使什么都不做，我的存在本身，对某些人来说就是一种攻击。

不仅活着，他还要歌唱。

"曾经多少次跌倒在路上，
曾经多少次折断过翅膀，
如今我已不再感到彷徨，
我想超越这平凡的生活。"

异国他乡的荒野中响起了一个盲人坚定的歌声，都是这些年陪他走过艰难险阻的歌曲。一遍又一遍，在人生最迷茫的时候，他都会不由自主地歌唱，黑暗中唯一照亮前路的方法就是燃烧自己。汪峰的《怒放的生命》、郑智化的《水手》、张雨生的《大海》……唱着唱着，他哭起来，那撕心裂肺的哭声，在青山之间回荡。他越哭越大声，最后更像是一只野兽在嘶吼。

自己太渺小了，如何燃烧都只能如一根火柴，悄然而逝。

有时候，最无奈的事情莫过于你还活着。痛苦无法弥补，却还得继续，

生命让人无处可藏。

他的手向前摸索,有一块带着棱角的岩石,看来自己是在跌落下来时,脑袋撞在了这块岩石上。他一边抚摸岩石确认形状,一边庆幸自己只是脑袋上有些微微肿起,并没有头破血流。

他在回想掉落的情形,想来这个坑洞并不深,还是能爬出去的。他开始双手攀着坑壁向上爬,洞内的杂草荆棘,在他的手、脸上划出一道道血痕,他咬牙坚持,踏着土壁,终于爬出了坑洞。原来竟是一个两米多深的洞。

逃出了深沟,他喘着粗气,虚脱一般仰面躺倒在水泥路面上,哪管那里有多烫人。

"我到底在做什么啊?"

他仰面,对着天空。这一刻,他感到后悔,感到委屈。

"我都做了什么啊?为什么要这样折磨自己呢?既然能够苟且活着,为什么作死作活地非要去寻找远方和诗不可?"

然而,生活的苟且是上苍的恩赐,那些没有这等恩赐的人才不得不去寻找远方和诗。

他站起来。

没有人可以求助,没有人可以哭诉。他已经把自己逼到了一个境地,没有退路,即使绝望,他也只能带着绝望一同上路。

他弹开盲杖,辨明方向,继续向前走去。

终于,他搭上了一辆敞篷三轮车。

不清楚车主是谁,无所谓,他已经有过被"卖"的经历,眼下只能做好最坏的打算。

车厢里一直有小孩子在哭,有人说话,他完全听不懂,于是靠在一边休息,随着车辆在道路上颠簸晃荡。

他真是累了,想要休息一下,只是休息一下。让他的心,在这辆小小的

第一章 亚洲：活着

三轮车上躲藏一下。

【2012-4-18　老挝　万象】

几个小时后，三轮车停了下来。他正想着如何询问车主需要多少费用，却没想到车主用一口完全听不懂的三脚猫英语，加上勾肩搭背的肢体语言，让曹晟康明白，此次旅途分文不取。

前一刻还绷着神经，担心上当受骗的曹晟康，反应过来，立时感激万分，双手合十向着车主连说着："Thank you! Thank you!"

终于到万象了！

万象毗邻湄公河，城市道路宽阔，绿树成荫，高大的椰子树列队欢迎着远方的客人；丰满的香蕉、槟榔、龙眼和洋槐渲染出一片热带风光。可是这些曹晟康都看不见，他第一次来到国外的大城市，心里忐忑不安。他不知道老挝人的素质如何，会不会有很多小偷、强盗？他们会不会不喜欢中国人？最要命的是，他只会说一个英文单词：China。

他站在那里，仰着头，感受着已经渐渐温和的阳光。

这是第一次，是第一次，在这想要绝望到仰天大喊的异国，他，曹晟康，终于凭借着自己的力量，踏出了独立的第一步。

虽然离开国门已有数日，但在他看来，此时才是正式开始！

周围很热闹，是一个集市，身边有许多人挤来挤去，人声鼎沸。他一句也听不懂，那些与其说是言语，更不如说是噪音。

下一步该如何呢？看到不知所措的盲人，好多人想来帮忙，他们拉他，跟他讲话。可是这反而让他更加惊慌，无法分辨拉他背包的人是要帮助他，还是抢劫他；扶他肩膀的人是怕他摔倒，还是另有所图？路人关切的手读起来充满恶意，他就像个第一次出门的孩子，离人越是近，越是想逃

跑……人们不知道广场上为什么会出现一个听不懂人话的残疾人？他从哪儿来？来干什么？要去哪里？从他不标准的英文单词中，人们猜想，他是想找个来自China（中国）的人。

他一边打手势比画，一边询问，在车站外转着圈，嘴里喊着："China! China!"表示自己是来自中国的盲人，需要帮助。语言不通，异常的艰难。终于，有好心人将他拉到马路上，不知走过了几家店铺，五六米外忽然传来了中国人说话的声音。

在一堆叽里咕噜语中，乍听到自己的母语，那一刻，就好像在灼热无边的沙漠里已经行走了三四日，即将绝望的那一瞬，忽然遇到绿洲一般。曹晟康鼻子酸酸的。从前，他从未觉得汉语竟是如此的动听，就好像是自己的亲人一般。

那是女孩子的声音，是一对在城里卖手机的母女。当过路人慌慌张张拉着一位中国盲人走进手机店的大门时，她们觉得无论如何也要帮助这位来自祖国的弱者。

然而，曹晟康并不是弱者，他只是不会讲英文，更不会老挝语。第一次走出国门，没有准备、没有攻略，只有初生牛犊的一腔热血。这很类似他小时候第一次离家出走的情形。

那个时候，村里的人都可怜他、鄙视他、嘲笑他，他们既觉得这个失明的孩子不幸，又厌恶他叛逆的个性。谈到他的时候除了叹气就是摇头，他还这么小，整个人生都将是别人的累赘和阴影。久而久之，他跟别人都疏远了，远得听不见他们的声音。

他有一种人人都有的特异功能，一种直接感受世界的功能。不需要任何外部感受器，眼睛、耳朵、鼻子、皮肤，什么都不需要，世界的真相就在那里，本质直观。所以，即使看不见别人的眼睛，但他仍然能够感受他们眼

第一章 亚洲：活着

神的热度。人们的眼睛是那么冰冷，没有热度，人与人之间就像是海面上的浮冰，被命运冷冰冰地撞击在一起，之后又再次冲开。

小晟康唯一的朋友和老师就是收音机，他全部的快乐都在这里了。单田芳、田连元，《水浒传》《隋唐演义》，还有好听的歌曲，有趣的新闻……小小的盒子把天和地、古和今都包在里面了。他听啊听啊，忘记了吃饭和睡觉，他经常睡不着，一想到那些不友好的小伙伴、骂他没出息的父母、对他避而远之的乡邻就睡不着。生活没有希望，人生没有出路，难道他真的什么也做不了？那个时候他总是一个人哭泣，没人听得到，他也不希望有人听到。他多想做个有用的人啊！听新闻里说有一种专门为盲人开的学校，能学知识。可是这个愿望一提出来，就被父亲枪毙了。

"为了给你治病花掉了家里所有的积蓄，家里的钱要留着给弟弟妹妹上学用，我和你妈得靠他们养老。他们上学有了文化，能多挣点钱，还得养着你，你这辈子也得靠他们。哪有钱给你糟蹋！"

我也可以给你们养老，小晟康想，我也要自立！我不是废物！

白天的时候他抱着弟弟在院子外面晒太阳，他有的是力气，抱孩子这种事最拿手了，抱一整天都不会累。不仅如此，还可以和邻居聊聊天，隔壁大婶儿的女儿比弟弟大不了多少。可是，那两个小毛头不知什么时候动起手来。

"出了什么事？"他问隔壁的大婶儿，一边摸了摸弟弟，孩子哇的一声大哭起来，胖嘟嘟的小手死死地揪住小女孩的衣领。

"不许欺负小弟弟！"大婶儿呵斥女儿，一边掰开男孩的小手。

小晟康抱着弟弟颠来颠去："哦，哦，宝宝不要哭。"

弟弟停止了哭声，父亲却不知什么时候来到他的面前，二话不说给了他一耳光："带个孩子也不会带！你看你弟的脸给人家挠的！啥也干不了，就给人家添乱！"

可他看不见。

他也心疼弟弟，可是谁心疼他呢！一股无名的怒火冲上了男孩的头顶，他把孩子塞给父亲，跺着脚折回家中。那个时候他真的很不懂事，很多年后，他才真正理解了父母，他们也是普通人，在灾难面前也会束手无策，也会抓狂，也会失控。他们对他的爱在焦虑中扭曲变形，就像照了哈哈镜。看着日复一日、年复一年，自己的儿子被别的孩子欺负，想着他今后悲惨的人生，他们心如刀绞。这种不安化成了一种负面的情绪，反而迁怒于自己的儿子。小晟康当然更加不会明白，他幼稚的心在不断的伤害中变硬了，变得乖戾而不服管束。他讨厌妈妈，讨厌爸爸，讨厌弟弟，他讨厌所有的人，他要离开他们，再也不回来！

现实的挣狞有时候是好事情，这会让我们望向别处。绝望将我们带向新的起点。残疾少年蒋志刚身残志不残，虽然小儿麻痹带走了他行走的能力，但他在家里自学画画，作品获得了山东省的大奖。记者采访他的时候，他说，他要做个自力更生的人，正常人能做到的，他也一定可以做到。小晟康听着新闻中的报道，忽然产生了一个念头：去找他，他一定懂我的痛苦！我要把全部的心里话都讲给他听！

想到这里，他没做任何准备，带着收音机就出发了。

那个离家出走的孩子，如今再次离"家"出走。或许，他仍然是个冒失的孩子，不知天高地厚，无知者无畏，看不到眼前的危险。开手机店的秀秀和她母亲二人为曹晟康烧了一碗热腾腾的刀削面，并骑摩托车将他送到有较多中国人聚集的市场，为他找到一家中国人开的旅馆。

曹晟康好像回到了自己家里一般，顿时有了安定感。闲暇时，耳听着店外的喧闹，按捺不住好奇探索的心，又独自向外走。

他虽然眼盲，毕竟适应多年，已经练就耳能听风辨位，但却只限于国

第一章 亚洲：活着

内，好歹他听得清周围声音的意义并能将其记忆下来。

可惜此地不比中国。如今耳内充斥的，皆是意义不明的杂音，不多时，他便迷了路，只能继续用那几句英文问路。好在现下暂时有了一个安身的基地，于是被人指示，搭了一辆当地的三轮车，花了15000老币，被送回了旅馆。

又是一次富有波折的经历，他却觉得兴奋。这样的旅行，他在心里大笑，虽然处在挫折的过程中，也是很难过的，但是只要坚持过来，比起平平淡淡的行走，才更有意义，更值得回味嘛！

那一对不求回报的母女让他的内心充满了感激，从小就饱尝了人生的风雨和世态炎凉，本以为不会那么容易动情了。可这一次在举目无亲的异国他乡，一点点小的帮助竟让曹晟康热泪盈眶。

第一次离家出走的时候，他身无分文，凭着火车站的广播悄悄爬上了开往济南的火车。火车的座位上、过道上都坐满了人，堆了各式行李：蛇皮袋、无纺布大包、军绿行李袋、牛仔背包、人造革拉杆箱……少年摸索着，男人们抽烟聊天、婴儿在啼哭，女人们训斥着男人。他从来没见过这么多人，村里的男孩们谁都没坐过火车，除了再大一两岁的哥哥们跟着老乡外出打工之外。曹晟康席地坐在靠近厕所的窗边，厕所里也挤满了人，肯定是没法用了。声音和闷热的空气混杂在一起，吞没了所有的旅行者，乘客和火车连为一片，声音和色彩混成一团，在这呛人的空气中，他睡着了。

忽然，孩子被一声严厉的训斥惊醒，原来是列车员在查票。

"我……"他不知道要如何祈求，这个倔强的孩子还没学会低声下气。

"没买票？"这声音被关在拥挤的绿皮火车车厢里，像汹涌的波涛向男孩涌来。

男孩除了摇头，一句话也说不出来。他听到蒸汽火车的轰鸣声，惊得

浑身打了个哆嗦;跟随着刺耳的鸣叫,列车员的大手一把抓住了他的衣领,像拎着一个木偶将他提起来。

"下车!"

少年挣扎着,他的力气比同龄人大得多:"放开我!"他反抗着。

一阵狂风刮过耳膜,他狠狠地挨了两巴掌。外面的世界、大人的世界是那么扑朔迷离、暗藏杀机,未来没有一丝光明,凄迷、阴暗,他感到眩晕和委屈。列车员狠狠地将他推倒在地上。他的双手摸索着墙壁和地板,却不小心碰到了站在身边的一位山东大哥。

"你咋地了?"大哥问:"是不是被打蒙了?"

曹晟康不说话,但泪水却禁不住流下来。他不是因为挨打而哭泣,而是害怕被赶下火车,那样的话可能永远都见不到蒋志刚了。有人在他面前挥挥手,见他没反应,于是问:"小孩儿,你是不是看不见?"

列车员感到有点难为情,他没想到这个逃票的孩子是个盲人。

"我要去找蒋志刚。"曹晟康哭着说:"可是我没有钱,我家人不让我出来,我是偷着跑出来的。蒋志刚身残志不残,不能走路还自己坚持学习。我要找他,我也要自立,我不要做废人!"不知哪儿来的勇气,他连珠炮似的嘟囔着。

周围的人开始向列车员求情,算啦,让他搭一趟吧,这么小的孩子。

列车员缓和下来,他假装忘记刚才发生的一切,像是时间的重叠与错位,他转身去查别人的票了。这是慢车,到济南要将近10个小时,有人看这孩子什么行李也没有,递给他一瓶水。可是他拒绝了,他不是乞丐,就算是渴死、饿死也要有骨气。

火车是免费乘了,却没有免费的午餐。他饥肠辘辘,口干舌燥,蒋志刚的精神支撑着他的信念。只要见到了蒋志刚就有饭吃,有水喝了。下了火车,身无分文的曹晟康只能靠两条腿一步一步地走,在偌大的济南市,边走边问。或许是蒋志刚的事迹确实感动了很多人,或许是老天眷顾这远道而来的访客,他终于找到了蒋志刚的家。

门开了,一个高大的男人挡在他面前。现在的小晟康肯定看起来像个乞丐,他的头发乱蓬蓬,汗水带着泥浆在脸蛋上冲出几道河流,揉皱的衣服在爬火车的时候划了好几道口子。

"你找谁?"男人问。

"这是蒋志刚的家吗?"曹晟康兴奋得有点发抖,他感到声音在喉咙里打转,听起来不像是自己在说话。这些话一路上在他的脑海中重复了无数遍,他生怕一紧张会忘记:"我是盲人,听了蒋志刚的事迹广播,专程从安徽来找他。"

终于找到了!他想,马上就可以见到蒋志刚了,终于见到同病相怜、能跟他说话、理解他的人了!他们可以一起咒骂、一起大喊,大声地唱歌,他们一定会成为朋友!他们将一起攀登挡在面前的大山,游过所有汹涌的河流,无视那些鄙视他们的目光,将正常人远远抛在身后!

他等待着男人请他进去,或者蒋志刚马上就会划着轮椅来欢迎他。

可是,他只听到男人用一个威严的声音对他说:"滚!"

什么!曹晟康简直不相信自己的耳朵,莫非是火车坐久了,耳朵也聋了?蒋志刚的爸爸为什么这么对他?他想问问自己,耳朵,你为什么这么不争气?为什么听到了这样的话?

他的喉咙颤抖了一下,似乎要说话。他当然不想说话,疯子才会自言自语,他说出来的不过是一股绝望的怒气,一阵晕眩,天地间在黑暗中旋转、倒置,黑暗本来不分天地,但黑暗中本应存在秩序,只是这秩序紊乱了,崩溃、腐烂、烂透了。

又一次,眼泪止不住地往下掉。他呜咽着:

"叔叔,如果你是一个盲人小孩儿。饿着肚子从安徽爬火车过来,一路

上连一口水都没喝,就想见广播里的小英雄一面。"他彻底绝望了,如果说村里是一个痛苦难耐的火坑,外面则是更加黑暗与虚无的深渊,他已泣不成声,"这个小孩儿没有朋友,他只是想见见同是残疾人的小孩儿,想看看别的残疾人是怎么生活的。"

这时,蒋志刚的妈妈走出来,她听到了他的话。望着这个衣衫褴褛的孩子,她一把将他抱在怀里。她也在哭泣,两个人都没有出声,只是一个劲儿默默地流泪。

"对不起,孩子。对不起,你回家吧。"

……

曹晟康回家了,第一次离家出走给他年轻的生命留下了一道鸿沟,人与人的鸿沟,外面的人就像披着鳄鱼皮的阴影。坐在老挝到泰国的沙耶武里口岸,他不禁回想起少年时期那些心灵漂泊的日子,找不到出口,四处碰壁,碰得遍体鳞伤。而在这里,他等待着开往泰国清迈的长途汽车,陌生的国度、陌生的语言、陌生的人群,他依旧一无所有,除了目标。这个梦想就像是从他身上长出来一样无法割舍:他要环游世界,做一个旅行家,走完陆路,他还要驾驶帆船,成为第一个环游世界的盲人航海家!可是,一出门就遇到了问题——语言。

梦想是美丽的,梦想成真的过程却是血淋淋的。

【2012-4-27 老挝 沙耶武里口岸】

曹晟康一早便起,怀着兴奋的心,收拾好行李,问明了路径,便别过旅馆老板,去往老挝的陆路口岸,打算前往下一站——泰国。

四十度的高温让人们都发着高烧,没有空调、没有风扇,只有污浊的空气洗涤着热浪。嘈杂的人声就像梦魇般的洪流,听不懂的语言的洪流,他泅泳在这不知名的液体里,喉咙里、嘴里、鼻子里都呛了水,越是深呼吸就越是窒息。汗水把浑身的衣裤都裹挟在皮肤上，让皮肤一起窒息，令人心烦意乱。恐惧像一条蛇，越游越近，骑着愤怒和懊恼，摇头摆尾，吐着鲜红的芯子。一个小时，又一个小时过去了，足足等了一天，晚上八点钟，大巴终于来了。

待他再从车上下来时，又过了十个小时，已经是第二天早上七点，曹晟康拖着疲惫的身体下了车，终于到达他一直心心念念的目的地，泰国第二大城市——清迈。

回想起来，步履维艰。一个中国的盲人，在异国独自旅行，语言完全不通，太难了，世上简直是没有比这更困难的事了！曹晟康不禁叹息，自从离开胡义，他每天只有一个念头：放弃。他感到身体和大脑分了家，身体还没有放弃，拖着他的大脑往前走。

这次前往清迈的汽车票是一位素不相识的泰国大姐送给他的，一共526泰铢，折合人民币也要100多元，光是这样，那位大姐依旧不放心，见曹晟康囊中羞涩，又给了他180泰铢在路上用。旅途中的好心人像是另一根火柴，在曹晟康这根火柴即将燃尽的时候再次用点点心火照亮了他。

然而，眼盲与语言不通所带来的艰难，依旧在不停上演。

【2012-4-28　泰国　清迈】

经过一夜颠簸，曹晟康下车后，又是疲惫，又是茫然，再次置身于闹市中一般，不知往左往右。他实在想找一个地方，能洗个澡吃点东西，再好好休息一下。周围明明都是人，但都没有用，还是语言不通啊！他不明白对方说的话，对方也不明白他说的话，往往一阵对话如同所有的箭都射脱了靶，一点作用都没有，两边都自相着急，曹晟康更加焦躁。

有泰国人略会中文，上来帮忙，却也无用，最后叫来了警察，试着沟通之后，竟然又将曹晟康送回了车站。

有时候热心反而帮倒忙。

曹晟康茫然无助，又无法静下心来休息，总不能一直待车站吧？他挂着盲杖，在车站里走进走出，有人上来扶他，却不知道他要干什么，无论他如何卖力地解释，都没人明白他只是想找一个便宜的住所而已。

终于，出现了一个年轻的泰国小伙子，会一些中文，将曹晟康带了出去，驾驶摩托车带他前往中国领事馆，曹晟康解释说想找旅馆，于是小伙子又带着他找到了一家旅馆，总算符合了曹晟康的预算。小伙子确定曹晟康安顿下来后，便跨上摩托，轰鸣一声，便赶回去上班了。他为了帮助曹晟康，耽误了自己上班的时间。

此时已是中午，旅馆老板心肠好，见曹晟康眼盲，便带他到对面的饭馆吃饭。曹晟康得以落脚，心下安定了许多。折腾了一天，现在反而睡意全无。

他如此惧怕，就好像小时候在村里的河道里玩水，河中央时常有深坑，有黑洞，一不小心踩空踏进去，就有可能再也无法活着浮起来。此刻，他忽然又想起了那种感觉，生怕自己一旦走远，就再也找不回来了。他一阵苦笑，这里也不是他的家啊，但此行一路艰难，此刻仅是这处通自家母语的一家旅馆，却有如此留恋之情，在心中，却是如家一般给人以安定之感。

所谓的旅行，不正是走出固有的安全之地吗？自己不正是要做到这一点，才走到今日的吗？

忽然，他又听见了中国话，这语言太亲切，太动听了！一下就能注意到，并分辨出来，全身立刻如同通了一次电，曹晟康一阵兴奋，当即循着声跨步上前，上去搭话。原来是来泰国旅行的两名中国人，一名天津人，一名兰州人。

一连两天，两名同胞带着他换了泰铢，到市场上买了吃的、用的，大大享受了一番。曹晟康很开心,这是多久都没有过的玩乐体验了啊!

之后,两人继续下一地的旅行,与曹晟康分别。曹晟康打算前往曼谷,却忽然发现自己身上现金不多了。昨日一时开心过度,花销过大,此刻竟又遇到窘境。曹晟康无奈,只能先前往车站,另外想办法搭车。

在路上走着,忽然身后传来了机车靠近的声音与呼喊声,正是那位曾骑着摩托带着这个盲人找到旅馆的泰国小伙子。他又遇见了曹晟康。

当得知曹晟康的需求,小伙子拦住他,口中叫嚷着生硬的中文,不让他前行。曹晟康开始时不明白,过了一会儿才明白,原来小伙子担心他眼盲,一路太过危险。曹晟康感动之下,握着小伙的手,表明自己前进的决心。

小伙看着他,看着曹晟康那双看不见自己的眼睛,答应送他去车站。小伙子得知他已经几乎身无分文,买不了车票,于是骑着摩托载着他,四处找中国人或中国的银行,却一无所获。

奔波半日后,这个小伙子突然一把抱住曹晟康,一边痛哭,一边用生硬的汉语说:"我没有钱,我没有钱!"曹晟康抱着颤抖抽搐的小伙,感动得流下了泪。

这看起来是多么类似的场景啊!他也曾和蒋志刚的妈妈抱在一起哭泣,但那个时候他们的泪是冰冷的,哭的是命运的残酷与自己的无助;但这一次的泪是滚烫的,曹晟康感到全身的细胞都充满着感激之情。

他不明白,一个素不相识的人,为什么要倾囊相助,无私奉献?一个或许永远无法再见的一面之交,何以如此真诚相待?或许,外面的人并不是披着鳄鱼皮的阴影,外面的人也是人,在鳄鱼皮下面是一颗柔软的心;正是因为太柔软了,才不得不用硬壳儿保护起来。

后来,在某个不知名的当地人资助下,曹晟康终于买到了车票。

上车前,一向不轻易在人前流泪的曹晟康亦是泪流满面,拥抱众人,

感激而别。

在车上，享受着窗外的风，他思绪万千。

这异国，他受到了无数的帮助。

过马路时，总有人伸过手来，默默扶他一把；车辆远远驶来，他能听见对方刹车避让的声音。最难忘的，有那么多素不相识的人如此热心地帮助他，却不要求回报……曹晟康每到一地，便能结识许多新的朋友。他都会到当地最富有代表性的标志性建筑那里，与之留影。他虽然看不见，但他需要某些东西能留存下来，他来过的印迹，他曹晟康曾来过，这远在天边的一角。

盲人与聋哑人

【2012-5-1 泰国 曼谷】

曹晟康原本就是个盲人，而语言不通又让他成为一个"聋哑"人。

饿了还好办，他可以听和闻，听摊贩炒菜的声音，闻饭的香气，然后他走过去竖起指头和他们讨价还价。可是上厕所怎么办？用嘴巴发出流水的声音，好心人送来一杯水；站着摆动身体，人家又让他坐下。无奈，他假装解裤腰带。这回，人们终于明白了。那么找旅馆呢？也有一番动作：躺在地上打鼾、站起来刷牙，口中说着China，估计哪个国家的人都会明白，这是要找个中国人开的旅馆。中国人无处不在，就像是血液流经地球的每一根血管。不仅如此，随着曹晟康遇到的驴友逐渐增多，电话求助变得越来越方便，电话成为他的口语翻译官。

比起身体上的残障，更让人受不了的是被人看作智障。语言作为人类文化的载体，承载了太多的智慧，无法表达自己的需求、观点和情绪，在别人眼里就像块木头。曹晟康暗下决心，回到祖国后一定要好好学习英语，为以后的旅行打下基础。

在曼谷的旅馆，他遇到了两名中国同胞，曹晟康与他们相互认识，称呼他们"李哥""周哥"。

他上前表达想让李、周二人帮助自己办理前往柬埔寨的签证，却没料到的是，他们拒绝了。

"眼睛看不见，还是不要到处乱走。"李哥说。

"李哥是为你好，你这样，不仅自己会有危险，还给别人也造成麻烦。"周哥接着说。

"哼，我见过，有的人，明明可以自食其力，却借着残疾卖可怜，强行索要施舍。可怜人必有可恨之处！"李哥愤愤地说。

"不要怪李哥，他在国内的时候，就被一些残疾人坑过。"周哥立刻打圆场说。

曹晟康心说："确实不乏那种人在。"但听他们口中说来，却仍旧是愤怒，好像自己是占着残疾人的身份乞怜一般。

"每个人都需要帮助，哪个正常人没被别人帮过呢！"

于是，也是火暴脾气的他，反唇相讥。最终，这场无意义的争吵不欢而散，而周哥，还是在纸条上，用英文为曹晟康写了一些日常用语与一些诉求，这样拿给当地人一看便知。

曹晟康初时心中依旧不平，对比外国人的热情，反而是自己同胞的冷漠，让他心寒，虽然后来，他也逐渐看开，明白个中道理。

曹晟康不禁想起，最初与他一同跨出国门的同胞胡义。那时候，有胡义的帮助，简直如在中国一般畅通无阻。

想到此，他摇了摇头。怎么能如此依赖他人呢？这样自己环游世界还有什么意义？历尽艰苦，不就是想要让大家看见自己的奋斗吗？

终于，曹晟康坐上了开往柬埔寨吴哥的汽车。在汽车上，他遇到一个加拿大人，这位叫乔伊的开朗直率的大个子去过中国的很多城市，他手舞足蹈："很高兴，朋友！"

听到外国人讲中文，曹晟康兴奋极了，接下来他们就开始用一种奇怪的符号开始交谈。这个符号就是中国的城市，因为乔伊除了"很高兴，朋友"这句中文，就只会喊出到过的城市的名字：西安、武汉、成都、扬州……曹晟康和他一起喊，两个大小孩的声音此起彼伏，在长途汽车中跳跃着丽江、青海、西藏、北京、上海。

"I like Xi'an. It's very famous!"乔伊高兴地忘记了他的同伴不懂英文，叽里呱啦开始了得意忘形的旅行炫耀；而曹晟康呢，似乎也忘记了自己不懂英文，他们之间毫无障碍地交流着。

【2012-5-3 柬埔寨 吴哥】

在柬埔寨，曹晟康遇到一位真的会讲中文的比利时人，他姓白，在四川大学学了几年中文。白老师的中文发音十分清晰，语速流利，他和曹晟康一见如故，帮助这位盲人朋友写了很多英文纸条以帮助他后面的旅行。

"上厕所怎么说？"曹晟康趁机求教，这对他来说可是个大问题，不可能每次着急的时候都对着人家解裤腰带啊！

"你就说 go to the toilet。"

白老师还耐心地拿出柬埔寨各个面额的钞票和硬币让曹晟康逐一摸过。在世界各地旅行对盲人来说，摸钱是个大问题，曹晟康掏钱的时候总是不知道给了对方多少钱，尤其是在越南，面额种类之多即使是看得见的人也很容易搞错，十元还是百元？经常弄得人云里雾里。好在这一路下来没有遇到恶意欺骗的。

第一章 亚洲：活着

看到在马路边等车的盲人与他的白人同伴，一位好奇的柬埔寨人用英文问比利时人："Why is he on the street?"

经过白老师的翻译，曹晟康向他解释，他不是行乞者，而打算做个环球旅行的盲人旅行家，他不服输，喜欢挑战；眼睛好的人、会讲英文的人能做到的事情，他也一样可以做到。他会按摩、正骨，所以可以用技术换食宿，他不是乞丐，不需要别人的施舍，但是也衷心地感谢一路上帮助他、照顾他的人们。最后他对白老师说："你用真心对人，人就会用真心对你。"

与白老师接触中，曹晟康也贡献出了自己的手艺绝活——推拿按摩。白老师平时长时间使用电脑，肌肉劳损，经曹晟康的大手一扦穴位，开始时还会痛得咿呀乱叫，但不久即转为舒服，连连称赞曹晟康的手艺高明，曹晟康也很自得地讲述自己在国内学艺的那些艰辛经历。

旅馆的经理听说了后，立即跑来向曹晟康了解。经理姓张，很有经济头脑，他一眼便看出了曹晟康的手艺能为他带来价值，当即提出想与曹晟康在这里合伙开一家中式的盲人按摩店，一同分成。

曹晟康一听也很动心，但他此刻却不愿在一地停留太久。跨国旅行才刚开始呢！只得忍痛婉拒。

他对白老师表示，自己有一个"野心"，要做中国的第一个独自完成环球旅行的盲人！白老师为曹晟康因理想而不畏艰险的精神而感怀，钦佩不已。

张经理的提议，却是启发了曹晟康，日后可以凭此手艺，与人合伙开店，或能解决环球旅行的部分盘缠问题。后来，他也在另外的国度，因涉及与人合伙开店，遇到颇多波折。

往后的两日，他又寻思着前往越南。他拿着白老师写的纸条，出行方便多了，但还是不够用。曹晟康一遍遍提醒自己，此番回国，定要吸取教训，开始学些英语。

他握紧拳头。往后的每一天,都要努力超越昨天的自己!

【2012-5-5　越南　胡志明市】

对于有远大志向的人,上天往往降临一些厄难来磨炼其意志。正当曹晟康踌躇满志,拄着一支盲杖,在道路上加快脚步时,却忽然感到浑身酸疼无力,只能回到旅馆。所住的地方,价钱便宜,环境条件并不是很好,平日里曹晟康也不甚在意,此时却觉得房间里好闷,不透气,或许是因为这房间连窗户都没有。其后越来越严重,竟发起了高烧,头疼得厉害。这种时候只能强行忍耐,缩在被里,从头到脚憋出一身汗。

次日一早,他仍旧强行爬起来。今日的目标是越南的胡志明市。昨夜的发汗,并没有让他完全退烧,脑袋依旧昏沉,他凭着意志,撑着盲杖,背着行李上路。

办了签证,经过七个小时的汽车颠簸,终于到了胡志明市。又经历了一些惯常的问路波折,找到一家广东人林先生开的旅店,躺下来休息。怎曾想,吹了一路的风,高烧愈发严重。幸好凭着身强力壮,躺了一下午,到晚上时,烧终于退下来。

曹晟康躺在床上,身上衣服都被汗水浸湿。他不禁感慨,还是身体健康是最美好的啊!

2012年5月6日,早上8点,曹晟康急不可耐地洗漱穿戴好,出发前往越南的海滨小镇——美奈。在那里,他巧遇之前相识并帮过他的、来自台湾的雅丽小姐,以及她的男朋友郑立新先生,于是三人结伴而行。

曹晟康一时忘记自己大病初愈,祸不单行,没承想,在海边玩乐时,遇到了大雨,被海风狂吹,偏偏又找不到回去的车。一来二去,全身再次冷热交替,湿透了的衣裳紧贴在身上,分不清是雨水还是汗水。

回到旅馆的房间后,曹晟康的病情更加严重,脑袋发烫,沉重得几乎

第一章 亚洲：活着

无法再抬起来。夜越来越深，旁边的时钟指针在嘀嗒嘀嗒地跳动。曹晟康想呼救，想叫隔壁善良的雅丽小姐，却终究未叫。他担心打扰到他们。

他想起了在曼谷的旅馆，李哥和周哥的话语：可怜之人必有可恨之处……

他没有和雅丽小姐他们说自己生病的事，他不想让他们担心，让别人觉得他曹晟康就是一个累赘，他不想……

陷在胡志明市旅馆里柔软的席梦思床垫上，曹晟康腰酸腿痛，床太软，气温也太高。他在深夜惊醒，发着高烧，浑身上下再次被汗水湿透。他的药之前送给了一位驴友，因为在记忆中自己从来没发过烧、生过重病，作为专业运动员，他的身体几乎是铁打的。然而这次在越南，却栽了。他感到每块骨头都疼，每个细胞都要爆炸了。

他想起上一次生病的情形，那时他还是个孩子。迷恋所有村里男孩子都喜欢的游戏——扇纸牌。那是一些圆形的硬卡片，对手的卡片放在地上，你用自己的卡片用力扇下去，如果能将对手的卡片砸得走过来就算赢，就可以堂而皇之地得到对手那张被你翻过来的纸牌。曹晟康看不见，但是他能凭借孩子们的讲话声、纸牌放在地上的声音了解周围的一切空间布局，然后举起纸牌与小伙伴战斗。记得那天他的对手是二毛和三毛，这兄弟俩不厚道，合起伙来骗他；明明他们的纸牌被曹晟康翻了过来，可他们悄悄又翻过去，等曹晟康的手指摸到，还是光滑的正面。但是曹晟康有一种预感，这不对劲！他能分辨那种细微的声音，就像蝴蝶振翅，蜻蜓旋转，纸牌飞起来与转过来的声音不一样；那种打着旋儿，在空气中发出胜利的鸣叫，那种漂亮的有弧度有弹性的声音，应和着攻击牌响亮的拍打声，这一切，他都能感受得到。或许他会搞错，但一次两次可以，不可能回回搞错的。可是对方是两个人，说也说不过，辩也辩不得，他默默生着闷气。

其实，早在曹晟康开始习武时，村里的孩子们就不敢欺负他了。他的叔叔请了个武术老师在家里教曹晟康和堂哥武术。他们越练越勇，力气也越来越大，加之技巧的娴熟，使得其他孩子都对他们望而生畏。但是人类，特别是男孩子，有着与生俱来的野性与残酷，他们总是不分缘由、无法自控地想要攻击。近距离打不过就用远攻，男孩于是远远地向曹晟康扔石头、土块、短木棒，扔完就嘻嘻哈哈地逃得无影无踪。昨天晚上武术老师杨师父的同学王铁生来村里看望老师，他也是残疾人，一条腿萎缩，只能用单拐前行。

"王老师，有人欺负你吗？"曹晟康问王铁生。

"残忍是动物的本性。"王铁生说："如果老虎不能残忍地撕裂小鹿的喉咙，大口大口地咬下它们的皮肉，就不能生存。但是人类不一样，人类可以控制自己的原始欲望，否则就不能成为百兽之王。"

据杨师父说，他这个同学可有文化了，初中毕业后他们那个村就只有他上了高中。可惜高二的时候红卫兵武斗，从四楼摔下来，保了命，丢了腿，之后就一直在家当"坐"家。不仅仅坐在家里，他真的写作，还在报纸上发表过文章。王铁生的话曹晟康听不懂，但他明白为什么要控制原始的欲望，因为那天他就失控了。

二毛和三毛的欺诈行为让曹晟康越来越受不了，他们开始吵架，争吵逐步升级。曹晟康不管三七二十一抓起地上的纸牌，反正他肯定是赢了的，他就要拿走那张牌！可是，当他的手触碰到原本应该是硬硬的圆卡时，却觉得那张牌软软黏黏的，上面似乎抹了一层厚厚泥巴。少年赶紧甩开卡片，鸡粪的味道从他的手指传到他的鼻尖，你们在我的牌上涂鸡屎！

曹晟康忍无可忍，他感到全身的血都涌到头顶上，一上午的欺骗、之前向他扔土块木棍的仇，他要一起讨回，他要跟他们拼了！他顺势从地上摸到一块石头，不顾一切地朝着伙伴的方向扔了出去。只听见一声尖叫和呻吟，之后他听到二毛说，啊呀，三毛脑袋流血了！

另一个声音说，打他，砸烂他的头，打得他满地找牙！

曹晟康朝着三毛哭泣的声音扑了过去，他抓住了他的肩膀，接着又是一拳。

那个声音又说，打他鼻子，鼻子最容易流血；打他肚子，踢他小鸡鸡！

二毛扑上来，从后面紧紧抓住曹晟康的手臂，曹晟康从杨师父那里早已学会如何擒拿。他的腰用力一扭，左手将三毛推倒，右手反抓二毛的手腕，二毛的右臂一下子就被这武林高手反剪了过来。曹晟康见占了上风，不依不饶地使出了扫堂腿，干脆把二毛摔倒在地上，继而又捡起一块石头。

刚才的声音又响了起来，砸他，往死里砸，砸碎他的头！

不对！这个声音很陌生，不是村里的孩子！他是谁？

远远地，不知是谁听到哭声，把二毛和三毛的叔叔喊来了。

曹晟康扔下石头，没命地逃，他不是害怕那个叔叔，他被自己的行为吓到了。对于一个盲人，以这样的速度奔跑是十分危险的，但是他不管，他就是要危险，因为他害怕自己，他要惩罚自己。撞到大树，撞得头破血流，或是滚下山崖才好呢！可是他什么都没碰到，只有一些小树枝刮伤了他的额头。他太熟悉这片土地了，从他家到小河边，每天都会来来回回走几十遍，除了这里，他还能去哪儿呢？

真可惜，你差点就把那坏小子的脑浆打出来了！那个不怀好意的声音说，他没有脚步声，像是飘浮在空中，或者骑在曹晟康的肩膀上。

"你是谁？"曹晟康问。

"我是心魔。"声音回答："我是痛，是利刃，我是力量的一体，我就是伤害本身，我是未尝的夙愿。"

"我不迷信，世界上没有心魔。"

"我也不信。从没见过那玩意儿，但我却是实实在在存在的。如果你不

信心魔，姑且把我当成非魔或是别的什么名称吧。"

"你找我干吗？"

"哈哈！"心魔笑得既猥琐又放肆，仿佛曹晟康说了什么天大的笑话，"你找你爸妈干吗？为什么出现在你妈的肚子里？你一定会说，又不是我选的父母！没错，我也一样，我从来不找任何人，是你们自己找上门来。你们求我使用你们的身体、用你们的器官想事情、看世界、发声音。真没道理啊！我凭什么要做这些事！"

这个黏糊糊的声音令曹晟康恶心："走开！"他还想说些吓唬心魔的话，但是却停住了；绝对的寂静阻止他发出任何声响，当然他也没有接收到任何声响。心魔消失了，带走了曹晟康的很多情绪，什么情绪他也说不清，就是觉得心里空落落的，十分不爽。喷嚏没打出来就消解掉了。

曹晟康不敢回家，他顺着小河走，越走越远，一边走一边寻思着要不要跳进去。有好几次，他走进河水，河水顺滑温暖，有很多夕阳溶解在里面；夕阳照着他的肩膀和面颊，然后他蹲下来向更深的地方游去。阳光是辨认方向最好的老师，在它的热度消逝之前，少年又游了回来，他湿漉漉地坐在岸边，头深深埋在膝盖里。

他是被脚步声吵醒的，浑身上下都在冷风中打战，他感到头晕恶心。脚步声十分沉重，那不是人的脚步，而是一只人脚加上一只木头脚，王铁生的单拐。

"你爸正在气头上，说要打死你。不过他们都睡了，今晚你到我和杨师父房里来吧。"那是一个老人的声音，比任何活着的人都老。曹晟康感到一根枯枝在抚摸着他的额头，这枯枝既柔软，又沉重，之前被刺破的伤口被它刮得生痛，孩子倔强地甩掉老人的手。他再次听见老人说："我也打过仗，有的同学被打死了，但不是我打死的。那个时候我比你大不了多少，是学校红卫兵的头儿。年少无知都会犯错，问题是你却没有弥补错误的能力，人死不能复生，头上的大洞永远会留着伤疤。"

你做过的每一件错事，都将陪伴你一辈子。

"他们先欺负我的。"曹晟康想不通老人想说什么。

"昨天我看见有个男孩儿，把捉来的毛毛虫放在杯子里用开水烫死，水面上浮出油星后拿给女孩子们喝，吓得那些胆小的女生惊慌失措的。"王铁生叹了口气，"我们那儿有个女孩子胆子大，她喜欢向鱼缸里浇开水。我也想不通，人为啥那么残忍，之前跟你说什么百兽之王都是理想主义。看不到希望，我也比你好不了多少。我啥也不知道，啥也想不通。"

老人的话再次回荡在曹晟康耳边，伴随着一样的寒热，一样的无助。头就像被倒置起来，成为一个钟摆，在宇宙的虚空中拼命地摆动，撞击着硬邦邦的流星，发出刺耳的鸣叫。耳鸣一直不肯停下来，盖再多的被子还是冷得发抖，再多的被子都会被汗水湿透。许多年前的大病几乎让曹晟康失去生命，而这一次身处异国他乡，更是叫天天不应，叫地地不灵。

太难了，谈什么梦想，什么追求，连活着都是如履薄冰、举步维艰。

曹晟康叫着自己的名字，你不是要挑战吗？他对自己说，不是要证明自己吗？你不能死在越南，你还要有更远的旅行，你之前说过的豪言壮语呢？上帝不许你死，不许你放弃，当初他让你活下来，就是给你必须要完成的使命！可是……有时候人不得不放弃。他想起那个心魔，世上怎么可能有心魔呢？心魔是什么？他从何处而来？又去向了哪里？毫无预兆地来，又倏然离去。

心魔，不管你是什么，把我带走吧。

活着太难了，不作不会死，我宁愿作死也不愿苟活。

苟活比作死更难。

恍惚之间，曹晟康听见周围有响动。他的意识勉强从回忆中被拉了回来。

是有人在敲门，有人在呼喊自己的名字，是谁？为什么不停下？好像

又多了几个人……

忽然，只听得一声巨响，房门被撞开了，好多脚步在往他的床边聚过来。声音嘈杂。

都在吵些什么啊？

曹晟康听见有人在呼唤自己的名字。

是雅丽小姐！哦，还有他的男朋友，郑立新先生！

曹晟康一阵激动，眼泪夺眶而出。他已无力言语，说不出话，但他知道，自己得救了。

又是一夜……第二天一早，曹晟康醒来时，见到雅丽小姐和郑先生，他俩为他送来了汤面早点和药，监督他服用下去。

雅丽小姐拍着自己的胸脯说："昨晚真是吓死了！"

她和郑先生昨天傍晚想叫在房里休息的曹晟康去吃饭，敲了半天门，却没人来应。雅丽小姐就觉得，下午回来时，曹晟康的样子有些不对劲。于是两人商量之下，找来服务员，开了房门，才发现曹晟康脑门和身体都极烫，躺在床上颤抖不已，口中喃喃胡语。他们立刻去买了退烧药，帮助曹晟康服下。

曹晟康已不知如何感恩。要是没有他们，自己这一条命，真是……真是要客死异乡了。想到这里，他身子一动，翻身滚落到地下，想要跪谢救命之恩，反倒将雅丽小姐吓了一跳。最后还是郑先生温言将他扶回了床上。曹晟康感动得涕泪交横。

他知道雅丽他们的行程，今日是前往大叻市。但雅丽小姐和郑先生却说没事，他的身体重要。言下之意，竟是要用自己宝贵的国外旅游时间，来照顾他曹晟康。

这怎么行？曹晟康一跃而起，表示自己已经康复，立刻要前往大叻。雅丽和郑先生两人仍在劝说，但曹晟康已经穿好了衣服收好行李，反来催促雅丽小姐他们。

于是，三人又坐了五个小时的车，到了大叻。

曹晟康一路上在想，不能再麻烦雅丽他们了，已经给他们平添了不少麻烦。当下决议，分别的时候来临了，显出了自己脾气倔强的一面。在大叻又待了一日，曹晟康便毅然与雅丽小姐他们作别，一个人前往另一个城市——会安。

曹晟康庆幸自己能在危难时刻遇到他们。是啊，残酷只是动物的本性，如果人与人之间没了关怀与扶持，共同走过险峻的人生之路，就无法成为百兽之王。这一刻，他很想介绍王铁生认识一下雅丽和郑先生，这两个年轻人有着与暴力、破坏相反的品质，他们的内心充满着治愈的力量。虽然身体依然很虚弱，但曹晟康却已经再次鼓起勇气，他决定继续旅行，他不能放弃。一条静止的河流无法看到沿途风光的美丽，人生就像宇宙中的恒星，他要如勇敢的宇航员，穿越夜晚黑色的暗影，找寻着一颗颗闪亮的星星。

【2012-5-9　越南　会安】

又是一段十个小时的车程，曹晟康到了会安。再往北，离中国越来越近了，却很难遇见一个会说中文的。这里很热，差不多有四十度，曹晟康在烈日下耗了几个小时，才买到车票，迫不及待想要离开这里。

往后几乎是行车途中的艰辛。刚结束了十个小时的车程，又苦走数小时，紧接着又是连续十八个小时的客车山路摇晃颠簸。

【2012-5-10　越南　河内】

2012年5月10日早上七点，曹晟康到了越南河内市，几乎没有喘息，再次上路。这一次，目的地是，中国的南宁。

终于要回到自己的国家！

首次走出国门的四国之旅，终于结束。虽然只有一个月不到的时间，却觉得好像已经过了几世几劫。曹晟康的心里充满自豪与荣誉，我胜利了！我为什么不能胜利？他沾沾自喜，急于炫耀一番。但不祥的预感却让他喉咙发涩，又来了，他想，我不能炫耀，不能膨胀。因为总会发生这样的事情：极度的自信之后会再次陷入极度的自卑与沮丧。

【2012-5-15 中国 南宁】

2012年5月15日，曹晟康历经一个月，终于完成了首次异国之旅回到祖国。算一下，这次旅行一共只花了4200元人民币，比预期的还要节省。有了第一次的经验，曹晟康对之后的计划信心百倍，他开始学习英文，做攻略，面对媒体，他宣称：虽然我看不见世界，但我要让世界看见我；虽然我看不见世界，但我会用心去聆听，聆听日月星辰、聆听大地虫鸣、聆听人类美好的心灵开花结果、聆听一切邪恶、一切冷漠与残酷在爱的滋养下缓缓消融，让一切诡谲的欺骗、同类相残的暴力都在友情的感召下褪色！更美好的未来在前方闪耀着七彩的光晕，这是我能看到的东西，我能看到更美好的世界！

他侃侃而谈，轻松愉快。

只有特别努力，才能特别轻松。

他兴致高昂，因为完成了不可能的任务；

他极度消沉，因为整个过程都没什么可夸耀的东西。

抑郁地活着，抑郁地走下去；快乐地活着，快乐地旅行。他有时候想结束生命，每到这个时候，身体就会无视大脑的这种想法。

身体远比心灵要坚强得多。

有位朋友悄悄推荐给他一种药，名叫阿普唑仑片，据说不开心的时候服用可以睡个好觉。他没吃，却鬼使神差地放在随身的背包里……

与死神同行

苏联作家盖达尔写过一篇名为《一块烫石头》的童话。故事中谁要是砸烂了山上的那块有魔力的烫石头，就可以返老还童，重新活过。但是许多年过去了，那块石头依然在那山上原封不动，不少人在它旁边经过，走过来把它看看，想了想，摇摇头，又走了。

"我有一回也到过那山上。当时我心中有病，情绪很坏。我想，怎么样，让我把石头砸碎，从头活起吧！可是我站着站着，及时改变了主意。我想，邻居们看见我返老还童就会说：哈哈，瞧这小傻瓜！他显然没能把一辈子像样地过好，得不到自己的幸福，如今又想从头来一次了。

我捻了根烟卷，为了不浪费火柴，就着烫石头点着了。接着我沿着我自己的路，走掉了。"

那些临死之前悔恨无比，认为不该终其一生追逐功名利禄的人，那些后悔没有潇洒地活的人，都是十分贪婪的。在人生的最后时刻，他们依旧在觊觎没有得到的东西。

【2013-1-24　泰国　曼谷】

2013年1月24日，时隔八个月，曹晟康再次来到泰国。他不是一个轻言放弃的人，经历了上一次冲动出国的各种波折，他更确定了自己环游世界的梦想。此番再来，从这开始，他已备好行囊。签证、搭出租车、找旅馆，这些曹晟康都已驾轻就熟，与半年前的惊慌迷茫相比，判若两人。他带着礼物，一来专为感谢去年帮助过他的那位泰国小伙子，二来打算从泰国办理去印度和尼泊尔的签证。曹晟康从未想过要砸碎某块烫石头，活着就

要认真地活，生命无法重来，每一天都弥足珍贵，他不想愚蠢到当幸福擦肩而过时都没有发现。幸福就是每一只搀扶过他的手、每一句热心的问候、每一片面包……但是，人要不断地成长，如果重来，我要做更好的自己；如果无法重来，我要好过我的昨天、今天和明天。所以，当曹晟康第二次踏出国门的时候，他相信这次一定能比上次做得更好。

然而，问题永远在前路等着你，旅行中，纵是准备再充分，也还是会有许多料想不到的意外发生。曹晟康更不会想到，这一次居然是一次与死神相伴的行走。

他的下一站，是印度的加尔各答。于是他前往当地的印度使馆办理签证。

因为看不见，在签证时需要找人帮忙填写，但却填写错误，只得多花125泰铢重新填，后来订机票又花了259泰铢重新照相。

签证要六到八个工作日才能下来，这意味着，曹晟康在往后的十天，都要待在泰国。

在此期间，他拜会了一些去年曾结识的友人，游览了曼谷的一些寺庙，去了普吉岛、皮皮岛、苏梅岛等，同样，在途中又与各种新的朋友结识，有中国的、美国的、德国的……

这一次来，他带了一部小型的摄像机，打算拍下曾走过的地方留作纪念。

磕碰、被撞、破皮受伤，对他来说，已是家常便饭。

走在路上，有时会撞在卖摊儿的棚子或者柱子上；有时会在上车时撞在车门上，脑袋上撞出一个包；在游泳时，膝盖也会在礁石上不慎划出一个口子；时常在走路时也会因踏空而摔跤，严重时还将脚崴了。甚至有一次差点掉进臭水沟里，还好旁边有人一把扶住。

曹晟康在惊吓之后，总是自我安慰，旅行中这点磕磕绊绊根本不算什么。

"他说风雨中这点痛算什么，擦干泪不要怕，至少我们还有梦……"《水手》的歌词，曹晟康总是默默哼哼，仿佛获得了某种力量，让他越挫越勇。

当曹晟康在清迈因跌倒而受伤流血时，手机忽然响起，竟是远在中国的女儿发来的信息，只是简单的几句寻常问候："在哪了？要多注意身体，注意安全……"便让曹晟康重新获得了无限的动力。

他坚信自己一定能走得更远更远，要用自己的双脚，让女儿看到自己。他想，不仅是女儿，还要让更多的盲人，更多的残疾人，都看见自己在全世界各个角落出现的身影。他要告诉他们："我们行！"

曹晟康坐在摇摇晃晃的大巴车上，车上弥漫着窃窃私语，时而有一阵大笑伴随着陌生的语言给沉闷的旅途加了些许色彩。这是要去什么地方呢？他极力回想，要去普吉岛？护照送签需要六到八个工作日，因此还有机会在泰国游览一番。可是不对，这不是开往普吉岛的汽车，因为那已经是一段过去的经历了。他住过普吉岛的国际青年旅舍，这个记忆是清清楚楚不会错的；再说他每天都用录音笔记录下行程与感受，也会记下沿途遇到的人，他们的对话。青年旅社每间房间有四张上下铺，共住八个人。与他同住的还有一个西安女孩、四个美国人（三女一男）和两个德国女孩。在国内，曹晟康从没和陌生的异性住过一间房间，而在国外，这似乎是司空见惯省钱的好方法。

一缕不祥的警告掠过曹晟康无光的眼睛，不可能，他不可能忘记要去哪里？回曼谷的汽车？他绞尽脑汁苦思冥想，或许他可以找位乘客问一下。他仔细倾听着，嘈杂的细语中没有中文。忽然，汽车戛然而止，他有一种预

感,车似乎撞上了什么东西,这个毫无缘由的想法令他懊恼,他对自己说,乌鸦嘴,乌鸦嘴。车中的乘客也都将脸贴在车窗上,好奇地观望。司机垂头丧气地下了车。曹晟康听到司机用一种听不懂的语言和一些人交涉,不像是泰语,也不像是英语,他依然在想,这是在哪儿呢?不久,他再次听到了笑声,车中的人似乎松了口气,重新开始了交谈。但这回他们不再是轻声私语,而是要让自己的话被别人听到,不相识的人们在对话,话题肯定是在谈论车子出了什么问题。因为要交流,曹晟康发现乘客采用了一种南腔北调的共同语言——英语,不过这些英文很难懂。不知为什么,他似乎听懂了他们谈话的内容,他们在谈论公鸡!没错,大巴不小心撞上了一只不省心的公鸡,这只高傲的雄鸡当场毙命。人们说把它买下来晚上炖鸡汤吃,也有人说吃烤鸡……

　　面对这样的结果,无论别的人如何轻松和淡定,曹晟康却无法释然,这事儿没完,他想,公鸡总觉得有什么不对劲,像个比喻,这个带有死尸气味的比喻就像吞了只苍蝇。不仅仅如此,为什么他能忽然听懂英文了?虽然在北京跟一位大学生志愿者学了几个月,但自己的英文水平绝对听不懂这些乱糟糟的交谈;更何况,他还没想起来这车是驶向哪里的。

　　曹晟康坐在摇摇晃晃的大巴车上,车上弥漫着窃窃私语,时而有一阵大笑伴随着陌生的语言给沉闷的旅途加了些色彩。这是要去什么地方呢?他极力回想,要去普吉岛?护照送签需要六到八个工作日,因此还有机会在泰国游览一番。可是不对——这不是正在发生的事情,这是回忆!车接下来撞死了一只公鸡!可是车子什么也没撞到。曹晟康紧张起来,他一定要找个中国人问问清楚。

　　有人说中文,好几个人,一共——四个人的声音在路口等绿灯。

　　太好了!曹晟康拿着盲杖向他们走去:"请问你们是中国人吗?"

第一章 亚洲：活着

四个人的讲话声停止了，他们如猎犬般打量着眼前的盲人。终于一个人说："是，你要干嘛？"

他们一定把他当成流落他乡的乞丐了，曹晟康想着于是回答："不干嘛啊，在国外见到同胞开心啊！"他面带微笑，可是却感到有条蛇在心脏里爬，似乎他不应该有什么高兴的非分之想。他没有听到任何回应，四个人命中注定与他有一句话的缘分。其实，第一次的旅行他也时而被误认为是乞丐，于是第二次旅行前他特意印制了T恤衫和名片，上面写着：盲人环球旅行家曹晟康。

大巴车上没有人讲中文，差不多开到公鸡散步的地方，曹晟康全身的肌肉都不知不觉地收紧了。

车戛然而止，他也从梦中惊醒。

原来，这是一个梦。

这是一个愿望达成的梦，他真希望车撞到的仅仅是一只公鸡。

然而，今天白天，他所乘坐的长途汽车撞死的，却是个活生生的人！

当时他并不知道发生了什么，但是晚上遇到的一对香港夫妇告诉他，那是个自杀的男人。他原本是个农民，当听说了钻石的化学元素是碳的时候，就决心改造自家的炉子，炼出金刚钻来。亲朋好友先是苦口婆心地劝诫他放弃这个疯狂的念头，但这个男人相信，只要排除万难，艰苦奋斗，总会实现自己的理想。他苦恼于家人对他的不理解，如果成功了，全家人都能在曼谷买大房子，住在金碧辉煌的宫殿里。像一只骄傲的公鸡，别人越是阻拦，他就越是斗志昂扬。然而，一次失败的实验引发了大火，将儿子和父亲都烧得面目全非，一连七天躺在重症观察室。他无论如何也想不通固执有什么错，绝望之中走向呼啸而来的汽车……

这个在别人眼里天方夜谭的故事，对于曹晟康来说并不陌生，他年轻的时候听说镇上有个大学生，辞了工作在家里埋头研究永动机，结果老婆

带着孩子就跟别人跑了。这些男人们的经历让曹晟康不知不觉地联想到自己，自己也是个固执的男人，为了梦想勇往直前。但是他一遍一遍对自己说，我没那么愚蠢，我的亲人和朋友也在支持着我！

小时候有一次为了证明自己的独立，曹晟康一定要去砖窑里烧砖，父亲怕他出事儿极力阻止。曹晟康年少气盛，扬言道，出了事我自己负责！父亲回敬他，出了事你只会哭！

不知为什么，有哪里不对劲，自己像是这个世界的不和谐音符。正是因为做着别人没有做过的事，才让自己与众不同，正因为与众不同才不和谐。我在一个不属于我的空间中行走，学着他们的语言，无意识地讨好这个世界的每一个人；可到头来，没有人会看见我。拼命地证明自己，证明得精疲力竭，到头来两只手什么也握不住。一切努力唯一能换来的东西就是孤独。他一转身揪住枕头，将头埋在里面。

忽然，他停住了！不对，刚才的想法不是曹晟康的，是谁的？他想起少年时代遇到的心魔。是他的！绝对没有错，心魔说他会借用我的器官，想事情、看世界、发声音。他拼命地摇头，要把心魔赶出他的身体。

"我可没借用你的什么。"心魔果真说话了，"如果是借，必定我是主动并且另有所图。而事实上主动的是你，而这么做我也得不到半点好处。"

曹晟康这回真的生气了："从我的身体里滚出去！我才不孤独呢！我在旅行中交了无数朋友，我们一起哭、一起笑，这就是我的世界，世界不会拒绝任何人！你这个骗子，就想夺我的身体，我才是我的主人！你滚出去！"无声打断了他的愤怒，就像心魔第一次出现的时候，每次消失都极其突然，突然得如同得了心绞痛，如一把剪刀，"咔嚓"一下，猝不及防。

的确，即使是瞎子，也并不孤独。

一路上，曹晟康凭借着推拿按摩的手艺，也让他得以结识不少朋友。

第一章 亚洲：活着

【2013-1-27　泰国　苏梅岛】

在苏梅岛时，他遇到了会说中文的导游小李子。小李子是华人，他的爸爸是国民党老兵，当年随军队败退到泰缅边界，便再也没有回国。小李子一路上颇为照顾曹晟康。

"我们都是龙的子孙嘛！"

曹晟康感动不已，为他做了颈椎与腰椎的按摩和矫正。小李子直赞舒服，当即也带曹晟康去享受了一番当地的泰式按摩。

曹晟康一边感受，脑中却止不住琢磨泰式按摩与中式按摩之间的区别，不由自主地去指点泰式按摩师。他发现，这里的泰式按摩，只是中式按摩中的一部分，类似保健按摩，其中推油、揉比较多，却不会推拿正骨。

小李子带着他游玩了各种景点，他们海阔天空地聊，曹晟康也了解到了泰国的一些文化政治，比如性别差异、英拉、他信等。

曹晟康和游客们坐在船上唱歌，这是一只不大的快艇，大家都穿着救生衣，有好几个中国人在向他描述着大海。曹晟康的家乡没有大海，但他曾在收音机里听到过一句描写大海的诗：

"她没有面孔，却令人难以忘怀。"

"她没有面孔，"曹晟康刚刚吟出前半句，就被笑声打断了，笑声和尖叫声，因为浪花打上来，加入了这群快乐的行列。安达曼海（Andaman Sea）的水域风平浪静，只有调皮的暗流在快艇四周徘徊，翻起不高的浪头，将飞沫喷洒在游人身上。曹晟康打开录音笔，播放着最喜欢的歌曲：《我的未来不是梦》《大海》《水手》，这些歌曲激起了船上中国人的共鸣，大家和着音乐一起欢唱。即使是盲人，也能给别人带来欢乐！曹晟康想，帮助别人就是帮助自己。他意识到，最开心的时候不是被帮助的时候，而是帮助别人的时候。

记得回曼谷的路上，曹晟康遇到来自重庆的小黄一家，祖孙三代都是第一次来泰国，三脚猫的英文也派不上大用场。他们两眼一抹黑，很希望能找到便宜的中国旅店，于是曹晟康将他们带到唐人街熟悉的旅馆中。想到这儿，曹晟康笑了，这种感受是不是类似第一次帮父母打酱油的孩子的自豪之情？

第二天，他们一起去皇宫玩儿，那里的中国游客就多了，周围时不时都能听见中国话。曹晟康拄着盲杖四处走，安心惬意许多，又去了卧佛寺，礼佛参拜，却意外听闻当地有一所著名的盲人泰式按摩学校，顿时引起了他的兴趣。

能在推拿技艺上迈向一个新的领域，怎能让他不激动呢？

曹晟康又多打听了一些这所学校的信息，当即决定前往报名，交了4000泰铢的学费，折合人民币900多元。

在学校里，他还遇到了两名来自台湾的女孩，也是来学习泰式按摩的。两名女孩既会中文，又会英文，在学校里主动充当曹晟康的翻译，使得他的学习便利了许多。曹晟康感激不已。

之前他体验过泰式按摩，而现在，则是更系统全面地了解其中的要领精髓。他一边学习，一边琢磨，与本身的技能相互比较融合。

泰式按摩，在形式上与中式按摩差不多，但它们的经络只有十条，中式按摩却有十二条。泰式按摩一套做完，要很长时间，用指很多，用肘不多。

学校里，教授曹晟康按摩技法的老师，自己的颈椎、胸椎都不是太好，于是曹晟康为他们做了按摩，他们都称赞曹晟康学得快，却哪知曹晟康本身已经功力深厚。

学过之后，曹晟康看出，中式按摩注重医疗性，而泰式按摩则偏向保健，是一种享受，让人感到舒服，以至于能安然入睡。

第一章 亚洲：活着

曹晟康顺利学成，取得了证书，又提升了自己的技能，这让他十分开心。他将中式按摩与泰式按摩分别取长补短，相互融合，研创出自己的一套按摩技法。这门绝学，在他日后行走天下之中，发挥了极大的作用。

在曼谷，曹晟康听到了有生以来最热烈的场面，是当地的花车表演，鼓乐齐鸣。

他虽然看不见，却也被那气氛所感染，忍不住往前挤。周围有许多中国人，有人为他描述花车是如何的美丽壮观，车上有花，人身上也有花，听得曹晟康那个心花怒发啊，拿起相机循声狂拍。

每年春节，在泰国都会上演一部中国传统文化的大戏——曼谷一年一度的中国新年花车游行。上百家华人团体盛装登场。漂亮的姑娘们有的身着历史上的中国华服，有的则穿着泰国纱笼；小伙子们排成方队，戴着高高的插着白色鹅毛的帽子，他们吹长号、喇叭或者唢呐，让整个曼谷市热热闹闹，让旅居海外的华人感觉是在自己家中。同伴提高嗓门儿向曹晟康细数着一辆辆花车的景象，这辆车上有观音菩萨和她的童男童女、这是一辆龙车、这辆车上的美女们每人手执一只花篮……人声鼎沸，万众欢呼，这是中国的，也是泰国的，正是这种混杂和多样性让文化具有蓬勃的生命力。

文化和一个人的尊严有很多相似之处，它们都不依赖于怜悯与过度保护，而是根植于土壤，顽强不息地发芽、抽穗、茁壮成长，否则，甘愿走向消亡。

热带的鼓点如急雨般落在街头巷尾，盲人乐队在演奏自创的音乐，既像摇滚，又像某种非洲原始部落的祈雨舞。他们的面前放着一只纸质鞋盒，喜欢他们的人会丢钱币进去，愿意买他们灌制的唱片的人还可以带一张回家，曹晟康和他的朋友们走过去。今天早些时候，有一对夫妇向他用中文打招呼，他于是问，你是中国人吗？来人回答，不，我是美国人，但我的太太是香港人。在这对夫妇的介绍下，他和盲人乐队寒暄起来。鼓手拉着曹晟

康的手将鼓槌塞给他，主唱也把麦克风递过去。曹晟康难为情地敲了两下鼓，听起来容易，自己敲起来就难啦；至于唱歌，他只会唱《水手》那几首最喜欢的，半辈子听下来，足足有一万遍了吧？与乐队道别后，曹晟康在他们的鞋盒子里放下几枚硬币，他尊重他们，就像尊重他自己。

【2013-2-2　泰国　拜县】

曹晟康来拜县仅仅是顺路，没想到在这里却结识了意想不到的人。

2013年2月2日，经过四个小时的盘山路，他坐车抵达拜县，有些头晕气闷。这时，他遇到了一对上海夫妇。那对夫妇正要返程回国，颇为激动地对曹晟康讲述拜县这里比清迈、曼谷那些人们熟知而蜂拥的城市好多了，这里很安宁，空气很清新。县里还有一条酒吧街，晚上会有热闹的夜市。曹晟康听后，便欣然前往。

到了酒吧街，首先是去找住的地方。找寻过程中，他在一家旅店里询问价格时，听见老板轻轻呻吟了一声，他注意到了这一轻微的声响，于是问是何故。老板说最近肩膀时不时会疼痛，却又不是外伤。曹晟康立刻热心地表示，自己会推拿按摩，兴许有效。老板半信半疑，于是曹晟康便施展身手。

一开始，老板还因为疼痛而有些龇牙，但他并没有制止曹晟康的揉捏。渐渐地，他的表情变得缓和而安详……半小时后，当他从舒服的享受中被唤醒时，惊喜地发现自己的肩痛居然消失了！他兴奋得抱着曹晟康的双臂，要答谢他，并让他免费在这里居住。

曹晟康很开心。他又主动帮老板的太太按摩治疗头疼。

帮助他人，就是帮助自己，自己也非常需要他人的帮助。无论是一个国度还是跨越国界，这个世界，只要大家互相帮助，就会变得更加美好！

站在一边的中国同胞，一直在担任曹晟康与老板之间的对话翻译。此时他告诉曹晟康，其实这位老板，过去曾是泰国的副总理，更重要的是，他还出访过中国，受到了胡锦涛、温家宝的接见。

曹晟康闻言惊吓不已，哪曾想过，自己一个低微的盲人，竟能在此遇见一国的前副总理？顿时又是惊慌又是荣幸，很委婉小心地表达自己想要合影的愿望。老板很和蔼，微笑答应，主动来到曹晟康的身边，与之合影，并邀请曹晟康明早九点半共进早餐。曹晟康再次惊喜拜谢。

这位前副总理就是卡布萨。

曹晟康兴奋得一夜难眠。清晨四点便起了床，洗漱之后，开始锻炼身体。

他在院子里摸索着，天没亮对他来说并无阻碍。他感受着这里古制的木结构房屋，听着远处的鸡鸣，还有蛐蛐叫。有多久没有听到这么悦耳动听的蛐蛐叫了！一瞬间，曹晟康是那么想家。

那对上海夫妇说得很对，这里，很美丽，空气与其他城市相比，不冷也不热，带着清新的露水，像人间仙境一般。曹晟康一时又有些不舍离去。

他和驴友前往一个山地村落观看日出。他看不见，却也能从旁边同伴激动的呼喊中，汲取那份感受。他的眼中，一轮红日从群山之后，缓缓升起，照亮大地，温暖世人。

"命运就算颠沛流离，命运就算曲折离奇，命运就算恐吓着你做人没趣味，别流泪心酸，更不应舍弃……"他情不自禁轻声哼唱起那首老歌《红日》。

之后，他回到县城里，准时赴约前副总理卡布萨的早餐。他与卡布萨举杯对饮，聊得很愉快。

卡布萨听说了曹晟康环游世界的梦想，很是钦佩。他对曹晟康说，自己已经上年纪了，有两个孩子，也都不小了，一个三十八岁，一个三十二岁。他本以为自己已老了，就不该有所妄动。

曹晟康说，他能听见，听见卡布萨的身体，明明散发出的是一股年轻的声音。

卡布萨闻言大笑。

曹晟康想起那个撞死在旅游大巴前的男人。我跟那个男人不一样。他对自己说。他在帮助别人，他所帮助的人串成一条链，连成生活的轨迹，通向梦想的终点。他拼命地把自己与那个男人的相似点挤出大脑。我跟他不一样，我不是异想天开、好高骛远。我没有失去理性，我脚踏实地，不仅没有给家人添麻烦，而且支撑着父母和女儿的全部花销。供弟弟妹妹上大学、研究生，供女儿上学、给父母买房子、给外企工作的弟弟买房……不仅如此，他还可以在实现梦想的途中帮助陌生人，更用自己充满勇气的壮举，去激励他们。

想到这里，曹晟康释然了，回到房中，舒舒服服地伸张四肢在床上成了一个大字，音乐声再次激荡着他的心。那是伴随着强烈鼓点的热带音乐……

【2013-2-7　印度　加尔各答】

驶往印度加尔各答的火车平稳而缓慢，这让曹晟康再次体验了一把中国的绿皮火车，虽说是卧铺，可却像国内老式的硬座长椅那样狭窄。他坐在窗前，想象着窗外的景色。那跟着火车奔跑的原野是否也和家乡一样平缓地起伏，上面长满葱葱翠绿的树木？他曾听人讲起火车外的一座座山坡、点缀在金色麦田间的农舍、南方的棕榈、北方的草甸，这里是否也有这样的景象呢？

年轻时第一次外出打工乘坐的正是这样的火车，蒸汽车头嘶嘶喘着粗气,不紧不慢地驶入一座又一座沿途的小车站。回想起这件事真是让人心寒啊,他的亲表哥说是要带他去吉林白城闯荡,可真正的目的却是将他骗入传销组织。

第二次出门还是这样的火车,依然令他胆战心惊,一下火车,就被两个自称老乡的兄弟以有好工作为由,将他骗到煤窑。那两人先是跟他攀亲道弟,说是要假装兄弟才能一同在煤窑里干活儿,看来那对兄弟多半也是假的。

"你得赶紧逃走。"一个老矿工悄悄对曹晟康说:"这种事我见多了。他俩最多一个礼拜后就会在矿洞里把你解决掉,然后以亲戚的名义骗煤矿主的钱,顺利的话你这一条命能赚两万块。你的家人绝对不会知道,生不见人,死不见尸。"

曹晟康吓得浑身发抖,他们看他看得太紧,瞎子又看不见。

"往哪儿逃啊?"他问老矿工。

"顺路跑吧,能跑多远跑多远,到光头那家饭馆借个电话报警。"

"我不认识光头饭馆。"

"你晚上听声音找。"老人做了个闭嘴的动作:"别把我出卖了。"

生如浮萍、命悬一线!曹晟康叹了口气,人生的轨迹是注定的吗?

有时候碰壁是好事,它可以把我们引向更宽的道路。

一天的游玩后回到住处,他意外地结识了一名来自内蒙古的女孩尹慧。她在这里做义工,已经有两个月了。她帮曹晟康兑换了许多印度的货币比索,又帮他买了水和面包。

她告诉曹晟康,现在印度另外一个城市阿拉哈巴德,正有一场十二年一遇的盛会——"大壶节",而今年又更不同,是恰逢一百四十四年才一遇的,这可是许多人一辈子都不一定能碰上的盛会!

曹晟康立刻想要前往，尹慧不能同去，当天晚上，她就乘飞机回中国的老家，与家人一同过春节。现在可正是中国传统春节即将到来之时啊！

【2013-2-14 印度 阿拉哈巴德】

这世上是否有神保持着宇宙的规则？是否有魔将人类诱惑进地狱？如果是这样，他们的目的又是什么？为什么人的身体里隐藏着罪恶？那么为什么我们又向往着圣洁与美？

相传在人神共处的年代，天神与魔鬼为争夺一只装满了长生不老药的大壶而大打出手。大壶被打翻了，琼浆溅满天界，其中有四滴滴落在印度的阿拉哈巴德、哈里瓦、乌疆和纳锡。从此以后每三年这四座城市中就会有一座举办"大壶节"，因此一个城市十二年才能轮到一次。其中阿拉哈巴德位于恒河、亚穆那河和神秘之河撒拉斯瓦提河三江交汇处，这里的庆典尤为隆重。

2月14日，曹晟康和三千万前来阿拉哈巴德朝圣的民众一起，乘坐火车来到印度最重要的圣地之一。这个使他终生难忘的火车站到处弥漫着油炸食物的味道、烟草的味道和牛粪的味道。它就像是巨大的黑色海洋，翻滚着沸腾的海水，打湿所有人的身体，将飞沫涂抹在旅客的额头、颈背和四肢。曹晟康的衣服都被汗水浸透了，空气浑浊憋闷，不详的阴霾如凝固的羊油一般腻在每一颗空气中的水珠上。作为农民工的一员，曹晟康早已熟悉了春运的翻江倒海，然而中国的南北大挪移跟这些虔诚的信徒来比，只能是小巫见大巫。他完全被人群裹挟了，只能随着夹带体温的肉体之浪翻滚。他无助地在人群中喊着China！可这蚊蝇般的呼救声立马淹没在嘈杂的浪头中。

忽然，人群骚乱起来，大海愤怒了！狂风席卷着整个火车站，海啸以势不可当的远古力量掀翻了海底的大地。人群涌动着，曹晟康意识到自己随时都会被挤倒并立刻被无数人踩死！他的心中充满恐惧，到底发生了什

第一章 亚洲：活着

么事？肯定出事了！因为人声的交响中出现了极度不和谐的华彩乐章，远处的人们开始尖叫，歇斯底里，死亡前最后的嘶吼。曹晟康收紧全身的肌肉，连同他的喉咙，那些喉咙深处的可怕叫声令他毛骨悚然。他踩住一条女人纱笼的裙摆，不好！要滑倒，大祸临头的预感就像一道寒冷刺骨的利剑，冰冻住他已经坚硬的身体。

这可能是曹晟康人生最后的记忆，如果这个时候没有一只有力的大手抓住他的话……

"当心！"那只大手所在的身体发出了令人欣喜的中国普通话。曹晟康终于知道什么是喜悦，从地狱的沼泽中一把被拎出来的喜悦，整个心都像爆开了，光芒射进了胸膛！

"中国人？"他激动地问，旅途中，他见识了太多只会说你好、谢谢等简单中文的外国人。

大手拉住了曹晟康的手，并将它放在自己的肩膀上，接着用标准的河南口音叮嘱道："抓好我的肩膀，我是河南郑州的，下了火车就听到有人在叫China，一路追过来。"

郑州不是曹晟康的家乡，但在这个时候他觉得这就是乡音，他从来没觉得河南话这么亲切！

"出了什么事？"

"前面有踩踏事件。"河南人说："跟好我，千万别摔倒，否则就没命了。"

"有人受伤吗？"

"肯定死了不少人。"

……

郑州大哥姓尹，是位地理杂志社的摄影师，跟拍大壶节好多年了。他见多识广，带着曹晟康走出火车站，去到常住的旅社。阿拉哈巴德的街道锣鼓震天，花车的队伍一辆接一辆。伴随着浓郁的印度音乐，街边上很多人在

分发免费的油炸食品。

曹晟康的盲人杖杵进一处黏腻的泥塘中。

"当心。"尹大哥笑着说:"插进牛粪里啦!"

曹晟康皱皱眉头,城市里的气味比火车站好不了多少,衣服贴在身上,也仿佛浸透了牛粪,自己也跟着变得恶臭。没走两步,尹大哥又停下来,他跟什么人在交谈,边吃边谈,继而将一块油饼放在曹晟康手里。

"你尝尝。"他嘴巴里发出满意的吧唧声:"大壶节期间有免费小吃。"

曹晟康感到一阵反胃,油饼刚拿到嘴边,就忍不住要呕出来。

嘴里塞满食物的尹大哥哈哈大笑:"你怀孕了吗?"

凌晨一点钟,曹晟康就跟着尹大哥离开旅馆,赶往恒河。朝圣者似乎是不需要睡眠的,在漆黑的夜里,两个驴友依旧是挤在人群中,只是比火车站要好很多,不用担心被踩死。尹大哥告诉他,昨天除了火车站的事故,大桥也断了,很多车辆连人带车掉入奔涌的河流。

"他们在圣河里一定会找到永生的。"河南人的语气变得沉重起来。

曹晟康的心里也不舒服,完全没有遭遇盛事的激动与喜悦。相反,他感到心上压着块石头,这块石头从他乘坐的汽车撞死了那只公鸡就没有被搬起来。不是公鸡,是个男人。旅行刚开始就接二连三地接触到死亡,距离都如此近,压迫得他喘不过气来。

"为了活得更好来朝圣,结果连命也搭上了,真不明白!"他喃喃地说。

"多来几次你就明白了。"尹大哥牵着他的盲杖走在稍微靠前的位置,他侧过一点头对曹晟康说,"我不信宗教,以前也不明白到底是什么力量让这些人如此狂热,不过现在有点体会到他们的感受。这个世界太小,也太短暂,就如电光一闪。"

曹晟康觉得人生很长,还可以做很多事情。

第一章 亚洲：活着

……

曹晟康和尹大哥坐在一艘恒河中的木船里，他听到船撕裂水面的声音，一艘、两艘、三艘……有摇橹的欸乃声，也有电动马达的嗒嗒声，它们和山呼般的人声交相呼应，壮美而动听。他还感到湖面上一点点的热气，像是夜晚的群星在各自的轨道上闪耀，大哥告诉他那是举着火把的人们。

赤身裸体的男人一队队游街一直走到河边，继续走，进入河水中；他们似乎就真要这样一直走下去，踩着河底细软的泥沙，迎着朝阳，洗净身体与心灵上的所有污垢，洗出一个透明的自我来。女人们，老人和孩子，狗、猪其他牲畜也走下河中洗浴。

恒河是印度的母亲河，河水是所有人类的母亲，任何文明都发源于河流的两岸；任何人类的迁移都离不开水源的变迁。水与大地，让万物生根、发芽。

曹晟康看不见，但是他的想象力带着他驰骋。他想起家乡的小河，男孩子们总是脱光了跳进河里游泳，在里面随意小便，正像这里的人在恒河里做的一样。他想起家乡的麦田，沉甸甸的谷穗一望无垠，人们的内心充盈着快乐与满足，多美的小麦田啊！还有水稻，几个村子同时开渠放水，晶莹的河水灌注进家家户户的稻田。每块稻田都用泥巴围起来，方方正正，有的人家在山坡上开垦梯田，水流像瀑布，又像小溪。最美的是当漫山遍野的水田都灌满水的时候啊！夕阳红色和紫色的余晖映衬在水中，天空被涂了釉、上了彩，画成一块又一块的，晶莹剔透。微风吹过，整个天翻了个个儿，在山坡上飘来飘去。

曹晟康觉得恒河就像家乡的稻田，那土、那水被无数人践踏、洗涤；田鼠、蝎子、蜈蚣、飞鸟走兽的尸体在泥土中腐烂，人们在田地中浇灌着粪便……然而，那土、那水回报给我们的却是颗颗饱满雪白的大米、金黄的谷粒、浑圆壮实的玉米……朝圣者舀起河水，敬畏地吞咽。他们此时此刻和

母亲融合在了一起，他们忘记了悲伤、痛苦和恐惧，这里有圣水护佑着。在圣水中，不仅仅能结出纯洁雪白的大米，而且会结出更加纯洁的灵魂。

或许尹大哥说的没错，电光影般一闪而过的人生就像春小麦。而灵魂却在大地中重生，一茬又一茬，永无止境。

人间群星的火把熄了，更炙热的恒星燃烧起来。那是焚烧尸体的巨大木架。最尊贵的人死去后，被包裹在白布中，抬到恒河边焚烧，伟大神秘的圣河将载着骨灰和残肢直抵天堂。在恒河、亚穆那河和撒拉斯瓦提河的交汇处，焚尸的烟雾蒸腾弥漫，越飞越高。曹晟康走近木架，火焰炙烤着人们，将周围的空气都烧变了形，卷起捉摸不透的热浪与旋涡，舔着人们的面颊与手臂。曹晟康忍受着刺鼻的气味，生命这个名词在这里变成了实实在在的东西，变成了烟与热。所有人的生命都凝固在这一时刻。

一具新鲜的尸体从河中被抬了出来，尹大哥猜测这位老人是激动过度心肌梗死。

"尸体被抬回来，灵魂肯定留在了圣水中。"此时的河南大汉看起来像个多愁善感的少女。在死亡面前，大汉也罢，少女也罢，都失去了力量。

又有个人蹚水向岸边走来，从水流的声音，曹晟康断定这个人一定十分高大，截断河流，大象一般走得坚定而从容。

"谁过来了？"曹晟康问。

"没有人啊。"尹大哥望着灰白的河水与远处的天空。无数人在河水中沐浴，几个人牵着一头牛开始下河，并没有什么人走过来。

那个人朝着曹晟康走来，走得越近，双腿划开水面的声音就越响，他还听到了飞溅着的水花在空气中爆裂的声音。曹晟康伸出左手在眼前摸索着。

"在印度不要对人伸左手，这是极大的侮辱。"来人终于说话了。

"你是谁？"晟康问。

"我是没有人。"

这个声音？是心魔！

"这不可能，这是神圣的地方！"

"我刚刚心脏病发作死了。"心魔说。

"你霸占了那个老人的身体，让他死掉？"

"是老人邀请我到他身体中做客，我们正聊得开心，他的房子却突然塌毁。于是我只好独自出来。"

"你去每个人的身体里做客吗？"

"差不多吧，只是有的人光顾得多些，有些人去了他们也不知道。"

曹晟康在岸边坐下来："那个老人的灵魂，上天堂了吗？"

没人回答他，心魔又一声不响地走了。

人终有一死，曹晟康想，我们只能规划死前的日子。

我们像河流一样奔跑着变老，能不能规划河流的轨迹呢？是河流塑造着河岸，还是河岸塑造着河流？

悠扬的笛声缓缓流过，在曹晟康耳畔徘徊。一位退休的老教授用笛子打发他人生最后的时光。受到老人的邀请，曹晟康来到了他位于新德里的家中。这一老一少，一个吹笛子，一个帮他推拿，两个人虽然语言不通，但却有一种心灵相通的感受。

【2013-2-17　印度　新德里】

老教授算是印度的中产阶级，但也要忍受停水之苦。善良的老人像对待自己的孩子一样照顾着曹晟康，喂他吃饼干、水果、新买的炸鸡。可是曹晟康却无法消受这份情谊，不仅仅甜味的炸鸡令他毫无食欲，一想到停水后老人出恭都无法洗手，他就完全食不下咽了。生活习惯的不同让他们由合到分，命运的相遇不欢而散。

旅行不得不承受不喜欢的风景,也不得不承受不被别人喜欢。

付出与帮助不等于讨好与献媚,没有人能够做到面面俱到,让所有人都喜欢。

一个成熟的人首先要接受自己的不完美。

老人对曹晟康的表现极度不满,将他锁在家中,对他大喊大叫。

曹晟康也怒了:"放我出去,你这个上厕所不洗手的老头!"他急得要翻墙头。

老人终于放了他,并驱车将他送到旅馆。

曹晟康不明白,为什么做什么事都不顺,碰得鼻青脸肿,尊严扫地!哪里有世外桃源,可以离开这个世界,离开讨厌的人群,离开一团糟的狗血事?出家算了,出家……会不会有讨厌的住持,讨厌的僧人,讨厌的佛事……老人并不坏,他囚禁他只是怕他出危险,到头来,最讨厌的人还是自己,要到哪里,才能离开讨厌的自己,如果可以做到,他宁愿走到世界的尽头。

他的手停在背包上,想起了朋友送的安眠药——阿普唑仑片。

一睡解千愁。

最后,他摇摇头,再次背起背包。

曹晟康憋了一肚子的火,不顾一切地冲向传说中的瑜伽圣地瑞诗凯诗。

【2013-2-19 印度 瑞诗凯诗】

这座距离新德里 250 公里的小镇是印度最著名的瑜伽圣地。曹晟康打算顺着恒河逆行,从下游直抵喜马拉雅山口。这是一座令中国感到自豪的山脉,曹晟康计划完成环球之旅后就去征服这座冷峻大山中的最高峰珠穆朗玛峰。喜马拉雅山是大神湿婆的道场,湿婆不仅创造了整个宇宙,还顺便创造了瑜伽。"瑜伽"梵文为 yoga,是印度文与日耳曼文的混合语,有管束的意思，即如何才能管束我们的心，训练我们的心，使心完全向某一方向走，而能在身体上、精神上和知识上产生好的结果。

瑞诗凯诗三面环山，恒河穿城而过。清晨的薄雾还没有散去，瑜伽师与苦行僧们就已经沐浴完毕，在河边开始了一天的修行。细细的阳光穿透云层，在他们黑黝黝的皮肤上闪耀，照耀着一张张安详平静的面容。这里有一百多所瑜伽学校和来自世界各地的学者。曹晟康信步慢行，不知不觉来到一所瑜伽馆门前，瑜伽师们友好地将其请进去，与他们一起冥想。

"我们也很少使用眼睛。"瑜伽师李女士幽默地说："更多的是向内看。"

第一次做瑜伽，居然就在瑞诗凯诗的山涧幽亭。

印度禅讲求安般法门，即调息。安指的是"入息"，般指的是"出息"。曹晟康和其他人盘膝坐在一起调和呼吸。按照老师的方法，他在心中数着自己的呼吸：从1到10，再从头开始……放空心思，神情专一。

他要忘记这一路的烦恼与死亡的阴影，但却不知为什么会想起在吉林白城的往事。

被表哥骗到传销组织后，他想偷偷打电话报警。表哥发现后依旧用甜言蜜语哄骗他，用他梦寐以求的巨大利益诱惑他。表哥知道这些年他交了不少盲人朋友，他去合肥学过盲人按摩，同乡和同事都可以发展为他的下线。

"心随鼻息跑，念与息俱，使心不乱。"老师温和地对他说。

呼吸，原来还有这个功效！

正常人只要一闭上眼睛，就很容易平静下来，睡觉也易如反掌。曹晟康在心里叫苦，眼睛睁开还是闭上对他来说都是一回事，要如何安安静静地调息呢？别说调息，有时候睡觉都是令他困扰的事情。小的时候他就经常失眠，不开心就大哭一场，哭得昏天黑地才能入睡。在白城传销组织的营地

更是夜不能寐，一心想着逃出去。

凭着灵敏的听觉，他循着寂静，避开传销组织熟睡的人们。

夜晚对他有利，越黑越好。但晚上大门紧锁，他不知道谁拿着钥匙。

表哥逼着他给盲人朋友打电话传销。他知道，那些人赚的都是没日没夜帮客人做按摩的辛苦钱。

他只能打电话，他相信朋友没他这么傻。

渐渐地，人们对一个言听计从的盲人放松了警惕。

白天，光天化日之下，有时候比夜晚更加隐秘。

曹晟康若无其事地从大门走了出来，之后他加快脚步，希望能听到过路汽车的声音。

几个人追了出来，他们发觉事态不妙。

"出租车，出租车！"他边跑边喊。

果真有一辆出租车戛然而止，停在路边。他不顾一切地钻进去："赶紧去火车站！"

表哥一行人开车紧追不舍。

"我是被传销组织骗来的盲人，"曹晟康对出租车司机说，"我身上没有钱，但是回家后我肯定把钱给你寄来，求你相信我！"

从后视镜中，司机发现了尾随而来的小轿车。

"车费算了，我给你找个交警。"司机说。

"行，谢谢大哥！太谢谢了，大哥！"

"你的鼻息停止在什么地方？"老师的声音打断了曹晟康的回忆。

"停在什么地方？"曹晟康气呼呼地反问，"鼻息停了人不就不喘气儿了吗？"

"总有停的时候，一吸有所止才能呼，一呼有所止才能吸。去感受呼吸停止的瞬间。"

有人做着伤天害理的传销，有人被不断侮辱着损害着，有人没水洗手，可是我却在这里数我自己喘气儿。

"这有什么用？"曹晟康问。

"可以把自己元神提出来，看看自己到底怎样。"

"到底要怎样？我不明白。"

"你心里有烦恼吗？"

"有，这两天特别多，因为看到很多生命的终结，想起了很多往事。"虽然是初见，但是曹晟康却对这位老师产生了毫无保留的信任，他不知不觉地说出了这趟旅程的困惑与沮丧。

"你害怕吗？"

"不害怕，我就是容易发火。想不通的时候火气就特别大。"

"你害怕，所以要找个出口发泄。"

"我的旅途才刚刚开始，我不能害怕，要像那些朝圣的信徒一样勇往直前。我曾对女儿说，说不定哪一天爸爸就不能再陪你了。女儿哭了，那个时候我也很想哭，但我不能哭，也不能停，停下来就前功尽弃，一无所有了。"

曹晟康不能停，仿佛追逐着死神，嗅着危险的气味一路狂奔过去。

当他能量耗尽想打退堂鼓的时候，至少还有愤怒支撑着他，对这个不公平世界的愤怒。他有他的逻辑，他可以帮助别人，所以他是强者，强者不能软弱，但可以愤怒。

【2013-2-28　尼泊尔　加德满都】

在加德满都，曹晟康得到了许多中国同胞的帮助。他们带曹晟康去了各处景点名胜，多巴广场、博物馆、侯庙，还有烧尸庙，就是烧尸体的庙，

还爬山、逛公园等。

渐渐地,他的心情好起来,怒火总是在一声友好的大笑中灰飞烟灭,又会在一个鄙夷的鼻息中骤然而降。

后来,一众人还去了回民餐厅吃饭。这一顿,曹晟康可是记忆深刻,因为在那顿晚餐里,他终于吃到肉了。

当手抓羊肉盛放在他面前时,他极度夸张地撕咬啃食,好像《生化危机》电影里那些饥渴啃食人肉的丧尸一般。旁边人看了,都很好奇,这哥们吃个肉怎么会有这样的幸福感?他们怎么会知道,前段时间在印度旅行,曹晟康吃的几乎全都是素食和水果,已经好久都不曾尝过肉香了。

【2013-3-1 尼泊尔 博卡拉】

次日曹晟康与旅馆里的驴友于春生一起前往博卡拉。

路上,于春生对曹晟康说,附近有很多雪山,他拍了很多很美的照片。曹晟康听他描述雪山的壮美,不禁心驰神往。

在博卡拉感受着异常新鲜的空气,与印度那里的秽臭相比,简直是天壤之别。

曹晟康在当地了解到,这里有许多徒步旅行的路线,有登雪山的,有环雪山的。

一个想法忽然在他脑中冒出:有一天,我也要去挑战,作为一个盲人,挑战登顶世界八大雪山!

多霸气,多伟大!一定能让世人震撼,鼓舞更多的人!

再回到加德满都,他结识了来自唐山的越野车驴友大金,于是结伴翻雪山,从尼泊尔孔唐拉姆山回西藏。比起第一次出国,这一次的经历更加壮观。白雪皑皑的喜马拉雅山令人心生敬畏,人类在它那硬朗而宽阔的怀抱中显得如此渺小,犹如朝生暮死的小飞虫。那些生活在城市中的人们,他们

第一章 亚洲：活着

忙碌于一座座人造的建筑中，穿行在一道道十字路口，红灯停，绿灯行，日复一日，年复一年，人们忘记了自己只是自然中渺小的一颗芥子；高楼拔地而起，上海中心、迪拜塔、101大楼……自以为是的人类啊，哪一幢大楼在喜马拉雅山面前不变得渺小而弱不禁风呢？

人们不再敬畏自然是因为他们不再看得到自然。

越野车穿行在嘉措拉山，这里的海拔在五千米之上，曹晟康感到昏昏欲睡。

"千万别睡觉。"大金停下车提醒他："睡着了可能就再也醒不过来了！"

前座大金的声音似乎从很远的地方传来，曹晟康和大金一起下了车，前者明显感觉到动作不如以前那么灵便了。

"猜猜我能看到什么？"大金大声说："我……"继而他为防止雪崩而压低声音："我是大山的儿子！"

"周围都是山峰对吧？"曹晟康感到胸闷，呼吸困难。但是寒冷的空气又令他恋恋不舍，这种凌厉的风比江南的风更有男子汉气概，更纯净，冰雪之风。

"珠穆朗玛峰就在眼前！曹晟康，你要是能看到就好了，不光是珠峰，还有马卡鲁峰、洛子峰、卓奥友峰、希夏邦玛峰！"大金如数家珍。

他们被世界上最高的山峰包围了，巨大的擎住天空的柱子正在俯视着他们。大金拿出相机，但再高明的摄影技术都无法描摹此时此刻的肃穆之情。回家，从尘世中回家，生命悄然无息地滤过尘网，与雪山对望。

如果有来世，一定要托生为这俊朗的群山！

大金陶醉地按下无数次快门，而这些快门的咔嚓声却令曹晟康难以忍受。声音太吵了，吵得心脏都要蹦出来。出国之前，曹晟康走过祖国的大江南北，青海、西藏都如履平地，为什么在这里感到如此无助？他跟随在大金后面，脚踏着远古的岩石与经年的积雪。大金的脚步声越来越远，曹晟康有

点怕了:"别离开车太远。"他叮嘱道。

"不会的。"大金向他伸出手:"拉住我,这有道沟。"

"你那么远我怎么拉你?"

大金拉住了曹晟康的手:"你是不是高原反应了?我不是一直在你旁边吗?"

曹晟康的心颤抖了一下,一直握着的录音笔一下子掉落在雪地上。由于无法记笔记,录音笔成为他旅行必备的东西。他刚弯腰捡笔,好像天空中飞来一闷棍打在他的头上,打得他脑浆迸裂。他条件反射地用双手握住脑袋:"头好痛,痛死了!"

大金将录音笔捡起来塞在他手中:"快上车,咱们去营地,你这样很危险。"

"没事儿,我就是有点感冒。"

"这不是感冒,是高反。你头晕吗?"

"头晕恶心,太难受了。"

"坚持住,营地离日喀则不远,有医生帮你看看。"

越野车如一匹雪狼在高原上疾驶,大金也有点害怕,不知是不是传染,他也感到头晕目眩,小肚子一个劲儿地转筋儿。坐在后座的曹晟康则更是忍不住喘着粗气,他强忍着不让自己呕吐出来,全身的血都因缺氧而变得无精打采,血红蛋白似乎在血管中迸裂,三价铁离子让他头痛欲裂。

"曹晟康!"他一遍又一遍地呼喊着自己的名字:"你不能倒下!你不是说还要登珠峰吗?才五千多米就不行啦?你不能死,你的父母女儿都在等着你回家,你的梦想还没有实现!"

无法思考问题,挺不住了!

"别睡,咱聊聊天吧。"大金说。

"调息。"曹晟康有气无力地说:"深呼吸,从一数到十,感受呼吸停止的地方。"

"这是啥啊?"

"瑜伽,禅,冥想。"

"拉倒吧,你别成仙了啊,我可害怕。"

"放心,我死不了。太难受了!"

大金似乎还说了点啥,可声音却越飘越远,曹晟康闭上了眼睛。一片漆黑,不是白天的黑,而是夜晚的黑……夜黑风高……夜……趁着……

趁着夜黑风高,年轻的曹晟康逃出煤窑宿舍,顺着大路向山下跑。很快煤窑主就带着弟兄们抄家伙追了出来。曹晟康没命地奔跑,跑得胸口如撕裂般疼痛,四肢像是散了架,魂飞天外。帽子早已不知去向,北风削切着他的耳朵与面颊,他听到沉重的呼吸声越来越近了。一只大手猛然从后背抓过来,他感到后心室被重重地击到。双膝不由自主地跪倒在地上。

矿工们毫不留情地对这个盲人拳打脚踢。

曹晟康护着脑袋,大声哀求:"我是盲人,我真是盲人,干不了活,我有盲人证!"

"你是盲人你哥张宝能不知道?瞪着大眼睛还说是盲人!"

"他不是我哥,他是骗子,把我卖来的。"

老矿工也跑了过来:"张三儿真是瞎子,我跟他一起干活他啥也看不见。"

"我不叫张三儿,我叫曹晟康。是张宝让我假装他弟,说不装就找不着活干。"

"别打了。"煤窑主阻止了大家:"把身份证和残疾证掏出来。"

高原反应让曹晟康想起很多不愉快的往事。

想做个人都这么难。

车戛然而止,曹晟康用力眨眼皮,活动着肩膀:"到了?这么快?"

"没呢,有人搭车。"

一位来自台湾的教授上了大金的车,他的车胎莫名其妙地爆胎,千斤顶也坏了。教授姓钱,是一位从事文物保护工作的老师,五十岁开外,声音洪亮,讲话风趣,这下子大金和曹晟康不愁没人聊天了。

"高原反应肯定会有的。"金教授说:"没什么大不了,休息一两天就好了。你从哪儿来?"

"我是安徽的。"曹晟康感慨着:"我是运动员,一直持续着短跑和帆板的训练,身体一直很好。"

教授先是吃了一惊,他没想到身旁坐着的盲人居然还是个体育健将。之后他安慰曹晟康:"越是平原的运动员,就越是容易出现高原反应,你们耗氧量大嘛!"

"你以前来过西藏吗?"大金问搭车者。

"这是第六次来啦!在日喀则有很多好朋友,今晚他们都过来看我,你们也一起来喝青稞酒吧!"

"我肯定没力气喝酒了。"曹晟康不想继续聊天,他感到灵魂从他的身体中分离了出去。

不知是做梦还是幻觉,或者就是真真切切的灵魂出窍,曹晟康的眼睛能看到东西了!他看到他自己坐在一辆越野车的后座上,他看到一个开车的人形和坐在旁边副驾驶位置上的人形,这两个人形都朦朦胧胧,发着惨淡的青光;而自己却看得异常清晰。他看到自己手中握着一瓶矿泉水,另一只手中是金教授送给他的一包话梅。他放了一粒话梅在口中,似乎不那么恶心了。车一路向下直奔日喀则。

来到海拔四千米的营地后,曹晟康感觉好多了,有一种大病初愈的轻松。他和大金一起参加了钱教授和四位藏族朋友的聚会。但是他什么也不想吃，只喝了一点奶茶。

"你们俩翻孔唐拉姆山口的时候看到那些山峰了吗？"钱教授豪爽地痛饮青稞酒："太美了！"

"我没看到，但大金跟我说了，我能感受到。"

"曹晟康！你真不简单！"钱教授向他举起酒杯："你是残疾人的偶像！"

"我今天实在不敢喝酒，我要活着回家去。下次我去台湾找你喝酒，你说喝多少就喝多少。"

钱教授笑了："你是安徽人没错吧？我下学期开学要去上海的一所高职院校教书，帮他们学校创立一个文物保护专业。上海到安徽很近的，我去安徽看你！"

"钱教授在上海就太方便了，我目前在常州的养生会所工作。你来，我给你免费推拿正骨！"

再次回到祖国，曹晟康感慨万分，围绕在身边的乡音也备感亲切。山东话、唐山话、台湾腔……全都是乡音，全都是同胞！

当年他从白城的传销组织逃出来，被表哥和其他人追赶；他从被卖的煤窑里逃出来，工头抄着家伙在身后虎视眈眈。他被打倒在地，他被拳打脚踢，他不住地哀求，我是个盲人，我没法挖煤，我真的是盲人。他求助于路人，求助于警察。在车站警察的帮助下，他终于摆脱了传销组织的魔爪；在他的哀求下，煤窑的工头也终于无奈地放弃了他。

命悬一线。

他回想起热情好客、精力充沛的钱教授，内心溢满说不出的悲哀。这位五十四岁，去过六次西藏，从没有高原反应的结实汉子，居然在痛饮青稞酒的当晚出现了肺水肿，送到拉萨的时候已经离开人世。他再也无法去

上海传道授业，再也无法回到家乡拥抱妻子儿女，无法赡养年老的父母，无法再次仰望雪山……

为什么？做个人都那么难？

【2013-3-4　中国　拉萨】

2013年3月4日，北京时间中午十二点半，曹晟康在亚洲三国三十九天的旅行亦宣告结束，心中无限感慨。

翌日，他顶着虚弱的身子继续上路，往拉萨而去。那里是五年前，曾让他获得重生的地方。

拉萨，我曹晟康又来了！

一路聊着天，听着音乐，司机是藏族人，叫志邦扎西，会说汉语，一路上为曹晟康描述沿途的美景。

到了拉萨，曹晟康拜会多年前结识的老友，重走布达拉宫和纳木错湖。

布达拉宫上的民警与工作人员，对曹晟康十分照顾，一路上下，呵护有加，全程都有人在陪着他，最后还贴心地将他送回了住宿的旅馆。曹晟康满心感激，那是他回国以来，遇到的最好的民警了！

【2013-3-8　中国　上海】

2013年3月8日，曹晟康搭乘飞机返回上海，第二次国际之旅画上了圆满的句号。

第二次亚洲之旅走得太重了，像走了整整一生，或许走了几次转世来回。曹晟康感到自己老了很多，就像当年的王铁生一样老。他希望重新找回青春，他还年轻，眼前还有新的旅途。

回顾历数，此番在泰国、印度、尼泊尔三国待了三十九天，在西藏待了四天，一共四十三天的旅行，其中有快乐，也伴随着许多危险。有许多人帮助他，他也努力回报并帮助他人，因此结识了许多新的朋友。

环球旅行之路才刚刚启程，还有更多更远的路在等待着他。

第二次回来，他的心情比第一次回来时平静了许多。人生永远不尽如人意，困难永远层峦叠嶂，未来永远扑朔迷离。宁愿作死，也不愿苟活，因为作死容易，而苟活则太艰难了！

第二章

北美洲：自由

生命诚可贵，爱情价更高；若为自由故，两者皆可抛。这世上任何可以抛弃生命的自由都是个谎言，因为你抛弃生命的那一刻，也抛弃了自由，我想不出死人有什么自由可言。

第二章 北美洲：自由

洛杉矶不眠夜

【2013-10-17　美国　洛杉矶】

2013 年 10 月 17 日，清冷的雨夜，伴随着起落架的轰鸣声，庞大的波音 747 降落在大洋彼岸的美国洛杉矶国际机场。曹晟康拄着盲杖，步出舱门。洛杉矶位于美国西海岸，被称为天使之城，多美的名字啊！他不禁浮想联翩。

尽管没有阳光的刺激，他依旧戴着墨镜。他看不见眼前的景象，但他的鼻子，嗅出这里与众不同的雨雾的清新味道。对！就是这种味道，自由的味道！人们都说美国是个自由的国度，可是……究竟什么是自由？

行动自由就是不受束缚、恣意妄为，做自己喜欢的事；

思想自由就是唯我独尊，不用为任何事负责。

第三次环球冒险正式拉开帷幕，这一次，曹晟康的目标是——征服美国！前两次的亚洲之行犹如一阵狂飙，吹散了他几十年的思维模式，他感到自己已经脱胎换骨。跳出井底的青蛙，断不会再回到井底，因为这是一条单行线。

然而，井外远没有井底那样熟悉和可控，美国这个典型的资本主义国家一开始就给曹晟康来了个下马威。

入住旅馆的时候，他用刚学会的一些英语简单沟通了几句，本来只是习惯性地确认一下价格，却不想一听就傻眼了。

"Excuse me, please once again!"（"不好意思，麻烦再说一次！"）

旅馆前台重复了一遍。他并不是没听清，而是不敢相信。

这里一晚的房费，竟然还要加税 30%，那算下来，一晚上就要 70 美

元。我的天，70美元，对其他人可能不多，但是对他来说，这可是一笔极大的预算开支。

曹晟康扒拉着手指，算了一下，自己的冒险还要经历好长一段时间，根本负担不起这里的房费……

前台服务生见他嫌贵，对他说，周边的旅馆住宿，都是这样的价位。

曹晟康一听，反而笑了起来。前台服务生狐疑地看着这位戴着墨镜的亚洲男性。

哈哈，既然都住不起，那就没什么好纠结的啦！

他别过服务生，大踏步地往外走。

我可以露营，搭帐篷！美国跟中国一样大，找个搭帐篷的地方有什么难的！

这对曹晟康来说，早已不是难事，在国内和东南亚旅游时，他时常选择露营。

"用最少的钱，走最多的地方。"这是曹晟康的信条。

想要活下去就得让自己足够愚蠢。

风，将雨吹得偏斜，打在曹晟康的脸上。店外依旧下着细雨。

这么晚了，又到处湿漉漉的，该去哪里露营啊？才刚雄心壮志地步出旅馆，忽然心中就生出了退缩之意。曹晟康一瞬间想要回头，但终究忍住了。已经向前走，哪有再回头的道理，自己这一路，不就是这样一步一步走过来的吗？这一刻他想起了在国内跟朋友们的豪言壮语。

自从第一次亚洲归来，各大媒体就竞相报道他的事迹，许多人慕名来找他。这些人中有投机商老板，从曹晟康的身上看到种种商机；也有怀揣理想主义的热血青年和知识分子。这里面有位北航的高才生，他叫葛磊，在中青旅工作。在葛磊充满热度和尊敬的语气中，曹晟康忘记了他们之间文化程度的差距。的确如此，越是书读得多的人，越是无视学历与地位，越能超越势利与偏见。他们两个人一见如故，越聊越投机，宛若兄弟。

"曹晟康，你太了不起了！"葛磊完全被他的故事所鼓舞，"我真想帮你写一部传记，你的故事太励志了！"

曹晟康腼腆地笑起来："你写吧，我给你授权，让更多的盲人朋友知道，他们除了被歧视还能做点别的。"

"可是我太忙。"年轻的旅行家叹了口气，"要不这样，我推荐一位作家给你。我正好想到一个人，一位非常优秀的女作家。她正在复旦大学做访问学者，研究艺术人类学。"

"行啊，我听你的。她叫什么？"

"她叫高钰，也喜欢旅行，最近要为她的新书《追寻乐园的旅途——慢画欧洲》去欧洲写生。"

"不着急，我要去美国，等我回来会有更精彩的故事讲给她听。"

海口大话已经夸出去了，可是……

向前走，船到桥头自然直！

于是，曹晟康打着伞，拄着盲杖，在雨夜中沿着道路，一步一步前行。他也不知道要走去哪里，但至少先找个能坐的地方，再从长计议吧。对，从长计议。

走了半个多小时，耳畔似乎传来便利店自动门的电子喇叭声，晟康欣喜万分，循声走去。

今晚也许还要折腾许久，曹晟康打算买瓶饮料提一下神，他一脚迈进便利店，玻璃移门的滑动令他备感亲切，家乡的移门也是这样沉吟的。但是，他刚学会的英语单词毕竟太少，一时不知如何表达，竟夹杂着中文，在店员面前比画着手势。饮料好说，"提神"该如何表达才好啊？曹晟康也不

知道"精神"的英文怎么说……

一阵潮湿的冷风伴随着门扇的开启吹进便利店，曹晟康听到了粗野的脚步声与衣服摩擦的声音。进来的人和店员开着猥琐的玩笑。瞎子听不懂，但是从他们的语气中听得出，肯定不是什么高雅内容。

"你是中国人？"来人忽然用纯正的京腔问曹晟康，一边"砰"的一声拉开罐装啤酒的拉环。

这句话可是抵得上一千瓶提神的饮料！在这语言不通的异乡国度，最激动之事，莫过于听到自己国家的语言。

他连忙点头："是，我是盲人旅行家，想找个地方露营。"

"噗！"来人的啤酒几乎喷到了曹晟康的脸上，"露营！这里可是洛杉矶！你是哪门子旅行家！"

盲人旅行家感到莫大的羞辱。

"我不相信美国不能露营。"他下意识地反击。

对方哈哈大笑："走，我带你去一家24小时营业的快餐店，那里有咖啡，也有面包，可以过一夜。美国有露营的地方，大街上可不行！"

他这么一说，曹晟康胸中瞬间生起的怒气一下子消了大半。

"跟我来！"北京人拍拍曹晟康肩膀，将他带出便利店。"我姓李，叫我杰克就行，你呢？"

"我叫曹晟康，第一次来美国。你在这里做什么工作？"

"打工呗，还能干啥。"

两个人顺着人行道向前走，小雨淅淅沥沥，杰克李缩起脖颈，用风帽遮住头。

"不远，就在前面。"

"嗯。"曹晟康循声跟着他，雨小多了，曹晟康收起雨伞。由于没戴帽子头发上挂着些水珠，但他几乎没意识到。

第二章 · 北美洲：自由

此时已经是凌晨一点多钟，即使是洛杉矶的街道也是静悄悄的，冰冷的雨占领了这座城市的夜晚。曹晟康的鞋子湿了大半，裤脚也变得沉甸甸。或许是时差的原因，也或许是时局所迫，他一点儿也不困。

"你上夜班吗？"

"嗯，我在赌场发牌。"杰克李怨气十足，"白天在唐人街打打零工。今天身体不舒服，休息。"

"在国外混不容易吧？"

"真他妈难！白人根本瞧不起黄种人，表面上说平等，骨子里把你当二等人看！"

"老兄，我说你嘴巴能不能干净点。"

"我是男人，又不是娘炮，那么干净有什么用！"杰克李自嘲地笑着说，"别介意啊，我就是一粗人。"

"这么辛苦为什么不回国？"

"回国？靠，回国二等公民都做不上！低声下气，干啥事都要求人。那帮高官趾高气扬，一级级压榨，贪个十几亿都排不上号！我老爸是做工程的，给领导装修从来不敢要钱，跟孙子似的，一边送钱一边感激涕零。"

杰克李滔滔不绝，语速和脚步都不知不觉越来越快。这个充满戾气的男人年纪并不大，从声音听来应该和曹晟康差不多。他的口气让曹晟康感到匪夷所思，似乎整个世界都在跟他作对。曹晟康生气的时候可不像他这样胡说八道，他越是气愤就越是沉默，独自一人用力砸石头，或者在没人的地方大叫几声。

曹晟康感到丝丝尴尬，杰克李说的事情他都不了解，正愁如何回应他急促的谈话，一阵欢快的墨西哥音乐救了他。鼓点强劲的流行歌曲飘然而至，打破了夜的宁静。拉开快餐店的门，热情的节奏如夏日的热浪一拥而上。杰克李告诉他，是一群墨西哥裔美国人在这里开派对，他们拿着酒瓶

一边喝酒一边扭动着身躯，唱啊，跳啊……

两人坐下后，曹晟康紧张的情绪渐渐放松下来，甚至不自觉地跟着音乐，打起了节拍，颇觉得有趣。这些年轻人跳着舞走到他们的桌子前跟他们寒暄。

原来他们是南加州大学计算机科学专业的大学生，这些墨西哥裔美国人生性热情好舞，听到了曹晟康的自我介绍"blind"（失明的）"travel"（旅行），更是热情地邀请曹晟康和杰克李一起加入，跳舞、喝酒。曹晟康被这异国风情的热情感染，新奇而兴奋，也随着他们一起跑到台上跃动，大家一起唱歌。曹晟康一开始还觉得自己唱得不好听，羞于开口，但几个年轻人一再鼓励，他也不好再如此扭捏羞涩，大口喝着啤酒，与众人干杯狂欢。

"我们班上也有中国人。"其中一个叫费尔南多的小个子说，"他们数学很厉害。"

"是你们数学太差了，乘法口诀都不会背。"音乐和啤酒让杰克李忘记了谨慎的礼貌。

"谁说不会，不会怎么可能上南加州大学！哈哈！"

这些骄傲的美国人令杰克李自尊心爆棚："我考考你口算你就怕了。"

这些年轻的大学生血气方刚，自然不会认输。看到杰克李和曹晟康的穿着打扮，估摸着不会有什么很高的文化，于是反唇相讥："不能光你考我们，我们也要考你！"

舞台上的两个吉他手停了下来，鼓手的鼓槌也凝滞在空中，这倏然而至的寂静令曹晟康紧张起来，他没听懂杰克李刚才跟他们的谈话内容，但根据对这个刚结识不久同胞的短暂了解，以那人的讲话风格，一定说了什么激进而不恰当的话。曹晟康下意识地预感到情况不妙。

杰克李从上衣口袋里掏出一副扑克牌，他轻声问曹晟康："你玩过24点吗？"

"听说过，没玩过。"

"咱们跟这帮美国人玩会儿牌，赢了我请客。"

听到只是玩牌，曹晟康悬着的心终于落地了。

杰克李的双手熟练地洗着牌："你们敢玩24点吗？"他问大学生们，"任意四张牌，根据牌面的数字用任何数学运算凑成24，你们一起算，我和曹晟康两个人，八对二。"

年轻人想了想："好啊。"

"这是个严肃的游戏，你们输了八个人每人给我一块钱，我们输每个人给你们四块钱。你们敢吗？如果不敢就算了，大家继续跳舞。"

曹晟康似乎听到"美元"这个词，不会是……要赌博吧？

费尔南多望着其他人，一个女孩子笑起来："输一次一共八块钱，每人出一块。而他们也是八块，很公平。我的口算还可以吧，哈哈！"

"好，开始吧。"

此时的快餐店里没有别的顾客，四下里鸦雀无声。杰克李开始发牌：红桃8、方块4、红桃Q和黑桃9。不会是赌钱吧？曹晟康忐忑不安，一边想起买菜的时候如何算价钱。四个数字如何得出24呢？加法还是减法？抑或乘除法？幸好没有小数点，没出现八块三毛二之类的数字。他想得越多，就越没办法静下心来计算。

杰克李观察着美国人的反应。费尔南多收敛了笑容，专注而快速地计算着。但杰克李并没有给他们太多的时间。

"Q是12，12除以4等于3，9除以3等于3，3乘以8等于24。"

年轻人开始在口袋里数钱，刚才跟费尔南多讲话的女生有种恍然大悟的感觉，她叫玛莎，有着一头美丽的褐色长发，泼辣地在肩膀上舒卷着："这没什么难的，再来一次！"

杰克李的嘴角露出不可捉摸的微笑，他把刚才的牌推到一边，又发了

四张：方块 6、黑桃 2、黑桃 7 和红桃 K。每次发完牌，这位中国打工仔的目光都不再看牌，而是观察着对方。他发现玛莎的眼中闪烁着胜利的光芒。

"K 是 13，13 减 7 等于 6，6 减 2 等于 4，4 乘 6 等于 24。"女生走到餐桌前，一张张排列了纸牌。其他人都欢呼起来。

杰克李赞叹地点点头："还要来吗？"

"当然。"

这回是方片 A、红桃 4、梅花 5 和梅花 7。

杰克李恶作剧般地望着对手们，曹晟康也有点着急。之前的两次对决就像是案例课程，让他也有点跃跃欲试，每次发牌，杰克李都会用中文读出牌面。虽然他只有小学三年级的数学水平，但多年的独立生活和理财也让他的算术不输给任何人。他很快意识到如果 1、5、7 能凑成 6，那么 4 乘以 6 就是 24，可是这三个数字要如何凑成 6 呢？

费尔南多眉头紧锁。

"我可以公布答案吗？"杰克李将 4 和其他牌分开来："5 加 7 等于 12，12 乘以 1 还是 12。"

美国人不服气地看着他，很显然，这一步他们也想到过。

"$\sqrt{4}$ 等于 2，2 乘以 12 等于 24。"

座席一阵唏嘘："上帝啊，这也可以？"

"我说了，任何数学运算。"

"好，再来！"费尔南多来了兴致。

"我可以整晚陪你们玩，但不想扫了寿星的兴。这样吧，最后玩两把，50 块钱一次。"

"我来发牌。"费尔南多拿起剩下的牌，并把之前用过的牌也放入其中，重新开始洗牌。大家都屏住呼吸，曹晟康的心跳越来越急促，他很想表示反对，虽然没听懂杰克李说他们俩一起赔钱，但是 100 块钱对于在外打拼的人也绝不是个小数目啊！越着急，曹晟康越不知道如何用英文阻止他们，他的手心又湿又冷，想奉劝杰克李两句。说什么都太晚了，他的搭档已经开始为他翻译发下来的牌。

黑桃 A、红桃 9、梅花 7 和梅花 6。

当男孩刚把梅花 6 放在桌子上的同时，杰克李就说道："$\sqrt{9}$ 等于 3，3 乘以 6 等于 18，18 加 7 等于 25，25 减 1 等于 24。"

这一次，巨大的叹息声有点类似赌徒的咒骂，费尔南多悔恨万分："太快了！"

美国人们似乎开始后悔，这些名校高才生的气焰渐渐被面前的这个邋遢的中国人浇灭。

"这不公平！"玛莎说，"刚才我也想说，被你抢了先，下次公布答案前要先提示一下。"

"没问题。"

费尔南多的手臂变得很沉重，他最后一次发牌，所有人的神经都在这一刻绷紧，玛莎长长的睫毛下是一双迷人的炯炯有神的大眼睛。曹晟康长舒一口气，最后一把即使输了仍然没什么损失。

方片 8、红桃 10、黑桃 8 和黑桃 9。

曹晟康试着用 10、8 和 9 凑成 3，或者凑成 16……所有人都陷入了沉思。充满张力的沉静让他再次紧张起来，他听说有的牌根本算不出 24 来，这种情况就需要重新分牌。

"重新分吧，算不出来。"曹晟康轻声提醒杰克李。

其他人也都松懈下来，等待着第二轮分牌。玛莎的手按在费尔南多手背上：

"等等，我再想想。"

杰克李站起来走向收银台。

不多久他拿着借来的笔在餐巾纸上写下一则运算：

{8/[(10+8)/9}！=24

玛莎第一个笑起来，接着是费尔南多。

"太厉害了！"大学生们你一言我一语地问，"你是学什么专业的？"

"我可没上过大学。"杰克李说，"初中毕业就跟着老爸去北京打工，木工水电工都做过，一天到晚算工料。有一次去同学家看到他的数学书，随便翻了一下所以知道阶乘。"

大家心服口服地把钱塞给杰克李，并拉着他和曹晟康继续跳舞。

曹晟康听了更是兴奋，来美国的第一天就看到同胞用智慧战胜了外国人！他一边佩服杰克李，一边给自己鼓劲，一直以来的努力，就是为了证明残疾人不比别人差，中国人不比别人差，就是为了能用自己亲身的行动和经历，去鼓舞自己的同胞，勇于挑战，活出不一样的人生。

杰克李这个农民工的文化程度不比曹晟康高多少，但他以自己的努力赢得了别人的尊重。尊重——要做出怎样的成绩，赚多少钱才能得到它？他回想起第一次离开家乡到城里打工的情景，十七岁，应该和杰克李差不多时间进城。杰克李随父亲进京，而他却独自一人前往合肥。

经老乡推荐，曹晟康在一家盲人按摩中心学习推拿。学徒期间是没有工资的，食宿都十分简陋。即使如此他也觉得比在家舒坦，没有辱骂他的调皮小伙伴，没有整天唉声叹气将他当废人的父母乡邻，住在同类中间，大家都一样。对！他以后要生活在同类中间，既然是盲人就不要和正常人不明不白地混在一起！

曹晟康从小聪明伶俐，身强力壮，很快便掌握了基本的要领，考取了初级保健按摩师的证书。第一次拿到工资的时候，他在街边给自己点了两个小菜和一瓶啤酒。这是我自己挣钱买的酒菜，我自己啊！他的心一阵酸楚，眼泪不由自主地流了下来，终于自立啦！不再是一个靠别人施舍过日子的废物！那时的曹晟康就像是一匹年轻的骏马，长年被囚禁在牲畜棚里，一朝脱缰奔向草原，便在广阔的天地驰骋。他的耳畔响彻着歌曲《怒放的生命》：

"我想要怒放的生命，
就像飞翔在辽阔天空，
就像穿行在无边的旷野，
拥有挣脱一切的力量……"

迷路与绑架

【2013-10-18　美国　洛杉矶】

天亮的时候，曹晟康离开杰克李、外国学生和24小时餐厅，辗转寻到了人流熙攘之处。还是先找到中国人比较实在，曹晟康想。他一边仔细谛听人流中时不时夹杂着的断断续续中文。

"您好，请问您是中国人吗？我是盲人，来这里旅行，您能帮助我吗？"每当听见周围有说中文的声音，曹晟康就很有礼貌地试探问道。

不知是被快速奔走的人流所掩盖，还是其他什么原因，却一直没有得到回应，曹晟康渐渐有些气馁。

忽然他听到一句流利的中国话："瞎子还出来乱跑，卖可怜吗？还是想骗钱？"

曹晟康一听之下，有些义愤填膺，但却还是捏着拳头止住了。那人的脚步声在远去。

曹晟康不想争执。他知道，这是人们长久以来形成的成见，不是一两句话就能说通的。而他，曹晟康，就是为了打破这种成见，给身有残疾的人闯出一条勇敢的道路，而一直为此努力着。

那句话，只能让曹晟康更加奋勇，要靠自己的力量，在美国大都市里生存下去。

有谁，不需要别人的帮助呢？

正在这时，只听得"哎哟"一声呻吟，曹晟康似乎撞到了什么，而紧接着，是一个孩童的声音。撞到一名小女孩了？曹晟康立刻弯腰，循着声音的方向，想要扶起小孩。他担心小女孩会大哭起来。

"啊，是叔叔不好！"面对小孩，他手忙脚乱地道歉。

没想到小女孩却自己站了起来，拍了拍身上的衣裙，银铃般的声音轻松地说："我可以的，叔叔。"

这是一个不到十岁的小女孩。

"叔叔，你看不见任何东西吗？"小女孩歪着头，天真的语气问道。

曹晟康一边说："是的。"一边心中感到欣喜。自己问了那么久，都没有一个中国人愿意停下脚步回应他的请求，却万万没想到，最终是一个中国的小女孩开口回应。曹晟康一时心中感慨万千。

"叔叔，你看不见，正在这里做什么呢？"小女孩又问道，她的话听起来有点颠三倒四。

"叔叔看不见，但是想让这里的人看见叔叔啊。"曹晟康笑着说道，猜想小女孩并没有理解他的意思。"叔叔是来这里旅行的。"

他这么一说，小女孩就笑了："旅行的人！"

曹晟康不知道小女孩到底知不知道，还是接着问："你知道哪里能搭帐篷吗？"曹晟康现在心心念念的，就是能搭帐篷，将背上的重负解放开来。

"我知道！"小女孩轻快地说道。

"喔？"曹晟康没想到竟然如此顺利，惊喜之余，急切问道，"在哪里啊？"

"我家！"小女孩说道。

小女孩的吐字不是很清晰，语法也有点奇怪，虽然比外国人强，但仍然不能很好表达自己。或许是她家附近可以搭帐篷，不过只要找到地方，她父母中至少有一人会说中国话，那沟通起来就方便多了。

于是，曹晟康欣喜地问："你能带我去吗？叔叔很想快点搭起帐篷来呢！"

"哇，叔叔你是厉害的，我喜欢搭帐篷，也喜欢爸爸妈妈去郊游，带我和吉米，好开心呢，嘻嘻！"小女孩上来拉着曹晟康的手，一蹦一跳地往前走。"快走吧，我带你去！"

被一个小女孩牵着手往前走，曹晟康哭笑不得，却有一种难言的情感在体内生出。他想起了自己远在国内的女儿……她还好吗？想到自己这个不称职的父亲，给女儿带来的委屈。直到现在，他的名字在女儿的嘴里都是个禁忌，她最反感外人谈论她的父亲，不允许曹晟康走进她的学校。当学校老师邀请她的父亲为学生们做励志报告的时候，她坚决反对，有个盲人父亲是多么丢人的一件事啊！无奈之下，曹晟康只得让步。

"叔叔，你怎么了？你在哭吗？"小女孩在曹晟康的身下，仰着头看着他，墨镜无法遮住小女孩的视线，她看见了曹晟康的脸。

"不，没有，叔叔很高兴认识你啊，你真的是一个小天使啊！怪不得洛杉矶是天使城。"曹晟康说道。

小女孩露出了烂漫的笑。

一路上，曹晟康与小女孩攀谈着，小女孩一路兴奋地指着周边的环境，告诉他："看，那是漂亮的公主，那是米奇的商店，那是……"

曹晟康也了解到，小女孩的名字叫童童，也来自北京，和爸爸妈妈在洛杉矶居住了好多年。

"叔叔，告诉你哦，我会游泳了很快哦！"童童激动地说道，"我最近就在学，一开始我不会 Breathe，嗯……呼吸。可是现在我很厉害了，等我练会了姿势，我蛙泳整个泳池……游整个泳池。"童童的眼神中闪着憧憬。

曹晟康也鼓励着她。

"我还要继续练呢，今天下午。"童童又说道。

曹晟康微笑着点头应着她。

"嗯？今天下午，那你还要回去练吗？"曹晟康忽然感觉哪里不妙。

"嗯。"童童点头，"带你去我家之后，我再立刻回去。"

曹晟康心中开始隐隐担心起来。他回想起来，之前路过的地方，好像那里是一个健身中心。这个女孩，如此小的年纪，身处洛杉矶这样的大都市，她的父母怎么会放心让她一个人去健身中心里学游泳？

想到这里，曹晟康心中暗叫："不好！"

"童童，你是一个人去学游泳的吗？你妈妈呢？"曹晟康试探着问道。

"哦，我妈妈送我过来的，等下课时，才会来游泳班接我！"童童说道。

果然如此！

"还要多久才能到你家啊？"曹晟康又问道。

"应该很快了吧……咦？"童童发出了一声疑问，停住了脚步。这让曹晟康觉得不妙，难道自己的不好预感真的要应验了？

"奇怪，妈妈平时接我的时候，是很快的啊，怎么不是这里了？"童童的声音中夹杂着疑虑，与一丝……慌乱。

曹晟康看不见美国都市的街道，但他听得见，满耳朵都是叽里咕噜的英语，他虽然在短暂的时间内学习了一些，但仅限于简短而简单的对话，此时周围的叽里咕噜，对他来说，和在泰国越南时听见的那些，没有本质上的区别，都是听不懂的噪音。那些噪音，更让他觉得四周全是不安定的因素。

他早有耳闻，美国是允许持枪的国家，许多犯罪分子，都会隐藏在都市高楼下的黑暗狭缝中。即使是白日里，肆意行走也是很危险的。在国内时，有人提醒过他，身上不要带太多现金，如果遇到有人抢劫，就将身上的现金都交给他们，自己才能确保安全。

想想现在，一个幼、一个盲，我的天，哪里还有比这更方便抢劫绑架的了？

"童童，你找得到回家的路吗？要不，我们先返回健身中心，等你妈妈来再说好吗？"曹晟康建议道。

"嗯……"此时，童童的声音已经带着一些哭腔，她发现，自己已经记不清回家的路了。

可是，更糟糕的事情发生了，两人往回走的时候，童童也已经辨识不清返回健身中心的路了。

"哇——叔叔，对不起，都是我的错……"

童童心急之下，坐在地上哭了起来。她被撞倒时都没有哭泣，此时想到本来想帮助盲人叔叔，带他去自己家里，没想到反而迷了路，又是心慌又是愧疚，更是心急，小小年纪的她，再也想不出别的办法了，只能无奈地大哭。

曹晟康赶忙安慰她，一边领着她往回去的方向走。平日里，曹晟康对走过的路，也是会下意识地去记忆，断不会在走过的路径里迷路。只是今天却如此特殊。一来他昨日长途奔波、一夜未睡，又负重长时间行走，身体疲倦；二来遇到童童，以为终于能找到安身之处，只认为小女孩断不会骗人，便一时欣喜，放下了戒心，也不再去强记走过的路，哪知小女孩竟自己会迷路。

这真的屋漏偏逢连夜雨，感觉这就是对他曹晟康的历练，该发生的，上天会让各种因素都叠加在一起，自己无论如何都难以逃脱这次历劫了。

曹晟康拉着童童，一边从自己的记忆中挖取线索，往回走，一边向童

童确认，是否正确。但此时的童童已经心慌得没有了判断力，一会儿说是，一会儿说不是，走着走着，本来就看不见外界、只能在黑暗的脑海中描绘出路径的画面前进的曹晟康，到最后自己也分不清方向了。

两人真的迷路了……

"你知道你妈妈的电话吗？"晟康问。

"知道。"

"那就好，别急，我打电话给你妈妈。"

按照女孩报出的号码，曹晟康拨打着电话。可是却无论如何都打不通。

曹晟康想着，可以向路人问路，自己不会英语，但童童好歹比自己会一些，也许她可以。于是，她鼓励童童询问路人，可是，童童只会哭着问："我们找不到回家的路了，你知道我的家在哪里吗……你知道游泳馆在哪里……妈妈……"

她压根就不知道具体的地点啊！

渐渐地，曹晟康也开始焦躁得想要抓狂。

"叔叔，天黑下来了，我们找不到路，是不是要在外面过夜了？"童童哭着问道。

天黑了？……不会吧？只不过是中午而已，和煦的阳光从云层里钻出来在瞎子的胳膊上报时。

"妈妈说，晚上外面很危险……"

小孩子想象力真是丰富啊！

但是，曹晟康倒是不担心在外过夜的事，他本来就想着在外露营。他担心的是童童。因为自己的事，牵连到善良的小女孩找不到家，跟着自己万一遇到危险……她的家人，现在该去游泳馆那里，找不见她，该会有多担心多焦急啊？

第二章 北美洲：自由

我曹晟康自己命硬，可以露宿街头，但万万不能让小女孩陪着我一起受苦。她本意是想帮我，虽然这里的旅馆贵，万不得已，却也要让她住进旅馆里才行。

曹晟康忽然又想，自己手机里留下了中国大使馆的电话，本来想的是，自己不会轻易去使用求助的。对他来说，这是一场挑战自我的历程，如果事事都找大使馆这样安全可靠的地方帮助，那自己远涉重洋，就没有任何意义了。

但此刻，他再没有别的办法，这不是为了自己，而是为了童童的安全。于是，他拿出手机，对童童说："童童乖，叔叔会有办法的，叔叔打一个电话。"

然而，大使馆的电话依旧无法接通。

突然，脑后一声"砰"的巨响，一阵剧痛，曹晟康不由自主地"啊"地叫了一声，朝地上倒去，手机飞出了好远。

"叔叔！"曹晟康听见背后童童的喊声，他下意识地回头，一股大力却再次压在了他的背上，将他硬生生地压制在地上，下巴重重地砸在地面的砖石上。

完了，真的遇到抢劫的了！

一瞬间，曹晟康立刻想到要告诉强盗，自己身上的钱随便拿，千万不要伤害童童，但话到嘴边才意识到自己根本不会说这些英语，说中文，这些强盗恶棍能听得懂吗？他又想到，完了，是不是今天要死在这里了，会连累了童童吗？她只是一个小女孩，一个善良的小女孩，她只是来帮助我而已啊！她会被卖到黑市吗？水下冰山的人贩市场？据说白人变态就是喜欢亚洲小女孩！他的心脏恐惧得几乎要爆裂！

不行，要救童童！

早在国内,就有人告诫他,在美国遇到抢劫,千万不要反抗,对方只是劫财,不反抗,拿钱就走人,如果反抗,反而会有可能挨枪子儿。

但此时,曹晟康哪还能顾得了这些?他心中只想到帮助自己的小女孩童童的安危,已经忘记了自己的生死。不能因为自己的愚蠢葬送小女孩的一生!他听见了童童的哭声,拼命扭动身子想要反抗,口中用中文大声呼喊:"不要伤害童童!我有钱,不要伤害童童!"

这真的是犯了兵家之大忌啊!他这番中国话,是被压制在地上时高声嘶吼出来的,对方根本听不懂,只会以为他是一只发怒而想要反扑的雄狮,这种混乱的情形,很可能就会情急之下扣动手枪的扳机,酿成不可挽回的大祸。

一只手直接摁住了曹晟康的脑袋,往坚硬的地板上砸了下去,他的下巴,再次撞在地面上,几乎眼冒金星。压在上方的恶棍,嘴里叫着听不懂的英语,语气极其凶恶,他听出了其中有"Fuck"的字样。

曹晟康也知道那个字的含义,反抗了一阵,发觉自己根本无法抵抗。

"童童,对不起,叔叔尽力了……是叔叔对不起你……"他在心中说道,一时之间,他感到自己是那么的没用,那么的弱小,眼中流下了眼泪……

这时,他听见了童童的哭声中,竟然夹杂着一个称呼:"妈妈……"

初时,他以为这是小孩子在危急之时首先想到的最信赖亲近的人而喊出的,比如小孩哭闹撒娇时,都会叫着"爸爸"或者"妈妈"。曹晟康当时在剧烈反抗中,来不及细想,但此时再多听时,却发现,那不仅仅只是小孩子无谓的呼喊,而是在对话……

他听见了另外的人,在说中国话!

"妈妈,我再也不敢了……"

"童童,你让妈妈急死了!好了好了,不哭了,你看,叔叔阿姨都来了。"

紧接着,感觉有好多个人都接近过来,有的讲着英文,但更多的是,用中文在说话，大家语气都是欣喜的。

"没事就好，没事就好……"

这是超级正宗的中国式对话啊！

这到底是怎么回事？

曹晟康被双手反扣，从地上架了起来，然后，一双金属镣铐，铐住了他的双手。他听见旁边抓着他的美国人，似乎在用对讲机，那里面，他听见"over"的字样……

这，这是警察？

曹晟康一时不明白，警察为什么要抓我？

美国人粗暴地扭住曹晟康前进。

"放开我，我要找中国大使馆！我是中国人！"

"Shut up！"美国人吼道。

另一个人接近，似曾相识的脚步声，沉重而充满叹息，但想不起来是谁。

"曹晟康？"那男人用中文说道。

"杰克李！太好了，快让他们放了我，我是冤枉的！"

"冤枉？亏你还是中国人，竟然对同胞做出这种事？"那人不屑地说道。

曹晟康一时还是不明白，自己到底做了什么？同胞，是指童童吗？自己什么也没做啊，我们正在找回去的路呢！杰克李几个小时前不还是自己的兄弟吗，一起唱歌跳舞，智斗美国名校生，为什么一转眼就对自己怒目而视了呢？真是人走茶凉！

见曹晟康不说话，那人口中不屑地嘟哝了一句。这一声嘟哝，却将曹晟康惊醒。

"你是假盲人吧？人贩子吧？欺骗年幼的小孩，想将她拐卖是不是，你真是丢尽了我们的脸，竟然跑到美国来拐卖中国小孩，你真是一个彻底的

人渣！就等着进监狱好好反省一下吧！"

曹晟康听了，更是大呼冤枉："我是真盲人啊！"

这时，一名女子走近，先是和那位粗暴的美国警察用英语说了一番。曹晟康听见杰克李发出动摇的话语："怎么可能？"

女子和警察又是一番对话，其间，警察抓着曹晟康后背的手又扭着他的身子大幅度地摆了两下，似乎不太认可女子的话。

然后，曹晟康发现，自己被反绑的双手忽然解开，手铐被去除了。警察拍了拍他的后背，说了什么，驾驶着汽车远去了。

前一秒刚觉得自己将要死了，这一秒又忽然获得自由，这霎时间的大起大落，让曹晟康呆立当场，不知要说什么。

"你是盲人？"一个女人的声音问道。

曹晟康不会听错，这名女子，就是之前在和童童对话的人，也就是说，她是童童的妈妈。

曹晟康点头。女子又问他的姓名，曹晟康这时才想起事先印好的名片，上面写着盲人旅行家。他赶紧掏出一张，递给童童的妈妈，迅速地介绍自己，包括过去曾独自前往东南亚旅游的经历，交代自己来此旅游冒险的目的，以及之前遇到童童的前因后果，快速地都说了一遍。

"妈妈，我只是想帮助叔叔，没想到忘记路了……"童童也过来，抱住妈妈的大腿，抽咽着撒娇着，"不是叔叔的错，童童以后再不敢了……"

童童妈抚摸着自己女儿的脑袋。

"您有一个很棒的女儿。"曹晟康由衷地说道，并笑了一下，只是他的下巴和嘴因为在砖石地面上的撞击和摩擦，都破了相而流出血来，此时那笑容不会比哭好看到哪里去。

"看，莉莉，网络上果然有他的报道。"旁边一位大姐拿着手机，递到童童妈面前。她在得知曹晟康的名字后，立即上网搜索，确认曹晟康是否撒谎。

第二章 北美洲：自由

原来都只是一场误会。

不一会儿，周边聚集的人越来越多，包括童童的爸爸，刚才他去其他地方寻找童童了。大家发现童童失踪，以为被拐卖了，都很担心，全都在四处寻找。

童童妈叫莉莉，此时连忙向曹晟康道歉。

杰克李也感到十分尴尬，他拍着曹晟康的肩膀："看来我是帮倒忙啦，哈哈，我真该死。本来想着你一个人到处找地方露营肯定找不着，就想带你去我那儿。跟我一起租房子的哥们儿，家里有事回国半个月，你可以来住几天。结果跟警察碰个正着儿，他们问我有没有看到一个盲人和一个女孩。说有人报警女儿失踪，知情者看到类似的女孩跟一个盲人在一起。我就想着会不会是你啊，没想到还真是你！"

"我跟着警察找，看见女孩在哭，你在旁边哄骗她，趁你要打电话跟同伙联系时，警察便一下子冲了上去，把你制服了。"

在美国，由于私人是可以持枪的，警察无法确知眼前的嫌疑人是否持枪，所以最保险的方法就是，一上来便以重手压制对方，对方不反抗还好，若是反抗，那可是要吃苦头的了。曹晟康就硬生生地挨了好几下，脸上身上挂彩。

好在，危机终于解除，所有的误会都解开了。曹晟康依旧惊魂未定。

莉莉听说他想要找搭帐篷的地方，于是建议曹晟康去她家住。

"叔叔，一起去吧，这回，妈妈会带我们走到的。"童童拉着曹晟康的裤脚说道。

"你去吧。"杰克李也说："她家肯定比我那个地下室舒服。"

"李先生也一起来吃午饭。"女孩的妈妈盛情邀请："今天实在不好意思耽误了你的时间，让我也表示一点心意。"

"我还有点事儿，晚饭的时候过去。"杰克李没有客气。一缕异样的感

觉从莉莉心头划过,但由于她此时正对女儿的"救命恩人"充满感激之情,所以并没有细想他个性的独特,更不会想到这个人已经拮据到吃了上顿没下顿的地步了。

从众人的谈话中,曹晟康意识到,童童一直说能搭帐篷的地方,就是她的家里。他还以为是小女孩家楼下小区的院子里呢。曹晟康还未从刚才的剧变中缓和过来,别无选择,只能随着他们一同前往。

一场闹剧,一场未尝预料的缘分。

弥漫在空气中的雨雾,不知不觉,已经消散了。

来到童童家之后,曹晟康才惊讶地发现,原来这里不比中国,童童的家宅宽敞阔绰,她真的没有说谎,光是那客厅就大到可以容纳他的三顶帐篷。

更让曹晟康意外的是,童童家更是中国人聚会的一个小基地,这里还住着许多来此访学的中国学者。夜色霓虹下,租客们都陆续返回,杰克李最后一个到。

大家听着童童有惊无险的奇妙经历,同时欢迎新朋友曹晟康的到来。

曹晟康生性乐观豁达,在众多同胞之中,很快就忘却了之前遇到的痛苦遭遇,晚餐时不一会儿,便和大家聊开,谈笑风生,说着自己独自环游世界的梦想,与从前在东南亚实战的经历。

童童也恢复天真烂漫,爸爸妈妈并没有太多苛责她,只是让她以后要长教训,童童很懂事地连连点头。莉莉与丈夫也开心地笑着。

杰克李先生倒是很在意,因为自己的误会,害得曹晟康身上负伤。今天的杰克李完全不像昨晚那样健谈和牢骚满腹,夹在一群学者当中,他默默无语。曹晟康一再安慰他今天的误会是非常难得的经历。

"千千万万的人来美国玩,被警察戴过手铐的可没几个!"曹晟康哈哈大笑,"可是我给童童妈和大使馆都打过电话,怎么打不通啊!"

"电话号码是不是拨错了?"或许这是盲人经常犯的错误。

然而,曹晟康其实几乎不会拨错号码。曹晟康拿出手机按下了重播键,果然电话没有接通。

"你忘记加上美国国际代码 001 了。"杰克李提醒他。

众人笑起来:"曹先生以后肯定不会忘记了。"

莉莉为曹晟康安排了一间空房间,他此时才感觉困意来袭,已经几乎四十八个小时没有睡觉了。

访问学者何振堂先生想要帮曹晟康提行李,却没想到这一提,竟然一下子没抓住,背包重重地砸在了地板上。大家都不敢置信,提包的老何自己也一时没有反应过来,又用手去提了提包,才很艰难地提了起来,惊讶地说:"你竟然一直背着这么重的包?"

原来那里面都是曹晟康的旅行必备之物:帐篷、睡袋、防雨罩等装备应有尽有。

总有人在享受岁月静好,而总有人在负重前行。

曹晟康却是毫不在意地摆摆手,说自己平时很注意锻炼自己的身体,每天早起锻炼,负重根本不是事,平时路上负伤更是家常便饭。众人闻之,佩服称赞不已。

曹晟康又说道,自己练好身体是基础,一路上来,更靠着推拿按摩,帮助许多人强身健体。

众人忙邀请曹晟康展示一下身手。这群成日里埋头学术的学者们,其实大都颈椎、胸椎、腰椎都有毛病。

"老曹累了。"莉莉十分善解人意,"我想他明天会很乐意为大家服务。"

学者们赶紧赔礼道歉。

杰克李帮曹晟康在房间里安顿好,与他告别。

"今天真是对不起。"

"没事儿啊，别往心里去。"

"我想表示一点心意。"杰克李动情地说："我帮你赚点钱。"

曹晟康没明白他说些什么，杰克李解释道：

"我正好有点关系，做一个短期投资，明天就能有30%的回报，而且万无一失。这本来是保密的，不能跟别人说，但今天我欠你的，可以让你跟我一起投资，明天返还。"

"我没钱啊，连七十美元的旅馆都住不起。"

"你不可能一直住在莉莉家，美国没地方搭帐篷，除非是国家公园。你得想办法赚点钱支付后面的旅馆费。"

杰克李的话在曹晟康面前飘忽不定，他感到没法缜密地思考问题。

"你不放心可以先用五百美元试试，你了解我的计算能力，不是有万分把握的事我怎么敢做？实话告诉你昨天夜里那帮墨西哥人全都在我的股掌之中。"

杰克李似乎还说了些什么，曹晟康后来什么都记不起来了。他只记得鬼使神差地递给这个认识不到二十四小时的中国打工仔五百美元。

直到第二天早晨，他都不确定昨天是不是借钱给了杰克李。

他拿出钱包数了又数，的确是少了五百美元。

懊恼、后悔、惴惴不安、坐立不宁……

我需要钱，以美国的物价带的这些钱只够花一个星期，他不断想出种种花言巧语让自己相信，所做的一切都是正当的、理智的和明智的。再说老李是个绝顶聪明的人，他绝对不会用自己的钱打水漂，五百美元对于某个回报率百分之三十的投资只是个小数目，大头肯定是老李，他不会输的，就像前天晚上赢那些墨西哥二代移民那样。

机会与危险仅仅一线之隔，人生就是赌博，无论输赢与否，都只能继续下注。

曹晟康曾经拿出二十万血汗钱去炒股，这是他全部的希望……

想当初，年轻的曹晟康虽然开始了自力更生的生活，但是一切都困难重重。客人多是体力劳动者，按摩师不仅要忍受身体和脚发出的臭气，还要忍气吞声不断面对不给钱的主儿。这世上有几十万条吃霸王餐的理由：今天没带钱先赊着哦；你会不会按摩啊，还想要老子钱！这么贵，你抢钱啊！朋友的钱你也要？我晚饭还没吃呢，你不能让我饿着吧……

不仅如此，同行之间分分秒秒的尔虞我诈、嫉妒、竞争……曹晟康咬牙忍着，不断提高着技能。

艺高人胆大，他不断对自己说。

很快，他离开合肥，飞往广州。

曹晟康将思绪重新带回现实世界，穿着整齐走出房间。

访学的老师们早就去上课了，童童和妈妈为曹晟康做了营养早餐。

早饭后，曹晟康对莉莉说："非常感谢，如果你有时间，请让我为你服务好吗？我可以帮你揉揉颈椎和肩膀。"

莉莉欣然同意，拉了把椅子坐在餐桌前。曹晟康站在她身后，轻轻将双手搓热，一手托住健侧下颌，另一只手熟练地寻找到她的风府、肩中俞、肩外俞和天宗穴。莉莉的穴位立刻感觉一阵酸胀。

"哇，轻点，好痛！"

"放松，没关系的，请相信我。"

莉莉像个小学生一样重新坐正，尽量让自己放松。

曹晟康扶住女主人头顶，同时按压颈胸椎部，配合颈椎屈伸被动运动了几次；接着以斜方肌为重点，推拿莉莉的颈椎和肩部。童童好奇地站在一边，看着这位叔叔厚实的手在妈妈的脖子后面左揉揉，右揉揉。她不禁也学

起他的动作来。

"好好学,学会了每天给你妈妈按摩。"曹晟康温柔地对女孩说,一边用左手的虎口托住莉莉枕部,并以右手的肘部托住其下颌,手掌环抱女士的头部向上牵引。

莉莉再次紧张起来。

"放松。"曹晟康的声音充满自信,"我现在要利用你自身体重的对抗,使椎间隙增宽,椎间孔扩大。"

"嗯。"莉莉的鼻子发出轻微的赞同声,这个曹晟康熟练的动作和恰如其分的力道让人不得不信服。

"我要稍微帮你正一下骨,你放松,脖子不要用力。"曹晟康双手合抱莉莉的头顶与下颌,徐徐摇动颈椎,"放松,放松,不要怕。"

莉莉尽量让颈部的肌肉松弛下来,整个头都靠在曹晟康的手中。

曹晟康突然将颈椎轻拉,顺势斜扳,只听到轻微的弹响。

莉莉的心猛烈跳动了一下,一切来得太快,又去得太快。瞬间的紧张在瞬间得以释放,就那么一下子,脖子顿时如释重负。

他慢慢放开她:"感觉如何?"

莉莉摇动着头:"好轻松!真的好舒服!刚才那一下子吓死我了!"

"哈哈,不用害怕,我刚才是帮你拉开椎间隙,纠正后关节错缝。你的颈椎不太好,要多活动。我住在这儿的时间每天都帮你按按,还可以改变骨椎和神经根的相对位置,减少刺激和压迫。"

"谢谢,太谢谢了!今晚老何他们回来你也帮他们按摩一下。"

曹晟康也很开心,如果让他白吃白住,他反而心有不安,此刻能用自己的技能对他们有所帮助,也相当于用手艺换住宿费嘛。

媒体的宠儿

当天晚上，老何和其他学者再次与曹晟康齐聚一堂。曹晟康一边为他按摩，一边随意聊着。他说到自己的梦想，不仅仅只是为了历练自己，让自己一个人成长，他有更大的梦想，或者说，他更喜欢称之为是野心，他想让更多的人能够看到自己的事迹并从中获得鼓舞，不仅是和自己一样身有残疾的人，也想让那些身体健全，精神却不够强大的人，从自己的行动和事迹中汲取正能量，变得积极起来。

曹晟康的梦想说大不大，最初的时候是最难的，一直在犹豫，虽然一直有心，却没勇气做最后的决定。但只要开始了第一步，一步一步往前，就感觉不是那么难了。

但这梦想说小也不小。现在许多人，一说到"改变世界"，要么只是嘴上说说，要么就觉得那压根就不是自己能做到的事。只不过是一个逗嘴快的幻影罢了。

曹晟康苦笑着摇了摇头。

朴实的话语令众学者惊叹，平日间不知看过多少哲学与哲理，然而面前的这位只有小学三年级学历的盲人的抱负与梦想，听起来竟比康德还发人深省！

在人的一生中，那些让我们醍醐灌顶的话语和建议，其实一直都在耳边萦绕，只不过我们只能在特定的时间和空间听见它，一如初见。

老何听到这里，忽然"哎哟"地叫了一声。曹晟康立刻停手，想是自己说得激动，不小心捏错了部位还是重了手力？

何先生却一边拍着脑门一边笑呵呵地说道:"恰好恰好!"

曹晟康心想,力道"恰好"怎么还叫得那么大声?

何先生继续说道,他这几天正好接受《华人日报》媒体的记者采访,曹晟康的事迹太值得宣传了,回头他和记者沟通一下,也来采访一下曹晟康。

曹晟康听了,很开心,不过他心中倒是没有抱太大希望,心想人家美国的记者哪有那么容易就看上自己这样的小人物的。

大家正聊得开心,杰克李来了。

他悄悄交给曹晟康一只信封:"650美元,没骗你吧,一天百分之三十。"

曹晟康悬了一天的心终于落地了。

看到老何正在跟另一位人类学家郎博士下象棋,杰克李便走过去观战。

"我很久没下象棋了。"杰克李问:"老曹,你下棋吗?"

"怎么可能。"老何盯着棋盘说。

"我不会,看不见怎么下啊?"

"他妈的怎么不可能!"杰克李的牛脾气又上来了,"我蒙住眼睛也能赢老何!"

"蒙住眼睛怎么下?"

"你告诉我你走了哪步,横着五行竖着九列嘛;然后我再告诉你我要怎么走,你帮我摆棋子。"

"那你得记住整个棋局,而且每个子怎么变化也要一清二楚。"郎老师的老将已经被老何三面夹击,无路可走。

杰克李环顾四周,目光落在郎老师的领带上:"借你领带用用,蒙住我眼睛。"

莉莉走过来:"还是用我的丝巾吧。"她笑着望望曹晟康,后者正在帮一位来自辽宁的女老师朱淑芳按摩肩颈。郎老师站起来,把战场让给杰克李,随手拿起看了一半的《正义论理与价值秩序》。

杰克李摆着棋盘:"我最讨厌站在道德顶点说教的人。"

"你是指这本书吗?"郎老师发现这个移民瞟了一眼书名,"完全没有,这本书非常理性地从哲学思辨的角度严谨地推导出价值秩序的关系。"他来自贵州,大约四十岁,黑黝黝的,人并不算胖,但却有一张敦厚老实的胖脸。

"得啦,你们这帮知识分子就喜欢用别人听不懂的词解释简单的道理。故意一堆一堆形容词,讲话用书面语。这种话我也会说,例如我要说吃饭吧,按照你们知识分子的说法就是:谨慎地从人类行为学和生理学的角度处理禾本科种子的灼伤致死的尸体。"

老何几乎将刚抿的一口茶喷出来,他强咽下去,哈哈大笑:"老李,你从哪儿看到的这些词?能不能等我咽下去再说!"

"读书谁不会啊,你们那些高大上的书我曾经很好奇,结果跑到图书馆去借。一本书半个小时就看完了,没啥了不起的。"

"哪里听不懂啦!"郎老师一脸认真,"价值秩序指的是我们的价值观。那些价值观紊乱的人不知道什么是重要的,什么是不重要的;他们拼命赚钱、拼命追求权力,可当他们得到了之后反而感到异常空虚,因为那些东西根本不是他们真正需要的,都是不合理信念。"

杰克李用莉莉的丝巾蒙住眼睛:"老何,你先来。"

"炮二平五。"

"炮八平五,老何你别让着我啊!尽管用阴招。郎老师,我虽然没学历,但也读过几本书。你们说的马克思、黑格尔我都看过,我就是想知道你们知识分子在想啥。可是我发现都是纸上谈兵。老曹,老曹,你别摸人家女老师的脖子!咱俩最有共同语言,你说这世界上的书有多少,百分之九十九点九都是浪费纸,制造一堆垃圾。"

"中炮打卒。"

"我不知道，我没看过书，只喜欢听收音机。收音机是我最好的朋友和老师。"曹晟康用力按压朱老师的大椎穴。

"补右士。这就对了！书越看越傻，还不如玩象棋，你得读懂社会和权力结构。你知道吗？郎老师，社会矛盾激化到一定程度就是暴力，我们的体制能听懂的唯一语言就是暴力语言。马二进三，老何，你快走。"

"老李，你真的蒙着眼睛呢？"

"我能骗你吗！车九进一。钱，这年头讲什么大道理都不如钱，你们啥都不用研究了，钱和暴力是永恒的真理。"

"你说得也太耸人听闻了。"郎老师还沉浸在他的道德伦理中，"固国不在山溪之险，强天下不在兵戈之利，得道多助失道寡助。做人也是一样，无道之人钱再多也没用，人不能是空心人，否则穿几件貂皮大衣都没有用。"

大家的争论在曹晟康看来就像这秋风秋雨，一阵响声一阵喧哗，热热闹闹。说什么不重要，重要的是在一起的感觉，朋友的感觉。对于他来说，人生就是旅途，无论路人说什么，自己还是要走自己的路，听自己的声音。

"人们都说美国人自由，我咋看不出他们哪里自由？"老曹趁机请教这些有想法的人。

"美国人也未必自由。"杰克李说。

"这话说得对。"郎老师难得和他达成一致，"自由就是给自己立法，自己统治自己，使每个人服从自己参与共同制定的法律。"

"自己立法？想怎么制定都行吗？那国家不乱套了吗？"曹晟康觉得匪夷所思。

"但如果我们没充分理解在为自己制定法律时真正需要的东西，也没有超越仅仅满足原始冲动的纯粹消极的自由的话，自由就会变成满足本我的自私与任性，而功利主义则会成为狭隘自由的版本。"

杰克李笑起来："老曹别听他的，他就是故意让你听不懂。人只要生下来就不可能自由。"

杰克李在他看来就是个天才，魔术师！整个棋盘和所有棋子的走向在他的大脑里一清二楚，光凭听力他就能同时接受各种信息，一边和郎老师唇枪舌剑，一边轻松地赢了何振堂。他的智商可以击败任何一个学者，如果他是盲人，绝对会创造奇迹，或许是盲人世界象棋冠军，或许是盲人数学家；如果他的家庭有更好的条件让他读书，那肯定将成为一流的科学家，或者金融学家。

"新一轮投资你参加吗？这次回报率50%，但是要多等几天。"杰克李对曹晟康说，"但肯定会在你离开洛杉矶之前拿到手。到时候在城市里也可以放心大胆地住旅馆。"

这一次，曹晟康在绝对清醒的状态下交给杰克李两千美元，这几乎是他所有的路费。

当一个人认为他最清醒的时候，往往和服用致幻剂处于同等状态。

于是，第二天早上一醒来，曹晟康的心又开始打仗了。

当初炒股的时候一天赚了一万块，之后投入的二十万一去不复返。

考取中级按摩技师后，曹晟康在新千年大年初二来到了广州。那时候的工资一个月八百元保底，多做多得。每天从上午10点开始一直做到23点，生意好的时候要做到凌晨两点。曹晟康拼命地工作，在一间间没有窗户的小房间中。这个时候的他已经不是一人吃饱全家不饿的状态了，失败的婚姻之后，他有了一个女儿。

女儿跟爷爷奶奶生活，曹晟康的弟弟妹妹都在读书，所以他必须担负女儿和整个大家庭的全部生活费。他是大哥，大哥这个称号意味着不管是

正常人还是残疾人，你都是大哥，你必须负重前行。而也只有这样，才能摆脱"瞎子"的称号。远方的大哥会寄钱回家，谁听到这句话都会以为这个大哥是正常人。

曹晟康回忆着当初帮他炒股的那个哥们儿，回忆他的每个细节。那个人的智商远远不如杰克李，他一遍遍对自己说。

好在他没有太多的时间纠结，因为这个时候记者上门了，他是《联合日报》的记者——吴伟。他和房东太太莉莉沟通过，确认曹晟康在家里，就急急赶来。

他双手握着曹晟康的手，像国家领导人会见一样，表达自己的兴奋之情，说何振堂昨日深夜，都要睡了，还特地把他吵醒，在电话里告诉他，说这里有一位盲人很值得采访。何先生这样说，一定是没错的，我一早就开车赶来了，还担心你不在呢！

这位吴记者的效率与影响力果然不一般，当天采访完，第二天，曹晟康的事迹就上了媒体新闻，接着，消息如同爆炸了一般，一时之间，简直是洛杉矶所有的华人都蜂拥而至，挤到莉莉家里来，想要见曹晟康，曹晟康也不辞辛劳地为每个人施以按摩推拿绝技。

许多热心人还带着他外出游览各处名胜景点。

在好莱坞，1500米长的星光大道，曹晟康足足走了三个小时，时而俯身蹲低，用手指摸索五角星边缘和突起的影星名字，时而驻足停留，与模仿蜘蛛侠、玛丽莲·梦露的街头艺人合影。

拍照时，曹晟康咧嘴微笑，有时还摸摸脸颊，用手感受嘴角的弧度、酒窝的深浅。

"虽然我看不见风景，但那时我觉得，在路上的自己就是一道风景。"

他忽然体会到了一夜爆红的感觉，自从吴记者报道之后，热心人来问候，更多的媒体也争相来报道，童童每次见到记者叔叔阿姨在采访曹晟康，也很开心地过来凑热闹。

他十分感谢何振堂先生对自己的知遇之恩。而此时何先生已经结束了访问回中国去了。

然而，一天又一天过去，杰克李却一直没有出现。

曹晟康忍不住打电话给他，这一次他没忘记拨区号，电话费不菲，他要省着花。

"老曹别担心。"杰克李在电话里宽慰他，"最多两天钱就回来了。我把整个家底儿都投在那上面了，怎么可能亏，你那点钱算什么啊！"

"我总是白吃白喝住在这里感觉过意不去。"曹晟康说，"给他们家增添了不少麻烦。莉莉与丈夫都很好，并不计较什么。但我想去别的城市看看。"

"你着什么急啊，你又不是一般的旅游者，要回去上班。我要是你就留在美国，回去干什么啊！"

"我是旅游签证，怎么可能留在这里？我得在三个月的时间里多走几个地方。"

"好好好，今晚我去你那儿吃晚饭，咱们见面聊。"

杰克李一直没有失联，这让曹晟康不再忧虑。他常常来莉莉家做客，有时候会带瓶好酒。大家并不反感他，唯独郎老师不喜欢这个发牌员。

"这人老是来白吃白喝，把莉莉家当食堂。"

曹晟康在心里暗笑，知识分子就是斤斤计较。

"老李肯定是非法移民。"郎老师继续说："他肯定不光在赌场发牌，我看他就是个赌徒。"

"发牌员不能赌博吧。"

"不可能在自己的赌场赌，但他可以在别的赌场赌。他不像是个能踏踏实实做事的人，赌博是上瘾的，一旦尝到点甜头就会一发而不可收。曹晟

康,他没问你借钱赌博吧?"

"没有!"曹晟康不知道自己为什么下意识地说谎,似乎偷偷做了错事的小孩。

"我看你昨天给了他五十美元。"郎老师依旧不放心。

"昨天他钱包被偷了,给他应急的。"

"丢钱包?怎么可能!"这位中年老师的圆脸庞上充满狐疑,"骗你呢吧!你要当心,这个人没什么底线的。"

"杰克李特别聪明。"

"人不能太聪明,因为人的心理太脆弱,抵挡不住聪明的诱惑。就像美女多是红颜薄命,因为人长得漂亮诱惑大嘛,所以容易迷失。男人就要笨一点,才会一步一个脚印地走路。"

郎老师的话让曹晟康想到自己,一步步走,走得艰辛,走得沉重。他多想有双翅膀可以飞过高山,跨过海洋。不,不要翅膀,只要一双眼睛。

"我不需要太聪明,只要有双眼睛就好了。"他叹了口气。

"塞翁失马焉知非福,每个缺陷都有可能成为优势,每一次灾难都有可能成为通向成功的转机。我给你讲个故事,从前有一只老驴不小心掉到了枯井里。它拼命地嚎叫求救,直到把主人引来。驴不会攀爬所以主人也无计可施,只能任由它无助地叫。后来大家实在听不下去了,就商量,与其让它这样慢慢悲惨地死掉,不如干脆埋了它来个痛快的。于是人们将土倒进井中,可每次铲土,老驴都会将它们抖掉。久而久之倒进去的土变成了驴子的垫脚石,它越站越高,一点点从枯井中出来了!所以曹晟康你看,可以埋葬你的东西会变成支撑你胜利的东西。车祸葬送了你一双眼睛,却也可以成就你不一样的辉煌人生。"

曹晟康久久回味着这则寓言,他就是那头老驴,要走下去,不能停!

如果他是正常人,现在肯定只不过是个从事简单体力劳动的人,或者

第二章 北美洲：自由

是个普通的打工仔。

他的环球之旅刚刚开始，不能停在这里。

所有的本能反应都是为了消除焦虑，因此最简单的方法不是解决问题，而是自欺欺人。所谓"自欺"，是指相信算命师或者祈祷，相信好运或吉祥物。"欺人"是指找出各种理由为不道德的行为辩护而心安理得。其原因是由于解决问题的过程会产生更大的焦虑。

第二天，曹晟康忽然接到一个电话，是来自美国西雅图的，对方是一名华人，自称是"山哥"。

西雅图的华人"山哥"？

曹晟康听得一时耳熟，猛然想起，何振堂先生曾经提醒过，在西雅图有一位早年认识的朋友，是一档脱口秀节目的主持人，颇有些名气。何先生当时笑着说，改天让你们认识认识。

曹晟康拿着电话心想，何先生真的是太热情了，竟然这么帮助自己……

山哥在电话那头说，他从报纸上看见了曹晟康的事迹，很是感动，很支持他的精神，作为华人应该义不容辞地提供帮助。他热情地邀请曹晟康一定要去西雅图，在那里恭候他的到来，另外还联系了当地的教堂，曹晟康可以与那里的老华侨认识一下。

曹晟康听了，心中很是温暖。出门在外，还有什么比来自自己的同胞的关怀更暖心的呢？况且何先生提到过山哥，那必然错不了了。想想最近其实有许多人都向曹晟康发来了邀约，想要他前往一叙。曹晟康心想，自己今天能为大众所知，都拜当时何先生的尽心帮助。再说，在莉莉家也已经住了好些时日，添了不少麻烦，也该是转战下一地的时候了。

他前段总听人说到爱情电影《北京遇上西雅图》，虽然没有看过，但是西雅图的唯美印象，却已植入他的心中，一直向往一游。

曹晟康当即决定，次日就出发，按照最初计划行程，先到旧金山，再坐火车转战西雅图！

然而，事情总是不能如愿。

命运总会以各种各样的方式告诉你，谁是你的主人。

杰克李的手机停机，他也不再来莉莉家了。

此时的曹晟康几乎身无分文。

他不敢告诉莉莉和郎老师，他不能寄希望于任何人的帮助。

他的眼睛在黑夜中瞪得大大的，望着黑夜——宇宙的黑夜与内心的黑夜。我做错了什么？肯定有一步走错了！二十万不是瞬间子虚乌有了吗？为什么还不长记性！人生是一道巨大的难题，当你发现不对劲的时候总是不知道前面究竟是哪一步算错了。

有时候，我们担惊受怕的东西并不恐怖；而那近在咫尺的危险却完全没有察觉。

他无法入眠。

时钟嘀嗒作响，声音越来越大。他又想起父亲严厉的口吻：出了事你只会哭！他坐起来，在背包里摸索着朋友送的阿普唑仑片，这是他这辈子第一次吃安眠药。

接下来的两天杰克李依然没有音讯。

曹晟康打算去他工作的赌场找他。

他来到了那家赌场。

一位正在赌钱的华人帮他找到了杰克李。

"不好意思我手机欠费停机了。"杰克李熟悉的声音让曹晟康慌乱的心略微平复。

"我明天去旧金山。"

"哦，明天我要去餐馆打工，不能去送你了。对了，我今天一天都没吃饭，你能借我十美元吗？"看到对方惊愕的表情，他又改口说，"五美元也行，你不会看着我饿死吧？"

"我的钱都给你拿去投资了，什么时候还我？"

"最多两天，你给我一个卡号，我打给你。"

瞎子看不见对方的脸，可是多年的历练已经让他能够分辨别人的语气，这语气不对，杰克李在说谎！

"老李，你老实告诉我，钱是不是拿去赌博了？"

"就是玩牌啊，你知道我很会玩牌的。"

"那钱呢？玩牌的话一天就能回来吧！"

"我凭的是计算能力，又不是出老千，人不可能运气永远那么好的。"

面前这个赌徒的话让曹晟康怒火中烧："你的意思是说你把我的钱都输光了？"

"胜败乃兵家常事，我很快就能赢回来。你知道我的厉害，还记得我赢老何多容易吗？你再借我五百块，明天你上车前就能翻倍。"

曹晟康惊奇地发现，杰克李的声音依旧如此镇定，没有半点愧疚和懊恼！

"你还问我要钱！"曹晟康的身体颤抖起来，不知不觉提高了嗓门："快还我钱！"

"你他妈喊什么喊，我又不是不还，但还钱要本儿的啊！"

他怎么可以这么理直气壮？郎老师的话一股脑地闪现在曹晟康的头脑中："你这个人渣！你就是个人渣！"

"你不了解我，不能随便评判我。"

"我怎么不了解你！你就是个骗子，骗美国人、骗何振堂、骗我！还我钱！"

杰克李并不示弱："你又比我好在哪里！回报率30%、50%，你不想想

有什么生意这么好做？你知道我以前做一把椅子有多少利润？三个月帮人家装修一套房子，电工加木工，人工费一共才多少点儿！"

"我要去旧金山，一分钱都没有怎么办！"

"你是瞎子有什么好怕，坐在大街上自然有人给你钱。"

"我不是要饭的！"

"要饭有什么羞耻！我看是郎老师给你洗脑了，我最看不惯那个伪君子！"

"杰克李！你要脸不要脸！"

"这可是你先骂人啊。算了，不跟你计较，先给我五美元，算我求你还不行嘛，我都饿死了。"

曹晟康呆若木鸡，他绝望地站在那里。刹那间，他意识到这个人从一开始就是如此真实，他的语气，或许还有表情，他的心态，他心中所想的一切从一开始就是这样，完全没有变过！这个无耻的人并没有欺骗他。

没有道德束缚的人不需要欺骗，不需要伪装，也不需要尊严。

"我不会再给你一分钱。"

"别急眼啊！要不两美元？我就买个热狗。"

曹晟康感到浑身瘫软。

他最想做的事情就是找郎老师忏悔对他说的谎，但是他没有勇气。洛杉矶的夜是多么沉重啊，压得他不堪重负，他想呐喊，想自残，他想痛揍杰克李。

稀薄的空气令人窒息，夹杂着稀薄的希望，或许某年某月的某一天，那个赌徒能还他的钱。

中美大 PK

【2013-10-26　美国　旧金山】

人还活着，路还要走下去。

曹晟康与莉莉夫妻以及童童依依作别。短短数日，曹晟康与他们一家已经生出感情，童童很是不舍，曹晟康笑着说，不久一定还会再来的，一定。

莉莉依旧担心曹晟康独自坐火车过于危险，坚持为他买了大巴票。

临行前，郎老师对他说："老曹，失明是你的灾难，也是你的优势。"

"咱俩换换行不？把这优势给你。"曹晟康哈哈大笑，"对了，郎老师，有件事想跟你……哎，算了，以后有机会再说吧。"

……

曹晟康抵达旧金山时，已是晚上七点。他出了车站，先试探地找了一家住处。果然如他预期，房费很贵，不，其实更超出了他的预期，房费超贵，竟然最低也要三百美元。我的天，七十美元一晚尚且不能承受，何况三百美元。而且现在不比当初，全身上下最多能凑五百美元而已。得，继续往外走。

今夜无雨，空气清爽。曹晟康照例先找了一家当地 24 小时营业的咖啡厅坐下，先蹭一夜，明日再找能搭帐篷的地方。这他可不敢透露给莉莉一家知道，要是他们知道了，一定不会允许他在外露宿的，即使旅馆价格再贵，也会帮他付了高额的房费，让他住进温暖的旅店里的。曹晟康不想再给他们添麻烦了。

这是自己需要面对的一条路。

他想起洛杉矶的第一夜，一股极度抑郁的寒流让他打了个冷战。他急

忙喝口热咖啡,将杰克李推出大脑。现在口袋里的钱比乞丐的还要少,难道真的会沦落到沿街乞讨的地步吗?

孤单和无助如影随形,茫茫人海中没有谁能跟他一同心跳。多少年了,他永远一个人在大海里游泳,他是大海里唯一的鱼。人孤零零地出生,却注定要寻找另一个人,这样人类才能延续下去。

他想起陕西女孩魏少玲。

他们在广州洛溪新城的按摩店中相遇,女孩刚从卫校毕业,是个正常人。他们同做按摩师,那是个开在别墅小区内的按摩会所。魏少玲把他当成大哥哥,时而向他学习技艺,时而跟他发牢骚聊天。她单纯善良,经常帮他买早点、洗衣服。由于看不见,盲人之间收衣服的时候经常搞错,幸亏有细心的魏少玲帮他调解与同事之间的矛盾。

按摩店里的湖南帮总是抱成一团,与曹晟康摩擦不断。记得有一天晚上,因为争抢电视节目大家大打出手,其中一个哥们儿举起板凳向曹晟康砸下来,感到痛之前,他像发狂的野兽,愤怒地将对手推倒在地。魏少玲闻声赶来抱住曹晟康:"住手!不要打了,谁也不要打了!"

老板不知何时站在了休息室的门口,望着一片狼藉:"你们两个都给我滚出去!到财务结账,别在我这里干了!"

曹晟康愤愤不平,冲出按摩店,魏少玲一路小跑,默默地跟在他身后。

曹晟康满腔委屈,他听到女孩急促的呼吸,她娇小的身躯搅乱夜晚的清风。她是这世界上最纯洁、最美妙的事物,是他生活中唯一的慰藉。忽然,男人转过身,正好撞在匆匆赶来的女孩身上。他趁势将她紧紧抱在怀里,不顾一切地亲吻着她的嘴唇。

女孩的身体微微颤抖,开始的时候有些慌乱,但很快便幸福地依偎在男人的怀中。

第二章 北美洲：自由

他已经有十一年没见到魏少玲了，幸福曾经离他是那么近。他叹了口气，至少，他曾经有过那些美好的激动人心的时光。曾经有那样一个夜晚，在富人们的小区中，别人的世界，他们拥抱在一起，憧憬着属于自己的未来。

曹晟康在咖啡厅里，听着音乐，喝着咖啡，却没有睡意。那样的夜晚一去不复返，曾经幻想的未来终究还是不属于他。那么究竟什么是属于他的？环游世界的梦想是否能实现呢？

就在这个时候，旁边凑过来一个人，问道："你是中国人吗？"

用的是中文！

在满大街都说英语的美国，忽然听到中国话，虽然带着浙江某地的口音。但不管怎么样，这简直就像瞬间打入一针强心剂一样，原本瘫软靠在咖啡厅沙发椅上的曹晟康立刻直起了身子，连忙应答。

那人笑道，自称自己是来美国好多年的华人，前些日子，听媒体报道，中国有一位盲人，想要独自环游世界，如今已经踏上美国，自己是深感佩服。

曹晟康一听，心想，那说的不就是我吗？

那人又说，听说那位盲人先生，今日到达旧金山，可惜自己本想前去火车站"接驾"，却扑了个空。

曹晟康心想，那是因为自己改乘坐大巴了！

这样意外的会面，真的不得不感慨人生的难料际遇。

他伸出手指，指着自己说道："鄙人正是曹晟康。"

那人却没有显出惊讶，而是嘴角高高浮起，露出得意的笑，说道："我早察觉出来了。"

原来，他从报纸上看到关于曹晟康的报道，知道他觉得酒店旅馆房费太昂贵，会选择搭帐篷或者住24小时营业的咖啡厅。他前往火车站扑空

后，心细的他想到，或许曹晟康坐的是大巴，或许刚到的一夜，曹晟康还是会选择咖啡厅。

于是，他碰运气似的在附近几家24小时餐厅咖啡厅里闲走。当进入这家咖啡厅时，他一眼便看见了坐在角落沙发里的曹晟康，顿时激动万分。

绕了大半个旧金山，找了一晚上，在这一刻终于找到，这种突然的成就感，使得一把年纪的他，也迅速在远处拍了一张照，发了朋友圈，此刻，想必许多人已经知道曹晟康的下落了。

此人倒是很能沉得住性子，尽管内心再激动，依然压抑着走过去，很自然地和曹晟康打招呼，好像是巧遇一般。

他自称姓雷，不愿意透露名字。与曹晟康的一番谈话后，他更确定了自己没有看错。曹晟康后来发现，这人年纪与自己相若，却也是个性情中人，忽然拉起曹晟康，就往外走。

此时已经是凌晨两点，雷先生拉着曹晟康，来到附近一家上好的旅馆，也不管曹晟康的礼让推脱，直接就帮曹晟康刷卡付了房费。

曹晟康惊愕不已，他不愿意受人的莫名资助，更何况，他听懂了房费的英文，好贵啊！

雷先生却依旧是"嘿嘿"笑，拍着曹晟康的肩膀，让他好好休息。说完，就叫着服务生，将曹晟康的超重背包提到了房间，和他说过明日的邀约，便很快离去。

曹晟康看着雷先生快速离去的背影，心中不禁暗想，他莫非是担心我露宿街头，才特意深夜奔波，只为了帮我解决住宿问题？

忽然，体内一股热流涌上眼眶。

人脉如山脉，有人会让你陷入暗无天日谷底，有人又让你在群山之巅感受从未有过的高度。

第二章 北美洲：自由

次日中午，雷先生又来到旅馆探望他，曹晟康早已在房内等候多时。本来雷先生觉得他昨夜折腾了半夜，今天必定睡到中午。殊不知曹晟康习惯早起，今日睡到早上七点，对他来说，已经算是睡懒觉了。

雷先生带着曹晟康，参观了著名的斯坦福大学和享誉世界的高新技术诞生地——硅谷。之后，还去了当地的教会。

"美国人其实很土，"雷先生开着玩笑："很多美国人从来没离开过自己的家乡，没有护照。一句话，没见过世面。"

"啊？"曹晟康觉得匪夷所思："美国不是被称为灯塔之国吗？"

"灯塔指的是少数有识之士，老百姓在哪个国家都一样。在这儿生活久了就会发现，这里跟中国没什么不同，什么东西都是缩小版的中国。就拿尼亚加拉大瀑布来说吧，没去之前真以为是世界第一呢，去了一看，无论是高度还是宽度，真都排不上号！游乐场也是一样，就是中国乡镇公园的规模。这边的人无论大人小孩还都把它当回事儿，哈哈！"

"雷先生，你的观点真是与众不同，不是人人都说美国好嘛。"

"美国是挺好的，但是真的很多地方比不上中国，例如我太太就觉得这里购物不方便，没有那么多商场，而且关门太早，晚上都没有什么地方可以玩。像我们不喜欢赌博、不喜欢泡吧，所以有时候很无聊。建筑也是，跟上海、北京一比，这里的建筑都特老特土。哪像咱们，鸟巢、水立方，还有那个，上海中心，他们就像乡下人，怎么跟咱们比啊！"

"你在美国很多年了吧？"

"儿子出生前就来了，快二十年了。其实我每年都回去，有时候回国住一两个月，所以虽然拿了绿卡，但感觉自己还是中国人，就算在这里，还是喜欢跟中国人在一起。"

的确如此，这个教会里面几乎全是华人。而且这里跟别的教派不同，被称为"耶和华见证人（Jehovah's Witnesses）"；他们不在教堂活动，而在

王国聚会所（The Kingdom Hall）。

他们友善地接待这位初次见面的盲人，并告诉他，只有他们才是真正的基督徒，因为只有他们才完全遵从了《圣经》的教诲。他们从来不吸烟，只适当饮酒，禁止婚前性行为和通奸；他们友善对人，没有任何偏见，没有种族歧视，任何人都是亚当和夏娃的后代。

当曹晟康在其他人面前称呼"雷先生"时，旁人都是一愣。而雷先生，只是保持着他那一贯的浮起嘴角的笑容。

曹晟康觉得不对劲，一问才知道，"雷先生"根本不姓雷。

"雷先生"是一个性情豪爽之人，喜好结交朋友。虽然来美国多年，但与他性情相合，符合他脾气、能交上朋友的人却不多。他的朋友圈以教会的兄弟姐妹居多，业余时间会在华人的社区挨家挨户探访，与他们讨论《圣经》。

当他听说身为盲人的曹晟康环游世界的事迹时，心中就已经对他充满了好感与好奇，才会出现之前去接机不得、深夜找寻曹晟康的故事来。

他生性风趣幽默，但就是不太会表达。

那天，曹晟康问他的姓名，他初时想，自己只是真心想帮助曹晟康，充满着一种英雄之间的惺惺相惜，并不要他的回报，于是本想说不愿意透露。

但转念一想，如果那样说，曹晟康一定不依，一定还会再继续追问。在名利上，他颇有些害羞腼腆，想着，那就说自己是"雷锋"吧，在他们那代人眼里，做好事的，都会被称为"雷锋"。

刚要出口，他又一想，称自己"雷锋"，还是好别扭，搞得自己是想故意让人觉得自己做好事似的。以曹晟康的自尊，也一定不希望别人是在同情他才来帮助他的。

于是，话即将出口，他干脆就只说自己姓雷。

曹晟康对基督教一无所知，但对雷锋却很熟悉。因为雷先生，他竟然在心中一边回忆儿时雷锋的形象，一边构筑着耶稣的形象。

一群人听了雷先生的解释，都哈哈大笑起来。而以后，大家也都常戏称他为"雷先生"了。

曹晟康更是别提有多感动了，几乎连话都说不清，只是握着他的手不断地摇晃。

都是素不相识的一群人啊，在他最需要帮助的时候出现……雪中送炭，总是让人一辈子难以忘怀……

这样一来，曹晟康更憧憬不日到西雅图，与何先生的好友山哥的会面。

【2013-10-29 美国 西雅图】

"曹晟康兄弟，你什么时候过来，我们每天都在等着你呢！"山哥在电话里热情洋溢地说道。

"明天，明天就到西雅图，谢谢山哥！"曹晟康激动地拿着电话，手微微颤抖。他从没想到美国居然有这么多华人，多到可以撑起一个国家。

他忽然有种梁山好汉相聚一堂的豪迈义气，在异乡国度，有着一帮可以依靠的同胞弟兄。他再次确认了第二天的火车票没有错，时间也没有记错。

翌日，他不舍地辞别旧金山的"雷先生"与一众华人好友，满怀激动地登上火车，一路上都想着到时候该和山哥聊些什么呢。晚上九点，他抵达西雅图。

在车站，他立刻打电话给山哥，想告诉他自己已经到达。之前，他已将自己的车票信息都告诉了山哥，山哥表示，他会提前来这里等候，两人还在电话中客套推让了一番，最终曹晟康抵不过山哥的热情，十分感动。

可惜拨通的电话里，却一直传来空荡荡的拨号音，并没有人接听。

兴许是在路上耽搁了吧，山哥一定比我还心急，不好去催。曹晟康心想着，给山哥发了语音转换成的信息，告诉他自己已经到了，在车站等他。于是，曹晟康来到车站外等候，竖着耳朵倾听，每当有一辆车接近，心中都有些激动，是不是山哥来了？

但是，半个小时过去了，一个小时过去了，车子一辆一辆接近，一辆一辆远离，伴随着"激动""落空""激动""落空"的轮番上演，曹晟康等到的只是失望。

他忍不住，又拨打了山哥的电话，还是一样，无人接听。曹晟康不禁有些担心起来，莫不是山哥临时是有急事？还是更糟的，路上发生了意外？

此时，初秋的西雅图，室外气温不足5℃，曹晟康在寒风中瑟瑟发抖。渐渐地，他开始有些支持不住。他的身体一贯强壮，一般的寒冷不足以让他畏惧，可是，此时，他却是连心都已经渐渐凉了下来。

不会吧？山哥不是那样的人，他不会是故意耍我，诓骗我来的⋯⋯不会的，不会有这种可能的，他这样做，没有任何理由，没有任何好处啊⋯⋯他，他一定是遇上了什么事，我再等等⋯⋯

曹晟康兀自在心中安慰着自己。

就在这时，怀中的手机忽然震动了起来。

是山哥！

曹晟康激动地立刻掏出手机，险些儿没抓住将手机丢了出去。

"喂喂，是山哥吗？"曹晟康立刻激动而热情地问道。

电话里，却是一名女子焦急的声音。

"曹先生吗？山哥出车祸了，实在对不起不能去接你了。"

"什么？车祸！伤得严重不严重？"

"就是接你的途中出了车祸，目前状况我也不清楚。不好意思我先挂了噢。"

没头没尾的几句话,却是句句重点突出,本来就已经心寒的曹晟康,此时更是如同在风雪天中再浇了一盆冷水,周身立时僵住,无法动弹。

自己是被耍了、被放鸽子了吗?冷静,曹晟康,冷静。

今天的人们必须成为一个自足的整体,不能冒相互依赖的风险。

曹晟康努力冷静下来。电话里那名女子,语气十分不耐烦,体会不到一点友好之意。是因为山哥出了车祸而焦急的吗?山哥真的出了车祸了吗?会这么巧吗?还是故意说的?正常人哪会拿自己出车祸开玩笑啊?那,我应该现在去医院看看他才是⋯⋯

曹晟康回拨了刚才女子打来的电话,可惜,良久也无人接听。

他心乱彷徨。

我该怎么办?曹晟康一时失去了方向,周围是杂乱的脚步声,但是他再也听不见,哪怕是一句轻轻地,中国人的说话声。

焦急、慌乱⋯⋯孤独、无助⋯⋯

我接下来该怎么办,我还能去哪里?

曹晟康忘记了当初敢于露营搭帐篷的勇气,在这寒冷的夜晚,他开始感到害怕。他发现自己握着拐杖的右手在发抖。他用左手捂住,想要停止抖动,却没想到颤抖得更加厉害。

"曹晟康,没人逼你出来,你自己要出来,是个男人就要面对一切!"他喊道。

无论如何,先行动起来。

曹晟康开始四处走动,期望能遇到一名中国人。又过去一个小时,他终于找到了一名华人出租车司机。曹晟康激动地坐上了他的车,告诉他自己的经历,想要先去看看受伤的山哥,但不知道在哪一家医院。

出租车司机姓陈,来自中国广东。他听了曹晟康讲述的事情前后,说道:

"山哥啊，我们华人无人不知！我朋友跟他很熟。"

"太好了！能麻烦你朋友问问他的状况吗？"

"你真的相信，山哥出了车祸？"

曹晟康一听，沉默了。

"哪有这么巧的事，不早不晚，你刚来，他就车祸？"陈先生又说道。

是的啊，曹晟康心里也知道的，这种谎言，连小孩子都不相信的，可是偏偏就是这种拙劣的谎言，山哥好歹算是有些名气的公众人物，又怎么会在这种事上撒谎呢？他打从心里不愿意相信这是事实，他宁愿相信，山哥是真的出了车祸……不，我怎么能期待朋友出车祸呢？我应该希望这都是假的，他平平安安的才对啊！

"朋友？"陈先生哼哼道，"你还当他是朋友？山哥我也是认识的，在西雅图还算小有名气，之前他还特意在朋友圈里说，要隆重接待来自中国的一位盲人。"陈先生越说越是气愤，"话说得挺大，现在你来了，他就玩车祸，他是遭报应了还是怎么的？他在这里好歹也混了二十多年，难道事前没有其他安排，让你安顿下来？邀请人千里迢迢过来，就是正常人也不能这样，何况你还是一个看不见的盲人……"陈先生"嘭"的一声，用拳头重重地在车子仪表盘上敲了一下。

曹晟康还是有些犹豫，坚持想要先问清楚山哥所在的医院，至少确认他是否安全。可是，无论是山哥的电话，还是刚才陌生女子的电话，都没人接听。

陈先生冷笑，劝曹晟康今晚先安顿下来，即使过去，也帮不上什么忙，他让人帮忙先问问。曹晟康才终于答允。当夜，陈先生连忙帮他安排了住处。

第二天，当地华侨组织接到了陈先生的通知，立刻派来几名代表看望慰问曹晟康，并安排他住进了八十三岁的关太太家里。老两口在美国生活四十多年，很欣赏曹晟康的勇敢，免费为他提供食宿。当地的教会也来探望，随之而来的，有当地的记者。

当他们听说了曹晟康来到西雅图的经历时，有一位张记者说道："西雅图什么新闻能逃过我的耳目？山哥出车祸了，根本就是扯淡，一点都没听说过啊！"

曹晟康听了，只是叹息。昨夜睡了一晚，他已经明白，事实的真相，也许正是他原本最不愿意相信的那一种。本来还想了解山哥所在的医院……

张记者见曹晟康黯然，心下有些不忍，宽慰道："也许是刻意隐瞒媒体，没有放出消息，没事，我帮你问问。"

张记者立刻掏出手机，拨通了一个号码，是山哥的经纪人。曹晟康的耳朵极灵，张记者的手机并未免提，但光是那溢出的声音，已经足够让曹晟康在一旁听清电话里的对话内容了。

电话很快接通，对方是一名女子。曹晟康惊讶地发现，那女子的声音，正是那天在电话里告知自己山哥出车祸的女子！原来她就是山哥的经纪人！

电话里，女子向张记者寒暄客套，声音欢快无异，完全没有之前的不耐烦语气，也没有一丝关于出了车祸的焦急与悲伤。

张记者对着电话戏说，最近有一家认识的公司，有广告业务，想找山哥当代言人，不知道有没有档期。

"有呀有呀，哎呀，谢谢张记者，改天我和山哥做东请您！"

热情洋溢。

曹晟康心拔凉拔凉。

过一会儿，他拨打那名女经纪人手机，无人接听。又再次拨打山哥手机，无人接听。

张记者掏出手机，直指山哥的姓名栏。

"山哥，好久不见啊！"电话接通，张记者寒暄客套。电话放在桌子上，转成了扬声器模式。大家都能听见对话内容。

曹晟康终于再度听见了山哥的声音，在电话里，山哥开怀不已，谈笑风生。

张记者聊着聊着，话锋一转，转到最近听说来到西雅图的盲人曹晟康。由于山哥之前在朋友圈高调宣称过，所以大家都是知道的。

没想到，电话那头，山哥笑了一笑，话匣子大开："不管他，一个瞎子怎么能环游世界？还不是勾起大家同情心，搞点噱头新闻，出出名气，四处骗吃骗喝，也该是给他一点小小的惩罚，要他知道，他只是靠别人的同情，一旦没了旁人，他自己就只会乖乖回去，好好度日，不会整天空想着出名。"

又聊了一会儿，张记者终结了话题，挂上电话，发现曹晟康坐在对面，身体僵硬发直，拳头握得紧紧的。

人脉如山脉，你永远不知道下一座山峰后面是什么。曹晟康想起儿时的蒋志刚，那个时候蒋志刚的父亲给了他终生难忘的一击。蔑视、厌恶、嫌弃，自己就如同一堆垃圾，一个小丑被丢弃在垃圾场。在人世间这座震慑一切的大山中，他跌了一跤又一跤，却还没学会谨慎。他又想到杰克李，为什么野兽都有美丽的皮毛和动人的声音？

"是你自己的问题。"一个尖锐的声音说，曹晟康熟悉这声音，心魔的声音。

但这一次，心魔却在张记者口中讲话："你的贪欲让你像吸血鬼一样纠缠着世人，不顾一切地吮吸着他们任何可得的利益。"

"我哪里吸别人的血！我是靠自己的力量成就梦想。"

"梦想！"心魔哈哈大笑，"梦想可以是崇高的也可能是败坏的。如果追求梦想的人没有把自己的精神提升到伟大而刚毅的境界，仅仅是为了满足不断膨胀的索取欲望，那么梦想则会变成一种流氓式的要挟。"

"你说的话跟郎老师一样听不懂，我心情不好，就不能安慰一下我？"

"安慰就像毒酒，根本不解决问题！你知道什么叫饮鸩止渴吗？或许你会认为连小孩子都不会这么愚蠢，怎么会有为了解渴而喝毒药的人呢？但这恰恰是人类的首选。遇到困难时人们的第一选择绝对不是解决真正的问题，就像饥渴的时候不去找水源；人急于要做的是如何摆脱焦虑，例如饮毒酒。这就是个人利益的快乐原则，它使我们陷入了自私自利的混乱之中。"

"我真正的问题是什么？"

心魔用倏然离去和寂静报复曹晟康。

张记者重新变回了自己，他将手放在曹晟康的手背上拍了拍，宽慰道："此人如此，也不必太多在意。"

"我真正的问题是什么？"曹晟康又问了一遍。

"不是你的问题，是山哥的问题。"

"真的吗？"

"当然是真的！"他表示，回去将会为曹晟康好好写一篇报道，"我们媒体人，有着将真相公布于大众的情怀理想。山哥既然敢公然做出这种事，就不要怪我们如实报道了。"

张记者当晚回去加班加点，第二天，媒体上就报道了他的文章，就好像是前一阵在洛杉矶对于曹晟康的报道的续集，除了惯例介绍曹晟康的生平，更详述了从洛杉矶一路来到西雅图的经历，以及山哥的"车祸"逸事。

舆论哗然。顿时激起一片声讨，谴责山哥，声援曹晟康。

曹晟康听说了，反而有些过意不去。本来一开始自己就与山哥毫无瓜葛，也是他主动联系，却不想竟发展到如斯境地，不禁一声长叹。

后来听说，山哥之所以一开始主动热情邀请他，主要是因为看见报道上说曹晟康与来美访问的中国学者何振堂先生往来密切。他颇有些社会关系的需求想要搭上何先生，于是献出殷勤。后来却得知何先生已经回国，自己再专门花时间陪一个令人看不起的"骗钱瞎子"就太没必要了，干脆放他鸽子，也算一个小小的惩罚。

【2013-11-5 美国 华盛顿】

下一站，曹晟康原计划去黄石公园，但那儿因为冰雪已经封园。正踌躇时，他想起陈先生提起的一幢"老房子"，心动前往。

那是在密西西比河畔，爱荷华州马斯卡廷小镇。1985 年，时任河北省正定县委书记的习近平出访考察时曾在这处民居借居两晚。2012 年，他访美时特地抽出一个小时，故地重游，邀请当时招待他的美国老友茶叙。2013 年，来自上海的华商程先生买下这幢小屋，并改造成博物馆，打造为"中国文化的窗口"。

曹晟康抵达时，当地正飘着小雨。

这是一个类似四合院的民居，门口有两棵粗壮的大树，两手围拢都抱不过来。粗糙的墙面、低矮的台阶、二楼的栏杆，曹晟康用双手一点一点地敲打和抚触。

"这就是咱们习大大以前睡过的床？"听到程先生的介绍，曹晟康既新奇又喜悦。他仔细摸了摸，还在上面躺了一会儿。

"这是我们国家领导人住过的房子，我可能是第一个参观的中国盲人吧！"他兴奋地说，还向程先生提议，能不能见见房屋的老主人，当年招待习主席的那对老夫妇？"我想帮他们免费做做按摩！"

程先生说，两位老人年事已高，已搬到佛罗里达州，但是帮他联系了他们的大儿子盖尔。当晚，他们一起喝葡萄酒、吃鹿肉，相谈甚欢。盖尔是一名大个子男人，身材很高，曹晟康帮他捏了几下肩膀，他说要是有机会欢迎曹晟康去佛罗里达拜访他的父母。

【2013-11-10 美国 芝加哥】

曹晟康来到了芝加哥，住在当地唐人街上的一家青年旅社。可是，在多人混住的公共卧室里，几名中国青年却不断抽着烟，高谈阔论，曹晟康感到有些难受，难以入睡，辗转反侧，被迫旁听了几名青年的聊天内容。

他们说到，在芝加哥，有一位"名人"，传闻都称其为"小宋江"。据说此人是当地一名华人富商，早年来此经营赚了不少钱，却个性豪爽，仗义疏财，常常资助来此旅游的华人，提供免费食宿。若有人有麻烦，那人也都会倾囊相助，颇有《水浒传》里及时雨宋江的气概。

几名青年打算次日就去拜访，解决一些盘缠问题。曹晟康听了，想想自己明日也一同去拜访，拜会一下这名讲义气的"宋押司"。

第二天一早，曹晟康照例早起，由于有明确的目标，心中迫不及待，偏偏那几名青年倒是赖床不起。一直到八点，他们才好不容易起床，又磨蹭到九点才出了旅馆，前往据说是"小宋江"开设的餐厅。

"小宋江"叫胡巧俊，是当地华人共济群的群主。

一行五人来到胡巧俊的餐厅，几名青年报了姓名来历，店员就热情地安排他们坐下，但等了很久，都没能见到老板胡巧俊。青年中的赵大勇一打听，才知道今天胡巧俊正好有事处理，无法出来接待。大家都觉得，胡老板处理正事重要，却也不必亲自特意来接待，请店长代为问候。店长很慷慨地说，他们来这里吃饭，都是免费的。众人更是欣喜，当日中午，便在那里用餐。

却有一身材高大，似乎有一米九的壮硕老外走进了餐厅，格外引人注目。他很自然地和店长打了招呼，便在一桌前坐了下来，看来是一名常客。

点单之后，他斜眼往曹晟康他们一桌看了一眼，朝着店长，用英语说了几句。店长"嘿嘿"笑地也用英语与他应答。

这边餐桌上，大家吃得正欢，忽然赵大勇脸色一沉，筷子"啪"地拍在桌上，将大伙吓了一跳，急问原因。

赵大勇偷偷看了一眼几桌之外的壮硕老外和店长，才说出缘由。原来，他英语口语水平，较之同伴，都略胜一筹。刚才他听见了老外用英语对店长说的是："又有一群来吃白食的了！"

而更让赵大勇生气的是，那名也同样姓赵的华人店长，竟然也用英语回应："是的啊，很正常的，几乎天天都有……"

年轻气盛的赵大勇一听，就觉得自己好像成了被施舍的乞丐一般，气不打一处来。

众人听了也是生气，大家你一言我一语，一开始还压低了声音，不好让店长或者服务生听见，但越说越是气愤填膺，声音也越来越大，眼看着就要"摔碗起义"了。

曹晟康感觉不对，自己不能再沉默了。于是赶忙说："人家老板本就是好意，资助我们来美国旅行的同胞，但毕竟是亏了自己，何况，他刚才说，来的人，可不只有我们啊。身为店长店员，看见老板如此，就算损失不是自己，也会鸣不平嘛。"

曹晟康说着，顿了顿，发现大家暂时沉默下来，于是他接着说："且不说他们是中国人自己人，就算他们不介意，连不相关的客人老外，心中都有不平啊。"

"那你说怎么办？我心中就是咽不下这口气。"赵大勇说道。

年轻人总是有颗玻璃心，易碎的自尊心……曹晟康暗想，自己早些时候，何尝不是如此呢？

"依旧保持礼貌，坚持付钱。"曹晟康说道，"这是在美国，可不能失了我们大中华的文明礼仪和气度。"他生怕年轻人一激动忍不住闹事，急忙补充道。

还好，几个年轻人也颇识顾大局之意，听了曹晟康的开解，想开许多，于是众人酒足饭饱之后，便起身要付钱。那位大个子老外依旧在吃着中式美食，赵大勇看了看他，有意使自己的声音能引起他的注意，让他看见自己掏出钱包要付钱。

赵店长却是说什么也不愿意收他们的钱，更表达了老板胡巧俊的意思，资助国人是他们义不容辞的。

赵大勇众人，却想着，可不能让你们瞧扁了，咱又不是缺这几个钱！更不相让。

众人便在那里和赵店长你推我让，曹晟康竟在后面插不上话。

这时，门外走进几人，有一男人边走边颇为严厉地用训斥的口气说道："怎么会没有找到他？不是说他昨天就已经来芝加哥了吗？这么'特别'的人，你们都找不到？"

身后的人，只能唯唯诺诺地低声呼应。

"一定要给我找到他！"男人厉声说道，"这样的好男人，我胡巧俊要是不能结交，真是要抱憾终生的！"

他这话也是够夸张的，没见到一个人，就要抱憾终生，那人莫不是要死了还是你要死了？

曹晟康心中本不自觉想要吐槽，但他听到了另外一个字，让他惊讶得忘记了内心吐槽。

几名青年此时也停止了付钱的推让，一齐往店门口看去。

赵店长朝来人叫道："胡总。"

众人反应过来，进来之人，就是自己要寻找的，被称为"小宋江"的胡巧俊！

曹晟康不禁暗想，那个能让胡巧俊想见到要抱憾终生的人，究竟是何人？

众人向胡巧俊打招呼，赵店长向胡巧俊也介绍了一番，于是胡巧俊与众人客套寒暄，到茶桌前坐了下来，开始泡茶聊天，但却是心不在焉，依旧再次用电话叮嘱外出寻人的伙计。

大家心中都不自觉地想，那位让"小宋江"如此挂心之人，到底是何方神圣"大人物"，心中一边不免有些羡慕，要是自己也能让胡总如此重视就好了，一边却是也盼望着那人快些被找到，自己也能开开眼界，结识一下如此的"大人物"。

胡巧俊有些郁闷地泡着茶，不经意地抬起头，看见了坐在众人身后的曹晟康，不禁停下来多打量了一番。赵大勇注意到了，连忙向胡巧俊介绍曹晟康。

话刚说完，胡巧俊却是愣在那里，双眼更是瞪得老大，看着曹晟康。

"你是曹晟康？"

曹晟康听出他语气有异，不知是什么缘由，于是自报姓名，称也是仰慕胡巧俊已久。

没想到胡巧俊忽然爆发出一阵哈哈大笑，将众人都吓了一跳，一时以为此人是不是精神异常了。胡巧俊立刻绕过茶桌，奔到曹晟康的面前，一把握住他的双手，以颇为感动的语气说道："我找你好久了啊！"

就几个字，让众人惊讶不已。

原来胡巧俊严厉吩咐属下寻找的那位"大人物"，正是一直在众人身后的盲人曹晟康！

胡巧俊激动地将曹晟康请到了上座，然后道出自己渴望见到他的敬仰之心。几名年轻人，也是此刻才知，一直在身边的这个其貌不扬的普通盲人，竟然做出了如此壮举！

第二章 北美洲：自由

当下，胡巧俊要他们就在店里住下，然后包管他们在此的吃喝，还另外拿出一千美元，赞助曹晟康。曹晟康如何能收！胡巧俊可不容他不依，当下拉下脸孔，硬生生塞给他。

曹晟康感动万分，但紧守最后底线，要胡巧俊答应，自己每日为他推拿以做回报，若不答应，便死也不受。胡巧俊听了，爽朗大笑，他是求之不得，可以有更多机会与曹晟康多聊聊。

胡巧俊也是一性情直爽的人。曹晟康感到自己能结识此人，也是荣幸之至。两人英雄惜英雄，当夜胡巧俊大摆筵席，两人聊到深夜方休。

人脉如山脉，一山连着一山，只要不倒下、不停止，就永远有山峰载着你前行。

第二天，胡巧俊陪同曹晟康登上了西尔斯大厦。二十世纪七十年代，美国芝加哥与纽约如同胞兄弟般竞争着经济老大的地位。1973年由雅马萨奇设计的纽约世贸大厦以417米的高度夺得世界最高的桂冠后，芝加哥也于第二年建成了由SOM设计442米高的西尔斯大厦。这个纪录一直保持到三十年后2004年中国台北101大楼竣工。

"西尔斯大厦如今也被咱们中国人比下去了。"曹晟康感慨万分。

胡总却表示了不同的看法："建筑的高度不算什么，中国缺乏的是基础设施的建设和整体素质的提高。例如自来水吧，美国和欧洲的自来水都可以直接饮用，而中国呢？要多少年以后才能达到？你看这里的人，都特别和善，根本没有插队啊、挤着上公交车、抢座位啊这种事发生。"

美国在胡巧俊和雷先生的嘴里，似乎十分不同，但又都听着有道理。

胡总继续说："我看过一个新闻，说是某个地方加油站发生爆炸，从而引发该地区大面积火灾。视频显示在烈火浓烟中，一排车辆安静有序地缓缓行进，听从着警察的指挥，没有争抢，没有拥挤堵塞。这个场面让我太

震撼了！中国人缺少的是这个，要是在中国，早就乱成一团了，谁会听指挥啊，争着往前跑，最后谁也跑不了。老曹，你也感受到了吧？在大街上有多少素不相识的美国人帮助你，你都没要求，他们看到了就会主动上前。"

真是个美好的国度，曹晟康心想。在楼顶，风呼呼地吹拂脸颊和头发，他想象着脚下的芝加哥全景，脚下宽广的世界，还有许多未知的地方等着他去走，还有许多未知的人等着他去见，心潮更是澎湃。

【2013-11-21　美国　华盛顿】

一到华盛顿，当地的华人组织，中国台湾慈济组织就热情地招待和资助了他的冒险壮举。慈济功德会是一个华人的佛教组织，全称财团法人中华人民共和国台湾省佛教慈济慈善事业基金会。提倡"四大志业、八大法印"，即慈善，医疗（如慈济医院），教育（如慈济大学、慈济技术学院、慈济小学、慈济中学），人文（慈济人文志业中心、大爱电视、经典杂志、檀施会、慈济月刊、外语期刊），国际赈灾（如援助川缅），骨髓捐赠（慈济骨髓数据库），环保（如慈济环保教育站、大爱感恩科技公司），社区志愿者（慈济各分支会所）。

慈济功德会的王老师陪着曹晟康去参观华盛顿的历史建筑物，她将近七十岁，是位退休的幼儿园老师。她的丈夫十年前患肝癌去世，两个儿子都是博士，毕业后一个在纽约大学教书，一个在欧洲的研究所。感慨于华人在国外的成绩，曹晟康真为他们骄傲。

王老师只是笑笑："我们第一代移民，没钱、没地、没房产，更没有社会关系，只有读书这一条路啊！"

在林肯纪念碑前，曹晟康想起了自己听说的关于伟大总统林肯过去那波澜起伏的人生，无限感触，在心中更重重地对自己立下誓言，要锻炼出坚韧不拔的精神、毅力和信念，去征服前方更多未知的挑战，把自己的成功经历，分享给世人！

之后，他们还去了白宫、国家广场、越战纪念碑。

走过白宫，他才知道，原来与之前想象国家最高统治者的办公室奢华宏伟不同，白宫内部并没有多气派壮观。

白宫外的广场，竟然听说还有黑人在那里搭帐篷示威。

在美国华盛顿国家广场，曹晟康来到了自己敬仰的精神导师——马丁·路德·金的雕像前。

作为来自中国的盲人，曹晟康以别样方式向心目中的英雄致敬。

他将身体贴在雕像上，双手触摸着花岗岩表面，仔细感受着纹路起伏。

"今天，我有一个梦想。"

曹晟康的耳中，是马丁·路德·金那激昂的演讲词，他的脑海中，闪过了小时候，因为残疾遭到的歧视、侮辱和欺骗，因为残疾感到的无奈、痛苦甚至绝望……

"我有一个梦想！"

那句话，一直如同暗夜的火种，激励着他，挺过所有的艰难，一路前行，走到了今天。他终于如朝圣一般，膜拜在自己心中的神灵面前，泪流满面……

我有一个梦想，我有一个信念，我能从绝望之岭劈出一块希望之石！

当曹晟康正仰视着面前看不见的高大的马丁·路德·金时，旁边出现了一名黑人美国人，对他说了一番英语，见他不解，又改用一口不流利的中文说。

原来此刻，因为种族歧视，这里的黑人正在聚集举行示威活动，而这位操中文的黑人美国人，看见膜拜马丁·路德·金的曹晟康，觉得他能成为同志，贡献一分力量。他更说道，许多黄种人在美国，在这种事件面前，都

显得事不关己。他鼓动曹晟康,说美国也有"排华法案",黄种人,或者说是中国人,也同样是遭到严重歧视的民族。

"为了梦想与平等!"

曹晟康被他说得有些热血上涌。

这种时候,即使危险,即使最终牺牲,也要贡献自己的一分力量!

他握紧拳头,表示愿意加入。

在远处等候曹晟康的王老师,感觉有些不对劲,立刻奔上前来,将他硬生生地拉走了。

"在美国有各种游行示威。"王老师对不知情的曹晟康解释:"他们的起因缘由非常复杂,常常糅杂着教派的斗争,尤其是新教和天主教。看似简单的反对种族歧视的游行可能不那么简单,所以还是不要贸然参加。"

"您说中国和美国哪个好?"曹晟康问。

"都有好与不好的地方,哪儿都不完美。正因为不完美,我们才有机会去完善它,你说对吧?"

"对,对。"

【2013-11-25 美国 波士顿】

"小宋江"胡巧俊也来到了华盛顿,他带着曹晟康参观越战纪念碑。在每一处地方,都合影留念。胡巧俊还带着他,认识了当地的华人朋友,大部分人都在刚来美国时,接受过胡巧俊的资助。他们见了曹晟康,也露出了敬仰之心。

其中有一位姓陶的女士,毕业于英国剑桥大学,在麻省理工学院攻读过,现在在一中文学校任教。

陶老师欣然接下了继续陪同曹晟康的"光荣使命",带着他前往波士顿,参观了他一直梦寐以求的大学城,去了麻省理工学院和哈佛大学。

"它们是美国最顶尖的学府，就像中国的清华与北大！"曹晟康抚摸着积淀着沧桑历史的老建筑的斑驳柱子，激动不已。

　　他还有个愿望，想见哈佛的校长，给他推拿、与他们合影。不过听说需要提前两个月预约，只能作罢。

　　"他真是比美国州长还忙啊……"曹晟康又是敬仰又是遗憾地说道。

自由女神

【2013-11-28　美国　纽约】

　　1886年10月28日，美国的自由女神像矗立在美国纽约市自由岛的哈德逊河口。

　　2013年11月28日，曹晟康来到了哈德逊河口，比女神晚127年。之前的夜里风刮得很大，清晨开始淅淅沥沥地下起雨来。华人义工徐大姐驱车送他到码头，之后他们一同乘渡船，登上了自由岛。

　　曹晟康感谢那天的风，它吹来了自由女神的形状，风刮得越猛，那看不见的巨大雕塑在他心里就越壮观。据说它加上基座有九十三米，是一座金属铸造的铜像。人们顺着它身体内部的旋转楼梯可以登上头部的光环。它就像是一位母亲，曹晟康想，让我们在她身体里孕育，引导我们走得更高，看得更远。他静静地倾听着那母亲数不清的子女的声音，人们讲着各自国家的语言，仿佛全世界的人都集中在这里了。有男人的、女人的、儿童的和老人的声音。声音来自近处、稍远一点、更远，和着海浪的声音。海浪的声音令他心潮澎湃。人们赞叹啊、笑啊，大海也在喘息……这一刻曹晟康很想对身边的大姐说点什么，可是却不知道说什么。只是不由自主地随着大海

一起喘息，他感觉呼吸变得更加有力，感觉到一股从未有过的激情。雨越下越大，雨点在他的肩膀上燃烧，整个哈德逊河口都燃烧起来了，火在他心里燃烧，是自由女神在燃烧，这位母亲烧尽人们身上的污垢、偏见、苦难和不堪回首的过去……

"让那些因为渴望呼吸到自由空气，而历经长途跋涉业已疲惫不堪，身无分文的人们，相互依偎着投入我的怀抱吧！我站在金门口，高举自由的灯火。"

大姐的解说盒子里有个神奇的软件，能将英文翻译成中文。它朗读着神像基座上的诗句。

"咱们买票上去吧。"大姐建议。

"等一下，我想摸摸基座。"曹晟康说。

他伸出微微颤抖的手，真不敢相信自己做到了，真的来到了地球的另一边，就像把大地挖了一个大洞一样，如果真的要挖个洞才能钻过来，他也愿意，他会去挖这个洞。为了自由，他愿意付出一切，他就是为这个而活的。他曾经在洞里藏了很久，爬了很久，那条黑暗的甬道真长啊。那里有台阶，向下八级，有一个小厅，每次走到第三级的时候他就能闻到刺鼻的檀香味。

今天的檀香味还和着煎饼果子的味道，开始觉得挺香，后来又感到恶心，越向下走就越恶心。小厅里挂着橘黄色的灯笼，灯笼上刻着剪纸图像，这一切曹晟康都看不到。但他知道哪里有灯，因为有热度嘛，即使 LED 灯他也能感到热。

"骗人的吧！"前台的小姑娘咻咻地笑着，"LED 灯不发热，你知道不？"

她的声音嘎嘣脆，曹晟康喜欢，这个洞穴让他窒息，也让他感到安全。在这里，只要有客人，他就能赚钱，赚钱寄给老妈和女儿，他要比他的弟弟妹妹寄得都多，因为他是大哥，因为他是盲人，这两点都让他必须比别的孩子寄得更多。

"15号。"前台的小姑娘对他说,"你的客人又来了,在3号房间。"

煎饼果子吃到一半,已经不那么饿了。曹晟康放下早点,喝了口水。他曾经24小时没吃饭,那天客人太多,一直干到凌晨两点,他不想吃东西,回到宿舍倒头就睡。倒霉的是第二天一醒来肩膀就钻心的痛,做推拿师必须要爱惜自己的肩膀,否则就会付出代价。

曹晟康渐渐知道如何在工作强度和收入间调整平衡,他已经不再年轻了,屈指可数的生命变得越来越宝贵,而身体是唯一的本钱。但是他还并不老,他有着职业运动员的健壮体魄,这个身体怎能蜷缩于这个半地下室的盲人按摩中心里?时间久了,就会有壳生出来,让你再也不能自由行动。

这位客人是做金融的,他总是和他聊工作、聊社会、聊业绩、聊股票、聊基金。曹晟康曾经被金融深深迷住,那是另一个世界,有能瞬间将他拉出洞穴的魔法,股票让人身价翻升,有钱就有价值,就可以飞翔。但后来他知道那只是个陷阱,将他拖入更深更黑暗的绝望深渊的陷阱。

有的客人是搞工程的、开饭店的,也有卖水果的,或者大学老师。

曹晟康为他们按摩、推拿、正骨,他们跟曹晟康聊天。透过他们的眼睛,曹晟康看到一个又一个世界。世界不会因为我看不见而不存在,他想,我也不会因为看不见世界而不存在。只要存在,就有希望,无论如虫豸般蛰伏多少个冬天,总会有明媚春天值得等待。在这个甬道里,他走过了一年又一年,走过了整个青春,直到有一天……

他来到了自由女神像下,127年,她等了他127年,他终于来了。

曹晟康感到身上的壳仿佛一下子爆裂开来,细细碎碎的往事在爆炸声中灰飞烟灭。世界各地的新鲜空气,经过了长途跋涉,也被风吹到地球的另一边来了!无数种听不懂、听不真切的语言,带着他飞翔,在雨中,在火

里。凤凰一定要浴火才能重生！他围着自由女神的基座，转了一圈又一圈，那粗糙的花岗岩就像父亲的大手，不，像他自己的大手，这双手承载着他的智慧，有了这双手，他不需要依靠任何人，不需要被怜悯。这双手让他生存下来，未来将让他走遍世界的六大洲，他用这双手为别人带来快乐，为自己带来生存的价值，为梦想拨开了荆棘。

雨越下越大，雨伞几次被海风吹得翻转了过来，让更多的雨水浇灌我吧！让风吹进我的血管，我什么都不怕，这里有女神，有母亲的庇佑。不论什么国家，什么人种，疲惫不堪，身无分文的人们，都来吧！看不见的人们、听不见的人们、无法行走甚至重病缠身的人们，什么都不能阻挡你们，让我们一起举目仰望，自由在他的心中矗立着一座雕像，它高耸入云，光芒四射。这光芒就像闪电，击中了生命，从此生命便开始飞翔。

那劳瘵贫贱的流民

那向往自由呼吸，又被无情抛弃

那拥挤于彼岸悲惨哀吟

那骤雨暴风中翻覆的惊魂

全都给我！

我高举灯盏伫立金门！

——《新巨人》爱玛·拉扎露丝（Emma Lazarus）

在纽约，曹晟康同样受到了当地华侨的倾情帮助，曹晟康的乐观和勇敢感动了他们。

其中还有一位"保钓人士"朱历创。他同胡巧俊意气相投，对曹晟康的精神很是敬仰，也一直想要与他一见。

但曹晟康心中总想起胡巧俊店里，对他们投来鄙视眼光的那名壮硕的老外，心下终是顾忌他人说自己专门来讨白食吃的。于是，依旧打算去搭帐篷。

而朱历创同雷先生、"小宋江"胡巧俊一样，主动前来"搜捕"曹晟康，很快便逮到了他，挥挥手，敲破了曹晟康想要露宿荒野的美梦……

这简直就像是一场"爱心接力"。

曹晟康每次出发前往下一地，都想悄悄前行，却不想，他们总会提前联系下一个城市的朋友，不仅承担他食宿交通的所有费用，甚至还安排医疗服务，带他去检查失明的双眼。

许多志愿者慕名而来，全程陪同曹晟康去各处名胜参观游览。有次遇到了下雨，有一位志愿者女孩，还不辞辛劳地一直为他举着伞。

他们游览了第五大道、帝国大厦、时代广场、自由女神像……车水马龙的繁华景象，让曹晟康不禁想起在上海外滩、南京路步行街。

当地华人华侨联合会更为他举办新闻发布会，邀请美国中文电视台、《世界日报》《侨报》等，呼吁媒体募捐和筹款。

曹晟康不肯要，他们却哪里肯听！

"你来了，所有华人都会尽力帮助你！"

他感动得已不知如何作答，含泪凝噎。

曹晟康的事迹，正以极其迅猛的方式，传遍整个美国，甚至是整个世界。

此间还有一重巧遇，引出曹晟康后来的旅行故事。

在时代广场，曹晟康正醉心于与街上卖艺的音乐人士，以特有的"语言"同他们交流，比画抚摸，他一时兴起，还当街帮他们按摩，不亦乐乎。

却有一位华人基督教徒，叫马薇，特意赶来，在人潮中找到了曹晟康，带他去吃了附近有名的芝士蛋糕。

正聊得尽兴时，马薇很自然地开始劝说起曹晟康，让他加入基督教的

兄弟姐妹行列。曹晟康很感恩，但还是委婉拒绝。

【2013-11-30　美国　奥兰多】

此后，曹晟康前往奥兰多，在那里，早有当地的教会姐妹在那里守候。她们接到了马薇的通知，将曹晟康接往附近的神学院。许多人在那里热烈迎接了他，曹晟康很开心地让他们排成队伍，为他们一一做了颈椎按摩。其中，他结识了华裔牧师陈标，两人相谈甚欢。

【2013-12-2　美国　迈阿密】

曹晟康前往迈阿密，一叶扁舟，深入丛林沼泽，身处凶猛鳄鱼环视的野性环境中，感受着别样的心跳刺激。

【2013-12-6　美国　夏威夷】

用了比从中国飞往美国还长的时间，转机飞往夏威夷。

陈标牧师心念曹晟康的安危，特意嘱咐当地教会的兄弟，陪同他一路游览。当地的教会，是张学良生前大力资助的，曹晟康有幸参观了张学良墓。

在张学良墓前，曹晟康感慨良多。

到头来都是一死，所有人都是平等的。只是，那是肉体的生命。一个人，能否在他人心中永远地活下去呢？

"生命，英雄……"

这两个词语，在曹晟康心中交织盘旋着。

【2013-12-12　美国　圣地亚哥】

慈济会里，人们总是亲切地称呼会友为师姐师妹、师兄师弟。在圣地亚哥,当地一位教会师姐听说曹晟康的到来,立刻拉起他,将他迎去家中。原来她哥哥的岳父,半身不遂,一直瘫痪在床,听闻曹晟康拥有正宗推拿正骨功夫,期待着他妙医圣手,能让老人家再度站起来。

曹晟康来到她的家中,触摸到了那位躺在床上无法动弹的老人家,心中一阵悲伤。自己虽然失明,终是还有着健康的体魄与双脚,还能行走,相比之下,自己已经幸运多了……

曹晟康摇了摇头,遗憾地表示自己没有那种奇迹之力。

师姐自然也是知道的,只是黑暗之中,对远方怀着一丝光明的希望。

但他依旧挽起袖子,卖力施展自己的手艺,让老人家在床上也感到舒服一些。这是目前的他,所能贡献出的最大力量了。

有时候,曹晟康甚至忘记了自己是在身体上不如常人健全的残疾人,他幻想着力量,他想拥有力量,能够去拯救那些受苦的人。

曹晟康一直带着这种觉悟,在向前方一步一步走着。

晚餐时,师兄聊到他可爱的、只有一岁的混血外孙。他的女儿,竟是一个单亲妈妈。

有一次大学举办的酒会,她女儿也去参加了,一夜未归……不久就发现怀孕了!

本来作为有着传统观念的中国人的师兄,他是绝不会同意这样的孩子生下来的,况且连父亲是谁都不知道……但他的女儿却很坚决,一定要生下来,哪怕没有丈夫。当地的政府也给予补助,最终,女儿还是生下了宝宝。

他本来以为,发生了这种事,以后再没有脸出去见人了。可是,他想错了。

一家人依旧过着普通的生活,没有人鄙视他们,没有人说他们的闲

话，更没有人歧视他们。邻居们看见他家里多了一个可爱的宝宝，反而艳羡不已。

现在，家里反而因为多了一个可爱的宝宝，增添了许多过去没有的温馨与欢快。

一切，都没有想象中的惊涛骇浪。

曹晟康不禁感慨，这果然是一个开放的国度，文明的开放，与中国的传统文化，真的是有天壤之别。

【2013-12-17　美国　拉斯维加斯】

之后，曹晟康前往"赌城"拉斯维加斯，去赌场体验了一番，又是输得精光。这一回，他及时收手。

往事骤然涌上心头，当年的惨败，妻离子散的悲剧……曹晟康脑门上顿时冷汗涔涔。

杰克李的阴魂不散……赌徒只有死路一条，投出去的两千美元在赌场上换不来几枚筹码，这里有些人一赌博就是上百万。几个中国留学生的脸上洋溢着从未有过的神采，这一辈子可能只有一次机会感受如此刺激的事情。他们告诉曹晟康，这是人生必须要经历的，就像经历了一次死亡，比跳下悬崖还刺激，那一刻，人体中分泌的一定是独一无二的致幻剂，让你步入天堂，横跨炼狱，直抵地狱！

曹晟康不知道他们会看到什么样的幻想，是否会顿时大彻大悟？《西藏度亡经》中讲到人死的那一刻是最容易得道的瞬间，人会见到真正极乐世界的景象。

但是拉斯维加斯不属于他，或许只有那个阴暗的按摩房才是他的归宿。

是啊，广东那闷热、濡湿的狭小房间，他的顾客小马哥常常趴在那里。

第二章 北美洲：自由

他叹了口气，是恹气，这种气体属于懒惰的人和疲倦的人，充满原始的诱惑，诱惑你倦怠下去，把自己抛向一个海洋，漂浮也罢，下沉也好，随他去了。久而久之，什么尊严啊、道德啊、信念啊，都被这恹气龙卷风似的席卷一空，人也变得轻飘飘、空洞洞，只剩下动物的本能。日子太没奔头了，活着干啥？这世界得乱，要大乱才好。世界乱了，天塌了，空气才能被搅动起来，人才能被搅动起来，自己才能被搅动起来。否则就只能"活"着。

小马哥五十开外，是某大学的教授和知名企业的技术顾问，他的皮肤像民工一样黑，但却有着知识分子特有的俊美气质，温文尔雅。他也是曹晟康的常客之一，曹晟康仰慕学者，所以给他推拿时带着十二分的仔细，久而久之，他们讲起话来就像朋友般随意。

"凡是跟女人有关系的事情，就是刀山火海我也不怕。"小马哥俯趴在按摩床上，他的嘴巴穿过一个碗口大的空洞，声音像手机信号不好时的听筒。他以自恋的姿态自言自语，就像在跟一个子虚乌有的女人调情，"越是讨厌我的女人，越是阅人无数不把男人当回事儿的风流女人，我就越是喜欢，如果同时有几个情敌就更爽了。我就是享受去攻克她这样的大山，就像攻克一个别人搞不出来的课题。"

"马哥，你有钱有学问，人又帅，有本钱嘛。"曹晟康低声应和着。

"跟我合作的有个房地产公司，他们老总姓潘，经常给我介绍小姑娘，一个个都白白嫩嫩的，大学生、研究生都有，可我就是没感觉，过一夜就索然无味了。她们还问我要电话号码，我都没给。反正我就说怕老婆，哈哈哈！"他的笑声穿透按摩床，在按摩师的手底下微微颤动，反而像是给按摩师做着按摩。

忽然，他想要女人，没有原因。拿女人来干吗呢？管它干吗？总之心和身体都想要。这个想法令他恐惧，难道他堕落到这种程度了吗？能填塞空虚的，除了女人什么都不行，能发泄各种欲望的，无论是快乐还是痛苦，也

只能是女人,别的都不管用,这是生活的唯一结论,什么伦理道德、三纲五常,站在道德的高峰对别人指手画脚的伪君子,难道读不懂这人生的最高哲学吗?生活就是男人和女人的游戏,饥饿游戏。

几个兄弟拉着他找小姐。

"跟我们见见世面去!"老丁又干又瘦,是个天生的瞎子,总是一副英勇就义的样子,脖子上那条筋从来没软过,"一排美女站在你面前,随便挑!"

"你能见着啥!"按摩店老板喜欢拿他寻开心,这人的好处就是怎么开玩笑都不会生气,别动手就行。

"我见不着摸得着啊!"老丁急眼了,"那些小丫头们一个个摸过来,哪个手感好就选哪个。比你有福,你有眼睛,能看不能摸。"

老板咽了口唾沫:"下次我假装盲人去。"

老丁一拍曹晟康的肩膀:"跟我走,你挣那么多钱干吗!累死累活,要对自己好点儿。"

提到钱,曹晟康反而清醒了,钱就是他的尊严、他在乡亲们眼里所以为人的东西;钱就是作为儿子的孝心、作为父亲的责任。

"你们去吧,我不去。"他倔强地说。

"装什么装,你不离婚好几年了吗?"

他回想起魏少玲,最后一次见面的时候,他向她坦白了那段失败的婚姻和一个女儿。魏少玲接受了他的全部,并约好春节过后双双回广州,开始属于他们俩的新生活。

可是,女孩一去不复返,她的父母说什么也不会同意将女儿嫁给一个大她八岁、离过婚、有一个女儿的盲人。无论从哪方面讲,都不会有任何一个女孩的父母看中他。

他可以找女人,或者有女朋友,可是却找不到一个终身的伴侣。

第二章 北美洲：自由

我们不能指责以功利为目的的爱情，因为爱的荷尔蒙本就来自"有用"和"需要"。无论精神还是物质，人生不同阶段的需要促使肌体对能满足自己的人萌发出爱意。为什么爱情会冷却？因为我们的需求和供给在变。一句话，人是先产生需求，然后通过爱的冲动满足自己的需求。

"不想去。"他有点想发火，谁要是再拉他他就揍谁。这些人，没一个好东西，都是人渣！其实这些人也是好心，觉得他太苦，"电视事件"在圈子里传开之后，别的按摩院也没人想招惹他。他只是生自己的气，他觉得自己是人渣，没出息，除了在这污浊的空气中没日没夜地挣点小钱，什么也不会。有一种莫可名状的力量在远处召唤着他，可他听不清，更看不到，这搅得他心烦意乱。

长着眼睛的人，越来越近视，只看得见自己体内原始的欲望和周围的蝇头小利，看不到未来，看不到梦想，例如杰克李。每当痛苦的时候，这家伙总是会鬼鬼祟祟地出现在脑海中。

他很想跟人聊聊这心中的秘密，郎老师曾经是最合适的人选。问问他，为什么自己那么傻，会轻信那种人？他摇摇头，将那两个人一起忘却。

【2013-12-26　美国　圣地亚哥—中国　上海】

12月26日，曹晟康折返洛杉矶，次日乘飞机离开美国，返回故乡——中国。

历经七十天，横跨十个洲，走过十三个城市。

一张张如僵尸般的按摩床，一包包低劣的香烟，一个个分辨不清白天黑夜的日子……那就是曹晟康的过去；咸涩的海风、难懂的外语、善意的微笑……那也是曹晟康的过去。他从地下室爬出来，跨过亚洲，飞遍美国，所有的屈辱与荣耀，所经历的磨难险阻与接受的帮助恩情，都随着身体一

同变老。

在远处，那里有新的高峰等待着他去攀登。

唯有未来和希望是支撑人类活下去的真正力量。

这世上，有太多的善良和热心人，曹晟康在心中发誓，自己一定不能让他们失望。每一次旅行的结束，都要为下一次的冒险，积淀出更强的力量。

曹晟康需要力量去闯荡更广阔的世界，去帮助更多的人！

第三章

欧洲：追逐

人生本来就是污浊的，
不想同流合污的唯一办法是把自己变成大海。

——尼采

第三章 欧洲：追逐

心中的海市蜃楼

欧洲之行可以说是从一段不知所云的对话开始，虽然至今曹晟康都不知道他们聊了些什么；也可以说是从认识一个诗人开始的。

之前提到北航的高才生、中青旅的高管葛磊再次与曹晟康重逢，他们一边叙旧一边展望未来。这次，曹晟康终于见到了他未来传记的作者高钰老师和一位出版社的编辑思海。他们喝着啤酒，时而情绪高涨，时而又会莫名其妙地讲一些狗血的往事发泄一下。

"人们说我旅行只是为了出名，我被媒体裹挟了。"曹晟康感到愤愤不平。

"你绝对不会是单单为了出名。"高老师用很肯定的语调回答他，"德国有位叫鲁道夫·奥托的神学家，他提出一个圣秘的概念，意思是每个人都希望在心中建一所自己的教堂。"她停顿了一下，观察着三位听众的反应，"不是真正的教堂，而是心中的神圣之所，也就是我们价值观的核心，在这座圣室中我们看到自己的灵魂。只有当我们走在通向核心价值观的道路上，才能知道自己是谁。不过现实往往是反着的，我们看不到自己的核心价值观，但冥冥之中会走上一条路，如果在这条路上你真的看到了自己，那么这就是通向你的核心，你的灵魂之路。"

"高老师，你的意思是说我旅行是为了知道自己是谁？"

高老师点点头："没错，你必须先走路，然后才知道自己想去哪儿。听起来很奇怪吧？但事实就是这么一回事。你总是在无意识地追逐着什么，然后慢慢地，才能看清到底追逐的是什么。我看过一部电影叫作《夺命深渊》，讲一个水下探洞爱好者的冒险故事。洞穴就是主人公的教堂，所以他大部

分时间都待在远离人群的地下洞穴，只有在那里他才知道他是谁。"忽然，她话锋一转问了一个奇怪的问题：

"你相信有神吗？"

"我只相信自己、相信梦想、相信支持我的人们，因为我是从绝望、忐忑、迷茫、探索、挑战、实践中过来的。"

高老师惊异于这个盲人的语言，完全不像是没受过正规教育的人。他虽不善辩，但是健谈，语速适中、语句通顺、条理清晰，而且用词十分精美。

"当你受到挫折的时候，对人生感到困惑的时候；当你不知所措的时候，什么可以来指引你呢？"

"没有人理解、没有人支持我的时候我就拿起石头砸碎，大吼几声，发泄之后再平静地坐下来想一想。我听说过这样一句话：有些人把希望寄托于孩子身上，把幸福寄托于丈夫或妻子身上，把生活的保障交于公司。但拯救你、磨炼你的只能是你自己。"曹晟康迅速在头脑中构建着话语，"我的大部分知识都是这么得来的，当我寻找某个资料的时候会发现意外的资料，一件事情虽然做不成，但是却会给我另外的希望。所以指引我的就是不断地尝试和挑战。"

"在旅行的过程中，有一些信神的人给予你很多帮助，你觉得是神在指引他们吗？"

"不管是新教、天主教和佛教，他们帮助我的时候都会让我加入。我对他们说，好的，我会去学习，我什么都想学。他们帮助我，我很感激，但是我也以我能做的回报他们，正骨、推拿、按摩。我很钦佩他们的信仰，很专注。但我是个梦想者，会终身为了梦想而奋斗。"

这时候，思海表达了另一个完全不同的看法：

"我不确定是不是每个人心中都希望建一所自己的教堂，是不是需要一个核心的价值观，我也不确定是不是每个人都会有意识去看自己的灵

第三章 欧洲：追逐

魂。我感觉大多数人都只是在过日子，想着自己的收入，孩子的教育，夫妻生活的融洽。总之大多数人不会想得那么多，那么深。我只是在客观地描述这种状态，没有任何价值判断。包括我自己在内，日子总是要一天一天地过。还有，我们常说有了孩子之后，我们会反思自己，自己所接受的家庭教育。最近我和几个朋友聊天时却发现，反思自己作为父母的缺陷的人是少数。所以我得出一个结论，反思的人很少，除非他们在人生中遇到了很重大的事件，但即便如此，他们也可能不会改变。"

"思海你说得对。"高老师思考片刻承认，"大部分人构筑的只不过是心中的海市蜃楼罢了。"接着她对曹晟康说："我恐怕没办法给你写传记。"

曹晟康忙问："高老师看不上我的故事？"

"你的故事太精彩了，可是我不善于编故事，你旅行的过程中发生了太多事件，太散，如果要写成小说必须组合起来，就像《雷雨》这部戏中将所有的冲突都集中在了一天。曹老师你别急，我会帮你找一位编故事大师，来记录和改编你的故事。"

"编故事大师？他是谁？"

"他是……"

或许是酒精，或许是谈话的内容太过迷幻，曹晟康感到声音光怪陆离，忽远忽近，时而清晰时而模糊。甚至没有记住高老师所说的那个大师是谁？抑或，这只是她拒绝的一种说辞？

为什么要旅行？

我追逐的到底是什么？

两次亚洲，一次美洲，走到现在，却始终无法回答这个问题。

思考着……直到置身于巴黎戴高乐国际机场。

之前所说的"诗人"不是高老师，而是一个叫保罗的中国人。但在介绍他之前，还是先来看看盲人的机场风波和巴黎印象。

【2014-9-17　法国　巴黎】

又是一个全新的国度。

曹晟康拄着盲杖，走出舱门，照例长长地吸了一口气。身处不一样的世界，就是周围飘荡的空气，都觉得与中国不同。

欧洲，一个充满丰收的陆地板块，多少苦难被层积在脚下的大地，但这土地上却开满鲜花。曹晟康的心中充盈着鲜花，和整个欧洲一同欢呼。没有磨难，哪有如此的成熟饱满；穿越无法回头的呼啸荒原，迎接他的将是暴风雨之后的明丽天空！

出发前遇到了一些小插曲。早前订好的直飞巴黎的机票，却接到通知，说法国这里由于当地工人罢工活动，只能临时改签由莫斯科转机再飞巴黎，颇费了一些时间，早上七点就起来折腾着收拾行李出发，又经历转机过程的等待，到达巴黎时，已经是晚上九点多。

曹晟康随人流走入机场大厅，照例，有人联系了当地的华人华侨，安排来接机，曹晟康心下没有一丝彷徨。

他摸了摸自己的头发，确信整齐不乱，又整了整自己的衣领。

在北京机场出发前，他猛然意识到一点，自己那好一段没有打理的凌乱头发！过去都没有觉得有什么不适，此刻却觉得发丝内挤满了虱子，让整个人都不自在起来。

难道自己以前就一直是这个样子的吗？不行，绝对不行。

自己现在好歹也有些名气，可不能再像以前一样，怠慢自己的形象，那成个什么样子？

虽然临近起飞时间，办理手续还需要耗费一些时间，他还是赶着在机场附近找到一家理发店，顾不得这里的费用远远高出他平时消费的额度。

今时不同往日，曹晟康，你是一个名人，形象很重要。

第三章 欧洲：追逐

他咬牙，支付了六十八元费用。

此刻站在法兰西的土地上，顶着一头帅气的虽然自己看不见的发型，曹晟康意气风发。

法国，我曹晟康来了！

他在出发前，就初步了解了一些法兰西的历史文化，很自豪地和周边一些朋友述说，自己即将亲临，感受他们只能在电视或者书上感受的异国文化。

这已经不是第一次独自跨出国门，他曹晟康也不再是三年前那个颤颤巍巍的曹晟康了。经历了之前的美国之旅，当地华侨争相伸出援手，媒体竞相报道，曹晟康一时为众人热捧，俨然一位明星。这次美国之旅，竟然没有花费一分一毫，反而收获许多赞助。他不禁心中得意。

出国旅行，看来也不是太难嘛！

从美国回到北京后，曹晟康也接受了一些记者采访。有人告诉他，有了名气，发财就是小事一桩。

发财，这仅有两个字的词语，瞬间在他心中腾地放大起来。

发财，我想要发财啊！

曹晟康的过去，深受金钱所累。由于自己的残障，往往只能羡慕那些耳中听到的，种种一夜暴富的幸运儿，自己却根本无缘，甚至连嫉妒的资格也没有。他幻想着，假如自己有一天能发财，是不是能改变自己过往一切的坎坷呢？是不是从此就能幸福了呢？

支撑我们活下去的东西既不是名誉、金钱，也不是爱情，而是希望。然而，希望往往来自于臆想。

如果有钱，当年妻子还会离我而去吗？虽然已经时隔多年，但他还会

忍不住问这个问题。一天天，一年年，被鄙视，被侮辱；贫穷和嫌恶成了他身体的一部分，想要摆脱就像断臂一样困难。

现在我有名气了，我也有机会了，而且，美国之旅，已经证明了这一点，过去自己辛辛苦苦靠一点一点赚来的钱，现在却有可能只是那些有钱人一念之间的给予。

"看好就入市"，曹晟康想起了这句名言。于是，他索性把工作辞了，开始游走，拉取资金赞助。

"'一无所有的盲人独自环游世界'！"

出发之前，曹晟康曾经跟"国爱者"公司的冯来先生有过一次会面。

"这个标题怎么样？铁定能火的！全世界的人都会关注我，你们的公司赞助我，曝光度和知名度肯定比在央视上还要厉害！"

冯来友好地对曹晟康说："回头我和公司再讨论一下回复您。"

曹晟康也报以微笑，握手道别，心中却不禁嘀咕，原来你终究是做不了主的人，还是要最顶层的人，才有这种长远投资眼光。

他走出镶嵌着白净落地玻璃窗的摩天大楼，心中自信，对方是没有理由拒绝自己的。赞助自己，自己赚得了旅费，对方也能借此扩大品牌影响力，互利双赢。

想想这么容易赚到了钱，他一边兴奋不已，一边恨自己早年怎么没有想到，空费了这么多年的坎坷曲折。

未来扑朔迷离，无法预测。正因为如此，我们才有那么多欢愉。我们臆想，我们意淫，所以我们才快乐。

"怎么我的行李还不能拿到！？"

曹晟康不禁声线拉长。

他在机场已经折腾了两个多小时，但是还没有拿到他的行李。那里

第三章 欧洲：追逐

面可是装着他出行的所有装备啊！

辅助的证件、衣服、鞋子、药品、随身用品，包括那能解决他住宿的帐篷……可是如今，机场工作人员却告诉他，装着这些重要物件的行李包，找不到了……

曹晟康急得想要发疯，在原地疾步转圈。

他回想起来，自己一上飞机，踌躇满志，心中想着是如何在法国大展拳脚。飞机在俄罗斯的莫斯科转机时，当地一位会中文的客服人员告诉曹晟康，不需要取行李，机场方面会自行转移行李到前往巴黎的航班上。

抵达巴黎后，曹晟康在地勤工作人员带领下，经由特殊的绿色通道，不需要排队就能办理入境手续。这种如同走后门一般的优惠便利，让他心中得意，赞叹：

"法国真是个好地方！"

可惜，这种赞美，却很快让他自打嘴巴。

曹晟康拿着单子，在行李部等了一个多小时，都没能找到自己的行李，想要用自己所学不多的英语词句去询问，却发现这里的人大多讲的是法语，叽里咕噜的，更是完全一头雾水了。好不容易遇到一个翻译，被告知，今天行李拿不到了。

曹晟康又交流了两个多小时，对方最终只能歉意表示，按规定，在二十一天内一定保证给他寄过来，如果找不到，届时再谈赔偿的事。

二十多天……天呐，我总共在法国也只有一个月的签证啊！何况这二十多天呢？我不要换洗衣服？不要充电？鞋子毛巾什么都没有了……

曹晟康心中直骂天骂地，还没正式开始，就遇到这种事，真是出师不利！

他犹有不甘，还想要再多磨磨工作人员，争取一线转机，奈何对方完全听不懂他的言语，翻译也不会陪他瞎闹一整个晚上。

说好的接机的人呢？难道法国人讲话都是信口开河，不用履行诺言吗？

最终，他累了，只能认命地离开机场，前往事先预订的住宿地址。

在他人帮助下，曹晟康叫了一辆出租车，到了预订地点，却又打不通联系人电话，自己完全不会法语，与司机无法交流。司机一阵叽里咕噜，将曹晟康拉到附近的警局卸下。当地警察也是听不懂他的话语，没办法，最后又把他拉回了机场移民局……

夜深，机场移民局外冷风呼啸。曹晟康蹲坐在墙角边的椅子前，烦躁得用双手将自己难得梳理整齐得体的头发，抓挠得又是一片凌乱。他知道周围这群老外谁都听不懂中文，便索性放声怒骂：

"法国真特么是个烂地方！"

什么形象啊，高谈阔论啊，都滚犊子去吧！

我们用一生的时间塑造着一个"言的自己"和一个"行的自己"，却无论如何都无法将两者合一。

第二天清晨6点，曹晟康极其疲惫地在长椅上醒了过来，鼻中飘入一阵香味，不禁本能地循着方向嗅了嗅，却听见一阵笑声。那笑声很是轻灵悦耳，是那么熟悉。

"您就是曹老师吗？"

咦，这，我没有听错，这，这是中国话！

曹晟康一阵激动，腾地从椅子上弹起来。

说话的是一个女孩，曹晟康询问后才知，女孩姓吴，是巴黎机场这里找来的翻译。原来昨晚太晚，工作人员与曹晟康沟通不利，也无可奈何，只能让小吴次日一早赶来。

曹晟康心中方对工作人员有了一些好感。

吴小姐是在巴黎的留学生，兼职在机场做翻译。她早已经听说了曹晟康的事迹，对他简直尊为偶像，听说他没吃东西，连忙将自己的早餐，热的凉的，吃的喝的，苹果、巧克力等，一股脑全都拿来给曹晟康，让他挑选。然后帮着他跑前跑后，联系领事馆、红十字会，再和行李部沟通。

曹晟康心中感动之余，也颇有些得意起来，自己的名气，早已经登上了这片欧洲大陆了，现在只是中国人认得我，往后，我要世界上所有的老外，也都知道我曹晟康的大名！

吴小姐得到的答复，也同样是要二十一天以内才能拿到行李。

没法子，曹晟康只能认了。吴小姐为他叫了出租车，并坚持付了车费。曹晟康前往当地的慈济会，寻求那里的华侨帮助。

比较让我们更理智地了解世界，也让我们产生偏见。

在美国，慈济会的华侨们的热心，让曹晟康印象深刻，铭感于心。他认为，来到这里，也将受到同样的殷勤招待，也许又能免了所有的住宿呢！曹晟康抡了抡手臂，准备好要给慈济那帮老先生大姐们按摩按摩。

可是，他再一次感到了落差。

正在慈济的值班人员张正科，带他去附近享用了简单的素斋，曹晟康微微皱了眉，心想，连早上一个素不相识的小女孩，都待自己如此殷勤，他们这样庞大的慈济会，却如此怠慢小气，自己远道而来，却只有一个人来接待，还是这样的素食，连荤菜都不见一个，是看不起自己一个盲人吗？

曹晟康提出想要张正科带自己去超市买衣服，得到的答复却是："曹老师，不好意思，超市有些距离，我正在值班，不能随意离开，只能等下班后才行。"

曹晟康抱怨道："那我没有衣服穿怎么办？"

张正科显得有些无奈，说："我先带您到旁边的旅馆住下，您看如何？"

曹晟康心中不悦。

不帮就是不帮，还推说是工作的理由。哼，的确，帮我是人情，不帮才是本分。

心中想着，竟脱口而出："人家美国那里的慈济会，都带着我去这去那，你们这里……"刚一出口，曹晟康猛然惊觉这是不能说的，但话既出口，已经迟了。

他看不见对面的张正科脸上的表情，两人一时无语，空气中凝结着尴尬的气氛。

张正科还是领着曹晟康，来到附近经济的小旅馆住下。曹晟康闲不住，向旅馆老板讨要了写着想去的各处名胜景点的地址与交通地铁站名称的法文英文字条，拄着盲杖就出了门。就这样，他邂逅了诗人保罗。但是为了不打断故事的连续性，咱们还是把他放在后面介绍。

有了这些字条，曹晟康已经不觉困难，虽然一路跌跌撞撞，但他可以随时逮着路过的人，指着纸条上相应的地址询问，两天里依次参观了著名的圣心大教堂、卢浮宫、凯旋门、香榭丽舍大街、埃菲尔铁塔。

在卢浮宫兜游的时候，曹晟康环绕于世界大师的名作之间，虽双眼看不见，却同样享受，他的心正与各位逝去的大师交流、攀谈。他拿出相机，想要拍下来，但他看不见，知道自己一定拍得歪七扭八的。

周围时不时都能听见中国人在说话，仿佛卢浮宫全被中国人占领了。于是，曹晟康循声靠近，摆出微笑："您好，是中国人吗？能帮我拍几张照吗？"

可是，让他失望的是，他们有的不理曹晟康直接躲开，有的会说："我不会照，你找别人吧。"

曹晟康屡遭拒绝，在馆内拥挤的人流中，昏昏沉沉转了几个圈，忽然脚下一个趔趄，摔在地上，拐杖脱手丢在一边。

他"哎哟"呻吟着，期待着周边有人来扶，可惜，他再次失望，尽管刺激他耳膜的震动，告诉他，周围都是人，可是，现实告诉他，周围一个"人"都没有。心下一时悲凉之意涌起，长叹一口气。

第三章 欧洲：追逐

这时，一双温暖的手伸了过来，将他从地上扶起，将拐杖拾起给他，曹晟康察觉对方手上戴着手套。来人开始询问他，用的是法语，原来是馆内工作人员。

曹晟康与这名好心的法国人语言不通，心里一边感激外国人的友好，一边咒骂本国人的凉薄，几句来回，他已经知道对方听不懂中国话，自己不会法语，无法交流，于是索性用中国话发出感激，伴随着腹中的叹息与怨语一并脱口而出："谢谢你，你们法国人真是热心肠，真的谢谢你，哪像我们中国人，自己同胞都不帮自己人，连我这么一个无助的盲人都不帮，唉，我真是为我们感到羞耻，唉……"

对方显然听不懂他的感谢，也听不懂他的讽刺，但从他的神情中，猜想曹晟康或许是因为受了伤心情不佳，于是扶着曹晟康来到一旁的休息区。

曹晟康一边走，口中依旧不停发出哀怨。他耳朵极灵，听见周边中国话越多，他嘀咕的声音也越大。此时，他心中一时无奈，一时又是愤懑，止不住发泄出来。

稍事休息之后，曹晟康表达自己想要参观一个区域展厅，需要另外门票的，工作人员不仅让他免费进入，还专门安排一名人员陪同搀扶其参观，为他讲解。

此时的曹晟康在英语上有些微进步，但对法语，完全听不懂，心中却是自豪，想起刚才国人的冷漠不帮忙，心中忍不住吐槽："哼，我可是有专门人员陪同的呢！"心中优越感顿生，反而有一种想在满布中国人的展厅里昂首大步的冲动。

他们来到一个展厅，那里有一些塑像。曹晟康听见前方又有中国人的声音："小雪，那雕塑不能摸！"

曹晟康试着用蹩脚的英语，表达自己想要抚摸一下那个雕塑。让他

意外的是，工作人员听过之后，离开了他，再回来时，竟然同意了他的要求！

别人都不能摸的雕像，我却能摸啊！

一瞬间，曹晟康觉得自己真是一个伟大的盲人。

在凯旋门和埃菲尔铁塔，他依旧遭到了中国游人的拒绝，却得到了法国工作人员的"特殊关爱"，屡次通过"特殊通道"，享受着便利的特权。

曹晟康心想，看看，这才是外国人的友好，这才是你们应该学习的，如何对待残障人士该有的行为。

他很开心地为一些帮助他的外国友人做自己擅长的推拿按摩，收获了许多好评。

走在香榭丽舍大街上，耳边是穿行的车辆，曹晟康忽然自豪感爆棚。

能独自走在香榭丽舍，我也许是这个世界上最伟大的盲人吧！

他不禁想到，自己如今拥有这项技术，实则是因为早年自己深入苗族学艺。

膨胀，膨胀，膨胀……虚妄和想象的膨胀似乎是无穷的，因为无形所以无边。

有的人善于在学校学习，从理论到实践；而有的人则善于在实践中学习。盲人按摩师之间都是通过朝夕相处的工作而相互提高的。但是，明争暗斗、竞争攀比、鄙视嫉妒也让他们无法长期共事。

曹晟康从来没有在一家按摩店待过两年以上，他想他还没学会如何与人相处。

新千年，曹晟康来到了贵州，跟一位苗医顾大姐学习推拿。顾大姐手艺虽好，但贵州的物价却低得离谱，每次诊疗费仅仅只有六元。为什么有的人活得如此轻松，而另一些人却如此艰难？

什么圣所？什么心中的教堂？这只是闲极无聊的知识分子的无病呻吟而已。

对于多数人而言，面前只有一个问题：生存。

当人骑在虎身上的时候是不会想着怎么下来的，他只会想着怎么坐稳了，只有这样才能保命。

众人之善

参观了多处景点后，曹晟康打算乘坐地铁回去，但在寻找地铁口的过程中，却迷了路。路边有一个身材粗壮的黑人抓住了曹晟康的手臂，用粗哑的英语与他说话。曹晟康吓了一跳，仔细一听，从夹杂的英语单词中听出，对方是在路边摆摊，想要向自己推销东西。

曹晟康连忙婉拒，那人又提醒，这附近不是十分太平，最近抢劫的人很多，劝他多注意。他感觉对方没有恶意，于是打着盲杖，快速离开。

忽然，身后又有一人快步接近，曹晟康心中戒备起来，耳朵朝后打开。对方是在朝自己接近，没错，不是一般的路人。难道就是刚才那黑人哥们儿说的抢劫犯？

当他感觉到对方就要触碰到自己时，曹晟康连忙转身，用盲杖护在自己身前。

"Can I help you？"是一个外国男人，单手接住曹晟康挥起的杖身，先来了一句英语。

咦？这是先礼后兵吗？

外国男人拉着曹晟康往路边正发动的车子上走，一边拉一边说自己是

警察。

　　警察？

　　曹晟康心中泛起嘀咕，是骗我的吗？他会不会是抢劫犯，不对，这样拉扯我上车，是绑架犯！但又一想，为什么要绑架我？我和他有什么利益关系吗？我又没钱，是因为我现在名气大了吗？

　　等等，警察！

　　曹晟康想起之前在美国也被当地警察误会过的经历，心念急转，难道是因为刚才和那路边的黑人哥们说了几句话？那哥们难道是什么恐怖分子？完了，在这里，取个行李都说不清，更不用说被当作是恐怖分子了？怎么办？怎么办？

　　不会不会，这里是法国，这里是巴黎，这里是文明的国度，没事的，曹晟康，没事的，他是正规的警察，一定会秉公执法的，你没有犯罪，就不会有事的。

　　一旁的警察对他说的英语，他一句也没有听进去，更不用说听懂了。只能默默地坐在车子的后座上，心中忐忑不安。

　　过了十分钟，车子停下，警察又把曹晟康扶了出来，用英语对他说，他到地铁站了。

　　"啊，啊，是这样啊——"

　　曹晟康这才放松下来，长长地舒了口气，连忙向这名好心的警察道谢。

　　警察临走前，再次嘱咐他，这附近最近罢工与示威，加上一些混混抢劫，一个盲人要注意安全。

　　曹晟康连连点头。

　　一个小小的善举就可以引发身体内分泌的变化，让我们产生神圣之感。这是谁在捉弄我们？

　　"您是曹老师？"

是一名中国年轻女孩的声音。曹晟康循声转过去。对方从路边的车子里下来。

"哇，您真的是曹老师！"

女孩热情地拉着曹晟康的手，兴奋地叫道，

"我居然遇到曹老师了！"

曹晟康一头雾水，但感觉出来对方是喜欢自己的，被人喜欢，又不是一件讨厌的事。询问之下，曹晟康得知女孩祖籍是中国重庆，叫赵欣欣，在法国居住。

如果他能看到，肯定会在心中涌现出一曲草原牧歌，因为这个女孩子有着一张饱满的脸，充满了青春的魅力。她的五官是鲜活的，充满稚气，没有被书本漂得苍白，也没有被社会染成迷彩。

"我早就在网络上听说曹老师您的事迹了，没想到真的可以见到真人耶！"赵欣欣带着女孩的天真热情，"刚才我见您从警车上下来，简直酷毙了，警车都成了您的专车啊！"

专车？曹晟康想象着一辆警车在街道上开，谁都不敢挡道，多么威风八面，而那车子，就是护送自己的。

顿时又是一阵自豪。

"曹老师，您今晚有其他事吗？"

曹晟康摇摇头。

"那太好了，您今晚的时间，就属于我了，我带您去玩！"赵欣欣开心地叫道。

"那多麻烦你啊。"曹晟康表示客气。

"才不会麻烦，能带曹老师您去玩，才是我的荣幸呢！"

说着，赵欣欣拉着曹晟康上了路边自己的车。曹晟康听了更加震惊，原来这女孩儿开的竟然还是跑车。

一阵剧烈轰鸣，跑车飞速向前，曹晟康靠在椅背上，又惊又喜。

赵欣欣带曹晟康体验了法式大餐，然后带他去感受法国巴黎的夜景。虽然曹晟康看不见，但听着一旁赵欣欣的激情讲解，心中浮现出了那遍布高耸的埃菲尔铁塔的霓虹闪烁。

"曹老师，我很敬佩您的勇敢，双眼看不见，却敢独自挑战环游世界，去一个自己完全不认识的国度，一个完全听不懂语言的地方，甚至双眼完全看不见危险的地方。"赵欣欣攀着凌空的金属护栏，看着夜色霓虹，感慨地说道，"曹老师，您因为看不见，所以一点恐惧都没有吗？"

曹晟康微笑，说道："双眼看不见，反而全都是恐惧。"

赵欣欣又问："那您为什么还敢往前走？"

曹晟康说："人都有恐惧，也许我的恐惧，相比你们正常人，还要多一些，但也正因为如此，我没有退路。我如果不往前走，就永远只能在黑暗之中。只有往前走，双眼看不见的我，才有可能走出眼下的黑暗。"

赵欣欣没有听懂："您是说找到复明的可能吗？"

曹晟康摇了摇头："我对复明不抱希望，从小就看不见，现在已经习惯了。虽然我双眼是盲的，但是心却不盲，我是在用心去看这个世界。我双眼看见的只有黑暗，但我不能连'心'都被黑暗笼罩住了。"

赵欣欣说："曹老师，您给了我希望。我也曾经因为男朋友而陷入绝望，但当我看见您的事迹，我发现，我那点痛苦，和您比起来，简直就不是事儿。那时候，我就好想见一见您，想亲口听您说话。"

她转过来，面向曹晟康，说道："曹老师，您果然没有让我失望，谢谢您。"

曹晟康露出微笑。

是的，我环游世界的意义，不仅仅是为了证明自己"行"，同时也是为了鼓舞更多的人，告诉他们，我"行"，你也能"行"。

当日，赵欣欣驾着跑车将曹晟康护送回旅馆，为一天的行程画上了完美的句号。

世界是一张网，意义之网，每个人就是网的一个节点。

人在网上放电，接通其他的节点，节点的电量越大，接通的节点就越多。这是曹晟康第一次来到欧洲，然而没想到欧洲之网的节点早已被点亮了。节点千姿百态、千变万化，有小赵这样朝气蓬勃的学生，也有保罗那种忧郁的诗人。

保罗并没有什么戏剧性的出场。只不过人有一种本能，能在人海中嗅出同类。

三天前，曹晟康刚刚来到巴黎，他拿着旅馆老板给他写的各个景点的名称问路人。这位法文名字叫保罗，在巴黎某投资公司工作的中国男人友好地带着他往前走。对了，保罗并不是真正的诗人，他是一位投资经理。但他的确是诗人，他写童诗，写了足足有十本；他作曲，用一架旧钢琴。只不过这些作品没有人见到过。人们见到他唯一的作品就是某某公司的上市。

"前面有什么？"曹晟康问。

"有座大教堂，尖尖的钟塔上落着……"一只乌鸦猛然振翅，翅膀的扑腾声从保罗的想象中生起，和着黑色的影像，将他的视线带向远方。在遥远的天际线外面，弥漫着刺人心的暖流，家乡的洋流，无论隔得多么远，都能流过来。在每一个不尽如人意的凄黯黄昏，他都像是迷了路，迷失在熟悉而陌生的城市里，迷失在乡愁里。

"落着什么？"

"落着……"保罗意识到他的旁边还站着一位期待他声音的盲人，"落着夕阳。太亮了，让人睁不开眼。"

"夕阳是红色的吗？我觉得很温暖。"

"嗯，差不多是红色的吧，橙色的，黄色的，金色的，还有紫色的，云是蓝的，天也是蓝的。"

"云不是白的吗？"

"云也有白色的。"

"到底是什么颜色的？"

"没有固定的颜色。"保罗转过身，"就像人，你说你曹晟康到底是好人还是坏人！所有的东西都是一个复杂的集合，世界就是一个大染缸，人都没有不变色的，何况云呢！"

曹晟康不再提问，艺术家的星球上只有艺术家一个人，他在那里说着只有自己听得懂的语言。

"反正我只能看到黑色。"他们往前走，保罗让曹晟康的左手搭在他肩膀上。

"黑色是世界的主色调。"保罗说，他一开口就不由自主地作诗，"每个人看到最多的就是黑色，只是不愿意承认罢了，绚丽的色彩都是黑色的虚假外衣。你看到的才是真实，我们看到的不过是梦幻泡影。"

曹晟康开始的时候不太喜欢保罗，这个人有点装，无病呻吟。

"在投资公司压力很大吗？"曹晟康问。

"你难以想象的大，每个人都那么优秀。我们是中国公司，招聘条件十分苛刻，应聘人无论是什么学历，什么来头，他们的本科必须是在清华、北大和复旦三所大学读的，而且还要有海外工作的经验。里面的人都是绝对的精英，人上人，真的就像网上常说的：比你聪明还比你努力。"

"我就不信别的学校毕业就不优秀。"

"还真不一样。"

"你们这些精英一天忙到晚，还不是为了钱。我认识很多大老板才小学毕业，比你们赚得多得多了。"

"我不是精英，只是普通'985'的学校毕业，就这，在我们诸葛村也算是状元级别了！其实我也很困惑那些真正的精英到底有没有智慧。看起来也只不过是夏虫。"

保罗带着曹晟康走进教堂。

"夏虫是什么？"

"就是春天出生的虫子，在夏日欢歌，秋天就死了。它们没经历过冬天，所以无论你如何形容冬天，它们都不会明白，不仅如此，它们还会嘲笑你无知。所以庄子说夏虫不可语冰。"

教堂里没有人，也没有放圣乐，整个教堂静悄悄的；这寂静就是宇宙的黑洞，将人间的喧嚣都吸得无影无踪。曹晟康不信教，也不知道基督教的精髓到底是什么，他只觉得又回到了内心夜晚的沙漠，而他还是唯一的骆驼。

"每个人都需要这样一座教堂吗？有位老师说，人需要圣所。"曹晟康想起高老师说的话。

保罗思索着如何回答这个问题，他问："你是否体验过黑暗从心头一扫而尽的感觉，所有内心的积郁、痛苦在一瞬间想开了！光骤然而降，整个房间都一下子变得明亮起来。"

"呃……没有。"

"我有过两次。一次是当我在极端的苦闷中怎么也想不通的时候；一次是当我在作曲的时候。"

"我苦闷的时候就埋头干活，埋头走路，或者大喊。"

"之后呢？会有喜悦吗？"

"喜悦？总会有吧，但前提是必须要努力，再努力。"

保罗摇摇头："除了上帝还有谁能带给你这喜悦。做一个作曲家，除了上帝，谁能给我这种神秘莫测的创作灵感，让那些雄壮的音乐如潮水般涌进我的大脑？"

曹晟康是个绝对的无神论者，他表示反对："才不是上帝，而是你的经验，积累来自于你自己的努力。"

"我知道那种通过努力而进步和成功的感觉,就像是爬阶梯一样。可是总有没阶梯的地方,像是大自然的断层,表示你不能上去。那就是你的极限,你作为人的能力所及。但是忽然间有一股气流将你托举起来,完全不符合力学原理。你飞升了!那就是上帝的奇异恩典。"

曹晟康从没有体验过这种飞升的奇异恩典,他最熟悉的就是在黑暗中踽踽独行。

然而,在这欧洲的教堂中,保罗却似乎和某种神秘的全能力量同在,他说:"人永远无法摆脱重力的桎梏。但人无法摆脱的东西,音乐却可以,这就是艺术的力量,因为艺术是上帝的话语。音乐,哪怕只有两个音节,也能造一座教堂!音符延伸开来,各个乐器、各个声部,共同拉一张网,一张充满血脉的网。这血脉中流淌着炽热的熔岩,他们浇铸、流淌、凝固,你刚才说了一个什么词?教堂?不是,圣所?对,就是这个词,音乐最终构筑成我们心中的圣所。"他仰望教堂高耸的拱顶,集束柱拔地而起,在穹宇中相交,如上帝的葡萄藤遮蔽旷野。保罗赞叹着:"老曹,不仅仅音乐,或许别的艺术形式也可以,但我只了解音乐,或许还有一点点诗歌。说建筑是凝固的音乐一点没错,每个音乐家都是建筑师,每个人都在建立自己的圣所。"

"不是我说的,是一位老师说的。但她说的不是宗教,而是……"曹晟康回忆着那次微醺的谈话:"她说是核心价值观。"

"这个我就不懂了,太玄。我只对音乐敏感,不仅仅音乐,对声音也敏感。老曹,咱俩很像,你肯定对声音比我更敏感。"

说到音乐,曹晟康并不陌生,这倒不是因为他会唱《怒放的生命》,而是因为他可以当之无愧地说,他了解声音。

常人靠眼睛来产生空间感,但对盲人而言,"空间"却另有一番含义。首先,所有的声音都被精准地定位,形成近景、中景和远景,他们相互分离,产生距离感,并在同一时间共鸣着,叠加在一起。这世界上不存在平面的声音——音乐、钟表、言语或交通。从空间上来讲，声波永远不会相交，像是空间中的一条条线；但实际上声波却在空气中碰撞着，如光怪陆离的光线交织成网。这是一个钟鼓齐鸣的世界，所有的声音都有属于自己的位置。

其次，空气犹如海洋中的水，实实在在地包裹着你、指引着你，在你身边流动。风就是方向、温度就是方向，一块石头、一株树、一扇门，你能触碰到的全是路标；不仅如此，还有震动，那是大地在呼吸，所有在这大地上运动着的东西都会引起震动。倾听它们的气息，你就会知道在近处和远处正在发生什么，预感到将要发生什么。

他轻轻咳了一声，四面八方窸窸窣窣的回声诡异地相互冲撞着，让他感到有点不自在，最远的回声在前方，远得像来自另一个世界。盲杖碰到了最后面一排的长椅，他左右探索了一下，椅子两边都没有尽头，那么该如何走向那个前方的未知世界呢？他顺着长凳摸索，在沙漠里寻找着水源。终于他找到了中庭的过道，于是他便坚定地向前走，不知道前面会有什么等待着。

"前面是什么？"曹晟康问。

"祭坛。"保罗说。

祭坛是个很神圣的名称，但这要看你的内心是否神圣。

即使待在教堂里，也没法让我相信基督。曹晟康想，基督不是唯一的真理。

任何宗教都无权垄断真理。

曾经有不少宗教组织都企图劝说曹晟康加入，那些信仰，它们都想占有他的整个身心，获得他的喜悦、悲伤与愤怒的全部力量。他害怕这种被摄取的感觉，更害怕有另一种更高的东西侵入体内，取代自己的地位，让自我变得微不足道。

生活中每跨一个台阶，就是接近死亡的一个台阶。或许每个人为之奋

斗的就是死亡的那一刻所达到的高度。

晚上,保罗带着曹晟康去朋友开的中国餐馆吃饭。餐馆老板叫皮埃尔,中国名字是皮俊。

皮埃尔似乎是个与世无争的高人,他以一副看破红尘的腔调开导保罗:

"人不能太好强,枪打出头鸟。你争什么争啊?到头来谁还不是给如来佛祖收进一个骨灰盒?"

"老皮是高人!"保罗说,"我做投资做了这么久也渐渐明白了这个道理。"

皮埃尔又对曹晟康说:

"不要被那些捧你的人'绑架'了,他们也是为了利益。命是自己的,说句不好听的,你别介意,如果你万一客死他乡,他们反而可以大肆炒作赚一笔。"

保罗似乎对这位老板十分信服,也应和着说:

"曹晟康,千万别做伟人,伟人就是个牺牲品。"

"没错,牺牲品、祭品,你喜欢听广播,听过古代阿兹台克人用活人祭祀吧?"

听到阿兹台克,投资精英立刻搬出老祖宗:"别的民族也有血祭,用牲口,中国人过年过节杀猪宰羊的,放在祖宗供桌前。"

"什么年头了,哪有供桌啊!"

"咋没有!我们兰溪县每年春节都烧一桌好菜供祖宗。"之后,保罗自嘲似的笑了,"放一会儿就拿下来大家开吃。"

"你们兰溪早就变市了!"皮埃尔打趣他。

"我们那儿……"曹晟康想接话,保罗立刻打断他,他前面说的只能算是个分号,职场上的人练就了不让对方开口的本事:"为了表示对祖宗的尊重,热菜已经是很厚道了。"他提高嗓门说,"上次我去大牛他们家,他们就把生的鸡啊、鸭啊放在供桌上,从冰箱里拿出来,冰碴儿还看得见呢!我的妈呀，就那么糊弄祖宗啊！"

曹晟康打断他们："跑题了！我知道你们的意思，也明白你们为我好。"

"啥也别说了，喝酒！"

其他两个人点点头，都感觉头重重的，平时也是喝酒的好手，不至于几杯下肚头就这么重。

"这个时代没诚信，什么都是假的，利益为先。虚伪、无耻！"几杯酒下肚，皮埃尔发着牢骚。

"我啥也不信，就信我自己。"曹晟康喝得眼睛发红。

酒逢知己千杯少。

什么追求，什么理想，都是乱七八糟的。

酒。

古来圣贤皆寂寞，唯有饮者留其名。

喝酒才是硬道理，其他什么都是假的。

三百六十日，天天醉如泥。

曹晟康回想起在美国期间以金钱为赌注的赌博，不，金钱的魅力不足以让他去冒险。但是为了尊严、理想，为了狂野的生之喜悦与存在感，他决意甘冒死亡的风险。一次次的挑战，一次次的打击与最终的胜利，让他每次都怀着比以前任何时候都更加激越和炽热的情感投入到下一个不可能完成的任务。

当晚，他们三个烂醉如泥的男人留在餐馆后面的房间里呼呼大睡。

最后一个醉倒的是曹晟康，他的眼睛盯着天花板，他知道如果有视线，肯定是盯着天花板。他呆滞的眼球后面是一双反射着世界的眼睛。在那里，一切生命的活力都一触即发，随时可以迸发出来，一切生命的潜能都暗暗积蓄，等待着创造不朽的奇迹。

他躺在自己的阴影里，这是一种很安全的感觉，比躺在世界的阴影里

更安全。这里面没有灼伤人的阳光沿着子午线移动，鬼鬼祟祟地，在你转过一个路口时出其不意地袭击你，猝不及防。

与另一个盲人的重逢

【2014-9-20　西班牙　巴塞罗那】

9月20日，曹晟康计划离开法国，前往西班牙的巴塞罗那，那里有他的一名故友，同样是一名盲人，两年多前他们在中国广播电台认识的。

这位盲人，名叫楚健忠，熟识的人都唤他作"阿健"，与曹晟康一样，都是四十多岁的人，居住在西班牙已十多年了，听说曹晟康到来的消息，很是兴奋，在电话里告诉他，自己会同家人一起去机场，为他接风。

曹晟康在华侨郑先生的义务护送下，前往机场，乘飞机飞达巴塞罗那。他一早特地给阿健打了一个电话，告诉自己抵达的时间。但是当曹晟康下了飞机后，还是在那里等了一个多小时，才等来姗姗来迟的阿健及其家人。

只听得阿健一边热情呼唤着曹晟康的名字，一边小步咚咚地慢跑接近，一把抱住他，带着歉意大笑着说自己走错了口。阿健向曹晟康介绍认识了他的妻子，一位温文尔雅的女士，很有礼貌地向曹晟康行礼招呼。

曹晟康听着嫂子的声音，不禁想起自己的前妻，心中一阵黯然，一阵羡慕。

当天，阿健邀请曹晟康住在他的家里。曹晟康得知，他竟然有三个女儿，大女儿不仅孩子已经四岁了，其时更怀了二胎，很快就要生了。二女儿与小女儿，也都和他们住在一块儿，一家人热情地招待了曹晟康，温情融融，满屋子热闹不已，姐妹之间互相吐槽嬉戏，阿健妻子总是笑着让孩子们不要吵，阿健则是哈哈笑着，一副天真烂漫。

曹晟康见了，一边感激阿健一家的热情接待，一边心中自比多舛的身世，更有些落寞。不禁暗想，自己和阿健同样都是盲人，当年在电视台认识时，此人并不是一个脑袋灵光的人，但为什么他能拥有天伦之乐，而自己却要妻离子散孤苦无依，凭什么差别竟会这么大呢？凭什么？

阿健为曹晟康单独腾出一间客房，妻子铺好了被子枕头，阿健拍着他的肩膀说："我媳妇知道你要来，特地去买了崭新的回来呢！"

曹晟康听了，感动不已，连忙称谢。

阿健夫妻对曹晟康又是嘘寒问暖，了解他所有的需求，得知曹晟康的大部分物品连着旅行包被遗失在机场，于是当夜便为他购买了许多生活所需。

深夜，曹晟康独自躺在柔软舒适的单人床上，想象着窗外逐渐熄灭的万家灯火，思绪万千。

此后数日，曹晟康夜晚寄宿在阿健家中，白日则去阿健所在的店里挂角打工。

阿健一进门便拉着曹晟康，向自己的老板与同事一一介绍他的事迹。

"我这兄弟，可是单人独闯东南亚多国与美国啊，他可是和我一样的盲眼啊！"

众人听了，都对曹晟康产生了崇拜之心，纷纷聚拢在他身边。

曹晟康立刻展示自己的一手按摩好功夫，融汇了中式正骨按摩与泰式按摩的优点，让店里众人大开眼界，纷纷想要向他拜师学习。

"喂喂，我说老曹，"阿健拉了拉曹晟康的衣袖，说道，"也教教我吧，我也想要学一学'正宗'的正骨按摩。"

曹晟康听了，鼻孔翘起："我这可是正宗的，正骨还带有治疗功效，可不是那么容易学会的，想当年，我可是深入苗族学艺，且不说花费的金钱，更是历经了千辛万苦，后来还融合了泰式按摩的精髓……"

曹晟康止不住开始述说当年学艺的艰辛起来，众人在一旁听着。

末了，曹晟康表示，自己为客户正骨，价格会比店里平常的价格要贵一些。

老板娘却无异议，对曹晟康很是认同，说道："没问题，你没来之前，阿健就一直说到你，这里的许多人，都已经听过你曹晟康的大名了！价钱贵点，理所应当！"

"真的吗？"曹晟康不敢相信一般地问道，心中却是喜滋滋的。

阿健还特意把平时来找自己的一些熟客，推荐给曹晟康来做。大家都知道，按摩师，主要就是靠回头客的认可与再推荐，传口碑，扩展人脉与影响力。

一连几日，门庭若市，曹晟康应接不暇。散工后，店里几个同事，带着他在城里四处游玩。有人还带着他到了当地的赌城。

曹晟康多次在"赌"上翻船，一听到"赌"字，立时产生了阴影，勾起了往日的"痛"，本能想要退后逃跑，但那"痛"，显然已经随着疮疤的复原，连着教训都已经变淡。

禁不住里面喧闹吆喝的诱惑，曹晟康心想，我只是想要感受一下气氛，并非一定会赌，嗯，没错，到了巴塞罗那都不去感受一下当地的赌城，还算是真的来过吗？

"小赌，就是一种娱乐，别有什么心理负担！"同事笑着说道。

没错，这只是一种娱乐，只要理性，就不是赌。

……

当日，曹晟康很"理性"而节制地输光了带来的所有现金，悻悻然离开。

【2014-9-27 西班牙 巴塞罗那】

又过了数日，曹晟康寻思着，自己要在欧洲待到10月15日，在出发

第三章 欧洲：追逐

前，他给自己定下了至少要游走欧洲十国的目标，不能一直在这里闲着。他计划先来个五国之旅，于是开始准备再度起程。

这日，曹晟康正收听手机里播报的旅游路线信息，阿健在一旁听见了，也凑过来。

"你又要一个人去旅游了啊？"阿健兴奋地问道。

曹晟康一副理所当然的语气说道："是啊。"

"我也要去！"阿健拉着他的袖子说道。

"啊？你也去？"曹晟康没有想到。

"嗯嗯，"阿健连忙点头，说道，"我来巴塞罗那十多年了，从来没有出去旅游，"他指了指自己的一双盲眼（虽然曹晟康也看不见），"老曹，我很想很想和你一起去啊，我们两人在路上，也能互相有一个照应不是？"

曹晟康心想也是不错，嘴上依旧说："出去旅游可不是那么简单的事，是很危险的，你不要看我这样走过来，跌跌撞撞，不知受了多少伤，有几次真的差点丢掉性命啊！"

阿健被曹晟康这么一说，身子本能后倾，顿了一顿，低声说道："这些话，你可不能和我媳妇说啊。"

"你真要去？"曹晟康又问道。

"当然，你能做到，我也能嘛。"阿健笑道。

曹晟康心中不以为然。

别人能做到的事情，我也能做到吗？

"不行，那太危险了，你们两人都看不见，万一撞到或者跌倒怎么办？万一迷路怎么办？万一遇到坏人怎么办？最近新闻老在报道，几个国家都不是太安宁，这里罢工，那里示威，你们还要现在一起出去？不行不行！"

阿健妻子听说了自己丈夫外出的想法，果断反对。

阿健却依旧一副嬉笑的孩子语气，说道："没事的，老曹可是'老司机'

啊，他都已经走了这么多国家，你看得见他，他是不是安然无恙，还身子硬朗，是吧？"

阿健妻子看着站在一旁的曹晟康，他的身子的确硬朗，她无话辩驳。

阿健感觉到自己妻子的态度有所动摇，继续说道："你要对你的老公有信心，老曹都能做到，难道你丈夫我就做不到吗，是吧？"

阿健妻子被丈夫这么一说，只能点了点头。

曹晟康暗想，我能做到，却不能代表你就能做到。

阿健看不见，却明显感知到了妻子发出的信号，露出胜利的微笑："我手机开着，每天随时为你汇报最新进展。"

阿健妻子转向曹晟康，说道："老曹，阿健就拜托你了啊，他没怎么出过远门……"

曹晟康听了，昂起头挺起胸，爽朗道："放心吧，有我在，保管他没事。"

阿健笑道："搞不好这一次，我也能出名哦！"

曹晟康呵呵一笑。

在买机票时，两人首次发生了一些不愉快。

曹晟康打算从巴黎出发，周游列国。阿健家里有车，一般都是他妻子接送，于是和曹晟康说，自己返程时从巴黎回巴塞罗那，就不用曹晟康特意接送了，自己可以独自上飞机，最后让妻子开车来接。曹晟康没有异议，再次确认他没有问题。

"阿健，你真的没问题吗？你可没有独自出过门哦。"旁边一位女同事笑着提醒道。

阿健拍着胸脯说："小看我，到那个时候，那么多个国家都已经走了一遍，不要说只是自己一个人上个飞机，就是独自行走，我也肯定没有问题的！"

于是，曹晟康给自己订了一张从巴黎前往罗马的机票，在巴黎就与阿健分别。

第三章 欧洲：追逐

结果没想到，早上才订了票，下午阿健又跑过来，开口就询问曹晟康订的机票，当听说曹晟康打算去罗马时，他夸张地说道："老曹，你神经病啊，你不把我送回来，我自己怎么办啊？"

曹晟康听了，怒气冲天，反驳道："这不是早上你说自己行，不要我送吗？"

"白痴，我从来没有自己出过远门，怎么可能行啊？你也不多为我考虑考虑！"阿健说道。

曹晟康怒道："你就喜欢打肿脸充胖子，不行就不行，不早说，这个票现在又不能退了！"

阿健也怒了："谁，谁打肿脸充胖子了！你说说看，谁打肿脸充胖子了！哈！"

曹晟康气得跑去休息室里睡觉，不搭理阿健，阿健不依不饶，跟进去继续朝他发火，被赶来的同事劝阻。

阿健妻子得知此事，悄悄和曹晟康说，阿健就是这个脾气，死要面子不服输，但却十分讲义气，希望曹晟康能谅解，最后能安全护送他回来。

曹晟康听了，也只能答应，将票改签了。心中想，你个阿健，有个这么贤惠的妻子！不禁又想起了自己离异的妻子，又是心酸，又是嫉妒。

没有金刚钻就别揽瓷器活，不是走投无路就不要一意孤行。

然而，走投无路往往是一意孤行造成的。

两人准备去买一些路上必需品，本来这些由阿健妻子直接购买就行了，但阿健却表示，要自己和曹晟康一起去。

"我们既然都要一起出去旅行冒险了，买必需品这种事，当然也要我们自己来啊。"阿健说道。

"你行吗？"阿健妻子露出质疑的语气。

阿健硬气道："当然行！这还是在巴塞罗那，"他拍拍自己的胸脯，"我

的地盘！如果连这里都不敢走出去，还怎么去别的国家？"

于是，拉着曹晟康就出了门。结果，出门之后，阿健就软了，看不见的他，顿时心慌意乱。他平时都是在妻子的搀扶下外出，从没有自己拿盲杖独自行走的经验，只能跟在曹晟康的身后，拽着他的衣角。

"唉唉，老曹，慢点慢点……唉唉，老曹，拐弯前和我说一下……唉唉，老曹，往这里走没问题吧？唉唉，老曹，注意点前面，别给撞着了……"

才走了没多远，阿健就在背后一个劲地叽里咕噜碎碎念叨着，曹晟康听得不耐烦，说道："你闭嘴啦，吵死了！跟着就行，我比你有经验多了。"

"干吗这种语气，我也是为你好啊！"阿健反驳道。

曹晟康发现，阿健就是那种小孩子脾气，你顺着他，他对你特好，你一旦一句话逆着他，他就不开心了。曹晟康反而有些羡慕甚至嫉妒，这个年纪了，还能有这样任性的脾气，自己何尝不想如此任性呢？

曹晟康刚说着："我曾经走过那么多国家，早习惯了，怎么可能会撞到？"

话音刚落，就听得"砰"的一声，然后是"啊"的一声，曹晟康撞在了道路旁的一根柱子上。

"没事吧？"阿健吓了一跳，赶忙上前来，他看不见，只能双手伸过去胡乱抚摸。

"别乱碰，痛死了！"曹晟康叫道。

阿健说道："你看吧，我叫你小心些的吧，你还说自己有经验，怎么可能会撞到？"阿健笑了起来。

曹晟康听见他的笑，更怒："还不是你一直在后面叽叽歪歪，害我不能认真走路！"

阿健叫道："你还怪我，你自己是有经验的人，撞到还怪到我的头上，讲不讲理？"

曹晟康说道："你行，你试试站前面。"

第三章 欧洲：追逐

阿健本来还想鼓着气顶回去，说："站前面就站前面。"但一想，自己实在没有那个实力，经验丰富如老曹这样的人，都难免撞个头破血流，更不用说从未独自出门的自己了。但他嘴上又不肯服输，于是说道，"你好意思让我这样从没出过门的盲人走在前面？枉你现在还是一个名人！"

曹晟康更怒道："你弱你有理了？别仗着你看不见，就博其他人的同情，丢我们盲人的脸！"

阿健站起来叫道："你说什么？你不是天天博其他人的同情，才能走到今天吗？"

曹晟康也从地上站起来，大声道："你放屁！"

两个中年盲人，就在路边上，用中国话大吵起来，引得路人都引颈看过来。两人脸红脖子粗地吼了好一阵，才发觉不对劲，影响不好，中止了吵架。

阿健的确如同小孩子，脾气来得快，去得也快。回到家，就跟没事人似的，继续和平时一样，没心没肺地开着各种玩笑。

曹晟康却心有想法。往日都是自己一人独自上路，无牵无挂，这回还要带着一个"累赘"，不是那么容易的事。当下决定，还是报个旅行团比较明智。

打电话给旅行社的时候，曹晟康说自己这里是两位盲人。对方笑了，说，你开玩笑吧。曹晟康说，我真没开玩笑……

当你超越了极限，就创造了历史。

【2014-10-3 法国 巴黎】

10月3日，阿健与曹晟康二人，乘坐一早飞机，从巴塞罗那飞达巴黎，找到了之前曹晟康所住的国学宾馆下榻，却被告知，没有床位了。等了一个多小时，终于有了一个小房间，两张床非常小，还紧挨着。没得选择，于是两人放下行李，当夜便同住一屋。

这是两人第一次同房。在阿健家里时，曹晟康是单独一人睡在一间客房里。

半夜三点，窗外还是一片漆黑。睡梦中的曹晟康却听见有什么响动。他的睡眠很浅，多年在外行走的他，双目看不见的他，时刻保持着一份警惕，听觉系统尤其灵敏，一点异常响动就能听见。

他发现是旁边床上的阿健坐起了身子。

是半夜想要上厕所吗？

虽然将自己吵醒了，但也不是什么大不了的事，于是，曹晟康打算重新接上刚才被打断的美梦。

但是让他没有想到的是，阿健并不仅仅只是上厕所，他竟然打开了收音机，站在房间的中央，开始锻炼身体！收音机没有接上耳机。晨练的节拍，从喇叭中有条不紊地播放出来。阿健开始随之哼哧哼哧地伸展四肢。

曹晟康被彻底吵醒，一开始不便说什么，于是便幅度很大地翻了个身，见阿健那里没有一点减弱的趋势，又连续来回翻了几个身。阿健还是沉浸在自己的锻炼之中，一会儿按按表，一会儿搞搞这搞搞那。

"喂喂，阿健，我说现在才几点，你在干什么啊？"曹晟康忍不住说道。

"我在晨练啊，我平时都是这时候起来的啊。"阿健很理所当然地说道。

我去，你是一点都没察觉问题所在啊！曹晟康心想，半夜三点，这家伙的作息也太变态了吧……

"平时你老婆你家人都不会被吵到吗？"曹晟康问道。

"不会啊，我一般自己睡在一个房间里，不会吵到别人。"阿健说道。

你……

"你吵得我睡不着啊！"曹晟康抱怨道。

"这样，要不你也起来和我一起练如何？"阿健烂漫地说道。

你……

在曹晟康的抱怨下，阿健终于停止在房间里的锻炼。

【2014-10-4　法国　巴黎—比利时　滑铁卢—比利时　布鲁塞尔】

早上六点，阿健又再次把熟睡中的曹晟康给摇醒。

"已经六点了，快起来吧，我们去吃早餐。"阿健说道。

"时间还早吧，导游说八点半才集合，这里到集合地点，也不远啊！"睡眠不足，曹晟康脾气也不是太好。

洗漱之后，曹晟康让老板娘帮忙写路径与地铁站的英文法文字条，阿健则在一旁，跷着二郎腿吹着口哨。

到了一些交叉口，需要问路。曹晟康示意阿健上，去找路人问路。

阿健摊摊手，说："我不会。"

"你不会？"曹晟康惊讶道，"你来欧洲十多年了，说几句问路的英语都不会？"

阿健说："那当然了。"

曹晟康听了就来气，你还理所应当了。

"你也太笨了吧？"曹晟康忍不住吐槽道。

"凭什么说我笨？"听见有人骂自己，阿健本能地反击，"我平时又不怎么出门，唐人街那里全都是中国人，大家平时都说中国话，干吗要学老外那叽里咕噜的语言。"

"看来你待国外还不如在中国来得自由呢。"曹晟康嘴中小声嘀咕道。

"你说什么？"阿健的听力也丝毫不弱，显然已经听见。

曹晟康不再和他穷辩，正事要紧，看来也只能自己去问路了。于是拿着准备好的纸条上前。

阿健照例跟在曹晟康的身后，拽着他的衣角。

"喂，老曹，没问题吧？确定没走错吧？"

"没事，没错，放心吧。"

过了一会儿。

"喂，老曹，你确定没走错吗？"

"放心，有我吃的就有你吃的，别担心。"

再过了一会儿。

"喂，老曹，万一走错了怎么办？"

"既然我们出来了，就勇敢地面对。"

又过了一会儿。

"喂，老曹，怎么还没到？万一我们走丢了怎么办？"

"……导游也是中国人，我们不会走丢的……"

"这两者有关系吗？"

"……"

一路上，阿健都在各种担心，曹晟康只能像安抚小孩子一样，不断温言抚慰，但其实自己心中早已经是各种不耐烦，耗费了自己出生以来最多的脑细胞，为阿健各种解释，搞得自己也是心绪不宁，真的走了许多冤枉路。

"老曹，我们是迷路了吧？"阿健说道。

"闭嘴！"

七拐八拐后，他们终于来到了集合地点，顺利和组织接上了头。

这个旅游团还比较大，共有四十五人，大家在旅行社包下的大巴上相互介绍，全都来自国内外的五湖四海，全是华人。

他们依次去了滑铁卢、比利时皇宫、比利时大广场等著名景点。

阿健初次离开家人，独自出行，显得尤其兴奋，虽然看不见，但在每个景点都大呼小叫，甚至比导游讲解的声音还大。众人都觉得他有些吵闹，但他自己看不见周围人的表情，浑然不觉。

导游偶尔旁敲侧击地提醒，我们都是中国人，去参观景点，要小声一些，让老外看见了，会被笑话的。大家都应声遵守。阿健也很大声地举手答应："好的！"可是，他的嗓门并不见小。

当天晚上，他们住在比利时和荷兰附近的宾馆里。团友们两人一间房，曹晟康与阿健自然还是同房而睡。

曹晟康躺下时，想着，半夜三点，这家伙不会又跑起来晨练吧？不会，今天走了一天，他也累了，应该不至于吧。

半夜三点，阿健又起来听收音机了。

"喂，你怎么又起来了，你不要睡觉啊？白天走了那么多路，你怎么这么有精神？"躺在床上的曹晟康抱怨道。

"是啊。"阿健一副委屈的口气说道，"白天好累，反而更睡不着了。"

曹晟康腾地来气，从床上坐起，连日来的怨气，在此时精力不足、睡眠不够的状态下，终于再也抑制不住，一股脑而出：

"阿健，你这样弄，我也会睡不着的，你要考虑一下别人的感受才行，唉，咱们是朋友我才说你的，其他人都看你笑话啊。你知道吗？他们白天在说我们讲话太大声，给外国人留下不好的印象，说的就是你啊，你还很兴奋地那么大声地应和，唉，你嗓门不要再那么大了。"

阿健也不甘示弱，依旧是那大嗓门，哪管现在是大家还在熟睡中的凌晨三点："你就知道说我！我都这个岁数了，来西班牙都十几年了，一直就是这么大嗓门，改不了了！"

曹晟康压低声音说道："你小声一点，隔壁都在睡觉呢。又不是我在说你，我只是告诉你，这样别人会看不起我们的。"

阿健依旧是大声说道："我们是盲人，他们就该让着我们！怎么能看不起我们？我们是弱势群体！"

曹晟康怒道："就是你这样把自己当作是弱势群体，强要他人同情让步，才会让别人看不起我们残疾人的！"

阿健怒道："你老是不给我面子，我也是几十岁的人了，才不要你们这样说我！"

曹晟康心想，死要面子，不和你一般见识，于是不再说话，重新躺回床上，翻身背对着阿健。

阿健怒气未消，说："你不要装睡，起来！"

曹晟康咬牙心想，带你出来也就几天了，我忍！

空间中两条看似相交的直线，却可能隔着盛夏光年。

【2014-10-5　荷兰　阿姆斯特丹—德国　科隆—卢森堡—法国　兰斯】

本来阿健的个性是脾气来得快，去得也快，但这次不同。吃早餐时，他依旧气鼓鼓的，一时找不到纸巾，大声嚷嚷着对曹晟康吼道："你又把纸巾藏到哪里去了？"

曹晟康反唇相讥："什么叫'又'？什么叫'藏'？我根本没拿，是你自己弄丢了吧？"

"你说什么？"阿健怒吼。

然后，尴尬的事发生了，团友从阿健脚边的地上捡起一包纸巾，递给阿健，说："这是你的吧？"阿健顿时无语，依旧气鼓鼓地鼓着腮帮子，大口地吞食着早餐。

今日在荷兰阿姆斯特丹的多个景点游览。

半夜三点，阿健依旧起来，这一回，他没有开收音机，在黑暗中哼哧哼哧挥舞四肢锻炼身体，曹晟康依旧被他吵得辗转难眠。

10月6日，众人来到了德国科隆，参观当地著名的科隆大教堂。在教堂里，阿健大声抒发自己聆听上帝福音的激动。

中国导游将曹晟康拉到一边，说道："你朋友怎么那么吵？在教堂里这么大叫，很不像话。"

第三章 欧洲：追逐

曹晟康只能对他道歉："给你们添麻烦了，他从没有出过门，就跟小孩子一样，你们多多包涵。"

导游提醒道："这几晚凌晨时候，你们在房间里吵架，我们全都听得见，被吵得睡不着，团友对你们蛮有意见的。"

曹晟康听了，脸上一阵发热，连忙鞠躬道歉。

他和导游说道，其实以前他都是独自出游，从来不带人，也不跟团的，这次因为是朋友，两人都是盲人，不便利，带着他就完全没法走了，只能跟着旅行团。曹晟康趁此机会，将自己以前独自环游东南亚与美国等十多个国家的"传奇"经历与他们说了一下，渐渐围拢上来聆听的人越来越多，大家都对曹晟康的勇敢表示敬佩。

导游更给自己的老板打了电话，叙述曹晟康的事迹，旅行社的老板一听，原来自己的团里有这样的"大人物"，当下吩咐，晚上回巴黎时不要走了，要请曹晟康和阿健吃一顿大餐。

旅行社老板叫陈英，他的曾祖父是北京某知名大学第一任校长，是一个文化人的后代。

晚宴上，一行人相谈甚欢，《欧洲时报》的记者黄增潘正巧致电给陈老板，于是陈老板将他一起招呼过来，与曹晟康都相交成了朋友。

陈老板又与曹晟康介绍，说有一位姓简的香港华侨，在阿姆斯特丹开公司，这几天正好在外出差，也期待能见一见他。曹晟康慨然应允。

"往后有机会，我也想拜会认识简先生！"

阿健则是一整个晚餐都是冷冷的，陈老板和黄记者好心找他搭话，他只是生硬地回话，众人也识趣不再找他攀谈。曹晟康低声和陈老板说，他今天心情不好。阿健耳朵也是很灵，听了之后，脸色变得更黑，干脆不再说话。

席散之后，陈老板将众人送到下榻的旅馆。在房间里，曹晟康想着今天又认识了"不得了"的大人物，心中依旧很是兴奋。

阿健却在一旁,冷冷说道:"出名的人,果然就是不一样,有一群人前呼后拥,出门都不用带钱,自然有人请吃请喝。"

曹晟康听出了他的冷嘲热讽,说道:"他们只是敬重我勇于挑战的精神,我只是一个代表而已,我是要代表我们所有盲人、所有残疾人,让他们看见不一样的我们。他们能做的,我们也能做到。"曹晟康侃侃说道。

阿健鼻中"哼"了一声,说道:"你只是在享受自己的光环罢了。"

曹晟康闻言,脸色一黑,说道:"你什么意思?"

阿健本就心情不好,说道:"你凭什么替我向他们道歉?搞得都是我的错一样,你凭什么代表我?"

"你,你真是好心没好报,好好,我错了,我向你道歉。"曹晟康没好气地说道。

"哼,你一点都没有诚意。"阿健依旧不饶人。

曹晟康不再理他。

阿健站起来,想要去拿桌上的水,却被床脚撞了一下,跌倒在地上,脑袋撞在了墙上,痛得他不断"哎哟哎哟"地呻吟不止。

曹晟康不忍,去扶他,他推开曹晟康,说道:"疼死我了,早知道,不如不出来。"

曹晟康说道:"我早说过,出来是免不了撞伤的,是你自己渴望出来,还征求了家人的同意,既然选择了,作为男人,你要敢于面对。"

阿健口中依旧在咕哝着,坐在地上良久,说道:"虽然撞得很疼,但这次出来,也是收获不少。"

曹晟康说道:"那就好。"

【2014-10-8 法国 巴黎—西班牙 巴塞罗那】

四天五国的旅程终于结束,10月8日下午,曹晟康与阿健乘飞机回到巴塞罗那。阿健妻子有事，没有来接，曹晟康遵守诺言，将阿健安全护送回了家。

到家时，阿健很心疼地说："干吗还送我回来啊？其实我自己也可以坐飞机回来的啊，白白浪费了一张机票。"

……唉，没办法。曹晟康只能苦笑着耸了耸肩。

自知之明

【2014-10-10　意大利　罗马—梵蒂冈】

人如果没有自知之明，很难看清自己追逐的是什么。

下一站，曹晟康打算前往意大利罗马。这一次，他终于得以摆脱阿健这个"累赘"，感到一身轻松。他陆续去了罗马以及梵蒂冈的各处景点，斗兽场、万神庙、博物馆等。

忽然，曹晟康的手机响起。曹晟康接起来，是一个清脆而有活力的声音。

"曹老师，您在哪里啊？"

曹晟康一听就笑了，这不是那位可爱的重庆女孩赵欣欣吗？

"我正要去梵蒂冈呢。"

"喔喔，曹老师，那我也去，我去那里找您，我带您玩！"电话那头，传来赵欣欣兴奋的声音。

曹晟康摇了摇头，笑了，真是一个可爱的孩子。

赵欣欣到的时候，曹晟康正在排队进入梵蒂冈的天主教圣地——圣彼得大教堂。她兴奋地挽着曹晟康的手臂，直接当起了他的"盲杖"。曹晟康因为盲人的身份，再次能经由绿色通道进入大教堂。

赵欣欣作为"陪同人员",也能一同进入。她兴奋地说道:"哇,旁边的队伍,好长啊!"

曹晟康听了,心中很是自豪,这就是盲人的福利!想起在斗兽场的时候,普通游客要十四欧元的一张门票,他却可以免费进入!

赵欣欣作为常驻欧洲的女孩,精通英语,有她陪同,曹晟康的旅行就更便利了,赵欣欣早就来过梵蒂冈与罗马各处景点,一路上,她也充当了曹晟康的导游,为他进行各种解说。

赵欣欣的可爱与甜美的声音,给曹晟康的旅行,增添了不少以前没有过的体验。

赵欣欣笑着说:"曹老师你看不见我,我长得很漂亮哦!"

曹晟康笑了,心想,哪有女孩这样夸自己的,但却是很认同的。

"是啊,我光听声音就能感觉你长得很漂亮了!"

"真的吗?"赵欣欣说道,"曹老师你的耳朵已经这么厉害了,光听声音就能知道人长得好看不好看吗?"

曹晟康点了点头,被人推崇的感觉真是不错。

晚上,两人再次在高档餐厅用餐,赵欣欣的家境不错,一路都是她在为曹晟康付钱,曹晟康每次想要付,都被她阻止。曹晟康本想买些东西给她,忽然想到自己买的,会不会这富家小姐反而看不上。

"喜欢就去追求,不喜欢就离开,这就是我的个性。"

曹晟康想起了这小女孩说的话,个性爽快鲜明,于是更不敢随意给她买东西,以免触碰了地雷被嫌弃。

在餐厅里,两人说到开心之时,曹晟康抑制不住自豪,讲述自己过去的经历,并想起了这一段时间以来,在欧洲的见闻感受。

唉,其实有一点我很不明白,也蛮伤心的,就是我来欧洲这么久,大部分都是外国人在帮助我,法国的路人、工作人员甚至警察或者是韩国、美国的人，帮我写地址，扶我走路，带我参观景点，还免费为我讲解。但是每次遇到中国人，他们大多反而都很冷漠，要么不理我，要么干脆地说不帮我。唉，我是一个残疾人，他们却一点都不帮忙，我们还是同胞呢，想想就伤心……

遇到外国人时，他们都会主动让我，但遇到中国人时，他们一点也不让，才不管我是一个看不见的盲人，见到我摔倒也毫不理会。我和你说啊，上次我去了这里的慈济会，和美国那里简直差太多了。

美国那里的，不仅给我捐款赞助，还提供我食宿，陪同我去各种地方，邀请媒体来帮我宣传，他们还想方设法想让我加入他们呢！而这里的，就一点也不热情了，只是请我吃了顿饭，我行李丢了，没有衣服，他们也不管，还推说自己要值班，走不开，唉，不能理解，怎么会这么冷漠呢？

曹晟康又说到前一段时间，和盲人楚健忠一起外出旅行的经历。

那简直是太痛苦了。在他家住的时候，没有感觉出来，但是一起出去的时候，他简直就是一个"麻烦制造机"，和他一起睡，凌晨三点就起来，打开收音机锻炼身体，简直就不能睡觉了！

又死要面子，说他一句，就立马生气翻脸，像一个小孩子一样，根本不听劝。我说我是因为是他朋友才说他，他一点都理解不了，还说我不给他面子，唉……

从没出过门，又不会用盲杖，只能跟在我后面，拽住我的衣角，要撞都是先撞我，不去问路，我去问嘛，他还一个劲地质疑我到底对不对，有没有错，真是烦死了。

平时嗓门还特别大，旅游团里的中国人都特别讨厌他，我只能代他向团友道歉。仗着自己是盲人，就不理会他人的感受，在街上大呼小叫，让外国人看去，唉，真是给我们中国人丢脸啊……

说完，曹晟康还无奈地摇摇头。餐桌对面的赵欣欣，刚刚她还一脸兴

奋，缠着曹晟康讲述他过去的冒险经历，而现在，却在认真地吃着盘里的餐点。

曹晟康顿了顿，没有得到对面的回应，感觉有些奇怪，想着还有什么"事迹"可以和这个喜欢自己的女孩粉丝说的。

"欣欣，我和你说……"

"曹老师。"赵欣欣忽然开口说道，她的脸色也变得冷峻起来。曹晟康感觉到她的语气与之前明显不同，正如他所说，他看不见，但能感觉得到。敏感的他，已经发现了异样。

"怎么了？欣欣。"

"曹老师，"赵欣欣说道，"您和那位盲人阿健，有不一样吗？"

"我们当然不……"

曹晟康本想说，他和阿健当然不一样，他怎么会和那个什么都不会又死要面子的笨阿健一样呢，但话一说到此，他脑海中忽然如同一道凌厉的闪电劈过一般，当场愣在那里，竟是说不出话来。

赵欣欣用餐巾抹了抹嘴，从包里拿出便笺纸与笔，在桌上沙沙沙地写着，然后撕了下来，递到曹晟康面前。

"不好意思，曹老师，我还有事，先走一步。这是您旅馆的英文与意大利文的纸条，你收好。"

曹晟康还愣在那里，这才反应过来，说道："等等，欣欣，我说错什么了吗？"

赵欣欣已经站起来离开座位，回头对曹晟康说道："不，您没说错什么。"说完，径直离开。

曹晟康听见她远去的脚步声，这突然的转折，事先没有一点征兆。他低头，面对着面前看不见的餐盘，良久，忽然如同泄气一般的气球，瘫坐在位置上。

赵欣欣再也没有发来信息。曹晟康当晚回到旅馆，给她发了几条信息，俱都石沉大海，没有回音。他不禁心中产生了愤怒。

一开始越是热情的人，之后越有可能变得冷漠无情。想起一开始赵欣欣的热情……难道女人就是这样决绝的动物？还是这女孩有双重人格？

我们凭着猜测去认识世界，所以会产生跟现实不符、根本不存在的假想和误会，但是这些不存在之物左右了我们的情感和身体。为什么不存在的东西会改变存在着的我？

难道这个世界上真的存在着什么圣所，让身在其中的我们不再烦恼，不再恐惧？

如果真的有，我就去寻找。曹晟康想。但是他听到自己的声音说，如果没有烦恼、没有恐惧就不是人了。所以既然为人，就不要去寻找圣所，因为那是自寻烦恼。

【2014-10-12　奥地利　维也纳—德国小镇—荷兰　阿姆斯特丹】

旅行还是要继续。

次日，曹晟康又乘坐火车，前往维也纳，参观了金色大厅、国家剧院，然后又前往游人推荐的一个德国小镇。

最后，在10月14日，曹晟康回到了阿姆斯特丹，准备第二天乘飞机回国，欧洲之旅即将画上句号。

曹晟康回顾近一个月的经历，感慨无限，但是，他万万没有想到的是，就在这临走的最后一天，竟能生出如此意外，让他往后都无法从记忆中抹去。

那一天，阿姆斯特丹下着小雨，有些清冷。

曹晟康在前往阿姆斯特丹的火车上时，有一个人联系了他，是来自中

国香港的华侨简先生。曹晟康记得，当时在德国旅行的时候，旅行社的陈老板曾提及过这位简先生，当时他正出差在外，无缘相见。而这一次，他听说曹晟康要来阿姆斯特丹，特意致电曹晟康，要与他相见一聚，带他去玩。曹晟康表示自己只剩下一天时间，简先生在电话里笑呵呵地说没问题，他亲自来火车站为曹晟康接风。

曹晟康心中欢喜。

可是，到了车站，却没有见到简先生。曹晟康站在车站的屋檐下，听着淅沥沥的雨声，始终不见人来。他等了两个多小时，打简先生的电话也没有人接。阿姆斯特丹的冷风，让他有些颤抖。他的衣服没几件，所有换洗衣物，都连同行李箱一起，遗失在法国机场，现在身上穿的，都是临时买的。

一阵激灵，曹晟康打了一个喷嚏。脑袋随着喷嚏剧震之余，他想起了在美国时候，被那位西雅图主持人"山哥"放鸽子的经历，又想起了前几日，那位原本热情可爱的女孩赵欣欣忽然出现的冷漠态度。

难道今天我又被放鸽子了？

为什么"这些人"要耍我呢？我和他们素不相识啊，为什么他们要特意来害我呢？我做错了什么吗？没有啊，我一直是一个展现正能量的残疾人，我想要证明盲人也和正常人一样，可以有梦想，可以为梦想而努力，而奋斗。我明明对人是百利而无一害的啊！

曹晟康开始胡思乱想起来，手中的盲杖向前伸出，不自觉地走进了清雨中。淋在脑袋上的冰冷的雨，可以让他的混乱脑袋能冷静一些。

他耳中还回荡着赵欣欣当日的那句话："你和那位盲人阿健，有不一样吗？"

为什么她会这么说？她明明知道，我是特殊的啊，怎么会和普通至极的阿健一样呢？她不是因此，才崇拜我，千里来寻找我，陪伴我吗？

我冲破艰难，走出国门，一个双眼看不见的人，却要"独自"行走在陌生的国度，这不是平常人能做到的，我也正是为了证明我是这样"特别的盲人"，才努力至今的啊！

为什么会认为我和阿健一样？

曹晟康不断在心中自问。

阿健是一个不勇敢的盲人，来到国外十多年，却从没有独自出行，连问路都不会，全都是需要人陪伴才能在外面行走……我比他厉害多了。

他自认为是什么都不会的盲人，理所应当要别人帮助他，迁就他。问路也不会，也不敢走前面，说话自顾自地大声，自己想要锻炼身体，不理会是不是给他人带来困扰……我是很会感受他人的难处的啊，从来没有仗着自己残疾人的身份，"强行"要求他人要为我做什么啊！

他像一个小孩子任性，死不认错，还爱生气……我是比他成熟多的人，还要为他道歉，我几乎不会乱生气啊……不会乱生气……

曹晟康在雨中思考着，此刻忽然抬起头。

我在哪里？

他环顾四周，但双眼只有一片黑暗。

我走到了一个不知名的地方。我，迷路了！

四周没有人，只有淅淅沥沥的雨声，没有休止地下。

他只能打着盲杖，转过身子，朝身后的方向走去。前面脑中尽是沉浸在乱想中，没有对走过的路在脑海中形成地图，今日没有阳光，漫天只有小雨，已经到了无法辨别方向的地步了。即使现在回头，也已经分不清是不是来时的路。

再次拨打简先生的电话，还是没有人接。再打，没人接。

自己果然是被人耍了！

曹晟康有些焦躁，再继续打。忽然，手机里的声音戛然而止，再怎么按，也没有反应。

没电了!

充电器在行李中。现在前后无人,充电是没有可能了。

不管了,先往一个方向走,找到人问路,先回到火车站再说。

曹晟康心中懊悔,自己怎么会胡乱行走,全然不察呢?

前面渐渐听到声音了。太好了,走回来了。

对于眼中世界一片漆黑的曹晟康来说,迷失方向,是最致命的。此刻走回了有人间烟火之地,他心中稍安。

他感觉到不远处有几个人,于是敲打着盲杖,快步走了过去。

忽然,一股大力猛地朝他身上撞了过来。曹晟康完全没有防备,整个人被撞飞到了地上。

"哎哟!"

他呻吟着跌倒在地上,听见那一阵脚步声快速跑远。

这是怎么回事?真的是祸不单行吗?既被人放鸽子,又被人撞。

摔倒在地上,按照荷兰人的品行,应该会有人来扶才对,难道刚才那些人不是荷兰人?是中国人?

曹晟康摔在砖地面上,身上的衣服都湿了。他勉强从地上撑了起来,却忽然听见不远处有声音。

"这样的渣滓,真是死不足惜!"

"真是可怜,这里不是国内,就算人间蒸发了,也没几个人注意到……"

曹晟康听得脊背发冷,已经分不清哪些是汗,哪些是雨了。

那两人在说什么?

他们说的是中文,曹晟康听得明明白白,他们在说要杀死一个人!"不是国内",是说要杀死一个中国人吗!?

难道说的是我?是要趁机杀死我?是谁?恨我恨到要杀死我的地步?

不,不一定是认识我的人。

他想起之前国内一些愤青，一些没有文化的人，也曾冲动借着"大义"，上街进行打砸抢，声讨日本鬼子，但受害者却全是一些无辜的中国民众。加害者与被害者毫无关联，根本不认识，更不要说恨意了，但伤害事实却依旧发生。

这是人性深处潜藏的黑暗。

难道这一次，应验到我自己身上了？我被人认为是在"大义"上应该杀死的人？

曹晟康越想越怕，急忙站起来，拾起盲杖，也不知再往哪个方向走，只想逃离这里。

又走了一段，前面的喧闹声响越来越大，似乎有非常多人聚集，穿过雨帘的噪声，全是英语。

他听见临近有外国人在说话，这一次，曹晟康戒备起来，他已经吃过一次亏，可不愿意再次被人撞倒。但这一听，他更加惊惧起来。他本来学到的英语单词并不多，但他听出了附近那名声线粗哑的老外口中的单词，分明是"blind（瞎子）…… kill（杀死）……"

要杀死身为盲人的我？连老外都要杀我？

曹晟康惊得立刻跑了起来。

是的，是跑，身为盲人的他，双眼看不见的他，此刻，在雨中开始奔跑起来。他只想要逃离这里。他的脑袋已经不会思考了。

这情形，就好像在已经熊熊燃烧的大楼上，有人惊慌得从高楼的窗户上跳了下去。理性思考的话，他们明知道，跳楼是必死的，但因为身后火焰威胁的急迫，他们放弃了思考，本能地只想要远离当下的危险。

这是生物的本能。

曹晟康一直跑，他灵敏的双耳，依旧听到附近越来越混乱的说话声，人流声。这些声音，让他更加恐惧。

他不能停下来!

他正奋力朝"前"跑着,忽然,脚下一空,再也没有坚实的地面承载他用力踏下的步伐。

"扑通!"

他落进了水里!

——"曹老师,您和那位盲人阿健,有不一样吗?"

——"你也太笨了吧?"

——"我们是盲人,他们就该让着我们!怎么能看不起我们?我们是弱势群体!"

——"就是你这样把自己当作是弱势群体,强要他人同情让步,才会让别人看不起我们残疾人的!"

——"你老是不给我面子,我也是几十岁的人了,才不要你们这样说我!"

——"出名的人,果然就是不一样,有一群人前呼后拥,出门都不用带钱,自然有人请吃请喝。"

对啊,我和阿健,其实并没有不一样啊……

我自认为自己比他厉害,一路上都在把握着"大义",义正词严地教训他……但其实,我自己何尝不是那样的?

他本来就是一个爱面子的人,对我一直都很好,是我自认为比他厉害,在心里就认为他不应该比我过得好。

他有妻子有女儿,都幸福地陪伴在他的身边,他每天都欢欢乐乐,像个小孩子。

而我,有妻子有女儿,却都因为我自认为的"聪明",全都远离了我,我也想像阿健那样,没心没肺地任性啊!

他一心待我,在家里,给我住给我吃给我穿,但只是和我一起出来,

第三章 欧洲：追逐

我就对他嫌这嫌那，还当他是"累赘"，自认为是一直在迁就容忍他……

曹晟康啊曹晟康，你是什么时候变成这样忘恩负义的人了？

赵欣欣说得对，我和阿健，没有什么不一样。

我骂阿健虚荣，仗着自己弱势，就博大家的同情，利用道德绑架，这不就是我一直在做的事吗？我自认为自己是残疾人，独自出来环球旅行，就是一件多么伟大的事，其他凡人，就应该来帮助我。

人家老外帮助我，国人却不帮助我，是道德素质低下的表现？我怎么会有这种想法？这不就是道德绑架？我还大言不惭地在赵欣欣面前炫耀，难怪她忽然变得鄙视我。她一定对我是失望至极吧……

我明明知道这个道理，别人帮我是情分，不帮我是本分，但当我说出这句话的时候，我是负气的，我心里其实还是认为，他们"应当"要帮助我的。

他们帮助我时，我说了"谢谢"，我真的是谢谢吗？也许是有的，但更多的时候，我是不是把这当作理所应当的一件事了？"谢谢"二字，只是一个客套回应而已。

当我因为盲人的身份，获得各种免费住宿吃饭、汽车接送、免费门票、绿色通道……这些那些从天而降的优惠的时候，我在享受……我在享受这种特权，我心下认为，这是我作为盲人，作为丧失了某些身体机能，上帝补偿给我的福利。是我应得的福利……

我在享受"出名"的虚荣……

我处处都想要他人帮忙，我认为出国不是太难，因为有一堆的国人都会给我帮助，甚至金钱，当我认为这些是理所应当的时候，当他人不再如此满足我的时候，我不会奋勇向前，却是在埋怨他人不够热情……

我因为"出名"而变得傲慢……

——"他们只是敬重我勇于挑战的精神，我只是一个代表而已，我是要代表我们所有盲人，所有残疾人，让他们看见不一样的我们。他们能做的，

我们也能做到。"

这是我说过的话，我真的是这样的吗？

不知不觉，我是不是已经忘记了初心，而只是在嘴上说说而已呢？

不知不觉，我以自我为中心，只站在自己的角度上看，认为周围不帮我的人，都是坏人，但其实，在他们眼中，也许我才是一个坏人。

我被他们认为是渣滓了吗？

这样的我，还有存在的价值吗？还有奋斗的价值吗？还有被人帮助的价值吗？

如果再来一次，我还会这样吗？

十月的阿姆斯特丹，是很冷的，更不用说是在户外的水里。

曹晟康一时不慎，竟然跨出了河边的护栏，落进了河水中，不断地扑腾拍打呼救，已经不知灌下了几大口河水。

那一刻，他想到了"死亡"……

再醒来时，曹晟康感觉到周围有人的声音。

他腾地弹起了上身。

"对不起，我错了……从今以后，我一定会改正的！我不会因为认为自己是一个名人而傲慢，认为他人理所应当帮助我，对人道德绑架……我错了……我一度忘记了初心，忘记了我为什么想要环游世界，忘记了真正的意义……我……"

曹晟康说着，竟然不由自主地泪流满面。

一双满布皱纹的手，一双温暖的手，握住了曹晟康的手。

"现在明白，也不晚。"

一个中年男人浑厚而温柔的中文声音。

"你,你们不杀我了?"曹晟康颤抖地问道。

男人愣了一下,和蔼地说道:"放心吧。"

放心?放什么心啊?

"不杀我?"曹晟康又一次问道。

男人笑道:"是的,不杀你。"

曹晟康长长地舒了一口气,身子本能地一阵放松,往后靠去,却发现背后已经放了一个柔软的枕头,他将身子陷在枕头之中。

"曹老师,你好好休息一下,落进了这么冷的河水里,你有些发烧。"中年男人说道。

曹晟康才想起,之前自己落水,还以为自己要死了呢。

"他们说,看见你自己奔跑冲进河里的,还以为你要自杀。"中年男人说道,"我正在附近找你,刚巧看见他们在从河里救人,走过来看时,真是踏破铁鞋无觅处,正是曹老师你,真不知这是幸还是不幸啊。"

"你找我?为什么?"曹晟康的脑袋,还没有完全恢复思考能力。

"对不起,我去错了火车站,跑到了飞机场那边的火车站,等了你半天,还没有等到,之后才发觉有可能搞错位置,才急匆匆地赶去你所在的那个火车站,还是没找到你,之后给你电话,你的电话却已经关机了。联系不上你,只能和我的员工一起找你。"

"你,你是……简先生?"曹晟康问道,才记起这声音在电话里听过。

中年男人微微笑道:"是的,久仰曹老师你的大名。"

啊,原来他就是简先生!我没有被放鸽子啊!

曹晟康激动地和简先生握手。

简先生问询到底发生了什么事,曹晟康将自己走失迷路被人撞倒还听见了外国人说想要杀害自己的事,都告诉了简先生。

简先生听了之后,愣了一下,略微思索一番,微笑道:"其实,那都是

一场虚惊。"

虚惊?

简先生解释到,其实这附近有工人正在举行罢工运动,所以的确部分地区有些混乱,但不会有什么危险。至于曹晟康听见的中国人谈论"杀人"的事,应该是谈论中国新闻里某些罪犯的事或者是电视剧的剧情。而之后,曹晟康心里有鬼而自己吓自己,本来就英语词汇量不多的他,下意识地曲解了外国人的英语中的单词,听出了"自己想要听到"的词汇,也许他们压根儿就没说过"Blind""Kill"这两个词语。曹晟康听不懂完整的句子,间歇的几个单词,是极有可能听错的,附加上自己的遐想,而理解为对方要杀害自己。当时混乱的他,不断地在脑中加深这个结论,以致所有感知到的信息,都在验证这个错误的想法。最后,才会出现自己奔跑冲进河水中的"自杀"行为。

曹晟康听了,将前后联系起来想了一想,忽然哈哈大笑起来。

原来是这样的……

他笑着笑着,又流下了眼泪。

这都是我自己的心魔啊。

简先生说:"曹老师,你今天在我这里好好休息一下,明天如果依旧不适,我会帮你改签机票。"

曹晟康诚心诚意表示感谢。

"这是一场历练,我会勇敢地跨过去的。"曹晟康说道。

"加油。"简先生微笑道,"你会越来越强的,无论是身还是心。"

曹晟康点点头。

这位简先生绝不是一般的人,他这样想。

整个身心差一点被不存在之物再杀死一次。再一次,再一次,一次次被杀,一次次复活。

第三章 欧洲：追逐

欧洲的城市充斥着大大小小的教堂，他们经常在相同的时间敲响钟声。每一次，曹晟康都会驻足聆听，思考着圣所的含义，直到另一个声音打断他的思绪：不要那么急于求成，这将是我们要用一生的时间思考的问题。

无论是真是假，希望给予我们欢乐与继续生存的勇气。

一次又一次地听到这些城市的欢呼声，那是教堂齐鸣的钟声！它们此起彼伏，追逐打闹，曹晟康从来没听过如此饱满的声音，像熟透了的麦穗，沉甸甸的。整个城市就像一个丰收了的小麦田，他记得那是黄澄澄的，每根麦子都在舞蹈，在风中舞蹈，在土地上舞蹈，心中充满喜悦，丰收的喜悦。

我不要后退！他对自己说，上帝留他在人间，就一定有他的使命！

【2014-10-15　中国　北京】

次日，2014年10月15日，曹晟康身体恢复了，在简先生的护送下，前往当地机场，乘飞机返回北京。

这一次旅行，二十八天，游历欧洲的法国、西班牙、意大利、荷兰、比利时、卢森堡、德国、梵蒂冈、奥地利，共九个国家。

不过，曹晟康收获的是比这脚步达到的路程计数更多的东西。

在返回北京途中的云层之上，曹晟康陷入反思之中。

一下了飞机，曹晟康便赶往"国爱者"公司，找到冯来，表示自己此刻还没有能力和资格，用上他们的赞助，对之前的傲慢表示歉意。冯来对他的转变感到纳闷。

曹晟康在心里对自己说，这是我的旅行，是对我自己的挑战，是我自己的提升，我要靠自己的力量，来让世界看到，让世界看到真正的我，真正的曹晟康。

这一次，他真正体会到了"成长"。

野风轻轻飘过，无意停留。

真是越来越有意思了，曹晟康信心满满，开始为下一次新的挑战做准备吧！

人的轨迹就像溪流，复杂的地形让我们曲折前行，谁也没有一望到底的直路，但是它永远都流向能让它自由呼吸的山谷。

第四章

大洋洲：黑工

真正的勇敢不是无所畏惧，而是在战胜恐惧的过程中，克服自身的懦弱，破茧而出。

许氏按摩店中的"厮杀"

【2014-12-31　澳大利亚　悉尼】

一阵喧闹声，曹晟康正酣睡之间，忽然被惊醒。

"有贼！"

曹晟康的视野一片漆黑，大脑也依旧处于混沌状态，只有双耳最先清醒过来。

贼？这可不得了！曹晟康立刻从床上跳了起来，摸到盲杖，撑着身体站了起来。尽是脚步的杂乱。他组织着，从往来的人口中溢出的词汇。

有人发现自己的东西被偷了，牵动着房内所有人，都在查看自己的物件是否遗失，之后是此起彼伏的声响，一个个都发现自己的东西被偷了。

今天是 2014 年的最后一晚，不，现在应该已经过了凌晨 12 点，是 2015 年的第一天了。跨年之夜，在这南半球的异国他乡，更让人兴奋与感怀，楼里住着的人，全是在按摩店里打工的华人同胞，都外出饮酒庆贺。曹晟康身体有些抱恙，于是在房中听电视转播，早早便睡下了。

"门都锁得好好的，东西怎么会被偷的？"

"我出门的时候还看到的啊！"

"那就是在我们傍晚出门之后，小偷来光顾的了。"

众人纷纷献出推理。

"老曹，你耳朵最灵，今晚上都在房里，有听见什么异常响动吗？"同事老刘问道。

曹晟康回想了一下，摇摇头。

"也许是我一直在听电视里的声音，没有注意到。"曹晟康说道。

有人跺脚:"关键时候,你就派不上用场!"

曹晟康一听就来气。

那人是一个年轻小伙儿,叫李晓东,平日里就爱大呼小叫,想说就说,完全不考虑他人的感受。

曹晟康不太喜欢这个年轻人。我本来就不舒服,谁没事干一整晚竖起耳朵去听周围的声音。

"曹晟康,你身上味道好重。"晓东捂着鼻子说道。

曹晟康抓起自己左袖闻了一闻,是有一些。身体发热,有人传授他,抹些风油精在皮肤上,能散热。好在此时的澳大利亚正值夏日,温度颇高,他忍不住洗了个澡,才在皮肤上抹了风油精药水。从皮肤里蒸腾出的汗水,与风油精药水混合在一起,飘散在这个狭小空间里。曹晟康的鼻子对这早已不敏感了。

他坐回到床铺上,手往床边摸索,找寻手机,没有找到,往柔软的枕头下摸索时,摸到了一个"物件"。一瞬间,一道电流闪过曹晟康的脑海,他猛然意识到了什么,缓缓将手抽了回来。

旁边有人小声嘀咕些什么。

然后老刘说道:"大家四处再找找,可能还在房里!"他又转向曹晟康,"老曹,你也出来一起帮忙。"

"我?"曹晟康想说自己看不见,能帮上什么忙,但这话他可不会说出口。他绝不会承认,自己比正常人差。

"老曹,你先到大厅里去坐坐,大家房间里找找,可能会妨碍到。"老刘说道。这里算是按摩店的员工宿舍,一间房间里,其实睡着四个人。

曹晟康心虚地站了起来,到厅里的沙发上坐着。

"果然是他!"

"小声些!"

第四章 大洋洲：黑工

曹晟康灵敏的耳朵，听见了房间里的异动。紧接着，他听见晓东快步流星般到他的面前，大吼道："曹晟康你个无耻的窃贼，把我的东西还给我！"

背后的人都拉住他。

老刘说道："李晓东你冷静些，不要冤枉了好人。"

"我哪里冤枉他了，我的MP3，就在他的枕头下，还说不是他！他把大家值钱的东西都藏起来了，留下个MP3，好放在枕头边听，哼哼，对了，他是瞎子，只有听的东西，对他还有些用处！"李晓东发出阴阳怪气的笑。

"你说什么？"曹晟康气不打一处来，手捏紧了盲杖。

"老曹你不要生气，他年轻说话太冲了。"老刘急忙说道，又对李晓东说，"李晓东，我来说句公道话，论名气，老曹比你，比我们都大多了，还在乎你那点东西，搞清楚再说话。"

"名气大？"年轻人鼻子哼哼，"这里丢的，可不只我的东西，王哥、超哥，还有大家的东西，哪个没有丢的？就这位名气大的'瞎子大爷'没丢东西，在房间里枕着我的MP3睡得香香的。哼，名气？我看啊，不就是到处走博人同情施舍，让人送钱吗？啊——"

说到一半，李晓东发出一声惊叫，众人看去时，他已经弯腰屈膝跪在了地上，而曹晟康，正站在他的身后。

"哎哟哎哟，断了断了，我的手要断了。"晓东撕心裂肺般惨叫。

众人才发现，原来曹晟康正将李晓东的双手反扭在后方，捏着他的关节。他们怎么也想不到，一个双眼看不见的大叔，竟能以如此迅捷的速度，甚至大家根本都没有看清，就将一个年轻小伙制服在地。

"放心，正骨是我的强项。"曹晟康冷冷说道，意思是，就算断了，我也能帮你接回去。

名气、瞎子、同情、施舍、送钱……李晓东的话语，每一句都是曹晟康的软肋，是他最心虚而不解的部位，他没有语言辩驳，穷途到只剩下诉诸暴力。

"你，你，你心虚！大家看，他心虚了，所以来打我！"李晓东一边惨叫一边说道。

旁边同事也来劝曹晟康："先冷静冷静，冷静冷静。"

曹晟康方才放开了李晓东。但青年依旧口中不休。

"老曹啊，我来说一句'公道话'，你啊，动手也是不对的。"老刘是在场的员工中，资历最老的，平时大家的相处琐事，都是他从中协调，总爱说"公道话"，大家尊称他为"公道刘"。"你先和大家解释一下，李晓东的MP3怎么会在你那里，是你想听，所以才拿来的吗？"

曹晟康平息了一下怒气，摇头说道："我听音乐也有自己的手机，要MP3来做什么？"哎哟，手机！曹晟康猛然想起，拿着盲杖，奔回房中，在床边翻找。"帮我看看，我的手机在哪里？"

"你的手机也被偷了？你不是一直都在房间里吗？"老刘问道。

"装，继续装，假装自己手机也被偷了，和我们一样是受害者，以为就不会被怀疑了吧？"李晓东说道。

手机没了！自己一直放在床旁边的柜子上充电的。是趁着自己离开房间的时候，那也就是说……

"是洗澡，一定是趁着我洗澡的时候，他进来偷的。"曹晟康分析道。

"那真是凑巧啊，那贼是一整晚都在盯着你才动手的吧？就不怕我们一群人忽然回来了？"李晓东冷笑道。

"所以那人一定是知道你们今晚会出去的人。"曹晟康说道。

"呦呵，还推理起来了！我告诉你，真相就是，知道我们出去，房间里只有一个瞎子的人，最方便下手的人，就是你！"李晓东手指着曹晟康，"我告诉你，曹晟康，我们在房间里，闻到了你身上那股刺鼻的药水味，你说你是洗完澡之后才喷的吧？那时候，你到其他人的卧室去做什么啊？"

药水？是风油精药水的气味？这是怎么一回事？

第四章 大洋洲：黑工

"你可以尽情搜，搜到的话，我曹晟康的头赔给你！"曹晟康咬牙说道。

"你放心，我们已经搜过了，要真能在你房间里搜到大家的笔记本什么的，那你也是够蠢的，肯定早转移到其他地方去了嘛！曹晟康，你还是赶快把东西都还给大家，否则一会儿报警，后果可就严重了哦。"

"你嘴上放干净些，要报警就现在把警察叫过来！"曹晟康也是怒气填胸，手机不见了，让他更加心慌起来。

"你们冷静一下，叫警察过来处理，万一真是这里的人，就太没必要了，都是自己人。"老刘说道，"如果真是这里某一个人拿的，就好好交出来，大家也不计较就是了。"

"老刘，我说你摆明就是偏心。"李晓东说道，"这里除了某个瞎子，我们几个人，都一直在一起，谁有可能回来偷东西呢？哼，这种人，平时里一本正经，说什么靠自己的双脚环游世界，实际上就是靠吹嘘自己的名气，变着法子想要钱，那么多贵重东西可以卖钱，真是利欲熏心，恶心！"

"李晓东！"曹晟康朝他大声吼道。

"干什么？被我说得心虚了吗？"李晓东被曹晟康这么一吼，有些心怯，不由自主向后退了半步。

曹晟康的盲杖在旁边点了一下，大家不知何意，猛地见他挥起盲杖，朝着一旁的墙壁砸了下去。一声震响，众人本能地捂住耳朵，那支金属盲杖已经砸成了两截。

"我曹晟康若是靠别人来给钱，有如此杖！"厉声铮铮，有如立誓一般。

这件失窃案，到底是怎么一回事呢？其实，还要从二十天前开始说起。

【2014-12-11 澳大利亚 墨尔本】

继欧洲之旅之后，曹晟康又乘坐飞机，来到了南半球的大洋洲澳大利亚。此时，他在国际华人圈里，已颇有名气，在抵达前，当地的慈济会组织

的师兄师姐就承诺来接机，提供他免费的食宿，带他游览墨尔本各处名胜，与当地有名望的华侨见面结识等，体味澳大利亚的风土人情，不在话下。

不觉在墨尔本便住了下来。

一日，通过会中的师兄，结识了一位菲律宾的朋友拜。

拜问曹晟康："你会占卜吗？"

曹晟康摇头。

拜说，这附近有一个老头儿，是中国人，也是双眼看不见，但他却能够看见人的过去，预知人的未来。

拜在说到那个占卜老头儿的时候，尤其兴奋，手在空中划着大半个圆圈，幅度之大，以至于双眼失明的曹晟康都能感觉到。

应该是一个来澳大利亚骗人的算命术士吧，曹晟康起初如此想着，不过他也是一个盲人，都是同病之人，一定有许多共同的语言。

盲人术士在唐人街上，曹晟康原以为，会是想象中，在某个阴暗的屋子里，搞得很神秘氛围的空间里，但没想到，只是在两栋建筑的狭小缝隙之间，摆了一个小摊子，简直就是中国路边修补鞋子的。不同的是，他没有摆在巷弄的出口，而是在稍微深处，阳光照射不到的阴影中。这样生意不会有问题吗？

老人用一双满布凹凸不平褶皱的手，上下搓磨曹晟康的左掌掌心。要不是曹晟康是一个中年大汉，他还以为这老头是在借机吃豆腐。

"你看得见？"老头儿忽然问道。

"什么？"曹晟康一时没有反应过来，认为不是在对自己说话，但是拜很自觉地站在远处，并没有跟在曹晟康的身边，以免听见他的隐私。当曹晟康想对他说，你已经知道我和你一样是盲人，怎么还说我能"看得见"呢？是想说我是在骗你吗？

不对，他问的不是这个。曹晟康在下意识中忽然想到，不禁后背一冷。

第四章　大洋洲：黑工

"你看得见。"老头用肯定语气，"你的双眼和我一样，看不见实物，但是可以看见'它'，在你心中的，'那个东西'。"

平稳的大地，仿佛忽然遭遇陨石撞击，迸裂出一道极大的裂缝，曹晟康的身子迅速地往下坠落，强烈的失重感，让他想要呕吐。告诫自己别上他的当，这就是算命人的伎俩。但是那个瞎子继续说：

"要小心，小心，'它们'中，有一个在欺骗你，它会指引你，不断遇见想要遇见的人，让你事事顺利。"老头说道。

事事顺利？这也叫欺骗？这老头已经不是在骗人了啊，是脑袋不正常了吧？

曹晟康转身想要离开。

"去寻找'他'，找到'那个人'，他能帮你。"老头在曹晟康身后说道。

"谁？谁能帮我？"曹晟康忍不住回头问道。

"同样也能看见，看见你内心的'魔鬼'的人。"

魔鬼！？

跟别人的交集实际上是自己跟自己想象的交集，和自己倒影的交集。你心中的别人根本不是这个人心中的自己。

拜见曹晟康神色凝重，于是宽慰曹晟康，但字里行间，他还是忍不住说道，那老头在此地为人算命，还是很准的，大家都很敬畏他。

那他应该说些实在的东西，比如曹晟康之后会变得如何如何，是富有呢还是破产呢，等等，可是前面尽是和我说些不着边际的话，这些话也能唬得他人敬畏？还是只是对我一个人这样？为什么要对我这样呢？真的是我和其他人不同吗？

曹晟康开始有些怀疑，"迷信"的定义，这些明明知道，全都是迷信，为什么还会在心中纠结呢？

拜带着曹晟康去了他们菲律宾同胞在当地的基督教会，不过他带笑地交代，在教会中，可不要提算命的事，两者格格不入的。

在那里，曹晟康与他们做了礼拜。一切都已经轻车熟路，遇见新朋友，展示自己引以为豪的绝活——中式正骨按摩，为他们十几人都做了推拿。

曹晟康纯粹是为了交朋友，并未打算收钱，以往当地华侨都会出钱资助他的旅行，他感激得不行，能免费为他们贡献一些自己的力量，心中也有一种自豪，我曹晟康今天又靠自己的力量帮到了他人。

其中一个菲律宾朋友乔尼却一定要付钱给曹晟康。他说，一事归一事，既然享受了曹晟康的服务，就应当按照当地的付费标准，给曹晟康相应的报酬。加上小费，付给了曹晟康20澳元。其余众人也依次都付给了曹晟康，有多有少，最后曹晟康总共收了近300澳元，折合人民币约1300元。

这可不得了。这笔钱，与曹晟康原先接受的资助相比，虽然不是最多的，但是在曹晟康的脑袋里，却如同无声地炸开了一个霹雳。

乔尼提到的，"当地的付费标准"，这里的付费真是不低啊！

一念及此，曹晟康心念电转，在脑海中飞速计算着，如果我能凭借自己的手艺，为自己赚取环游世界的费用，岂不是更好？

一度接受各路人士的资助，虽然让他感受到自己的成长，但是无功受禄，心中总是虚的，他总是用自己的手艺，为他人按摩，换取住宿与资助。他明知自己也凭借此手艺糊口谋生，但现在却更像是在全世界讨着他人的怜悯，时常心中也有一点自轻。

于是，曹晟康立刻赶回了慈济组织，打听附近能让他落脚的店。现在他的人脉也算是广多了，很快便有教会兄弟亨特·刘推荐，在悉尼有一位朋友，正是曹晟康想要找的人。

悉尼正是他下一站要去之处，听说既能结识新朋友，又能凭自己的手艺赚到钱，心中乐得，当晚便失眠了，在床上辗转反侧。

第四章 大洋洲：黑工

他想起在北京世纪城按摩店工作的那五年。

一个人若想有所成就，首先要相信天方夜谭，其次要实现天方夜谭。一个不相信《伊利亚特》的人是不可能找到特洛伊城的。

曹晟康就是这样的人。盲人按摩是求胜之道，而不是他的梦想。

有一天，他在白日里做了一个梦：要成为盲人运动员！就这么决定了。

如果这个世界只有好马，那么好马的梦想其实很难实现；但是如果好马遇到了伯乐，一切便皆有可能。体育学院的许教练就是这样的伯乐。许教练在免费培训了曹晟康一个月的跳远、短跑之后，答应继续免去这位盲人学生的几万块训练费，义务培养他参加残运会。

听到这个决定，曹晟康激动得热泪盈眶，他的人生终于可以向上飞升，冲出那黑暗的泥潭！

之后，他每天晚睡早起，半天工作半天训练，憋足了劲拼命向前冲。100米、200米短跑，275千克杠铃，柔道，他都在尝试。虽然辛苦异常，虽然经常会有拉伤和摔伤，他都紧咬牙关忍着。而许教练非但没打算从曹晟康身上捞取丝毫利益，反而经常请他吃饭，为他出医疗费，这些都让这个饱经人生冷暖的年轻运动员百感交集。不仅如此，许教练还毫无私利地将他有潜力的学生推荐给清华大学，让曹晟康在中国的第一学府训练了半年。

终于，在第五届广东省残运会上，曹晟康夺得了200米季军！

那些终年躲在暗无天日的按摩房里的盲人们啊！你们岂能感受到这阳光下的荣耀！

如果你们想都不敢想，或者没有毅力坚持，百折不挠，又怎能成就梦想！

赛后，曹晟康信心满满回到北京体育大学，开始了全国柔道大赛的备战。

然而，天将降大任于斯人也，必将苦其心志，劳其筋骨，饿其体肤……

在训练中，曹晟康不小心折断了肋骨，与大赛失之交臂……

【2014-12-20　澳大利亚　悉尼】

抵达悉尼后，到阿根廷领事馆办理往后的旅游签证事宜，不想接连遇到一些问题，需要提供半年的银行流动资金记录，还需要打印成西班牙文字等，曹晟康烦恼不已，那些单据证明，都只能回中国再开，难道自己还要再折返中国一趟？

为此与领事馆交涉，耽误了些时日，他终于见到之前联系好的，在悉尼从事房地产开发的一位老总，来自中国湖南衡阳的刘先生。由他引荐，到了同是湖南老乡的，许老板的按摩店。

刘总与许老板，对曹晟康的事迹早有耳闻。三人叙过客套，在酒席上相谈甚欢，兴致之下，三人来到许老板的店里，曹晟康为刘、许二人做了一套推拿正骨，二人直叫舒服，连夸他的手艺好。许老板更当即许诺，与曹晟康五五分成，也就是客人在店里享受曹晟康的按摩，支付的费用，二人平分。曹晟康大喜过望，他不用承担每月高昂店租的压力，还能与老板五五分成，这么好的事，去哪里找啊！

之后，他便在许老板安排的宿舍住了下来，每天白日前往店里按摩推拿，晚上回到宿舍休息。许老板对他很是热情，介绍许多朋友来给曹晟康做。

店里的规矩是，谁为客人服务，单子就记在他的名下，最终的收入分成，也是算在他个人账上。所以，简单说，就是他服务的客人越多，他所分到的薪水就越高。这是凭借能力说话。能力越高，口碑越好，回头客户多，新客多，他赚得就多。如此一来，同样在一家店里，同样的两名按摩师，却有可能收入对比悬殊。

第四章 大洋洲：黑工

许老板的店在当地也经营了许多年，店里还有许多的员工技师。有年轻的，也有比曹晟康的年纪还大的，他们大多拿的比例分成并没有曹晟康的高。

每个行业，都会存在内部的优劣竞争，推拿按摩领域也不例外。这是曹晟康唯一引以为豪的地方，他在其他方面，潜意识里都存在自卑，认为失明，"先天"就没有他人的优势。而在推拿按摩领域，他可算是"大师级别"的，于是，在店里众同事之中，忍不住想要炫耀一番。他总和人说，自己的推拿是中国正宗的延续，与一般的推拿不同，有正骨疗效。

一开始，还有人称赞曹晟康，说许多客人反馈，他的技法好，让他们很舒服。曹晟康听了扬扬得意，鼻子翘得老高，一点没有谦虚的模样。

"那是，我这可是正宗的，有推拿按摩的功效，与你们一般的可不同。"

说得多了，也引来了大家的不满，渐渐也不再有人夸奖他。忽然没了夸奖，曹晟康可不习惯。他有时在为客人推拿，有意炫技，在客人同意下，让旁边的同事员工过来看，自己的按摩技巧如何高超。

后来，他更变本加厉，竟然和许老板商量，将自己的单价提高了。这就更让其他人感到不平了。

许老板有一位夫人，大家都称呼她"老板娘"，平日里负责管理店铺运营。许老板经常在外跑生意，只是偶尔来店里视察，看看账目。也就是说，店里的实际管理者，是许夫人。

许老板因为曹晟康的名声，很看重他，因此曹晟康便比其他人多了一层优势，能直接与许老板对话。他越过许夫人修改单价这一茬，埋下了些隐患。

在曹晟康心里，这有什么，大家凭借实力说话，我的实力比你们强那么多，是我当年忍受了多少磨难磨炼，才成就了这一身本领，比你们的价格高，是再天经地义不过的了。何况我的价格高了，那店里的收入自然也就

高了，也是造福大家啊。

聪明人炫耀不是为了满足自己的虚荣心，而是为了给特定的人传递特定的信息。

可是，这是他一厢情愿的想法，在周围这些具体的人的心里，可不这么想，曹晟康总是介意被他人看轻，那谁又想被他人看轻呢？尤其是店里本来比他还资深的老员工。

"哼，有什么了不起的？不就是多了个什么'正骨'的功效嘛？我们平时又没骨折，要'正骨'什么啊？"一名员工带着不爽的口气说道。

他便是第一幕出现的，年轻小伙子李晓东，虽然他年轻，但是来店里也有两年，算是老员工了，而曹晟康一来，不仅价格比他高，他又更了解到，曹晟康的分成还比他高。这样，两人做相同的时间，花相同的力气，曹晟康就平白地比他多赚了好多钱，这让他心里如何平衡？

"老刘，你说说看，按资历技法与贡献，你才应该是提成最高的。"李晓东愤愤不平地说道。

"公道刘"是这里资深员工，最不喜欢惹事，淡淡笑了一下，说："别乱说，人家的技法确实更好。"

李晓东哪里肯依："老刘，你就是人太好，心太善良了，如果是你老刘今天提成最高，我第一个心服口服，可是这个叫曹晟康的人，借着自己的名声，攀着老板的关系，在背后搞歪把戏，这我就受不了了。"

说着，他指了指不远处的曹晟康。这时，曹晟康其实就在旁边，李晓东说话的时候，有意将音调提高，显然是故意要让他听见。

"能攀上关系，也是一个人的能力之一啊，很公平，你还是好好干活吧。"老刘苦笑。

曹晟康可忍不住。他这可是凭借自己的真本事在赚钱，平生最忌讳别

第四章 大洋洲：黑工

人指他攀关系、博同情、吃软饭等。于是怒气冲冲几步跨了过来，指着李晓东说道："你们都躺下，我来帮你们按摩，让你们真正体验一下，我是凭借实力还是凭借关系！"

李晓东后退一步，他有些惧怕曹晟康的气势，但嘴上依旧不退缩，阴阳怪气地笑道："那怎么敢？我还怕你在老板面前说我的坏话，搞不好我们几年的辛劳，都不如你这一句话，直接被炒了，还请你大人有大量。"

曹晟康本来无论如何也不会去老板那牵扯这些琐事，但李晓东一句话先把他的后路给堵了，他就算想"大人有大量"，也不知如何下台阶了。他本来就不擅嘴辩，一时词穷，大脸就憋得红了起来，手中不觉用力，想要动手。

"老曹，别和他一般见识，就是一个小孩子。"老刘立刻发挥作用，将曹晟康往旁边拉开，"在店里起冲突可不好。"

"喂，老刘，你别拉着他啊，我倒要看看，他一个瞎子，想要对我干什么！"李晓东依旧在背后火上浇油。

"你再说一遍！"曹晟康怒吼，大力挣脱老刘。

李晓东被惊吓得整个人都跳了一下。"瞎子"一词，可是曹晟康忌讳中的忌讳啊。

"老曹，我们走。"老刘强行把曹晟康拉开。

两人一起去附近酒馆喝酒，老刘宽慰曹晟康："李晓东人是不坏的，性情直爽，就是说话难听些，大家都是知道的。"

曹晟康喝下一口闷酒，他当然也不想去和一个不懂事的小伙子计较，就是忍不了那些难听的话。

"听说前段李晓东交了个女朋友，所以对赚钱的事，他就更在意了。"老刘喝了一口啤酒，"你一来就占尽风头和利益，他自然会不平，大家都是想赚钱的人嘛。说句公道话，我也有些嫉妒呢。"老刘嘿嘿笑道。

"那真不好意思。"曹晟康也自我反省了一番。

嫉妒是愚人的专利,因为这是没有收益的投资。

每日在店里,曹晟康辛勤地接客按摩,在心中计算着每日的收入,平均每日都有折合人民币上千的收入,这可比在国内干活赚得多了,心里喜滋滋的。这也让他忽视了许夫人对他的冷淡。

自从他私下里找许老板提高价码后,他的收入增加了,却让许夫人对他产生了刻薄之心,称呼他都是瞎子长瞎子短的。惹得其他员工也都模仿,李晓东更是在背后窃笑。

曹晟康有时忍不住小声地提醒许夫人,要尊重人,不要叫他"瞎子",但许夫人却故意大声说道:"双眼看不见,不就是瞎子吗?在这里,有什么在意的,大家都知道啊,也不用刻意装了。"气得曹晟康无言以对,只能在心中安慰自己,好歹能多赚一些钱,我忍!

店里还有一个人,年纪没有老刘大,但论起资历,却比老刘还要老,算是这间店铺的创立元老之一,在许老板创店之初,就在店里了,只是也是一名技师,英文名Mandy,大家叫她"曼丽姐"。

听老刘说,曼丽与许老板的关系不错,但许夫人却不怎么喜欢她,两个女人时常意见相左,曼丽也不是一个肯相让的人,甚至有和许夫人吵起来过,面对那种级别的争吵,老刘有时都没有力量阻止,最后还要许老板赶回来协调。

曼丽倒是对曹晟康关心有加,还请他去家里吃饭。她的老公,澳大利亚人,叫马克,是一位面包师;她还有一个女儿,中澳混血,已经上初中了。一家人都对曹晟康很热情,准备了红酒、烤羊排、牛肉、面包等丰盛的晚宴。相比于店里员工的冷漠,曹晟康感受到了很久没有体验到的温暖。

与其贬低被你超过的人,不如称赞他们,这样你才会显得更高;与其

第四章 大洋洲：黑工

怨恨超过你的人，不如与他们交好，说不定他们会拉你一把。

不知不觉，到了年末，12月31日，店里员工一起欢度庆贺。酒酣之后，大家兴致依旧高涨，有人提议外出喝酒，倒数跨年。许老板与夫人席散之后就先离去，吩咐李晓东负责组织大家第二摊的玩乐。李晓东兴奋领命，他可是"资深"玩家，此时怎能不趁机显示一番？曼丽也和老公马克先回家，陪孩子去了。

曹晟康身体有些发热，曼丽不在，其实他与大家的感情也不是太融洽，他宁可一个人回去宿舍，听电视休息，有时候独自一人，反而更加自在。

天气炎热，曹晟康虽然身体不适，但依旧去洗了个澡，然后便躺在床上听着电视，缓缓睡去。

之后，便被惊醒，发生了"窃贼事件"。曹晟康无论如何也想不到，他们会指着他曹晟康的鼻子说是窃贼，这简直是奇耻大辱，如何还能隐忍？愤怒之下，将平日里最亲密的依靠——盲杖，都砸成两段，以此明志，不仅是向众人宣示自己的清白，更是在心中给自己下了决心：一定要靠自己，不能叫他人看轻了！

这时，许老板与许夫人来了。多嘴的员工，将这件事报告给了老板，他们正好未睡，住处与店铺并不远，于是赶来，正撞见曹晟康发怒的样子。

许夫人发出凄厉的惊叫，反而将众人都吓了一跳。大家连忙让开一条通道，让许氏夫妇进入。

"曹晟康，你想干什么，是要动粗砸东西吗？"许夫人伸出长指直接指着曹晟康，直呼他的姓名尖叫道。

"老板娘，他是小偷，偷了我们大家的东西！"李晓东趁机说道。

"我说过不是！"曹晟康大吼道。

"你这个瞎子小偷住嘴！"许夫人再次尖叫，"听李晓东说完！"

曹晟康愤怒难当,由李晓东那个家伙口中说出的,还会有什么好话?

许夫人一边听着李晓东叙说前因后果,一边拿眼睛瞪着曹晟康,那凌厉的眼神,即使是失明的曹晟康,都能感觉到。

"哼,我就说,装可怜人必有可恨之处,没想到平时一副清高模样,背地里却是无耻的小偷!"许夫人与李晓东连立场都是完全一致的。

"你说什么?"曹晟康又吼道。他不善言辞,说不出话来时,只能吼出这句口头禅。

"事情没弄明白之前,你少说两句。"许老板见势不对,急忙制止夫人。

"这还有什么疑虑吗?就该立刻报警把他抓起来!"许夫人说道。

"老板娘,这也不是什么大事,真要警察把老曹抓去了,对大家也不好。"老刘急忙出来圆场。

"我曹晟康行得正站得直,不怕叫警察来。"曹晟康铿锵说道。

"装,继续装,心里不知多虚呢!"李晓东讥笑道。

"你报警啊,不报警就是孬种!"曹晟康用断成半截的盲杖,指着李晓东吼道。

"曹晟康,你不要仗着声音大,就随便吼人!"许夫人也叫道。

"喂,警察吗?我这里遭小偷了,麻烦您能过来一下。"许老板直接报警。

不久,来了两名警察,询问了些情况,在屋里走了走,随手翻了翻。众人心中的想法估计差不多:警察来了,这种盗窃事件,似乎也没什么用。最后,只能循例,让众人指认的"嫌疑人"曹晟康跟去警局问话一下。

到了警局,就更让曹晟康不开心了。没有人愿意深夜跟来,大家都要睡了。最重要的手机钱包,都带在身边,丢失的,是一些稍微贵重的电子产品,iPad、笔记本电脑等,还有一些现金。在他们看来,警察出动,也追不

第四章 大洋洲：黑工

回这些东西，因为，他们也许心里也知道，并不是曹晟康所为，只是没有人愿意出头站出来，为他说句"公道话"。

让曹晟康心痛的是，其实他丢的，才是最重要的——他的手机！对正常人来说，手机也已经成为不可或缺的物件，一旦没电关机，心中都忐忑不安。对于曹晟康来说，有过之而无不及。看不见的他，日常身边最重要的两件：盲杖与手机。手机能发出语音，关键时候能够打电话，那是身体残疾的他与外界交流最便利的方式了。现在忽然找不到，他心中仿佛忽然失去了依靠，没了安全感，坐立不安。这在警察看来，要么是没来过警局的紧张，要么就是做贼心虚。

那里面最值钱的是，这么多年来累积的通讯录。曹晟康认识的人都在里面，他不记得自己有做过备份，现在要将通讯录再原原本本找回来，这要花多少力气……想想都觉得心痛不已。

现在更要大半夜在这里忍受煎熬，脑中总回想起那群同事对待自己的冷漠，更是悲从中来。

曹晟康只懂得简单的英语，面对盘问，束手无策。警务人员也很头痛，大半夜的，哪里去找会中文的警员？于是将他暂时收押。曹晟康身体不适，实在经不起折腾，纵是又悲又恼，很快便睡了过去。

次日早晨，才有警察慢悠悠地将曹晟康请了出来。在这里将就一夜，心中气闷，不知是否因祸得福，反而出了一身臭汗，精神了不少。有了会中文的警察，讯问便利多了。他们以为有一个突破口，于是各种盘问，曹晟康照直回答，对于案件，几乎没有什么成效。于是，谈话方向，逐渐转移到了他的来历，当得知他是旅游签证，两名高鼻梁的澳裔警察，更是会心相视一笑，大概是认为，这更加证明曹晟康有可疑。原来，曹晟康的签证属于旅游观光属性，在这里，其实是没有打工的官方许可，性质上，是黑工。

曹晟康也谨记这一点，在被警察带走前，许老板就悄悄叮嘱过，绝对不能说他是在这里打工的，否则就会害了整个店里的人。曹晟康咬定自己，是在店里朋友这寄宿的。好在店里人在这一点上没有针对他，在警方的确认下，都表示认可。

上午九点半左右，一人冲进警局，曹晟康"看见"来人，几乎要激动得落泪了。

那是曼丽，是曹晟康在这里，唯一信任的人了！

只见曼丽风风火火地与警察用英语交谈，不一会儿，警察就表示，曹晟康可以走了。

"曼丽，只有你来了……"曹晟康本不会如此脆弱，但不知为何，眼泪一时没有忍住。

曼丽笑着说："我可没见过这样的曹晟康啊，让人看了多不好。"她帮忙擦拭了曹晟康的眼角，扶着他往外走，出了警局，坐上了曼丽老公马克开的轿车，打算前往曼丽家。

这时，远处又一人奔跑着过来，来到曹晟康面前，双手撑住膝盖，上气不接下气，伸出一只手，在曹晟康面前挥舞半天，险些儿打到曹晟康的脸，才想起来他看不见。

"有什么事吗？"曼丽问道。

"呼，呼，找曹老师……"那人总算憋出了这两句话，"一直在找您，都联系不上，听说您到了警局，就跑过来了……呼呼……"

"什么事？"曹晟康预感不是什么好事。

"立刻打电话回家。"那人说完，转身挥挥手，又如同风一般跑了。

打电话回家？是家里有什么事吗？可恶，手机在这关键时候又丢了，怎么会这么倒霉？真的是祸不单行吗？

曼丽忽然说道，今天早上起来，手机上跳出了新闻，昨晚跨年夜，远

第四章 大洋洲：黑工

在中国的上海外滩，人山人海中发生了严重的踩踏事件，不断有人被强大的人流牵扯倒地，造成了三十五人死亡，四十三人受伤的惨况。

曹晟康听得心惊肉跳，他脑子里快速想着，难道我家里有人也去外滩那里跨年凑热闹？是父亲母亲吗？应该不可能，他们没力气去那种地方挤来挤去的，那是女儿吗？

好在他还记得女儿的电话，立即借了曼丽的手机。

镇静镇静，曹晟康，要镇静。要拨打女儿电话吗？曹晟康不禁有些犹豫……

早些年与妻子离异，曹晟康和女儿之间的关系，就不是很融洽。

他犹豫，万一是误会，会不会打扰到女儿？

对女儿的担忧，让他无暇多想，还是拨打了女儿的电话，无人接听。曹晟康越加心急，连续打了几个，依旧如此。真的是发生了什么事吗？

家里家里，对了，我还记得家里父母的电话。

曹晟康立刻拨了家里的号码。

空有拨号音，无人接听。

又打了两个，依旧如此。家里只有老父亲、老母亲，怎么会没人接？是在做什么事吗？还是真发生了什么事？

曹晟康心中慌乱，他脑海中组织着目前的信息，家里座机打不通，老爸老妈不在家里；女儿手机是随身携带的，无人接听，就代表主人出了问题……难道真是女儿出了事故，老爸老妈在医院等待？他脑海中出现了手术室门外，焦急等待的父母，妈妈哭得稀里哗啦，而爸爸绷着脸安慰她，两位老人都看着那扇门，门内是自己的孙女正在急救……

曹晟康不再记得其他人的电话号码了，只有父母家里的和女儿的。他顿时失了魂魄，机械地反复拨打女儿的手机，可是，回答他的只有忙音……

他忘记了，此时的澳大利亚比中国早两个小时。

如坐针毡的几小时后，他终于接到家人的电话，出事的是他母亲。

年迈的母亲一人骑自行车，被迎面一辆面包车撞倒，腰椎一节粉碎性骨折，已经动过手术，家人都不告诉身在外地的他。母亲生活不能自理，只能靠自己的老父亲、弟弟妹妹、女儿轮流照顾着……

曹晟康不禁悲从中来，泪流满面。

回去！必须立刻回家去！他多想背上生出翅膀来，陪伴在老母床前。

但是，曹晟康不禁在心中掂量，自己的机票已经买好，无法改签，也不能退了。若要今天就回去，那张机票将会作废，还必须另外承担临时购买的昂贵机票价格，他现在，没有那个经济实力浪费这张机票……他在心里犹豫，可是母亲的身体现在如此不妙，身为儿子，怎么能不回去看呢……

我的家人，我的女儿，你们知道我赚钱的艰辛吗？曹晟康一遍遍地默念着，你们能理解我吗？他的心，在流血……自己在这里忍受同事的排挤与冷漠，东奔西跑，累死累活，不就是为了养活家人，供一大家子人吃穿，供女儿读书吗？

曹晟康膝下一软，跪在地上，痛哭流涕。

是为母亲的伤痛伤心，是为自己的无能伤心，更是为家人对于自己的冷漠、误解与疏远伤心。这一刻，生活的艰辛，同事的冷漠与欺负，悲惨的身世，一股脑全都涌上了心头。曹晟康号啕大哭。

在曼丽家里，曹晟康终于从情绪失控中缓和过来。之前和女儿的通话中，曹晟康已经了解到，母亲暂时没有生命危险，也有人照顾。自己现在回去，只是眼前的一点安慰，没有实质性的帮助，反而会成为负担。

他一直被认为是家人的负担。想起在弟弟妹妹、在女儿面前感受到的鄙视的态度，他就又悲又气。自己是无法带着一事无成的身体回去的，一定要达到一定的成就才能回去，才能让他们看得起。

第四章 大洋洲：黑工

必须赚到钱。这样才能对父母有所帮助，自己回去，才有意义。

他在心里对自己说，对自己鼓气。曹晟康，你一定要忍住，你在这里，必须完成你的使命。曹晟康，你要拿到钱，拿到很多的钱，为了你的母亲，就算拼上性命，也是值得！

曼丽告诉曹晟康，今天是元旦，他可以留下来休息，但曹晟康想要回到店里。他需要钱，一刻也等不了，他需要筹划，如何才能赚到钱。

寄宿在店里的员工，见到曹晟康回来，都来询问安慰，只有李晓东没有过来。曹晟康说出了自己家里母亲出事，想要快些赚钱的想法，有员工说，可以发动华侨同胞捐款，因为他本来就有些名气，一定很容易。

李晓东在背后发出冷笑："某些人，总是打着'可怜'的旗号，想要欺骗大家的钱，昨天是谁信誓旦旦说不靠他人同情施舍的？哼，刚一发现有偷窃嫌疑，就搬出自己家里出事，来转移视线，就那么巧？我平生就最恨这种人了，编故事也拜托看看时间啊，还是说这就是忍不住盗窃的动机？"

曹晟康怒，咬牙说道："我说过，我会靠自己的力量。"

于是，他放弃募集捐款的念头，要依靠自己的力量来赚钱！

没了手机，更没了外界资讯的干扰，曹晟康更是将一门心思放在思考如何赚钱上。

他开始疯狂地工作，别人休息的时候，他也不想休息，一天连干十多个小时，只要有客人来，哪怕累得不行，他也会上。他们这种按摩技师，属于体力劳动者，几乎都要一直站着，动用全身的力量，客户是很享受，他们可没一刻休息，双手还得不断施加压力，那全都是在消耗身体的能量。

一天下来，曹晟康的双手止不住地颤抖，吃饭时几乎连筷子都握不住了。旁边老刘看不下去了，劝说道："你也不能这样干啊，老曹，别钱没赚

完,身体先垮了。"

曹晟康硬气地说道:"别小看我,我身体硬着呢。"

每一天,并不是所有时间都有客户上门,有时甚至没几个人,大家都闲坐在店里。这种时候,曹晟康就最心慌了,他心里只想着快些赚钱,就必须抓紧每一分每一秒地干活。

这一天,一个身穿笔挺西装,一副精明强干外貌的中年男人走进了店里。空闲的员工里,正轮到的顺序是李晓东的,于是他赶忙迎了上去,笑脸招呼。

但那中年人却没有按李晓东说的入座,而是环顾店里,指着正在店里一角,因为空闲而发慌焦虑的曹晟康,说:"我想那位师傅来帮我做。"

无端被曹晟康抢了饭碗,李晓东更是不爽,何况曹晟康甚至没有出手,是客户自己点名的。店里的规矩,如果客人没有点名,就按技师排班的顺序去接客,这样公平不至于抢夺客人。但如果客人点名服务,自然是那位技师的,说明这名客户是他拉的回头客。

受过曹晟康推拿服务的客户,时常会再次点名直接找他,曹晟康也并不奇怪。他的记忆尤其好,虽然眼睛看不见,但只要他服务过的客户,声音与本人,他是会记得很清晰的,这也是他听声辨位强于常人的技能之一。

只是这位先生,他并不记得是曾经的客人。

"是谁推荐您来的吗?"曹晟康一边服务一边试探地问道。

"朋友介绍的。"那人简短地说道,显然不愿多谈。

曹晟康喜欢在按摩过程中与客人闲聊,当然,是在客人并不反感的前提下,既能给客户解闷,让他体验良好,又能多了解客户的信息,服务也能更有指向性,能很好地将客户引为回头客。曹晟康更喜欢的是,还能和客户成为朋友。

认识更多的朋友,这是他行走江湖最重视的一把武器。

第四章 大洋洲：黑工

"这不是何总吗？哎哟，真是没想到，您今天会来！"老板娘许夫人用极其女人味儿的语气说道。大家都不禁看了过去，平日里可不会见到老板娘如此嗲气娇媚的口吻。"老许正好不在，您也不说一声，我好好招待您。"

"没事，你不用忙，我是来体验这位曹大师的手艺的。"被称作何总的中年人，微微抬起手，婉拒了许夫人的好意。

曹晟康才知道，原来这位何总，是在澳大利亚的华侨，当地金融领域里的一位知名人士，与许老板认识，但显然许氏夫妇是在"高攀"这位何总。

何总对曹晟康的推拿正骨按摩，很是惊奇，大赞果然与旁人不同。曹晟康看到一丝希望，急忙打蛇随棍上，极力述说自己的技术，源于中国正宗的祖传技法，融合了泰式按摩的精髓。

聊天中，他更谈及自己之前环游世界的经历。这不是势利，是一种经验，融入进潜意识中的经验。多年的奔波识人无数，曹晟康透过本能感觉到，眼前这个人，会给他带来"比如今更好"的某些东西。具体他也说不上来，但这种感觉却越发强烈起来。以至于他就像一只雄性的孔雀，急迫地想要展开自己最美丽的尾巴。

末了，何总给了曹晟康联系方式，告诉他第二天中午时候，前往当地繁华地段，一间高级酒店。然后推脱了许夫人的强烈挽留享用下午茶及晚餐的邀约，离开了店里。

"名人就是不一样，又傍上了一个大款客户啊。"李晓东话中带刺说道。

"少说两句，又不是靠色相去勾引人，有大客户又怎么了？"老刘将李晓东怼了回去，许夫人朝老刘瞪了一眼。

次日临近中午，店里依旧顾客稀疏。曹晟康寻思着，昨日何总让他中午前往那间酒店，于是与坐店的老板娘知会，要出外勤。

"下午来客人指名找你怎么办？"许夫人说道。

"那先让别人代班,我中午出外勤。"曹晟康说道。

"也许代班一次,客人下次就不找你了。"许夫人说道。

曹晟康不去辩驳,出发前往那间酒店。通过一路问询,才知道,那里是极其高端的酒店。他不禁感慨,更觉得何总那样阶层的人,高不可攀。同时心中却也隐隐有些自豪,自己被一个认为高不可攀的人认可的那种自豪。

来到了指定的总统大套房,何总热情地将他引入。套房里有一个非常大的客厅,里面已经有好几个人。何总向他们一一引见了曹晟康,曹晟康感到受宠若惊,一个一个地握手过去,全都是商界巨擘。

原来,这是何总安排的一次私人聚会,曹晟康的名气彼时已然在外,大家都有所耳闻,只是他来到悉尼之后,并未像之前在美国时候那样声张。众人都是闻其名而未见其面。

何总笑说:"我自己忍不住提前体验了一番正宗的中式正骨推拿,才敢推荐给你们啊。"大家纷纷大笑。曹晟康心中更是感激何总的这份关爱。于是展开手脚,既是为了显示自己的能力,更是不敢丢了何总的脸面,使出最拿手的技法,尽心地为另外七人分别做了推拿按摩。

他们本就一边喝着茶,一边谈论曹晟康似懂非懂的商业领域一些现象知识,分析见解看法。曹晟康只是在一边为其中一位老总推拿按摩,并不打扰他们。

所有人都推拿完毕时,已是傍晚。何总当即支付了曹晟康的推拿费用以及相应小费。这些都是不差钱的主,给得自然也多。

曹晟康本来还想客套地说:"何总的朋友来让我曹晟康做,是给我曹晟康面子,怎么能收钱呢?"

但一是自己本身就缺钱;二是这笔钱真是超出他的预想,实在舍不得拱手让回,犹豫在那儿。

何总以为曹晟康不愿意收,将现金塞进他的手中,笑着说:"收好了,

第四章 大洋洲：黑工

下次还需要你帮我维系好这些生意上的好朋友的！"

曹晟康欢喜得不住鞠躬道谢。

何总又安排了晚宴，邀请曹晟康也入席。曹晟康犹豫着是否该要回店里了，虽然今天店里客人少，但毕竟是上班时间。但转念一想，结识一些"高端人士"，对于自己发展肯定更好，自己出来，也算是"出勤服务"，收入也算分成上交店里，这他们总不会有意见了吧。

晚宴结束，何总吩咐下属，开车送曹晟康回去。临别前，他私下里又递给曹晟康一部新的手机。

"昨天听说你手机丢了，于是吩咐秘书去买了一部，已经安装好一些盲人软件，不知是不是你习惯用的。"何总笑道。

"何总您……"曹晟康拿着手中的智能手机，一时激动，泣不成声。店里的人对他异常冷漠，但这位萍水相逢的何总，却对他一个身无分文的盲人如此厚爱……不仅介绍生意，更贴心地买了手机……"何总，您，您为什么对我这么好？"曹晟康忍不住问道。

"这是你应得的，你帮我接待这些朋友，你知道，他们对我来说多重要。"何总笑道。

曹晟康不知道这些人，但知道他们对于何总的重要，听了何总的话，心中更加澎湃汹涌，何总连最重要的客人，都愿意让他曹晟康来接待，这是对自己寄予了多大的信任啊！

"何总，往后有用得着我曹晟康的地方，尽管吩咐！"曹晟康激动地说道，"我分文不收！"

这对曹晟康来说，可是极大的示好，要知道，现在钱对他的意义，可不仅仅是一些数字。

"谢谢你，曹兄弟，好好回去休息吧。"何总拍了拍曹晟康的肩膀，"我们都是中国人。"

在回去的路上，曹晟康依旧止不住内心的波澜。自己又是如此幸运，遇到贵人了！这是旅途中最开心的事啊。

回到店里，此时已是夜晚，店里灯火通明，大部分员工都还在。

"总算回来了。"李晓东惯例般地语气不善，曹晟康都不想理会了。

"去了这么久？"许夫人问道，"是何总吗？为什么他不来店里？"

曹晟康将下午的事告诉了他们，众人一阵羡慕嫉妒恨。

"老曹，你知道，让何总那种人邀请上门服务'他的朋友'，这可是多高的肯定啊，你要知道，'他的朋友'，哪个不是手里捏着几十亿以上的资金，分分钟百万千万上下的那一种的人，哪个都开罪不起的人啊，一个服务不好，就可能断了天文数字一般的生意啊。那位何总，那是真看得起你啊！"老刘无比羡慕的语气说道。

"哼，有名气的人，就是不一样。"李晓东酸酸地说道。

曹晟康还在回味老刘说的话，压根儿不去理会李晓东释放的酸味。

"曹晟康，以后就算外勤，也不能去这么久，店里有店里的生意，都像你这么往外跑了，别人还以为我们店里都空了呢！"许夫人说道。

你这摆明是针对我嘛！平日里看在许老板和钱的面子上，一直忍着，此时一股气上来，曹晟康脱口回嘴道："我又不是天天往外跑，况且我出外勤，也是给店里带来业绩，大家都是一起受益的，又不是我一个人私吞。"

"哼，谁知道你有没有私吞，也许你做了十个人，回店里只报两个人。"李晓东说道。

"我出勤都是有时间记录的，除了路上和吃饭时间，做了几个钟，都计算在内，我怎么私吞？"曹晟康怒道。

"你总说路上兜圈费了时间，也许打个车就过去了，那段时间用来偷偷做钟呢……"李晓东又说。

第四章 大洋洲：黑工

"李晓东，你这过分了，你以为谁都像你一样，事事都抠成这样啊。"公道刘出来说话。

"老刘，你怎么总是帮着曹晟康那家伙。"李晓东不忿。

老刘说道："我只是说公道话而已。"

"曹晟康，下次出外勤可以，但是太长时间的话，我会相应扣你工资的，懂吗？我不能因为你一个人搞特殊，对其他人就不公平了，这里人人都要靠劳动吃饭的，不是你一个人，懂吗？"许夫人义正词严说道。

曹晟康点头，不再说话，转身回房时，默默叹了口气。

为了钱，必须忍！

之后，但凡何总来了邀约，曹晟康都会当出勤外务过去，好在他也看不见许夫人那带刺的眼神，眼不见为净。按时间钟点数赚得的钱，悉数上报，只不过丰厚的小费，自然是收入自己囊中。

有时，许夫人也会介绍一些朋友安排曹晟康去推拿服务，但是曹晟康见他们都很吝啬，老要自己给优惠，相比何总那边朋友，那给的才是豪爽，于是时常也以"事先和何总那边约好，不好推脱"为由，推却了许夫人这里的安排。许夫人不敢得罪何总，敢怒不敢言，这让曹晟康心中暗爽。

终于到了一个月，结算工钱的时候，曹晟康欣喜不已。不用看账目，他心中早就有数，按五五分成，自己做的业绩计算，这月收入可是有好几万人民币呢！能给卧床的母亲多买些好吃好用的，之前的辛苦，都是值得的。

结果，当许夫人把工资发他的时候，他傻眼了，折合仅有区区数千元人民币，和预计的相差简直十万八千里了。他立刻去找许夫人。许夫人把账目摊在他面前。

"你自己看。"许夫人一副不想理会的语气，又说，"哦，对了，你是瞎子，看不见，算了，要我一一读给你听吗？"

当然要，我就是来和你对账的！曹晟康心想。

许夫人"切"了一声,开始从头开始报,每天几点到几点,做了几个钟。

一开始连续报了几天的账目之后,曹晟康早已经将头摇得跟拨浪鼓一样。

"不对不对,每一天都少了好多,少算了好几个钟呢!"

"这里账目记得明明白白,怎么会有错?你是脑袋记错了!"许夫人说道。

曹晟康依旧摇头:"我不会记错的。"然后指着其中一天说道,"这些天,我都从早上一上班,就做到晚上关门,做到我手都发抖了,大家都能做证的。"

紧接着,曹晟康像计算机一样,开始背出每一日的账目:

"12月21日,5个钟;12月22日,6个钟;12月23日,6个钟……1月4日,10个钟;1月5日,12个钟;1月6日,9个钟;1月7日,13个钟……"

许夫人傻眼了,她哪里知道,曹晟康是瞎子吃馄饨——心里有数,本身就急需用钱,对每一笔收入都格外在意。他用于弥补失明的记忆力更是超于常人,这些许夫人又如何能想到?

"那都是你脑袋里记混了的!"许夫人打断了曹晟康,不想再继续理论的语气说道,"账目记得清清楚楚,我只按照账目上记得来做。"

"那都是乱记!"曹晟康大声说道,他已经生气了,平时再怎么忍气吞声被他们欺负,就是为了这些钱,可没想到这黑心的老板娘竟然在这钱上和他玩手脚。曹晟康很懊悔没有每天检查登记的账目,可是他一个盲人,又如何能做到呢?

"就算按这个钟点数字算,也不只这么少,之前说好的,五五分成,我的每个钟至少是按60澳元计算的。"曹晟康心算极快,发现那账目还不只是时间数目有问题。

第四章 大洋洲：黑工

"谁和你说过'五五分成'的？谁和你说过每个钟至少60澳元的？凭什么人家每个钟才四五十，你一个钟要六七十？这是按四六分成，每个钟算你50澳元，在新来一个月的员工里面，你已经算是最多的了，按四六分成，每个钟分你20澳元。还有，你这个月缺勤时间太多，根据规矩，也必须相应扣掉一些工资，不然大家都觉得不公平。"许夫人说道。

"你这个奸商！说一套做一套，没有任何信誉可言！"曹晟康知道这样和不怀好意的大灰狼理论下去，就实在是太天真的，愤怒的他指着许夫人的鼻子骂道。

他委实不会想到，许夫人竟然会不要脸到这个地步，之前说好的，完全不认账。自己竟然还一度如此信任他们，过程中完全没有检查或者质疑。

店里其他员工，没有一个上来帮曹晟康，曹晟康也知他们绝不会为了自己而出头触怒老板的，都是一群胆小怕事的缩头乌龟！

曹晟康用何总给他买的手机，拨打许老板的电话，当着许夫人的面，气呼呼地向许老板报告账目的问题，需要许老板回来为他做主。

"曹晟康，你有种！"许夫人咬牙道。

过了两个多小时，许老板姗姗归来，先说了一通许夫人的不是，有什么大事，要和人吵？许夫人委屈地说是曹晟康蛮不讲理。

许老板再转向曹晟康，满脸堆笑，和蔼地拍着他的肩膀说："曹兄弟，你不要生气，我看过账目了，上面倒是记得很清楚，可能有一些错漏，但之前没有及时纠正，现在也实在不好说什么，如果都来凭记忆修改账目的话，他们每一个人都说自己少记了几十个钟，那你说，你还让我的店开下去吗？只能关店了不成？"

"我……"

"这样你看成不成，今晚我请你吃顿好的，算是给你赔罪，另外再多给你一些奖金，先多多包涵一下。晓青（许夫人的名字叫马晓青）也是管理

这家店的经理，平时管理手下这么些人也不容易，算是给我个面子，不和她计较了。我知道你的技术，肯定比他们都强太多了，但毕竟你才刚来嘛，还是要在大伙之间混下去的，总不能你一开始的价格就比最资深的员工还高吧？没办法，毕竟社会就是这样的，有能力是一回事，有团结相处的高情商又是另外一回事，你说是吧？就你赚得最多，其他人不会嫉妒你吗？不会在被背后给你穿小鞋吗？相信我，老曹，我们都是赚大钱、赚长远钱的，不要被眼下一点小利益迷惑，因小失大啊。"

说得曹晟康再不好意思争辩下去，想想之后还是要在这个店里赚钱，此时急切需要钱，不能再像以前那样，随性一走了之。大不了吸取教训，之后多注意一些，每个账目都要仔细核算。

所谓贪婪，就是想得到不属于自己的东西；而所谓吝啬，就是想守住不属于自己的东西。

"凭什么！"曼丽愤怒地叫道。她从外归来，听说了曹晟康的账目事件，义愤填膺，"那可是你辛辛苦苦的血汗钱，这一个月，你是如何挨过来的，大家可都是看在眼里，她马晓青也好意思这样克扣你的工钱，她还是人吗？老许也是熊包一个，老婆说什么他都不敢违逆，他是好男人了，我们还跟着他吃饭呢！"

曹晟康见只有曼丽肯为自己说话，心中已经很感动，也很安慰了，叹了口气："谢谢你，曼丽，但是算了，我毕竟不是长期在这里的人，不受待见也是理所当然，唉……"

"屁的理所当然，就是因为你们这样忍气吞声，才会助长那个女人嚣张的气焰！"曼丽大声道。

当晚，她跑到店里，与正在核对当日账目的许夫人马晓青理论，为曹晟康打抱不平，引得众人都侧目观看。她们两人吵架，已不是第一次了，所

第四章 大洋洲：黑工

以甫一交锋，就跳过热身，直接进入了白热化进程。

许老板闻讯赶来分开二人。今天他也是焦头烂额，尽是赶回来处理烂摊子。对付两个都不好惹的女人，更是让他头痛。最后两女人还分别指着他骂了一番。许夫人虽然自己也骂丈夫，但看见丈夫被别的女人骂，又是不忿，反过来再骂曼丽，凭什么骂她的老公。

这场争吵没有实质性的结果，曹晟康并没有因此争得应有的利益。曼丽气得就往外走，临走时，拉上了曹晟康。

"今晚你在这里也不好待了，不如去我家吧。"

之前曹晟康也曾在曼丽家寄宿过，于是，他还是知会了许老板一声。许老板正烦躁着，巴不得曹晟康这个争吵源头消失，他好平息夫人的怒火，于是不耐烦地挥挥手同意曹晟康今晚先去曼丽那里住。

曼丽一边开车，一边还在骂着许氏夫妇。曹晟康心中虽然感激曼丽，但想到今晚大家的关系都撕破了，之后该要如何相处呢？想想就是尴尬。

次日，曹晟康又回到店里上班，但接下来两天里，另外一名老资历的员工与老刘都分别提出辞职，任许老板和许夫人如何挽留，都没有同意留下来，也未说明去向。

这让大家比较震惊，许老板也是无论如何也想不通。如果说曼丽或者其他人说辞职，大家都觉得理所当然，因为平时和老板娘的关系并不是处得很好，但是要说老刘有什么离开的理由，大伙儿还真想不到。这位被人称作"公道刘"的老员工，在这里可是已经混迹了好多年了，虽然技术不是非常精湛，但是和任何人都处得来，也不得罪人，和老板夫妇的关系也都很好，平时几乎都是他在充当和事佬，说"公道话"协调员工关系，深得老板信赖。

也没有听说他和老板之间有利益利害的冲突，怎么会忽然提出辞职呢？

大家最后猜测，难道是他为曹晟康和曼丽的事而对老板产生了义愤？难道"公道刘"平时看着是一个不敢出头的烂好人，实际上却是一个爱憎分明的好汉子？

之后，曼丽又与许夫人在办公室的小房间里吵了一架，虽然她们将门关着，但是在按摩厅里的众人，依旧能听见穿墙而出的两个女人的尖叫嘶骂。

晚上在曼丽家吃晚餐时，曼丽的神色不对，语气也显得不是太开心，曹晟康料想与白日里的吵架有关。

曼丽说，她今天被炒鱿鱼了。曹晟康大惊，急问原因。曼丽说，许夫人那个贱女人，说什么没经过同意，就擅自把曹晟康带回家里去住。

我去，这还是因为我了？曹晟康感到许夫人极其不可理喻，收留我，还惹到他们了？这就要让曼丽辞职，摆明是"欲加之罪，何患无辞"嘛！

曹晟康一拍桌子，站起来叫道："我去和她评评理！"

曼丽连忙阻止她，无力的语气说道："算了。"

曹晟康黯然。这可不是曼丽曾经表现出过的神情。平时的她，总是风风火火，虽然不能说思虑周全，但却是积极向上，充满热情，却没想此刻一副颓然之样，显然是受了极大的打击。

曹晟康开了啤酒，说着安慰的话。渐渐喝开之后，曼丽恢复了往日的豪情，开始各种数落许夫人，连续骂了几个小时，曹晟康也陪着她骂。

之后，许老板登门挽留曼丽，但是曼丽却已经想通，说除非许夫人亲自来道歉，并要按照曹晟康的要求，补齐所有亏欠的工钱。这摆明就是让许老板难做了，光是许夫人承认错误这一点就是不可能办到的事。曼丽正在气头上，又喝了酒，豪言一拨一拨，无所顾忌，许老板只能灰溜溜离开。

翌日，曼丽真不再去店里了。而曹晟康依旧要去，他需要钱的事实没有改变，还得继续干活养家糊口呢。

许老板看见曹晟康，非常高兴，先试探了曼丽的情况，然后极力讨好

第四章 大洋洲：黑工

曹晟康。他确实多发给了曹晟康一些奖金补助，虽然相较于原本曹晟康应得的依旧相差甚远。然后他要曹晟康答应，不会离职，并承诺要给曹晟康加薪。

这一回，曹晟康留了心眼，要许老板写下白纸黑字，以免之后许夫人抵赖。许老板虽然不是太乐意，但眼下先保住曹晟康这名有着好手艺的得力干将才是，否则店里的老手一个一个走了，自己也赚不到钱，要去喝西北风了，昨晚他也说了自己老婆一通，当然，许夫人即使意识到自己做得有些过分了，但嘴上是绝对不会服软的，许老板反而惨被训斥一顿。

"有些人，只看见钱，见利忘义的小人，连恩人都要抛弃。"李晓东又在一边和其他同事说风凉话。这次他不敢大声，叫许老板听见就不好了。

曹晟康心中确实对曼丽有亏欠。李晓东说得是，曼丽与老板夫妇吵架而离职，至少导火索是出自他，曼丽也是为他出头以致如此境地。按道理，他曹晟康应该站在曼丽一边，随她而去。但曹晟康太需要钱了，为了钱，他只能暂时留下。

曼丽很是理解，面对曹晟康的歉意，她反来安慰曹晟康："等我一找到新的事业落脚之处，就来接你过去，免受那只母老虎的晦气！"

曹晟康感激涕零，他拿出自己的一个护身符，那是他在泰国、印度、缅甸行走时就一直戴着的，上面有观音，是戴在脖子上的，曹晟康恭敬地从自己脖子上将护身符取下，虔诚地送给了曼丽的女儿，保佑她一生平安。

曼丽和老公马克都直说不能接受这么贵重的礼物，但曹晟康坚持要送，以表达自己对曼丽的感激之心。

曹晟康依旧寄宿在店里的宿舍。随着老刘、曼丽的离职，相继有人离去。这里员工本就不多，一时房间床位都空了不少。老板夫妇住在店里的时间越来越多，处理按摩店发展的相关事宜，他们十五岁的大儿子吉米，十

岁的小儿子汤米，也都住在了店里，方便照顾。

吉米爱好打篮球，开朗好动，正值青春叛逆期，平时在店里，倒是和说话最直的李晓东最是要好，大概是李晓东自己本身也年纪不大。两人在篮球上亦是气味相投。

曹晟康有一双在美国买的名牌运动鞋，自己很是珍视，平时都舍不得多穿，即使穿的时候，也是小心翼翼，生怕有什么损伤。澳大利亚这里正值夏天，店里许多人平时都穿拖鞋，曹晟康也随着穿拖鞋，那双运动鞋在擦洗之后，放在通风处晾了两三天，放着也一直没有收进来。

可是，当曹晟康再去收的时候，找不到了！四处寻找，也没有找到。自己只能靠摸，是不可能找到的，于是让同事帮忙，李晓东自然懒得搭理曹晟康，其他人则摇头都说没看见。

伴随着一声一声的篮球着地然后反弹起的声音，吉米兴奋地回来了。他刚打完篮球，看那飞扬的眉梢，看来是大胜归来，立刻去找晓东，详述自己在场上如何连续三分球绝杀对方。

曹晟康却耳朵一亮，那声音！他听见吉米蹦跳着往屋里走，那脚步一起一弹，空气被气垫很顺畅地挤压出来，反作用力将人的身体向斜前方弹起……

那是我鞋子的气垫的声音！

曹晟康对声音的辨识度，那可是相当敏锐的，何况是自己最珍视的一双鞋，对于那双鞋的所有特性，包括发出的声音，在他心中都如数家珍一般清晰明了。

他立刻欣喜若狂地闻声朝那双球鞋扑了过去，将吉米这个再过三年就要成年的大男生，都吓了一跳。曹晟康找了鞋子良久不得，此刻忽然得知下落，喜极之情，可想而知。

"吉米，你穿的那双鞋不错吧，那是我的。"曹晟康也发觉失态，立刻站

第四章 大洋洲：黑工

起来说道。

吉米正要回应，却不知后面突然冒出来一个人影，抢在吉米开口之前，大嗓门吼了一声："那就是我儿子的鞋！"

包括李晓东、吉米在内的所有人都被这一声吼叫给惊动了，循着声音的源头看了过去。

好一会儿，吉米才撇着嘴说道："妈，你从哪里冒出来的？吓死人了！"

许夫人不理会儿子的发问，看着曹晟康，舒缓了一口气，说道："曹晟康，那是我儿子的鞋子。"

曹晟康没想到许夫人刚才明明在里屋的办公室里，对自己要找寻鞋子的困难充耳不闻，此刻却忽然蹿到按摩大厅里，难道自己的一句问话，有什么魔力，直接把房间里的许夫人给硬生生拽了过来？

"我记得我的那双鞋子的声音。"曹晟康和许夫人解释，然后描述自己丢失鞋子的品牌和样子。"是黑色外皮的，据说上面的 Logo 很大的。"

周围的人都看得清楚，曹晟康描述的鞋的样子，正和吉米脚上穿的鞋子是一致的。

吉米正要回应曹晟康，许夫人又抢在他的前面，说道："我老公也给我儿子买了一双一样的鞋，这世界又没规定，只有你曹晟康才能穿那样的鞋，别人就不能穿了吗？"

曹晟康嘴角一笑，说："也就是吉米脚上的鞋，正是我说的那一双吧？"

许夫人说："只是款式一样而已，我儿子也有一双。"

曹晟康没有直接对许夫人说话，反而向吉米问道："吉米，你的这双鞋是你的吗？款式虽然一样，但大小却不一定吧。我是大人，脚和别人比，是偏大的，你能不能看看那鞋是几码的？我是 41 码的。"

"唉，我说曹晟康，你这个人也真是，难不成我儿子还蹭你的鞋不成，也不看看自己是谁。"许夫人斥道。

"老板娘，我也不和你多说，那鞋子是不是我的，只要我试一试，穿在脚上合不合适，大家都一目了然，最清楚不过了。"曹晟康耐着性子说道。

　　"鞋子怎么能让其他人随便穿，要是你有香港脚，传染给我儿子怎么办？"许夫人说道。

　　曹晟康眉头皱起成倒八字，许夫人的话在他听来，简直是侮辱至极。他咬牙了一番，深呼吸了一口气，仿佛吞下了一大口的怨气，然后说道："吉米，还是让我来比对试试，你妈妈说得对，我有脚气，万一穿错了，传染上你了，你以后可就麻烦了。"

　　"你说什么？你真有脚气！"许夫人大惊，脱口叫道，却忽然发现，自己这么一叫，显得太过心虚了。

　　吉米已经脱下鞋子，递给曹晟康，说："你试试，我刚打完篮球回来，里面比较热。"

　　曹晟康却不在乎，蹲下身套在脚上一比对，刚刚好。这回没话说了吧？

　　许夫人见状，只得说："我儿子那双鞋，可是新买的。"

　　曹晟康找回爱鞋，心中开心，说道："我的也是新买的，才穿了两个月，平时都没怎么舍得穿呢。"

　　许夫人也不给对话来一个结尾，转身就回办公室继续处理账务。众人见没戏看了，对于这种牵扯到老板娘的事，当面也不好围观议论，于是散开各忙各的。

　　曹晟康见爱鞋因为吉米打篮球而有所损伤，想到自己平日里都不敢这么折腾爱鞋，不禁有些心疼，拿着一块干净的布，反复轻轻地擦拭，并且放在通风处，将吉米刚刚打球，积累在运动鞋内的热气与汗水散去。即使在晾晒通风过程中，曹晟康还是时不时跑过来抚摸一番，显得怜爱有加，可见爱鞋之甚。

　　晚上，他将重新弄干净的鞋子，很细心地放在专门的鞋盒中，推到了

第四章 大洋洲：黑工

自己睡觉的床铺底下。

我亲自看着它们，这样总该安全了吧？

过了两日，许老板来店里，接曹晟康出外勤，上门为一个好不容易拉来的客户推拿按摩。那个客人对许老板很是重要，一定要让其享受到好的服务才行。他环顾店里，这时候，能担得起这重任的，只有曹晟康的正宗推拿正骨技术了。于是，许老板亲自点将曹晟康上马出战。

曹晟康也是过来人，心知肚明这种外务的重要性，当然，这对他来说，也是一个机会。他喜欢交朋友，和他们聊天，让他们知道他曹晟康的往日事迹，这是一个拓展人脉的好的开始。于是，他答应过许老板后，回房稍作准备。许老板心中焦急，但此刻曹晟康对他来说是能取敌方首级的"上将"，不敢怠慢，只能在门口，一边抽着烟，一边小步跺着地面等待着。

曹晟康回房，换了件能上得了厅堂的衣服，然后弯腰到床底，抽出那双爱鞋的鞋盒。这场景，就像是古代的将领，要赶赴人生重要的决斗，而祭出了自己平日里保养珍藏的秘密武器。

曹晟康打开鞋盒，取出爱鞋，慢慢套在脚上，他感觉，从鞋子里发出的力量，正在注入身体之中。曹晟康就要"武装起来"了。

突然，他眉头一紧，穿了一半的鞋子，忽然从手中脱出，掉落在地上。

这，这双鞋，不是我的！

曹晟康的脑袋，立刻飞速转动起来。前两天，他将鞋子拿回清洁之后，是再三确认了才放入鞋盒之中，绝对不会错的。之后自己就一直没有碰过这双鞋，一直放在床底下。而现在拿出来的，却不是自己的那一双，尺码不对嘛！

曹晟康又仔细摸一摸，没错，连表皮的新旧程度都不一样，自己的那双是一双接近崭新的鞋，只是两日未穿，怎么可能老旧到这种地步？况且，

连鞋带都已经不一样了，曹晟康更加确认，特么的，鞋带打结穿洞的方式也不一样。之前还在心中反复确认，可不敢弄错了，现下已经完全确认，再肯定没有了。

他心中已经猜到八九分。八成是许夫人所为。肯定是那女人因为上次事件而耿耿于怀，这次又来搞事情。她每天上班都比我们晚，又打扫房间，八成是她偷偷替换掉的。

曹晟康出了房间，和大门口的许老板说自己找不到鞋子，那双鞋不是自己的，穿不上去。

许老板听了想哭，催着曹晟康说："我正焦急着呢，随便先穿一双鞋就好了，回来再找！"

曹晟康坚定地摇摇头，说："我外出，都是穿着那双鞋的，总不能穿着拖鞋出去，太不礼貌了。"

许老板说，你只有一双运动鞋和一双拖鞋吗？

许夫人果然这时应声而出，怒道："家里就这两双黑色的运动鞋，那双就是你的！"

曹晟康见她恶人先告状，自己反而镇定下来，说道："老板娘，你生什么气？我又没说是你故意拿错的⋯⋯"

"什么故意拿错？你再说一遍，神经病，我拿你鞋子做什么？好像我还贪你一双鞋子一样，说出去都给人笑。"

"这可能是一场误会，吉米今天是不是去比赛，又穿错了？"曹晟康说道。

"不会！"许夫人斩钉截铁，一口咬定，曹晟康手中那双鞋，就是他自己的，"你都拿在手上，还会是别人的？"

曹晟康说："老板娘，你讲不讲理？我合不合脚，我穿不穿得上，自己还不知道吗？"

许夫人依旧不认。许老板在门口用力闭着眼，双手把脑袋上那不长的

第四章 大洋洲：黑工

几根头发都抓揉得凌乱不堪，听不下去了，自己进了屋子，在里面翻腾着。

"你干什么？"许夫人冲丈夫吼道。

许老板头也不回地继续找着，口中怒道："你看不见吗？找鞋啊！因为一双鞋子，大客户都要丢了，到时候没饭吃，大家一起喝西北风去！"

曹晟康心中有亏，但他依然紧抿着上下唇，决定这次强硬到底，他最恨别人欺负他。

"找什么找，你傻啊？那双就是他的，他无理取闹，你倒好，还帮着外人来欺负我！"许夫人愤怒说道，"这瞎子也是神经病，为了一双鞋，害生意黄了怎么办？"

曹晟康听了，心中愈怒，语气却是愈镇定："今天找不到鞋子，我就不出去。"

"我回来了！"吉米蹦跳着回来了。

曹晟康听见他回来，心中一喜，再一听，却是一阵失望。他本以为吉米回来了，就能让他把脚上的鞋子还给自己。但仔细一听，今天吉米脚上穿的，却不是那双运动鞋了。

"你们又怎么了？"吉米看见在宿舍的门口，爸爸妈妈，还有那个盲人大叔都在，心中猜想，肯定又是有什么事情了。

"不关你的事，你先回房做作业！"许夫人语气不耐烦地说道。

"做就做，吼个屁啊！"正值叛逆期的少年，吉米对他妈妈，可不吃那一套。他赌气回了自己所在的房间，却依旧在偷偷听着旁边大人的争吵，立刻明白发生的事情。

"这里的大衣柜里也有一双！"吉米忽然大声说道，"黑色的运动鞋。"

许夫人赶过去，压低声音说："你不要乱说！"

吉米说道："我哪里有乱说，你自己看啊！"说着，他扬了扬手中提着的黑色运动鞋。

"那应该是我的鞋子了。"曹晟康循声走过来。心中想,鞋子会从自己的床底"飞"到另外一个房间的衣柜里,果然是你这个老板娘在从中作祟。

"这双是小尺码的,是我小儿子汤米的。"许夫人将鞋子一把抢过来说道。

"妈,这明明是双大鞋,怎么会是汤米的?你瞎啦?"吉米笑道。

"你闭嘴!"许夫人扭头吼道。

吉米见母亲发怒,住口。

曹晟康趁机夺过那双鞋,迅速穿在脚上试了一试。

"正刚好!"曹晟康高声说道,"这就是我的鞋!"

"好了好了,鞋子找到了,曹晟康,我们走吧。"

许老板早已经不耐烦了,既然鞋子已经找到,他也知道夫人的用意和脾气,再也不想多费唇舌,将曹晟康直接往外拖走。背后传来一阵许夫人用力的摔门声。

经历这一风波之后,曹晟康心中开始打鼓,再次有了离开的念头。

许夫人对自己是再没有好脸色看了,处处找茬,没有一日安宁日子,要么就是冷暴力。唯一能依靠的,只剩下许老板,但曹晟康发现,许老板也就是一个"油子",光会嘴上忽悠人,说漂亮话,一到实际,就什么都做不成。他表面上会说公道话,但实际上不敢违逆易怒的老虎夫人,每次都是偏帮夫人,欺负自己。时常还在曹晟康的面前说,你的技术非常好,在我们这里是最好的,我真想把你的招牌亮出来大肆宣传,客人肯定多,可惜你是旅游签证,被发现就会当作是"黑工"来查了。

曹晟康心想,吹,继续吹。一次两次我还会信你,说多了,再信你,我曹晟康就不只是眼睛瞎,连心都瞎了。

促使曹晟康下决心离开的,是某一天夜里,他起床上厕所,听见了本

第四章 大洋洲：黑工

不应该听见的对话。他本就看不见，黑夜对他来说，并没有多大的影响。所以有时候半夜里起来上厕所，正常人都需要开灯，发出一些动静，曹晟康却能像一只灵活的夜猫一般，在黑暗中行走自如，悄无声息。当他在走廊上时，听见了隔壁房间，还未睡下的许氏夫妇的对话。

曹晟康听着声音，就能想象到那画面，许老板正在他那张胖脸上堆出平日里迷惑顾客的那油腻到死的笑容，对自己的老婆说："我当然是帮你的啦，不帮老婆，难道去帮那个瞎子？瞧他平时那嚣张样儿，就凭着自己那推拿功夫稍微强一些……瞧我整不死他！"

一瞬间，曹晟康对这个地方，心灰意冷。他不是怨许老板偏帮许夫人，那无可厚非。他是觉得恶心，许老板实际内心对他这双眼看不见世界的瞎子的真实态度。

他想大声咳嗽一声，惊吓一下那对狗男女。但终究还是作罢。这对无耻之人，只是徒劳罢了。曹晟康不愿意再当小丑了，依然默默，悄无声息地回了房间。

一如预料，面对曹晟康的辞职，许老板一阵惋惜，热烈挽留，许夫人冷漠克扣工钱，自然，事先许老板说好的、即使写入白纸黑字的加薪分成，他们也都有办法以经营不景气的理由赖账，最终，曹晟康也只拿了很少的钱。

他不想再和无赖多说一句话，收拾行囊，便往外走。

背后，许老板在远处喊道："老曹，不急着走，再多留下来吃个晚饭吧！"

曹晟康没有回头，没有回应，他忽然感到，迎面吹来的和风，一股久违了的，轻松自在。

色 戒

【2015-2-2　澳大利亚　赫施维尔—澳大利亚　阿米戴尔】

因为一心只想着赚钱，曹晟康几乎忘记了，自己还有一个环游世界的梦想，虽然来到了地球这一侧的大洋洲，却几乎天天窝在一间小小的按摩店里，过着抬头接着低头不断干活的日子。不知不觉，日用品都越积越多。

曹晟康将一些不必要的东西都舍弃，只拿上旅行必需的物件，重新轻装上阵。

他与之前长期服务过的回头客告知了自己离开的消息，然后乘上火车，前往远方的城市。曹晟康，从今天起，重新变回了一名游侠。他先去了赫施维尔，然后又去了阿米戴尔。曹晟康有了经验，每去一个地方待，他就会去找当地的按摩店落脚，好像一名行脚僧一样，一边游览当地，一边还能赚取金钱，两不相误。更因此能通过推拿按摩，结识当地的客户朋友。

曹晟康一工作起来，就会十分积极与踏实，一工作就是一整天，往往十个小时下来，腰酸背痛，但是接受服务的客户，都会感到全身舒服，神清气爽。

【2015-2-10　澳大利亚　沃加沃加】

曹晟康乘坐火车来到下一个内陆小城市沃加沃加。他记得，早年在泰国行走时，曾遇见一个残疾人，叫小胡，是卖艺的，曹晟康的记性很好，他似乎就在澳大利亚的这个城市。他想到，既然来到这里，就干脆去寻找小胡，来个故人在他乡偶遇，岂不乐哉？

两人当年都没有留下联系方式，于是，他努力回想之前和小胡接触的

第四章 大洋洲：黑工

片段话语，根据推理，去寻找他的住所，由于不赶时间，这样反而让曹晟康觉得颇有探险的趣味。

一路打听，曹晟康终于找到了目的地。他记得，小胡说过，他那位缅甸国籍的女朋友，叫阿香吧，是在这间饭店里做厨师。

走近时，听见有一个女人在门口朝自己喊："吃饭吗？吃饭吗？"原来是以为曹晟康是来吃饭的。曹晟康上前询问，那人竟然就是小胡的女友阿香！真是意外的巧合啊！

阿香热情地将曹晟康请进了饭店，曹晟康要了瓶啤酒，还有半只鸭子，两碗米饭，一路颠簸，旅途劳苦，却寻到了要找的人，此刻胃口大开，不禁狼吞虎咽起来。店里客人不多，阿香坐在曹晟康的旁边，和他聊天。曹晟康得知小胡已经回中国好一段时间了，说要回澳大利亚，一直没回来。

阿香很健谈，很开放，一点没有面对陌生人的生疏和忸怩，曹晟康心中不禁暗赞，不愧是在饭店里当班的女人。

酒足饭饱后，她问曹晟康需要帮助吗？曹晟康苦苦寻来，自然需要有人帮忙，于是说，想去超市买点面包什么吃的。

阿香说，她早上九点到晚上九点都没空，但可以介绍她的外甥女下班以后七点钟左右，带曹晟康去超市买东西。她还很热心，和曹晟康说，她会中文，所以曹晟康有什么问题都能和她说，在这里有她在，就不用担心被人骗了，并且告诉曹晟康许多要注意的地方。

曹晟康很感动，表示感谢，笑着说之后去超市买了东西，请她喝两瓶啤酒。

傍晚，曹晟康"见"到了阿香的外甥女小楚，小楚年纪小，感觉高中刚毕业，是个大学生吧，并不怕生，很是活泼，她带着曹晟康去过超市，两人又回到阿香的饭店，这时，阿香提出，让曹晟康请她们吃饭。

曹晟康本来正想拿出多买的两瓶啤酒表示答谢，一听如此说，就不好

意思拿出了，略微犹豫了一下。他是比较豪爽的人，但不喜欢有被人胁迫才做事的感觉。如果他主动请，倒也没什么，但阿香此时提出的语气，就好像在说：我们带你去买东西了，你就应该（必须）请我们吃饭。

"不好吃的我们还不吃哦！"阿香说道。

"嗯嗯，去吃海鲜吧！"小楚兴奋地说道。

曹晟康心中咯噔一下，心里暗想，没有事先了解一下，当地海鲜的价格。但他是很要面子的人，在两女人面前，哪好意思表现自己小气？

于是，小楚选定了附近一家稍微高档些的海鲜餐厅。这种餐厅，是曹晟康平时一个人，绝对不肯奢侈享受的档次。

阿香说："你们先去点菜，我待会儿提前下班，就过去，我带上我女儿。"

小楚也叫道："把我女儿也带上，她整天吵着要吃海鲜大餐，简直烦死了！"

"好的好的！"阿香笑道。

曹晟康心中又是一个咯噔，想起前面在超市的时候，小楚也拉着自己逛这逛那，说想吃这个零食那个水果，包括家里要炒菜的食用油，都让曹晟康垫付了钱。之后，可是绝口再不提还钱的事。

一路上，小楚一直在夸奖曹晟康，倒是让他很是受用。她挽着曹晟康的手臂，身体与曹晟康贴得紧密，不时让他有些异样的感觉。

到了餐厅后，小楚更是兴奋，很麻利地叫来餐厅老板，点了什么龙虾帝王蟹，听起来都是这里顶贵的玩意儿，听得曹晟康在一旁心惊肉跳。

不久，阿香带着自己上小学的女儿，还有小楚年幼的女儿都带来了。小楚有意贴近曹晟康，在他耳边轻轻调皮："我女儿小，不懂事，不会妨碍我们的！"

妨碍……妨碍？曹晟康想不通，心中只是肉疼这一大餐的饭钱。

席间，阿香和小楚大快朵颐，曹晟康却没有胃口。阿香不住地将话题

第四章 大洋洲：黑工

引到，她这个外甥女——小楚，长得是有多么可爱，有好多男生追，巴拉巴拉的。曹晟康自然是看不见，只能听她的声音，嗯，小楚的声音听起来还是很甜很嗲的。

这一顿海鲜大餐，花费了曹晟康将近一千元，曹晟康听见这个数字的时候，脑中甚至生出了一个念头——逃走！反正自己几乎都没怎么吃，主要都是这家人在吃。但他知道，自己一个盲人，想逃也逃不掉。关键是小楚又紧紧挽着曹晟康的手臂，在他耳边发出嗲声嗲气的声音，他心都软了，像吃了迷魂药一样将身上的现金都付了饭钱。

出了餐厅，小楚勾魂的声音问道："曹大哥，今晚要人家去陪你吗？"

嗯？曹晟康一开始心还是放在晚餐费用上，没有转过来，此时猛然一想，不对，她是想要做什么？再回想她一直紧靠着自己，与嗲气的说话暗示，难道是……

他连忙挣脱开小楚，忙说不用了不用了。

小楚和阿香又表示，今晚和曹晟康认识好开心，还想再去哪里的KTV包厢坐坐。两个小孩事先先送回家。小楚更是暗示，就算只要她一个人陪都行哦！

曹晟康心惊肉跳，他此时在乎的不是美色，只想到，好家伙，那样玩，自己可没有钱来奉陪了，所以不管阿香小楚再如何软磨硬泡，曹晟康铁了心不去。

此时，阿香忽然生气翻脸，说："平时我们带男生出去玩，都是要给小费的，你既然不想去了，那再给我们打的回家的钱，就40澳元吧！"（40澳元，折合人民币207元。）

好家伙，终于暴露出本性了！曹晟康在心里说道。脸立刻也拉了下来。他终于反应过来了，这两个女人，就是专门套陌生男人钱的女人。假意接近男人，先与男人套感情，然后拉着男人去购物，去吃大餐，尽是买最贵的东

西，点最贵的饮食。

猛然回想起之前小楚进入餐厅，和餐厅老板点餐的交流细节……她们一定与店铺、餐厅的老板早就熟识，消费了那些东西之后，她们是可以拿回扣提成的！之后如果去了KTV包房，那时候，随便点一瓶酒，就足以花光曹晟康的所有钱，而他曹晟康，双眼看不见，根本无从招架。

想到此，后背发凉，感觉这世界都是陷阱。脑中又想起白日里阿香在餐厅很热情体贴地和他说各种需要注意防骗的地方，敢情那些也都是和自己套近乎的手段，更觉得身旁两女人都是人面蛇心。

小楚在旁边，似乎看出曹晟康将要发怒，于是说："算了，就20澳元（折合人民币103元）就好了。"

曹晟康此刻一分钱也不想出了。

这不是敲诈勒索吗？我就买了个50元人民币的东西，她们就让我请吃饭，花了快1000元，打的还要再向我要100元、200元的，我图个啥？我一个盲人，又没什么钱！

所谓请神容易送神难，最终，曹晟康挨不过她们一个黑脸一个白脸的软磨硬泡，总觉得大街上所有人都看着他们三人，会产生误会，于是，还是给了她们20澳元，终于将她们打发了。

独自返回住处的路上，止不住回想过程种种，更是懊悔不已。自己为能得到他人主动献上的帮助而窃喜，却也同样会为此付出相应的代价，天下果然没有免费的午餐啊。曹晟康仰起头，看着，他看不见的星空。

轻信别人就是欺骗自己。

【2015-2-12　澳大利亚　沃加沃加—澳大利亚　堪培拉】

过了两日，曹晟康收拾行李，乘上火车，前往下一处城市，旅行就是换一个地方的一种生活，对于旅行的路途，他乐在其中。

第四章 大洋洲：黑工

在火车上的时候，他遇见了一位二十七岁的香港女孩南希，她听说曹晟康盲眼旅行的事迹，很是佩服，当即赠予他50澳元（折合人民币260元），曹晟康很是感激，心中更是受到了鼓舞。

正与南希聊到开心之处，忽然收到一条信息，是一个陌生女孩添加他的微信，曹晟康不疑有他，以为也是仰慕他事迹的粉丝。

却没想到，对方上来先问他："交个朋友嘛——您需要小姐吗？我们聊聊天吧！"还说了许多暧昧诱惑性的话语。

要知道，曹晟康是看不见文字的，即使是信息，全都是靠手机的盲人专用软件，将文字信息转化为语音。这语音忽然从听筒中发出，虽然火车上的旁人是听不清楚，但曹晟康却觉得异常尴尬。

他冷静一下，很果决地回答道："不需要，谢谢。"

对方听见了曹晟康的拒绝，却没有退却的意思，信息语气忽然转变了画风，同时发来一张图片。曹晟康看不见图片，但对方告诉他，那些照片拍的是，曹晟康和一些裸体的女人在一起。

曹晟康听了大怒，朝手机吼道："你胡说，根本是胡说八道！"吓得一旁的南希张大着眼朝这里看。

对方却说："这些图是合成的，但你是一个'名人'，我将这些照片发到网络上去，别人才不管是真是假，你觉得呢？"

曹晟康听了有些心慌，他最担心的就是身败名裂，想起过去听说的，有人就是因为这种"莫须有"的诋毁而被社会唾弃，也许多年后大家知道这是假的，但对于当事人，那一段也许就经历了不可挽回的悲剧。他更想起女儿，对于他成名后招致各种记者去访谈骚扰家人，已经表现出了极度的厌烦嫌弃。

他的声音不觉软了下来："你到底是谁？我们又不认识，无冤无仇，为什么你要这样来害我？"

"我们认识的。"对方说道。

嗯?曹晟康立刻问道:"你是谁?"

"我是阿香啊。"对方说道。

阿香?曹晟康再次确认她的 ID,原来是她,她故意用别的名字来添加曹晟康的微信。

曹晟康哭诉道:"我跟你无冤无仇,没有占你们的便宜,也没有骗你们,还请你们吃饭,给你们买东西,给你们打的钱,你为什么还要来害我?"

对方发来了"呵呵呵",语音系统地将之翻译过来,这三声笑声,在曹晟康听来,格外冰冷。

紧接着,阿香说道:"小楚喜欢上你了,你要对她负责……"

阿香还说了很多,曹晟康直接不想听了。

原来,他曹晟康真是被人彻彻底底看轻了。

他就算再笨,此时也反应过来,这两个女的昨晚骗了他的钱还不满足,以为逮到一个人傻钱多的,想要来个"圈养",继续啃食曹晟康的肥肉,甚至是骨头上都想搜刮得干干净净的。

"没事吧?"旁边的南希不安地问道。

曹晟康几个操作,将那个 ID 彻底删除。

"没事,两个骗子。"曹晟康露出轻松的笑容。

女人……

他不禁回想起女朋友彭丽。

2007 年他和彭丽在北京朝阳区以 1.7 万元盘下一家按摩店,他做推拿,彭丽做足疗。生意做得红红火火,三个月后就在机场附近开了第二家分店。就是这个时候,他的股票破产,一切都输个精光。想到这里,曹晟康不禁又想起在美国遇到的杰克李。

彭丽此时以腹中四个月大的胎儿做筹码,要挟曹晟康抛弃前妻所生的女儿，与自己重新组建家庭。女儿是他人生的至宝，岂能随便丢弃。一狠心，他带彭丽做了引产，并与她一刀两断。

此后，他的人生进入了低谷。

也正是从这个时候，他开始旅行。

青海、西藏、新疆、内蒙古……

2011年，他在中央电视台结识了《背包十年》的作者小鹏，小鹏告诉他：

"人在旅途，帮助别人就是帮助自己。"

黑道白道都是无间道

【2015-2-12　澳大利亚　堪培拉】

曹晟康在堪培拉下了车，进了附近一家兼具理发与按摩的店——"淑女理发店"，是一位女老板开的，来自中国台湾，姓杨。店里有十多名员工，有上海的有天津的，还有东北辽宁的，年纪都在曹晟康之上，有五十多岁、六十岁左右的。之前在许老板的店里，年轻员工李晓东在他的印象中极差，由此他有些不愿意再和浮躁没本事的年轻人共事，这里都是上年纪的人，应该就不会那么无理取闹了。曹晟康对往后工作生活，带着满心的期许。

可是，他再次想错了。

事后，曹晟康反省，自己真是应该多去外面走走，只有走的地方越多，才能遇到更多，自己过去的狭小见识完全想象不到的事。这也正是旅行的魅力，各种波折，过程难受，但事后，曹晟康都当作神的馈赠，让他的人生经历更加丰富。

曹晟康依旧想要快速赚钱，他本身就自负推拿绝学，要他和技术差的人以同样的价格来接客，他是万万不愿意的，即使他知道，此举会惹怒同僚。

于是，他再次单方面提高了自己的价位，比早就在店里做了许久的那十多名员工都高。为了证明自己价有所值，打消大家的顾虑，他甚至摆开架势，声称如果有人质疑，可以来体验一下他的按摩功效。同僚们自然不服，纷纷体验。曹晟康很自信，等待大家的评价。

结果其实可想而知，人无论在哪里，社会属性、关系，都是差不多的。众人的反应，几乎与在许老板店里一致。有些人说好，有些人说他技术也不咋地。曹晟康对自己最引以为豪的推拿出奇自信自负，岂能容人诋毁？

"你说说看，我怎么不咋地了？"他怼了回去。

对方如何会示弱？要说服务，客观之外，带着每个客户许多主观感受，要说缺点，如何能挖不出个十个八个的。曹晟康与众人，不免发生一些不愉快。

渐渐地，众人都开始疏远他。

为了省钱，午餐时，曹晟康都在店里吃饭。大家都交了份子钱，老板雇人提供简单的午餐，能节省一些费用。曹晟康也跟着大家，在店里吃。

一开始，他专用的碗筷，还有同事好心帮他洗。但自从与众人的关系闹僵疏远之后，虽然还是有人帮他洗碗筷，但有时他发现自己碗筷上还沾着前一天的饭粒，曹晟康顿时觉得一阵恶心，只好自己重洗几次。这种情况反复出现几次之后，他有苦说不出，干脆自己去洗。

有时候，老板娘买了零食回来犒劳大家，众人也都不叫他，瓜分了所有零食，独独没有曹晟康的份儿。

曹晟康渐渐发现，那群人全是同样年纪的中老年人，谁也不能讨得到年龄上的便宜，倚老卖老，反而比应对年轻人更麻烦。他们对曹晟康，可没

第四章 大洋洲：黑工

有多少泛滥的同情心和耐心了。

他们不满足于背后叫，干脆就在曹晟康面前，一口一个瞎子，叫得不亦乐乎。曹晟康一开始还笑笑对他们说，自己不喜欢被这样称呼，他们倒还是有理由的。

"一个称谓而已，你在乎什么呢？"

曹晟康甚至觉得，自己提出反对之后，这群人叫得更是朗朗上口，仿佛"瞎子"这两个字代表着对改革开放三十多年伟大成就的春风歌颂。

在店里，如果自己技术够好，是可以带学徒的，学徒要交给师父一些学费。同时，徒弟多了，自然也显出师父的厉害。所以有的人愿意传授自己的技术，一是出于荣耀，同时也有出于想多赚一些的打算。

曹晟康也这么想，但当他想要这么做的时候，就会引来嘘声一片，之前被曹晟康的傲气伤到自尊的人，趁机反咬，讽刺他平时装可怜索取他人的帮助，现在帮助一下他人，反而还要收钱，讥笑他不要脸云云。

曹晟康极要面子，如何能受得了这般辱骂，一气之下，豪言说自己分文不收。以致他后来后悔不迭。

既然收了学徒，对方就理所当然地要求曹晟康细细讲解与传授，这必然会影响到他本身待客收费的服务，还颇费他的精力。徒弟叫老曲，是一个五十多岁的上海人，领悟力不是太好，时常听不懂曹晟康的话语，老要他不断重复，极大考验他的耐心。

曹晟康本来喜欢在推拿的时候和客户聊天，或者介绍自己，或者了解对方，套近乎交朋友。现在教了个笨徒弟就全都别指望了。

其他同事巴不得在旁边看笑话，站在道德制高点压制曹晟康。他一开始是打算做一名善良耐心的"好老师"，但有时连续教了几次，老曲都还是不会，曹晟康就忍不住骂些"你怎么这么笨啊"一类的话语，纯粹出于顺

口,但是旁边人听到了,就开始指责曹晟康不能仗着自己厉害,就侮辱老曲。老曲更是一副委屈的模样,曹晟康知道,他在背后也没少和其他同事嘀咕自己的坏话。那些人的指责,完全不是就事论事,而是直接就着他曹晟康这人来指指点点。

关键是,自己忍受这种委屈,还没有钱赚,亏大发了,太难受委屈了。

更让曹晟康觉得哭笑不得的是,那个"反曹晟康联盟阵营"里面还有人时常跑来,对曹晟康说各种悄悄话,说今天有谁有一些奇特的眼神什么的来瞧不起他,在哪里说三道四什么什么的,生怕曹晟康眼盲看不见,遗漏了这些"关键"信息。

曹晟康因为在店里落脚,交过押金,此时无法退出,只能在此忍耐一个月,才能全身而退。

事后,他也觉得这时候的自己,简直是太窝囊、太难看了,完全被钱绑住了手脚,没有了自由。但是,其时其地,又有几个人能做到跳脱现实而超然追求自由呢?

这里,就要说到此间的重要人物——杨老板娘。

底下的员工能够如此肆无忌惮欺凌一个人,与上头领导传达的"态度精神",是绝对没法分开谈论的。

曹晟康会选择忍受待在这里,除了押金,还有一点,这里的花费开销比原先他所待过的按摩店都更少,让他能结余更多。这里有吃有住,住在店里专门给员工提供的宿舍。

这个员工宿舍,是在门店背后的一栋小楼。这一带有些类似大都市一角的贫民聚集窟,窄小的房屋全都拥挤在一起,采光极差。曹晟康对采光没有特殊的需求,只是其他员工总是会抱怨,他们住的房间,位于地下室,没有窗户,典型的黑房间,阴暗潮湿,住在里面,实在没法想象,他们是身处在阳光明媚的澳大利亚。

其他住宿条件也都很简陋，卫生间很脏很臭，没有专门人来打扫，住宿的这群员工，虽然都嘴上抱怨，但又有谁会主动想要为他人打扫呢？卫生间也没有淋浴，要自己去打了水，用毛巾来擦身子。

不过这些，曹晟康都还能忍受，免费的住宿，到哪里去找呢？他劝自己，要知足。

但是，最要命的是，也想不通的是，老板娘每天晚上，还要将他们锁在屋里，晚上不让外出，第二天一早上班点到了，才会将锁打开，就好像是将他们当作是圈养的牲畜一般。

有时候，曹晟康在外接了私单，帮客户做到很晚才回来，明明发信息给老板娘留言，让她留一下门，但是回来的时候，那把硕大厚重的已经生锈的大锁，依然威严地杵在大门上，曹晟康呼唤了好久，才将老板娘与钥匙呼来了。

还有一次，曹晟康半夜里不舒服，想要出去买药，却发现门被锁得死死的，打老板娘电话，又是关机，根本没用，其他人也没有愿意为他出头的，最后曹晟康只能不顾大家的休息，大声呼叫，最终将老板娘吵了起来，反复确认，才极不情愿地来给他开了门，但还是狠狠地训斥了他一顿。

曹晟康心中更加痛恨，自己的命，在她眼里，连她怀中时刻不离的那只宠物猫吉吉的一根毛都比不上。

这种不满的累积，终于在一天爆发了出来。

那段期间，曹晟康与老板娘的关系极差，包括其他的员工，还没有等到曹晟康主动说要走，他们已经在集体商议着，想要将他赶出去，至少不要在那里住了。

曹晟康也不想住在那个潮湿阴暗的地下室黑房间，只是自己每个月赚

取的薪水，大部分都寄回家给母亲治病用，实在没有多余的钱供他任性找房。要想找到租金低廉的旅店，就需要货比三家，就需要时间和精力。

他只能央求，多给他一些时间。

那一天夜里，众人出去玩乐，独独撇下了曹晟康。曹晟康一个人在黑房间里，听着电视里叽里咕噜的英语，百无聊赖，摸到旁边徒弟老曲留下的啤酒，一时意气，索性用牙齿直接咬开瓶盖，扬起脖子，对着瓶口猛灌，一连喝了几瓶。

酒精逐渐麻痹了神经和小脑，开始飘飘忽忽起来，但曹晟康确信，自己的大脑，还是清醒的。

没错，我还是记得很清楚的，手里拿着的，是那个不知感恩的徒弟老曲的，自己没经过他同意，就喝了他的酒，没错，他是我的徒弟，老子喝点徒弟的酒，干什么要知会？

东倒西歪地，曹晟康发现大门果然上锁了。

现在不是还没到睡觉时间吗？大家不是都出去玩了吗？只剩下我一个人……他们是故意的，是故意把我锁住，不让我出去玩的……

曹晟康越想越是生气，越想越是伤心，想到同事的冷漠与欺凌，想到老板的无良与黑心……

一股酒劲忽然冲向脑门，他拿起电话，拨打了报警电话，说自己被人禁闭，出不去了，声泪俱下，央求警察现在赶快来解救他。

堪培拉警察闻讯，立即出警，撞开了房子的大门，曹晟康见到多名警察如天神一般驾到，有些傻眼了。

当晚，老板娘就被警察带走了。

次日，又有许多看起来是政府合作的专业公司的人上门来各种检查。

众人都开始指责曹晟康，曹晟康也开始有些后悔起来。他一开始，可完全没想到事情会闹得这么大，他只是一时冲动，想要吓唬一下老板娘，只想让老板娘不要再锁门，或者是给他一把钥匙，能自由进出就可以了，真的，他只是这点要求，也是为了同样住在这个黑房间里的大家好的，真的。

曹晟康向大家解释，但没有任何用处。

"淑女理发店"被查封了。

当天**警察**闯进来后，发现这里环境极其恶劣，相关部门得到汇报，更引起重视，他们没有想到，在澳大利亚这片沃野千里的土地上的华人，竟然能营造出如此恶劣的生存环境。

经过专家鉴定，这里的生活环境太过恶劣，房子也老旧，严重不满足消防要求，更了解到，这里总是上锁，将员工禁闭在内，一旦发生火灾，有可能造成"无人生还"的惨剧。

如果仅仅只是如此，老板娘的损失，只是会被强制拆除违章建设的房屋，罚款完就可以了事，但这一牵扯，远远超出了曹晟康的意料，也只能说老板娘平时就太多违法猫腻，完全禁不起查证。

警察来这里一问一查，更发现，这里的十多名员工，居然几乎全是非法停留在澳大利亚的人，全都是办了旅游签证过来，躲藏在此打工赚钱，所谓没有身份的黑户，甚至还有更严重的，有人是偷渡而来。

有人禁不住警察盘问，交代出了，原来杨老板娘，甚至也是组织中国人偷渡来澳大利亚的"蛇头"老大之一。

这大概也能解释为何杨老板娘平时晚上要将员工锁在房子里吧，就好像在茫茫大海上，为逃避海警的追查，将从中国而来的大批偷渡客塞在船上密闭的仓库之中。

于是，杨老板娘的店被查封，剥夺了经营资格，人也被警方关押，据说，除了"蛇头"，她背地里还有许多见不得人的勾当，此刻都被一一起底。她已经入了澳大利亚国籍，将受到起诉，更将被判刑。

众员工也被带去警局，身为黑户，面临被强制遣返中国的下场，有可

能再也无法踏入澳大利亚国境一步。他们对曹晟康的怨恨可以想象,幸好曹晟康看不见他们被警察带走前,看向自己的眼神。

偷渡而来的老曲趁机逃脱,更惹怒警方,联合大使馆,发出通缉令。

一时间,人去楼空。

曹晟康站在路边,面对着政府派来的工人,忙忙碌碌拆除违章建筑,心中五味杂陈。

自己预想过许多离开时的场景,却没想到会以这种特别的形式离开。

我这是为民除害,是你们都做错了……

曹晟康默默说道,虽然没有人能听见他此刻苍白的辩解。

走吧。他转身。

总算是离开这个是非之地了。

心情不好,想去酒吧,听着震破耳膜的摇滚乐,纵情欢乐一下,但是心疼那里昂贵的酒钱……最终,曹晟康还是理智地选择,去超市里买一大袋的罐装啤酒,在路边尽情痛饮。

那些人都是罪有应得,他们都对我不好,是活该……

曹晟康大声朝着黑暗广阔的旷野中大吼。

但是,我也不想害了你们啊……

呜呜呜……

曹晟康坐倒在路边,没有人在旁边看,他不需要再伪装,眼泪稀里哗啦地肆意流淌,甚至流到了止不住颤抖的嘴中,苦涩顺着舌尖,进入腹中深处,全身都觉得是那样的苦。

昏昏沉沉间,曹晟康倒卧在路边的草坪上,听见周围忽然出现了好多人,在吵闹,咦,好像有人在呼叫他曹晟康的名字……那些声响,越来越

第四章 大洋洲：黑工

大，是向自己接近了。

然后，他的身体，忽然受到了撞击，接着，曹晟康只感到周围都是人，身体遭受的撞击越来越多。在他印象中，原以为会很痛，但不知为何，他感觉不到……

"卑鄙无耻的小人！"

"汉奸！"

"都是你害了我们！"

曹晟康渐渐听清楚了，他听见骂得最厉害的那个声音的主人，是老曲。

"我是好人……"

他想要解释，但一点力气都没有了。

忽然，旁边又出现了什么人的脚步声，然后周围更加混乱，曹晟康的脑袋很重，他已经辨别不清又过了多久，周围忽然变得安静。刚才周围所有的喧闹，都好像被强大的黑洞所吸走，全都没有了。是他们没有了，还是我曹晟康已经不在人世了？他不禁想到。

……

"还好吧？"

曹晟康醒过来，猛然坐起，旁边不是想象的折磨关押他的阴暗潮湿之地，而是明亮的房间。光明，投射在曹晟康仅能感知光度的眼膜上。

询问自己的，不是想象中的，阴险可怕的追杀者，或者是凶神恶煞的流氓打手，却分明是一位少女的甜美声音。在曹晟康的世界中，声音的甜美与否，就好像正常人对待女生的面容是否美丽一般。

他心下稍安，但还是不由自主地询问，自己心中担忧的事，那群追打他的人，那个一直跟踪他的神秘男人。

女孩微笑着，依旧用甜美的声音，告诉他，全都没事了。

昨晚，一群中国人，集体殴打喝醉在路边的曹晟康，幸而女孩路过，

大声呼救,将那群人吓跑了,然后女孩将曹晟康带回了自己租住的小屋。至于是否有跟踪者,女孩不知,却也有些担心。

"你不会是坏人吧?"女孩声音中透出担忧。

曹晟康笑了,这才安心。

女孩叫小溪,是上海人,现在澳大利亚的大学留学。

曹晟康将之前的经历都告诉了她,包括之前一个鲁莽举报,害人老板被捕关店,被遣返的中国同胞老曲心中怀恨而殴打自己等事。

小溪听完,笑道:"这误打误撞,正应了冥冥之中已经注定的事啊,只怪他们自己做了违法的事,昨日不是你揭发,他日自有他人去做的。"

曹晟康听了她的话,顿感欣慰,之前心中一直对害了同胞一事而耿耿于怀。

小溪得知曹晟康口中自夸拥有中式按摩绝技,又说道,她是租住在堪培拉一位当地人的独栋房屋中,这里还有一个中国男生,叫毕关,刚在此地创业,开了一家按摩店,正缺好手呢!

于是,当晚毕关下班回来时,她立刻介绍曹晟康与他认识。

毕关是一个不到三十岁的小伙子,青岛人,他见到曹晟康,很是兴奋,说早就听说过曹晟康的大名。小溪一阵惊叹,毕关吐槽她,就不爱看新闻。曹晟康在一旁听着,心中却是乐开了花。谁听到自己出名而不高兴呢?

曹晟康在此算是长者,聊天中询问毕关的按摩店经营状况,听起来不错,于是频频点头表示肯定。然后,他提出自己愿意出力辅助毕关的想法。

在此之前,谈话一直都比较融洽,毕关人也十分随和,可是,当曹晟康提到加盟的话题时,毕关忽然不作声。

"怎么了?"小溪看着毕关。曹晟康本以为是自己多虑,但小溪的发问,却印证了自己的感觉。

"和您说实话吧。"毕关似乎是刚在心中下了某个决定,鼓起勇气才敢说的样子,"曹老师,我也很想您来帮助我,可是,现在有些麻烦。"

"麻烦?"曹晟康不解,"是你缺少资金吗?没事的,我的薪水不用立即发,单要提成就行,我接待一个客人,从中拿提成,这样保证你绝对有赚不亏本,你看如何?"

毕关摇了摇头,说道:"您说的这个当然是好,但不是这个问题。"

"那有什么问题,你倒是快说啊!"一旁的小溪显得比当事人曹晟康还更焦急。

"前几天,'淑女理发店'被当地警方查封,老板被抓,员工被遣返。"毕关看着曹晟康,"老师,这您知道吧。"

曹晟康脸色灰暗。

"那当然,那就是曹老师举报的!"小溪兴奋地说道,脸上带着喜色。

毕关却没有开心的神色,继续说道:"这里的华人圈子,也不算太大,发生了这种事,很快就传开了,尤其是理发按摩的行业内。"

"那曹老师不就更出名了?"小溪兴奋地看着曹晟康,但曹晟康却依旧没有一点因此而高兴的样子。

"这也是为何,我不敢用曹老师您的原因。"毕关说道。

"为什么?"小溪激动地问道,"曹老师的名气,不是反而能给你带来更多生意吗?"

毕关还是摇头:"名气,有时候是一把'双刃剑'。曹老师的举报,使得我们同胞自己人受到了很大的伤害。身为下属,举报上司,更是行业中的大忌。我们都是中国人,都是背井离乡,在这陌生的国度上重新聚集而生活的中国人,平时可以忍受自己人之间一些争权夺利,毕竟是自家的事,但是利用外国人,来坑害我们自己中国人,这就是大家最最痛恨的事了。曹老师,您明白吗?大家来此不易,谁想要雇用一个有一天会举报自己的隐患呢?谁也不想主动出头,去触这个霉头,引得众怒,那还要不要做生意了。

我开了店之后才更深刻了解到，在这里，如果没有其他同胞自己人的帮忙，是活不下去的。"

曹晟康默然。

"但曹老师是正义的！"小溪不平道，"坏人就该受到严惩！"

"正义，是分立场的。"毕关说道，"我们看重的，是中国人的正义。"

说到这里，毕关止住了话语，站了起来。

"曹老师您也累了，早点休息吧。"朝门外走去。

"毕关……"小溪想要叫住他，却不知如何是好，转头看着一旁的曹晟康，曹晟康低着头，依旧沉默。"曹老师……"小溪带着悲伤与同情，看着他。

"我是在救他们……"

就在毕关将要走出房门的时候，曹晟康忽然开口说道。

"救他们？"毕关回头，看着曹晟康，"他们是谁？"

"救中国人。"曹晟康说道。

"什么？"毕关语气中带着怀疑，"曹老师，你在说什么？"他心中暗想，这瞎子大叔，是因为被自己的实话说急了，而胡说大话吗？

"小毕，你应该知道，'淑女理发店'被查封的真正原因吧。"曹晟康停顿了一下，"是那个上锁的黑房间。"

他听见毕关的呼吸带着倒吸，明白对方是清楚的。

"那栋屋子里，住着十来名，与我们都一样，从中国来此打工的同胞。大家背井离乡，忍受孤独与艰辛，为了什么，只是为了能赚些钱，寄回老家去给亲人，让他们过得好……"

说到这里，曹晟康想起了自己的母亲，不禁有些动情，声音带着微微颤音。

"但是，他们如果因此丢了性命，那就得不偿失了。这世上，没有什么，比一个人的性命还更珍贵的了。没有钱，可以慢慢赚，但是没有命，就什么都没了!家中的亲人,等待着的是他们寄过去的钱,思念着的是在远方奋斗的孩子,他们宁可孩子有一天回到身边团聚,但绝不想最终盼来的是一盒由同胞朋友带回的骨灰。

杨老板,为了多赚一些钱,却不顾我们中国同胞自己的死活,那栋屋子,存在重大隐患,一旦着火,住在里面的十多名我们的中国同胞,将没有一个人能逃出生天,她甚至还在门上加了一把大锁,一到晚上就会锁上,禁止员工外出。你能想象那个场景吗?本来在夜里熟睡时发生火灾,逃生的概率就比白天更低,然后再发现,大门是被锁上的,所有人只能在里面等着被活活烧死,你能想象到吗?"

曹晟康越说越是愤怒。

小溪听着,双手捂着嘴,两只眼睛睁得大大的,显然是过于震惊:"这,太可怕了……"

"……那,那你也不能报警,报告给堪培拉的洋人警察啊……"毕关强辩道,"你可以直接和他们说的。"

"有人听吗?"曹晟康高声道,"有人会听吗?也许有人会听,然后就自己走了,那其他人呢?更多人会觉得,我来就是赚钱的,那种火灾,根本不会发生在我的身上,这里住着便宜,干吗要走?又有谁会想到,那些灾难,有一天会降临到自己身上呢!我这双眼,难道我出生的时候,就知道自己会在八岁时遭遇车祸而失明吗?"

面对着激动的曹晟康,毕关说不出话。

"我一个人走了,很容易,做到事不关己,很容易。但是,谁又能真正敢于挺身出来救人呢?大家口口声声说的是'为同胞',难道都只是一些场面话吗?如果这就是所谓的'中国人的正义'的话,那我曹晟康,宁可被当作邪恶!"

毕关没有说话,出门而去。

曹晟康一股脑说了一大通，此刻才缓出一口气，心中却依旧是波澜起伏，无法平静。

当夜辗转反侧，回顾着毕关说的话。他只是一个年轻人，无法左右所有人的思想，他说的话，是代表了多数人的思想，也包括自己曾经教授的"好徒儿"却带人来殴打自己的老曲，包括在这异国的众多中国同胞。

我在这里，也许已经待不下去了。周游澳大利亚的行程，也许要提前终止了。回家，回到母亲身边吧……没能挣到更多的钱，曹晟康心有惭愧。

【2015-3-17　澳大利亚　堪培拉】

次日一早，毕关却忽然闯进曹晟康的房间。

"曹老师，我们合伙吧。"他说道。

曹晟康不敢相信："合伙？"

"我想请您来我的按摩店，我们一起努力！"毕关说道。

"你是说，你愿意让我去你店里？"曹晟康依旧不敢相信，昨晚将情况说得如此决绝的毕关，今日却忽然改口。自己昨晚，都已做好最坏的准备，要收拾行囊回国了。

"曹老师，我反思过您说的话，您说得对，我要有自己的思想和主见，不能被那些大家表现在表面的一些漂亮的大话给左右了。我其实心中，也并不觉得您做错了。我相信如果大家都知道您的实际情况的话，至少在他们个人心中，也一定会觉得您是对的！"毕关兴奋地说道，却忽然不好意思地摸着头，笑道，"这样一来，也不会再给小溪追着骂了。"

自己的言行，不知不觉间，已经改变了这个原本不敢肯定自己内心真实想法的年轻人，曹晟康不禁想起自己的愿望，有一天，要通过媒体，无论是影片还是小说，一定要将自己的勇气传达给更多的人，让大家能有勇气去贯彻，每个人心中的"真正的正义"。

于是，曹晟康便在毕关的按摩店里重新开始了工作。

毕关很有活力，想通过一些与以往的按摩店不同的新的举措，来增加营收。他很敬重曹晟康，时常就经营策略来请教曹晟康。曹晟康可不仅仅只是按摩的技术了得，他行走了许多地方，耳濡目染，在经营上虽然不是专业，但却能分辨出优劣，给毕关许多耳目一新的建议。一开始担心的，行业同胞的排挤，并没有出现，反而因为曹晟康的加入，给小店带来了新的话题和亮点，竟有许多人慕名而来。

小按摩店的生意一天比一天红火起来，短短一个月，就足以让他扩招员工，并考虑扩张店面。曹晟康的收入，自然也比以前高了许多。毕关对待他，就如同古代小皇帝对待自己最信任的忠心丞相一般，在付钱上，更是毫不吝啬。

他在店里，简直成了一人之下的二把手，兼职培训新进不太专业的员工，教授学徒。毕关时常还会开会，在发展策略上，让众员工头脑风暴，集思广益。曹晟康的发言，总是能引领众人的思路，俨然一个经验丰富的领导者，在众人中威信与日俱增。众人都"曹老师"前"曹老师"后地尊称他，不再像从前，所有人都疏远他欺负他，总是贬低一般地叫他瞎子。

在没有上课、没有打工的时候，小溪也会来店里，探望毕关和曹晟康，她时常带来一些好吃的分给大家，并且总是优先给曹晟康。曹晟康很喜欢这个小女孩，知道她对毕关的情愫。小溪在店里的人气很高，大家早在心中，把她当作"老板娘"了，时常还拿这个来取笑小溪，气得小溪拿"不再送好吃的来"当作威胁。

生活环境焕然一新。曹晟康心中感谢神灵。终于脱得苦难，能够享受到幸福的人生了。

又是一个平常的日子，曹晟康忙活了一天，站在店门口伸展臂膀，享受夕阳的温暖。却忽然遇到小溪。小溪的心情似乎不好，说要单独请曹晟康喝酒。小溪是自己的救命恩人，一手助他有了今天的好日子，他见小溪有伤心事，自然义不容辞，心想着如何安慰和帮助小溪。

在酒馆里，小溪告诉曹晟康，毕关有了新的女朋友。

曹晟康大为震惊，他心中，不只是他心中，店里所有人，都认为，毕关的女朋友，理所应当是小溪啊！

可惜，众人心中的"理所当然"，往往只是一种错觉。

小溪告诉曹晟康，毕关的"新"女朋友，是老家给他安排的相亲对象，据说门当户对，双方家里都很满意。前段时间，毕关"有事"回国了一段，就是被家里逼着回去的，最后他压不过强势的母亲，只能妥协，接受了这门婚事，两人迅速订了婚。女方也辞去在中国的稳定工作，随毕关来到澳大利亚，只是还没有带来店里向大家宣布。

曹晟康听了，大酒杯重重砸在桌上，义愤填膺："他这是始乱终弃，简直就是陈世美！"

小溪摇了摇头，凄然说道："没有那么严重，他只是听父母的话，他是一个乖小孩。"

曹晟康明白了，这就是小溪痛苦悲伤的地方。这个乖女孩，现在还在为自己不忠的男友说话。

毕关这家伙，什么乖小孩，就是一个软蛋！曹晟康心中骂道。

其实经过一段时间的相处，他也了解了毕关这年轻小伙的性格，他的确有着年轻人的激情，想要改变，做出不一样的东西，但骨子里缺乏勇气，尤其是对抗与之相反而来的阻力。就比如说之前曹晟康举报黑心老板的事件，明明他心中有着对错的判别，却不敢表达出来，而是人云亦云，甚至成为"帮凶"来责难曹晟康。平时在经营上也是，在大方向上，常常没有足够勇气来决断。

"我去说说他！"曹晟康猛地站起来说道。

小溪立刻拦住他，"你别去说他……"她低下头，"感情的事，是不能勉强的。"

"什么不能勉强？"曹晟康怒气正盛，"他才是被他妈勉强的，真不能勉强，应该是和你在一起！"他双手搭在小溪的肩膀上，说道，"不怕，小溪，我为你做主，小毕也是一个懂事理的好孩子，曹大哥说的话，他好歹还是会听的。"

是的，曹晟康的话，在毕关那里，还是有用的。最初他被流言鼓动，来责难曹晟康，正是曹晟康的义正词严，让他有了勇气，敢于改变，最终接纳了曹晟康的加盟。在平时的经营上，他没有勇气，曹晟康给他勇气，最终敢于在大方向上下决断，有了今天店铺的红火。在管理上，也是曹晟康教会了他有勇气解雇不适合的员工，而不是因为妇人之仁，影响了整个团队。

没错，这一次，曹晟康也有信心。自己是对的，他是错的，曹晟康有信心，让毕关及早认识到错误。

"放心吧。"曹晟康向着小溪笑了笑。

翌日，他就在店铺的办公室里，找到了毕关。毕关正坐在办公桌后，锁着眉头，思考着什么。

"在想着要如何向大家宣布新女朋友的事吗？"曹晟康走进来，开门见山地说道。

毕关很惊讶的神色，说道："曹老师，我正在想事情，麻烦您先出去。"

曹晟康心想，好家伙，是不敢面对我吧？

"有些事，我必须现在和你说。"曹晟康说道。

"我现在没空。"毕关对曹晟康的态度也有些不满。

"没空也要听，这对你很重要。"曹晟康压迫的语气说道。

"我知道什么事更重要。"毕关怒道。

"你不知道！"曹晟康也大声道，"你为什么要抛弃对你那么好，那么喜欢你的小溪？而去娶一个，根本没有感情，只是父母压给你的女人？"

毕关沉默了一阵，说道："是小溪告诉你的？"

"你别管是谁告诉我的，我现在只说这个理儿，你说是对还是错？"曹晟康义正词严。

"曹老师，有些事，你是不知道的。"毕关的声音，却是低了许多。

"什么不知道，那你现在就和我说！"曹晟康说道。

"小毕，还没好吗？"背后门忽然打开，一个女人走了进来。

曹晟康惊讶地回头，虽然他看不见对方，但心中已猜到八九分，此人就是毕关的未婚妻。果然，毕关很尴尬地介绍未婚妻辛迪与曹晟康认识。

"曹老师好。"

这声问好，让曹晟康背上冷汗直冒，刚才和毕关的对话，这女孩到底听见了多少？从辛迪的声音和语气，曹晟康开始在脑中描摹她的个人写照。小溪是一个还在象牙塔中的清纯可爱的女生，而辛迪却是一个干练而精英气质的女性，可以想象，如此气质的女孩，样貌是不会差的。如果毕关没有出面争取，小溪根本不足以与她争……

毕关连忙说抱歉，就跟着辛迪出了门。从他们的只言片语中，曹晟康更感觉到，毕关并不是如同小溪所言，是完全被母亲强迫的，他似乎是真的被辛迪的气质所倾倒在她的石榴裙下。

小溪是恩人，这个忙，一定要帮。曹晟康还是逮着各种机会去和毕关说道理，但效果不佳，毕关越来越不耐烦听曹晟康的啰唆话语，有时候甚至开始躲着他，让曹晟康很是生气。当然，更难的是，辛迪几乎与毕关形影不离，专职在店里，与毕关一起打理店中生意。

辛迪介入店中的经营，渐渐占据了主导权，甚至在毕关之上，过去都是曹晟康在指点毕关，如今，完全是辛迪在主导毕关。辛迪本身就是财务专业出身，更掌管了按摩店的财务命脉。

她同样主导员工会议，在会议上要求大家对此后的经营提出建议。大家都看着曹晟康，曹晟康对此早有准备，侃侃而谈，但让人意想不到的是，辛迪很不客气地当场予以彻底的否定，批判他的建议都是过时的做法，然后说出自己的决定，要转变经营理念，资金的运作与回笼的速度也非常重要。

之后，曹晟康对毕关提的一些意见和建议，也几乎都遭到辛迪无情的驳斥。

"师傅，那女人真的是太可恶了！"徒弟小龚愤愤不平，"以前您说什么，毕老板全都听您的，现在这个女人一来，他就完全不说话了。这个女人根本就没把您放在眼里啊，师傅！"

"是啊，小龚说的是啊，那女人真是厉害，不仅抢了那么可爱的小溪的位置，在店里，还抢了师傅你的地位。"另外一个学徒说道。

曹晟康当然知道，心中也是郁闷，但又有什么办法？自己和老板关系再好，终究只是一个外人，如何能和未婚妻相比？一句枕边风，就可以要了你的命。之前不识好歹，去管他人的家务事，现在该是自己受罪了。

"师傅，那个女人，指不定以后怎么对付您了！"小龚又说道。

"住嘴，别'这女人''那女人'地叫，人家是我们老板娘！"曹晟康训斥道。

小龚讪讪离开，口中嘀咕："怕是以后，再没有人听您的了。"

曹晟康双耳极灵，早已听见，心中气闷。他想起了清代末期，皇帝年幼不能主事，后宫之主的慈禧太后与前朝顾命大臣之间发生的争斗，最终结局，不是所有的顾命大臣都被杀了吗？徒弟说的并非没有道理，自己该如

何是好呢？

"师傅，再见……"小龚一副要哭的样子，提着行李，走出了店门。

众人与他作别，望着小龚远去的背影，不禁叹道："之后会不会轮到我们啊……"

曹晟康平日不抽烟，但此刻，也向店里同事要了一支烟，在门外一角，吸了起来。

小龚被辛迪以技能不娴熟、客人评价差的理由解雇，辛迪安慰众人，是小龚的价值观与团队文化不符，团队只有价值观一致，才能更好地向前，赚到了钱，大家一起得益。

曹晟康却心知，是因为小龚为自己鸣不平，不知好歹去大老板毕关那里谏言。曹晟康气，却无奈，大抽一口闷烟。

自己总算还有些价值，客人办在他曹晟康个人名下的卡越来越多，是店里营收的一大台柱，谅"那女人"一时半会儿还不敢对我下手。算了，不去管了，好在我自己赚钱也比以前多了几倍，也好，少管一些事，也省心，专心赚我自己的钱。

曹晟康只听声音，便猜出辛迪极有气质，又从众人口中得知，辛迪的外貌更是出众的漂亮，并且十分注重外表打扮，每天涂着精致的红唇，香水芬芳。

一开始还有些人背地里骂她是狐狸精，但渐渐地，这种声音消失了。辛迪这个"老板娘"在众人心中的形象，更是与日俱增。

她的确有经营管理的才华，自她插手管理之后，店里的营收更高了，她对员工也不坏，时常买些零食给大家，分发一些福利，并且提高了众人的待遇。大家钱多了，俱都欢喜，开始拥护老板娘，何况还是如此一个美人。

辛迪还注重店面形象，将过去众男人脏乱差的工作环境全都治理一清，规范大家的行为习惯。开始众人难免有些怨言，还让曹晟康觉得有些希望，逮着些许机会和他们一起发泄自己的不满，但很快，大家口中的，全是赞扬辛迪的话语，曹晟康有些失落。小溪早已经不再来店里，曹晟康觉得，这里只有他一人，还在坚持和"坏人"做斗争。

曹晟康一直幻想着，一定会有一天，正义与邪恶会展开一场大战。而这一天，终于来到。

一日，辛迪将曹晟康请到办公室，要曹晟康帮忙接待服务一个客户。那个客户是辛迪在国内的朋友，某银行的高管，精英人士，此次来到澳大利亚旅游。辛迪很是重视，想要通过他，获取投资来为店铺的下一步扩展筹措资金。而店里，论推拿按摩的技术，当属曹晟康最厉害，于是拜托他前往，曹晟康的一切劳务费用与比例分成，照常执行，不会让他吃亏，只是由她辛迪来付。

她特意嘱咐曹晟康，在客人面前，不要谈推拿的价格这种"小事"，以免造成不好印象。如果小费给少了或者没有，让曹晟康也不要去要。

"要是做一小时不够，就给他做一个半小时或两个小时，这钱，都由我来出。"辛迪又补充道。

曹晟康微微点头。他从没有见过辛迪如此细心接待一个客户，看来这个客人确实对她极其重要。

当曹晟康接触到那位客人时，他趁空当悄悄和辛迪说，那人的肚子比较胖，按摩起来更费劲，报酬要额外收50元。辛迪统统都答应了。

辛迪特意安排了一间上房包间，单独让曹晟康给那位银行领导服务。第一次做完，辛迪心怀不安地在门外守候，出来时，对方说很满意，辛迪也就放心了。她又嘱咐曹晟康，好好做，怎么做，都是你说了算。曹晟康昂起头说，好。

后来，那人又来了，辛迪这一回不那么担心，当关上房门，曹晟康开始按摩后，辛迪就离开了。她事先与曹晟康约定好，费用最终一起结算。之后几次也没再过问，客户均表示很满意。

其间，辛迪与客户似乎也谈得很顺利。

在做了四次之后，辛迪来与曹晟康结算费用，一看曹晟康报的账单，傻眼了，费用超出了她的想象。曹晟康给自己设定的单价，本来就高于同行业的平常人，而他给这位客户的按摩，不仅因为对方身材肥胖，在单价上加成，更在"正骨"上（按摩中费用最高的服务级别），时间增加了非常多。

毕关找到曹晟康，对他发出一通的抱怨："怎么会给他做正骨的时间这么长？一般人也不会做这么长时间吧？这钱虽然说好是我未婚妻出的，她信任你才没有过问细节，但你也不能逮着机会就赚，坑我未婚妻的钱吧？"

曹晟康见到毕关出现时，心中就是一阵冷嘲热讽，要不是你未婚妻的事，你怕是一辈子都不会来主动找我了吧？听完毕关的抱怨，更是怒从中起，伸出指头大声说道："第一，是她让我可以做长一些时间的，我当然就做长一些时间咯，你们也没事先通知我，让我不要做那么长，你们要是通知我，让我不要给他这么做了，我就不给他这么做了；第二，是她求我，要我认真给那客人做的，还说怎么做我说了算，是不是？好了，我认真给他做了啊，还是最花力气的正骨疗法，现在就来怪我费用太高了？"

曹晟康越说声音越高，引得店里众人都看向了办公室这里。

"何况我也不是把所有钱都塞自己口袋里，既然是走店里的流程，她付给我的钱，有一半，还是归店里分成的，不是终归是你们的吗？"

"曹晟康，你真是被钱熏瞎了眼，什么钱都想挣，那是我未婚妻的钱！"平时从不生气的毕关，此刻也显出了怒气。

"瞎子"这个词，是曹晟康的隐晦禁忌，一瞬间，就像是弹开了压制数

第四章 大洋洲：黑工

千妖魔的潘多拉盒。

曹晟康一只手指指着毕关的鼻尖骂道：

"你未婚妻？那才是你领导，你就不是一个男人，就是一个怕老婆的软蛋！"

一直以来积累压抑的怨气，都在此刻爆发了出来，如洪水溃堤，一发不可收，将平日里见到的所有琐事都翻了出来大骂。

店里员工，全都伸长脖子往这里看。

毕关涨红了脸，本来也是一个热血青年，如何能受得了在众人面前被这般辱骂，失去了往日的冷静，与曹晟康对骂起来，两人你一言我一语，情势渐渐升温，忍不住身体也参与进来，已分不清是谁先动手，两人开始互相推搡。

"你还想打人啊！也不想想当初我是怎么帮你的！现在还来威胁我？你说话的唾沫星子，再溅到我脸上，我就要报警了！"一旦吵起来，曹晟康什么难听的话都说，全然没有一点礼仪教养。

"王八蛋，好啊，你这种人，我早看透了，就是像吕布一样的三姓家奴，专门害上司的，谁找你谁倒霉！你今天要是不报警，你就是王八蛋！"毕关一点也不示弱。

两人继续对骂，多数都是一些事后看来十分可笑的重复话语。

冲动即是魔鬼。曹晟康被言语一激，早失了理性，抓出口袋的手机，就报了警。

毕关没想到曹晟康真报了警，大骂了声："你神经病！"就往门外走，不理会这种无聊的争吵了。

不一会儿，警察来到，见到曹晟康，笑了笑，说，是你啊。

曹晟康才反应过来，他是上次值夜班出警的警察，一阵尴尬。

毕关临走前，让店里的小吴来应对警察。小吴赶忙上前对警察解释，

这里没有打闹，也没有工薪纠纷。那警察却问道，这里有安全隐患吗？然后看着曹晟康，问得小吴愣了一下，急忙说没有，这里很安全。敢情这警察是把曹晟康当作专门暗访提供线索的重要线人了。

曹晟康一把推开小吴，大声说："警察在问我话，又没问你，你不要插嘴！"

小吴止住差点撞到旁边桌子的身体，气道："曹晟康，你，你威胁我！"

曹晟康冷笑："我威胁你什么？我报的警，他来问我，没有你插话、说话的地方！现在没问你，问到你，你再说！"

然后，警察问曹晟康，具体是什么事。

曹晟康前一刻怒气冲冲，面对警察，却忽然结结巴巴起来："他们，骂我……还推了我一下……"

曹晟康默默离开，这一回，是羞愧，让他不想和任何人打招呼，与毕关、辛迪交接结算了薪资，交接了客户，只能选择离去。这一回，是他自己的幼稚冲动惹出的闹剧。他后悔，为什么在警察问话的最后一刻才反应过来？为什么没有人来劝阻他？好在那时，他知道，不能再扯出老板什么事，何况这里的老板老板娘实际上对他并不坏，也没有任何损害他人的行为。可以说，在这里，是他来到澳大利亚，打工环境里，最好的一家了。

曹晟康，你是浑了吗？他忍不住朝自己脸颊上狠狠挥拳。你是在拿报警当作吵架口战的一个砝码，纯粹当作一个儿戏啊！

这次曹晟康的闹剧，就连依然还支持他的徒弟员工，都有些看不起他了，他们私下议论，曹晟康果然是一个会"害老板"的人，你看，这不他又报警了，想抓毕老板和辛迪进去啊！这人是该有多坏啊！瞎了我的眼，之前还因为辛迪的出现，有些为他不平……现在想想，小龚走得才冤呢！

曹晟康回想和毕关相遇之后几个月的点点滴滴，更是悔恨不及。这一回,是自己一手将美好的生活打破了。

只能走了。曹晟康无法再忍受他人鄙夷自己的眼神,即使自己压根就看不见。好马不吃回头草,哪怕是饿着肚子。他有着自己的尊严,自己毕竟有着身为长者的矜持。

忘忧之药

曹晟康在黑暗中摸索出一瓶安眠药,拧开盖子,将所有的药片一股脑倒进自己的口中。

如果生命结束了,忧愁和痛苦也会烟消云散。

为什么会走到这一步呢?

不久以前他还可以重新快乐起来,没错,不久以前,2015年5月21日的时候他还很开心。

【2015-5-21 斐济—瓦努阿图】

曹晟康决定继续旅游散心。

生存的本能让他很快又恢复了自信,要继续向前走。每一次上路,都是一次舍弃杂物与杂念的轻装上阵。他再次恢复行者的身份。

计划目的地是:澳大利亚以东,南太平洋上的小岛国——斐济和瓦努阿图。那里没有一个认识的人,不过这完全不是一个问题。

"这个世界上没有陌生人,只有未曾相识的朋友!"

他一路认识朋友,与他们畅谈自己的经历,在岛国上玩得不亦乐乎,即使是在海边,手、脚、头都被太阳晒脱了皮以及被珊瑚礁石刮碰得破皮

流血、被蚊子咬得全身是包。他甚至还和一群朋友玩起了沙滩排球，有时候用力过度，一跤跌在沙滩上，嘴里啃了一大把沙子。

身体在世外小岛，手机却连着红尘。

一通信息的到来，让刚刚觉得自己脱出牢笼、放脱身心的曹晟康，不得不决定返回现实之中。曹晟康乘飞机，回到澳大利亚悉尼，见到了已经许久未见的老朋友——曼丽——在许老板的按摩店里，众人都欺负曹晟康，只有她，唯一一个愿意挺身为曹晟康说话的人。

曼丽从许老板那里离开之后，先是休息了一段时间，后来短暂投奔朋友的店，实际上一直在筹划着自己开店的事宜。其实，她的年纪与许老板都差不多，五十多岁，只是因为之前某些经历所致，一直是一名"资深员工"，依旧在亲自靠技术体力吃饭，却没能成为一名掌控资源的老板。这一次，也是一个契机，她决定开一间属于自己的按摩店。那时候，与曹晟康分别前，她就与曹晟康约定，一旦确定了落脚之处，就来接曹晟康离开受欺压之地。当然，后来曹晟康决定自行离开，在堪培拉待了一段时日。

【2015-6-2 澳大利亚 悉尼】

放松归放松，赚钱依旧是自己当前最迫切的事。于是，像红军顺利会师一般，久违的两人，在悉尼的机场，亲切拥抱握手。

曼丽的店刚起步，资金不多，许多前期赚来的流水都必须追加投入。曹晟康听了，表示愿意共患难，主动降低提成。对比之前在毕关的按摩店，收入自然是大打折扣，这让他回想起来，总是充满悔恨与自责，但他还是安慰自己，现在也不差，自己是和知根知底的好朋友一起从头打拼，算是这里的元老，不久以后，这里的经营就会渐渐改善，收入自然会越来越多的。

曹晟康的确是按摩店的一大主力，更兼之前协助过毕关关于经营上的事宜，又与年轻有为的辛迪有过理念上的冲突，对她的改良式经营理念有所耳濡目染，虽然还是不愿意承认，但他确实佩服辛迪在经营管理上的才能。而来到曼丽的店里，他将这些新的知识理念，毫无保留地贡献了出来。曼丽一听，也知道曹晟康的提议的分量，于是更加倚重他。

在客源方面，曹晟康一回来，就联系过去在悉尼的老客户，说动他们都从许老板那里转向自己，重新充钱办卡。重复办卡，这是徒然消耗顾客的精力与财力，有依旧看重曹晟康的顾客用开玩笑的语气说道："老曹，你这回会稳定些了吧？每次换一个店，之前的卡就作废，有的地方还不让退，只能用其他我不想要的服务来抵，这可都是折腾我啊，就算你服务再好，要是再有下次，我可就不再办了哈！"

曹晟康急忙赔笑道："这次一定不会，一定不会了，您放心吧。"

业内圈子不大，有些场合与许老板相遇，许老板话中有话地笑道："曹晟康，你现在行啊，能了啊！"他也不会感到理亏，腰板挺得直直的。他现在可是属于曼丽阵营，和许老板楚河汉界，平等竞争。

有曹晟康的加盟，店里生意渐渐起步，他一心扑在工作上，每天除了吃饭睡觉，心中就想着按摩推拿，个人名下的客源也趋于稳定。曼丽开始考虑扩招。她的手段更加直接，不仅对外招聘新员工，更多地甚至将手伸向了许老板的店里，挖以前的老员工。她的理由很简单：那里共事过的同事，知根知底，知道谁有几斤几两重，不用再耗费时间与成本去筛选。

曹晟康心中是有些抵触的，毕竟在许老板的店里，他和其他同事之间，可没有留下什么美好的往事。尤其他很讨厌其中的一个员工——李晓东，是当时与自己作对的一号人物，曹晟康祈祷，绝对不要再遇到他。

可惜，命运有时候就是作对。

不日，李晓东就出现在了曹晟康的面前，与他"亲切"招呼："哟，你也在这里啊，瞎子！"

我去！曹晟康当即一摔毛巾，吼道："李晓东，我说过，不准叫我'瞎

子',还有,在这里,我比你先来,资历比你老,你必须尊重我!"

众人以为他们要打架,都来劝阻。李晓东却摊开两手,一脸无辜地笑道:"我什么都没做啊,是他自己冲过来的。"他见曹晟康已经被人架住,不至于冲过来打他了,于是缓缓衣领,说道,"我就是这样的性格,资历老也没用,我只尊重品德良好之人。"

"你说谁品德不好,你再说一次!"曹晟康从阻拦在他身上的人中伸出一只手,指着李晓东。

最终,曼丽回来劝止住曹晟康,曹晟康也意识到自己有些过激了。除了李晓东,其他员工对曹晟康还是有些敬畏的,毕竟在这里,他几乎是与曼丽平齐的二把手。大伙在一起,都痛骂许老板黑心抠门。曹晟康才了解到许老板与许夫人同样用各种理由克扣大伙儿的工钱。

如此短视,简直就是不想长久经营了嘛!

这时,曹晟康想起了还有一个人——"公道刘"!他之前比曼丽还早离开,后来就不知去向。如果把那间店里的人分成两类:对曹晟康不好的人,以及对曹晟康好的曼丽,那么至少"公道刘"是属于中立的一方,也不见他对自己多好,但至少明面上并不欺负自己,曹晟康当时已经心存感激,心中记得此人。他与曼丽的关系也不差,技术、资历,在那店里都仅次于曼丽。曹晟康想着,连李晓东这样的货色都被挖来了,没理由"公道刘"不去请。莫非是他早已经有了更高的落脚之处。那看来是了,人往高处走,曼丽这里,也只是一个刚刚有些起色的小店,无法与其他资金雄厚、开办多年的老店相提并论。

众人在休息时围坐一圈,闲话八卦,谈到"公道刘"时,李晓东忽然凑近,故作神秘低声说道:"我知道为何老刘没来。"

"为什么?"众人急忙相问,这可是大家一直不解的谜团。

看见大家都巴望着自己,李晓东一瞬间有种统率众人的优越感,于是有意顿了顿,才说道:"你们还记得跨年夜那一晚,宿舍发生了偷窃吗?我们都认定是瞎子干的。"

众人点头。曹晟康听见"瞎子",想要发作,但知这不是当下重点,于是压着性子,听李晓东往下说。

"其实,真正的贼,是老刘!"

众皆哗然,大家无论如何都没法相信,老刘居然就是那个贼。

"是谁也不可能是他啊!"

"李晓东,你是在胡说吧?就算老刘不在这里,你要是胡说侮辱他,我们也会揍你的!"

众人说道。

李晓东立刻竖高举起一手表示自己绝不撒谎,继续起底真相。

原来老刘好赌,常去赌场,早已欠下一屁股债,那时候,他再还不上钱,人家就要上门抓他老婆女儿抵债了。老刘又极好面子,在店里,算是老板之下的二把手,哪里会让大家知道他这种丑事呢?

众人方才有所接受。

李晓东又爆出一料:其实,这件事,曼丽早就知道了,毕竟都是元老,平时,也只有曼丽还会接济一下他。那次事件之后,曼丽去警局保释曹晟康,就猜测有可能是老刘干的,但是她并没有去揭露老刘,而是旁敲侧击询问我们,推测那晚老刘是在和我们喝酒的间隙,赶回宿舍偷窃,因为曹晟康眼盲看不见,所以他觉得是最好的机会,又因为曹晟康当时正好去洗澡,于是他干脆连着曹晟康的手机一起偷了。曼丽私下去质问老刘,在曼丽面前,他抵赖不得,全都说了,最后虽然曼丽愿意替他隐瞒,但他自己却羞惭离开了。

真相大白,众人唏嘘不已,一边痛骂老刘竟然会做出这种事,一边更是佩服新老板曼丽的好人品,即使面对老刘如此劣迹的人,她也没有让他

当众难堪。

"以后有曼丽姐做主，我们一定会比在原来那里好很多的！"众人欢呼。

小店日渐红火，但曹晟康对于自己地位与日俱增的预期，却没有到来。

他本来推拿按摩技术就了得，可以说更在曼丽之上，是本店战斗力最强的人物，又兼具经营管理的经验，在店里自然说话有了分量。曹晟康更有一心病，就是那堆"老臣"员工，早前在许氏店里备受轻视，这里就尤其在意他们的眼光，更想要在他们面前，证明自己能。这难免让他的行为，有些扭曲。

一开始，他与曼丽的配合，非常融洽默契，有时甚至不需要刻意言语。但渐渐地，在某些发展理念上产生了分歧，曹晟康想起毕关的未婚妻辛迪，他一直认为，当时就是辛迪，自己就是一时心软，才让她横抢了自己在店里的地位与威望，这一回可要吸取教训。所以在和曼丽讨论时，他的语气时常带着压迫性，让人觉得他似乎才是老板。他不想再发生一次，明明本来依附在他身边的人，渐渐都疏远他，他曹晟康的话渐渐都无足轻重，与释放在空气中的屁一样。

一旦说到分歧点，他就祭出自己曾在堪培拉的毕关店里如何指引他们成就辉煌业绩，在他的话语中，可没有那个辛迪的出场位置，那个店，完全是他曹晟康一手扶持的。

有一次，曹晟康又开始在众人面前，与曼丽争论，再次搬出自己的辉煌历史，曼丽冷冷一句："你这么能？为什么后来，他们又不让你管了呢？为什么大家都说，那是老板娘辛迪的功劳？"

曹晟康感觉自己的过去一下子被揭穿了，有种当众被扒光全身衣服的羞辱，怒道："你调查我？"此前，他从没有用这种冷峻的语气和曼丽说话过。

"我只是听你总是说起那家店，去问了问而已，华人圈子，就这么点大，一问，什么都了解了。"曼丽说道。

曹晟康一阵脸红，紧接着变绿，再变黑，不再说话。他心中恐惧，众人都会当他是骗子，都不会再相信他了，他曹晟康指望的好日子，再也没有希望了。

之后，他便有听到其他人背着他，在谈论那家店的事，有时候，他甚至有幻听，明明大家说的是其他事，他硬是会想，是在背地里说他曹晟康的坏话。

曼丽分配他做事的时候，他总会回嘴两句，显得自己不是被命令，最终所有，都与他的期望，背道而驰。曼丽对他说话，也渐渐没有商量的口气，而是命令的口吻，并且常说，曹晟康是遇到了世界上最好的人了，要记得报答她的情谊哦！这让曹晟康听起来很不舒服。

而众员工，也开始疏远他。

曹晟康不理解，在这里，自己明明比大家都早来，地位更高，资历也深，何况自己技术经验都比他们丰富，固定的客人也比他们多，众人应该更敬重他才是。可惜，他还是没能获得他想要的佩服和仰慕。

曹晟康来到曼丽店里后，就住在曼丽的家中，两地相距不远，平时曹晟康搭乘曼丽的轿车，一同上班，一同下班，省去了他的住宿费与交通费。

一开始，曼丽一家对曹晟康的再度归来，十分热情。但渐渐，曹晟康就开始不满。曼丽对他总是呼来喝去。这也许是曼丽一贯的说话态度，毫不客气。

曹晟康是敏感之人，尤其在意这些，他心中想到，曼丽能顾全老刘的面子，隐瞒了他那么大的劣迹，却完全不照顾他曹晟康的自尊呢？但心中念道，自己正寄居人下，忍让为上，这么一想，反而更加郁闷。

曼丽的老公，澳大利亚裔的马克，过去也总是很热情，总是问曹晟康

喜欢吃他做的烤香肠烤面包吗?但曹晟康渐渐也觉得,他对自己也不再那么上心。

更让曹晟康不能接受的是,发生了一件事。

他有一件自己十分珍视的宝贝,是一个护身符,那个护身符,曾跟随他,走过这个世界的许多角落,每当曹晟康被艰难所阻,灰心丧气之时,都是靠着那只护身符,给予自己勇气与力量。

而几个月前,他怀着对曼丽的感激之情,将自己这件"至宝",赠送给了她的女儿露西,保佑她平平安安。

有一天晚上吃过饭,曹晟康在曼丽家的客厅,与马克一起坐在沙发上,他听着电视里的播报,虽然几乎听不懂,但他在享受这种放松的氛围。

忽然女儿露西从房间里奔出来,叫道:"妈妈,我的护身符呢?"

曼丽回应不知道。女儿依旧大嚷,自己明明放在书包里的,为什么没了呢?曼丽说,没准在学校里丢了。于是露西又跑回房间,乒乒乓乓地一通翻找。

护身符?敏感的曹晟康一下便想到,是我送给露西的护身符吗?想到那个护身符丢了,虽然已经送给露西,还是一阵心疼。

不一会儿,忽然又听见露西的高声:"啊,找到了,在垃圾桶里!妈妈,是你丢的吗?"

曼丽赶忙跑过去:"你胡说什么?别捡,脏死了!"

露西似乎很宝贝那护身符,非要拿去小心擦拭干净。曼丽努力安抚露西不再闹腾。曹晟康耳中却听得清清楚楚,止不住推想,为什么露西的护身符,会在家里的垃圾桶里?他又联想曼丽的反应。

难道是……不会的,她怎么会这么做呢?

又过了一些时日,曹晟康竟在自己房间的行李包里,发现了那个护身符。他用手反复摸着护身符，确认那就是与自己分离数月的宝贝。

明明送给了露西，怎么会在自己的包里？

曹晟康一想便得出结论，是曼丽放回来的吗？为什么？是觉得这个不好还是太小，还是什么原因？但为何是现在偷偷放回来呢？

他忍不住去找曼丽求证，曼丽只得说，觉得那个不吉利，不能要。

曹晟康更想不通，既然不能要，为什么当初又接受了呢？而且你女儿也接受这么久了，偏偏在我回来了，才说不吉利，是对我有什么意见吗？

日子在一天一天往后。曹晟康越来越压抑。他找不到原因。明明钱也越赚越多，明明每天都在干活赚钱，甚至没有小店刚开始那么累了，也没有大风大浪，与同事的关系也不会像原先一样剑拔弩张，可说是和平共处、两不相犯，但就是感觉哪里不对劲，就是每天开心不起来，心里就是感到某种压抑。

一日下班后，曹晟康没有呼唤同事，独自前往酒吧。他想独自静静地喝喝酒，不想被他们打扰了。他刻意不去平时聚会的酒吧，而是多走出几条街巷，寻找到一间陌生的酒吧。

在吧台前坐下，点了一瓶啤酒，大口地饮了起来。

"老板，来瓶黑啤。"一个人在曹晟康的旁边位置坐下。

熟悉的声音。这不是老刘吗？

曹晟康急转过去，叫了他的名字，老刘也很惊讶，能在这里相遇。

"好久不见。"两人异口同声地说道，相互愣了一下，然后同时哈哈大笑起来。

久别重逢，两人述说分别后的往事。喝至半酣，曹晟康提到那次小偷事件。

"你是小偷吧？"曹晟康说道。那次李晓东说出真相后，曹晟康回忆事

件当天,老刘虽然一个劲地在说"公道话",但他确实是一直在劝阻大家报警。并且,更重要的一点,曹晟康当时被李晓东冤枉是窃贼,是因为身上的风油精的气味,在其他房间里也到处都是。他想起来,那天建议不舒服的他涂抹些风油精的人,正是老刘!

他是一开始就打算让众人误会我是小偷,利用我来转移大家的视线的!不仅可以让众人注意到房中残留的风油精的气味,还有意将李晓东的MP3丢在我的床上,让冲动无脑的李晓东充当他栽赃的炮手。

老刘惊讶顿住:"谁和你说的?曼丽?"

这句话,果然显示只有曼丽知情。曹晟康将李晓东告诉大家的事和老刘说。

"现在大家都知道了?"老刘呵呵苦笑,"知道了也好,早知道就不用如此躲着大家了。"

"是怪曼丽说出去吗?"曹晟康问道。他认为,这件事本来只有曼丽知道,如果她没说,李晓东是万万不会知道的。

老刘却摇了摇头:"不是,曼丽不会说的。"

没想到老刘竟然如此信任曼丽,相比之下,曹晟康反而有些惭愧。自己一直和曼丽关系很好,只是因为最近发生的事,心中就把曼丽所有的事都否定了。

"她心中,对利益的衡量,可比我们'厉害'得多了。"老刘忽然又说道。他口中的"她",自然是指曼丽。曹晟康一时没能体味出他话中的意思,是褒还是贬。

"我一直,一直被曼丽要挟着,你知道吗?"老刘看着曹晟康,"这些年来,一直是。"他口中有些醉意。

要挟?什么意思?曹晟康大惊而又困惑。

"她抓住我的把柄,她告诉我,不会告诉任何人,我很感激她,但我也更怕她。她总是要求我还她人情，为她做事。"老刘一边喝酒一边说着，与其说是在说给曹晟康听，更不如说他是在自言自语，"所以她不会说出去的，我那些丑事，只有全捏在她的手里，才是要挟我的砝码……"

曹晟康越听老刘说下去，越是觉得难以想象。

原来曼丽作为与许老板一起创店的元老，其实并非是这一次闹翻才感情破裂的，其实他们早就不和。曼丽一直在暗中挖许老板店里优秀的员工与客户。老刘会选择悄悄离开，其实也是曼丽有意为之，借以拖垮许氏。她早有去意，正好借替曹晟康出头说话，在众员工面前大大表现一番，潇洒离去，更是为之后挖墙脚、松动许氏的军心，做好充分的铺垫工作，同时也让曹晟康这一巨大战力，对她心存感激，彻底收为己用。

"她对你，可还是和开始时一样好态度？"老刘看着曹晟康冷笑。

曹晟康心中表示肯定，但依旧嘴硬："怎么会？我现在可是店里的二把手！"

老刘说，"是吗？"然后默默喝酒，不再看曹晟康。

……

虽然喝了很多酒，但大脑却异常清醒。

时钟嘀嗒作响……

妈的！到处都是陷阱，到处碰壁！为什么天地之大，就没有一个方寸之地能容下我曹晟康？

为什么我要成为瞎子？老天爷啊，你真不公平，如果我是正常人，定能成就一番大事！

他越想越气，潸然泪下。

到底有没有来世呢？

如果有来世，他肯定不是瞎子。

这副身躯，还有什么可留恋的？前几年做运动员训练的时候，又让他

的身体雪上加霜,肋骨骨折、多处韧带拉伤。

那是在 2006 年,捧回广东省第五届残运会 200 米季军后,曹晟康的状态逐渐下降。那个时候,他感到恐慌、无奈与愤怒,成功来得那么艰难,为什么离开得却如此迅猛?

教练综合评估了他的年龄与身体机能,建议他改练柔道。的确,短跑是年轻人的舞台。

就这样,曹晟康从清华大学回到北京体育学院,在柔道的训练场上,他再一次找回了自信与充实的感觉。

然而,残运会柔道选拔赛,让他折断了肋骨,从此与柔道无缘。

为什么,命运对他如此不公?

命运明显就是在玩弄他,然后像垃圾一样丢掉。

活着太没意思了,曹晟康想,还不如早点结束算了!

忽然,他想起朋友曾经送给他的安眠药——阿普唑仑片。没错,还在他背包的一个角落,他曾经在美国吃过一次。

他为自己倒了杯水,用颤抖的双手摸索出那个已经在他背包里放了两年的小药瓶,弄开盖子,一股脑地将所有药片倒进了嘴里。

如果生命结束了,忧愁和痛苦也会烟消云散。

为什么会走到这一步呢?

……

死亡将会如何降临?

一片虚空,像躺在起伏的海面上,又像是漂浮在云层中,身体在慢慢旋转……

旋转,旋转……

远远的,有人在呼唤着曹晟康的名字……

"晟康!"声音越来越近,越来越清晰,变成了温和而热烈的寒暄,"在

第四章 大洋洲：黑工

这里相遇真是太开心了！"

曹晟康辨认着友好的脚步声和被划开的空气，他下意识地伸出右手，握住一只冰冷、柔软而汗津津的手，像是孩子的。这个人不是别人，正是为自己写传记的作家高老师。

"我没告诉她我的地址啊？"曹晟康有点惊慌，他思忖着，"她是怎么找到我的？"来悉尼之后所有的联系人名单快速地略过他的大脑，不对！这些人高老师都不认识，难道是韩曦？这个让人讨厌的女人在三年间一直缠着他拍纪录片，他最看不惯强势的女人，整个自以为是的拍摄组都让他看不惯，跟这样一群不成熟的知识分子相处特别累，就像带孩子一样，处处迁就他们。他们逼着他三天穿一样的衣服，还说什么 Hook up 镜头连续性？害得他第三天只得穿着半干不干的衣服。最让他受不了的是韩曦动不动就蹦两句英文，她爸没告诉她，她是中国人吗？

他想问高老师来干什么？但他却听见自己问："你没把金马奖导演跟拍我的事写进书里吧？"

"没有，你不是不希望我写吗？"

"对，这个不重要，没必要写。"

"那个导演叫什么名字？"

高老师总是想从他嘴里套出韩曦的名字，这让他很恼火："你没有必要知道她的名字，反正也不写。"韩曦是个铁石心肠的吝啬女人，在跟拍过程中，她从来不帮他，无论他多么无助，她都冷眼旁观。她有钱支付剧组庞大的开销，却一分钱都不肯给他。但其实她没那么强大，在印度的时候，圣壶节雪崩般的人群吓得她惊慌失措，还不是他护着她穿过人群？那个时候她还挺可爱的。

"圣壶节的章节你写了吗？"他问高老师，"没写摄制组吧？"

"没有，完全忽略。"作家回答，"我来是想问你一个问题，有那么多次

基督教组织、佛教组织为你伸出援手，同时向你宣教，你现在信教了吗？"

这个问题你不是问过我吗？曹晟康感到像吃了死苍蝇："我不信那些。高老师，你怎么知道我住在这里？"

"为什么不信？你不是受到他们很多照顾吗？"

"好的东西我都想学，但加入组织会给我贴上标签，我不想有任何标签。至于照顾也不是单向的，他们是佩服我的精神才来帮助我的，他们让我去演讲，以激励他们的人。"

"信仰不是标签，而信是一种能力，越弱小的心灵越难信，越难信心灵就越弱小，这是一个恶性循环。"

"我的内心很强大！"曹晟康自信地说，"我不需要宗教，因为我有梦想！什么困难都不能打倒我！我们家的房子都是我寄钱盖的，我父母也是我在养，我女儿明年上大学一年就得一万多块钱。我弟弟是研究生，在美国公司上班，可是他买房子还是用我的钱。"

"弱小的人总是用别的方法武装自己：金钱、武力、虚荣。"

"高老师老师你这话是什么意思？你不可能知道我住在这儿，你也不可能为了问我一个问题就跑到澳大利亚来，你根本不是高老师，你是心魔！"

心魔已经很久没来骚扰他了，他都以为它是不存在的。

高老师没有理会他，基本上默认了他的判断："信也是价值观的基础，基础不牢，价值观就会紊乱，价值观紊乱就没有明确的目标，就没有满足感，即使实现了梦想仍然会感到不快乐，仍然饥渴难忍，于是永远无法满足。心灵永远漂泊，得不到安歇。心灵就像肉体。外伤让我们失去行动能力或生育能力。心灵的创伤让有些人永远地失去了打开心扉的能力，信的能力……当伤害让人们失能，我们做什么都没有用。无论别人为他们做什么，无论他们自己有多努力，都不可能让他们得到幸福，就像不可能让某些瘫痪病人重新站起来一样。"

第四章 大洋洲：黑工

"好了，别向我说教了，我根本不信你那些个，我听得太多了！我有梦想，而且在一步步实现，我很满足，我为自己自豪！我怎么不可能幸福？我现在就很幸福，比大部分人都幸福，因为我实现了我的梦想，而不是像大部分人那样担心自己没有活过！"

心魔走了，无声无息地消失了，它诱惑他，恐吓他，但最终还是被他打败了。

曹晟康一个激灵从噩梦中惊醒。

为什么？

生命并没有结束。

或许是安眠药过期了？或许是曹晟康命大？或许是酒精中和了安眠药？

他打开手机听时间，早晨八点零七分。

哪里不对劲？

没错，提示音显示的是早晨。可是……

日期却是 2016 年 7 月 4 日。

日期不对，应该是 7 月 3 日？为什么多了一天？

不好！安眠药没有夺取他的生命，却让他睡了一天一夜！

曹晟康赶紧穿好衣服，摸摸床头柜，安眠药的空药瓶不见了！却听见客厅里传来陌生人的声音，似乎是在跟露西讲着英文。他有礼貌地走出房间。

一见到曹晟康，露西就迎上来："曹叔叔，警察把罚单送来了，你昨天用扳手砸坏了消防栓。"

"什么！我昨天砸坏了什么？我昨天一整天都在睡觉！"

"睡觉？"

"是啊，不小心安眠药吃多了，睡了一天。"他不想暴露自己酒后轻生的念头。

"我们在你床头柜上发现了一个空药瓶,你到底吃了几粒?"

"不记得了,都吃了吧……"曹晟康含含糊糊地说。

"你也不记得你昨天干了什么?"露西惊讶万分。

"昨天,难道我没在睡觉吗?"

"没有,你拿了我家的扳手走出门,对着外面的消防栓一顿乱打。"

曹晟康极力回忆着,自己怎么可能做出这种疯狂的事!天啊,他控制不住颤抖起来,还干了什么?有没有更多的破坏,让自己倾家荡产也赔不起?有没有做什么违法的事情?糟糕了,怎么办?无论做了什么,完全是在无意识的状态下做的,警察能相信吗?法官能相信吗?

有安眠药为证!

可是谁能证明药瓶里之前有多少颗药粒呢?

血液,他们可以给我验血!不行,一天一夜肯定都代谢完了!但是他们会推理对吧?代谢完之前血中药物的浓度。

他们不会以为我嗑药了吧?

会不会被抓进戒毒所?

曹晟康越想越怕。

"不记得,全都不记得了,露西,我还干了什么?"

女孩想了想:"你……然后你就去上班了。"

什么!我居然去上班了!不好!在盛怒之下我会不会对曼丽做出什么事情来?

"露西,露西,你妈妈还好吗?"

"曹叔叔,你的手怎么抖得这么厉害?"

"你妈妈呢?"

"一早就去上班了。"

"她有没有什么异样?我昨天有没有对你妈妈说什么不恰当的话?"

第四章 大洋洲：黑工

"可能吧。"

糟糕了！

"可能吧？这是什么意思？她生气了？"

"她挺生气的，说你的信息气死她了。"

信息？仅仅是信息？

曹晟康略微放下心来。

"别的事呢？我还干了什么？"

露西摇摇头："你砸坏了消防栓后就去上班，下班后连晚饭也没吃，回到房间倒头就睡。妈妈说你要走了，以后不住在我们家了。"

曹晟康慌忙摸出手机，查看昨天给曼丽发了什么信息。

他模糊地记得，最后一次用手机是给南希发了微信，那个时候他还没吃药。

南希是在从沃加沃加前往堪培拉的火车上认识的香港女孩。女孩对曹晟康仰慕有加，之后也保持联系，时常发信息说着各自的近况。曹晟康对南希很有好感，俨然视她为知心笔友。前日酒后，便在回去的路上，坐在路边，对着手机，与南希发语音，将自己的牢骚烦恼一股脑地说了。说完之后，确实感觉舒服多了。

他们是在通信软件上发语音信息。曹晟康这时惊讶地发现，与曼丽的通信记录里，竟然有昨晚，自己发的语音信息。他顿时如坠冰窟。

那些信息，全，全都是发给南希的……怎么会在曼丽的信息记录中……

完蛋了……

曹晟康忽然无力地跪在马路上。

他意识到了事情的严重性——难以收拾了。

前天晚上自己将对曼丽的所有不满与怨言，全都对南希说了。是啊，本来是对南希说的啊，谁会想到，以为没有喝醉，却已经口齿不清，曹晟康

对着手机的语音识别系统喊出南希（Nancy）的名字，不准确的发音竟然从通信录中把曼丽（Mandy）给调了出来。

他想起，自己在信息里，说出了多少狠毒的指责与辱骂。

他慌慌张张地走出家门。

来到按摩店却不敢进门，昨天有没有做什么出格的事情？

一个同事走出来买早点。

曹晟康拦住他："老姜！"

"老曹，你今天也来这么早？"

曹晟康一把拉住同事，把他拉到一个僻静之处："老姜，我昨天在店里发生了什么事？"

"什么事？你昨天不是出外勤了吗？"

"外勤？什么外勤？"

"老曹，你怎么了，昨天不是让你去贝拉家，你在车站等曼丽送你去，结果等了两小时，但是曼丽有事没法去送你，所以让我陪你去另一个地方等她。咱们俩又等了一个多小时她才到。你气死了，怕去太晚得罪客户，跟曼丽吵起来，曼丽说给你打了十多个电话，都不接。"

这些曹晟康全都不记得了！

"我说了什么过分的话吗？"

"算了，你俩都在气头上嘛。"

"我没动手吧？"

"那倒没有。老曹咋地了？失忆了？昨天你咬定曼丽是故意放你鸽子，让咱俩在这里傻傻等了几个小时！"

曹晟康想到前天晚上老刘说的，曼丽的心机深重，更确定，她是故意的。

此时此刻，曹晟康已经没了怒气，有的只是后怕。

看来，除了砸坏一个防火栓，并没有更大的损失。

更庆幸的是，自己还活着，没有因为一时醉酒想不开而撒手人寰。

生命，比一切都更重要。

这一刻，曹晟康感觉一下子释然了，之前所有的不满、积郁都被一瓶阿普唑仑洗刷得干干净净。人生就是如此戏剧而不可预料。

活着就好，他想，别的都不重要。

曼丽这女人虽然奸诈，但毕竟也不容易。以后还是好好相处吧。

想到这里，他走进按摩店。

然而，人生比他所能想到最戏剧的场景更加刺激。

虽然男人已经下定决心跟曼丽和解，没想到女人一见到他就郑重其事地宣布：

"曹晟康，这里的人都不欢迎你。"曹晟康从没有听过，曼丽的语气如此冷淡，"你知道吗？你在澳大利亚的华人圈子里早就臭了。你老是自夸在堪培拉的店里如何了得，人家说了，你是被赶出来的！像你这种到哪都出卖老板的人，你出去大街上问问，谁还敢要你？"她顿了顿，"只有我，只有我收留了你，可你还是恩将仇报。行，那算了，你走吧。"

曹晟康像是挨了一闷棍，一秒钟之前的淡定、开悟和喜悦一下子就烟消云散了！

他像是做了一个梦，梦醒之后又恢复到前天晚上跟老刘喝完酒的状态。

阿普唑仑的作用实在太有限了，世界上根本没有什么忘情水、解忧药！

曹晟康大怒："我才不需要你假惺惺的可怜，我曹晟康才不需要别人的可怜！"

曼丽不再理会他，自顾自地做事去了。

"那给我，我该得的钱！"曹晟康在曼丽面前，伸出一只手掌。

"好，我这就算给你。"曼丽说道。

可是，这个月的账目算下来，比曹晟康的预期，少了一半以上，连分成都比原先就低的比例还更低。曼丽口中说的，这个月多少多少的花费与亏损，在曹晟康听来，都是子虚乌有的。

面对着曹晟康的大声质疑，曼丽冷道："你不信，尽可以像以前一样，报警来举报，反正你就是这样的人，大家都知道的。"

曹晟康脸涨得通红，仿佛随时将要爆炸。

"你也可以去起诉我，随时奉陪。"

曹晟康自知根本耗不起，自己在这里，本身也是非法劳工，最终摔门而去。

"你这种人，背地里使阴的，比那家姓许的还可怕，你就是一岳不群！"

收拾好行囊，曹晟康黯然离开曼丽的家，他回想自己似乎没有一次是从一家店好聚好散的，更是伤感。

那一晚，在酒吧里，曹晟康从喝醉了的老刘口中，得知了曼丽不为人知的过去。也许，在内心深处，老刘就没有责怪过曼丽。曹晟康内心矛盾，他心中一时念着曼丽的好，一时又记起曼丽的坏，无法释怀。

曼丽的过去，并不平常。

四十多年前，曼丽还是十几岁的小女生的时候，她的父母偷渡来到澳大利亚，经历过茫茫大洋里的飘荡，几十人挤在一个狭小的货仓中，大小便只能就地解决，为了躲避海关检查，舱门长时间封闭，有些人因为缺氧，还没到达澳大利亚，就死在了海上，尸体最终被抛入大洋之中。那是一个浓缩的地狱。

后来她的父母又经历了生意上的各种欺诈。曼丽亲眼看见，耿直的父母被人骗光家财，无路申冤，走投无路，冲上门去，想用暴力解决，父亲却因此被打得终生残疾，拖累得照顾他的母亲也受苦一生。

曼丽发誓，一定要过得好，想要生存下去，就必须伪装自己。真正的聪明，是用善良来包裹的，只要有那层"道德"的外衣，一切都是正当的。

不知为什么，曹晟康想到了美国的杰克李，他和曼丽的共同点是他们从不认为自己的做法有错，他们的做法，理所应当，是活生生的生活，教会她这么做的。

不仅仅是他们俩，大部分人，包括曹晟康自己不都是这样吗？都认为自己是对的，在自己的世界、自己的逻辑中生存着。

独自在路上走着，吹着澳大利亚的和风，一阵落寞，往后再去哪里呢？自己一点也没有方向。

"非洲。"

环游世界的旅程，五大洲，就只剩下非洲了！

梦想的终点，就要来临了。

第五章

非洲：爱

旅行的真谛，不是运动，
而是带动你的灵魂，去寻找到生命的春光。

——梭罗

第五章 非洲：爱

暗 夜

【2016-1-4 肯尼亚 马赛马拉草原】

没有来过非洲，也许根本不足以谈壮美。

曹晟康此刻深深体会到这句话的意思。

他仰着头，沐浴在漫天的星海之下。

四周是一望无际。漆黑的大地，深蓝色的夜空，大风吹过，高过人身的野草齐刷刷朝着一边倾斜。

曹晟康张开双臂，仿佛在吸收天地的精华之气。

"曹老师，差不多了，继续上路吧！"

背后有一辆越野吉普，一名青年半开车门，身体半探出车体，朝着曹晟康喊话：

"再待下去，会有危险的！"

曹晟康应了一声，有些不舍地转身，回到了车里。

"这位客人，你真的是不要命啊！"驾驶位的司机说道，语气带着责怪，"你心里到底有没有概念，这里可是非洲，是夜晚的非洲大草原！不是白天，你知道你周围可能埋伏了多少可怕的野兽吗？那些野兽都在窥视着你，随时可能忽然扑上来将你撕成碎片！"司机语气森然。

"我白天晚上，都看不见。"曹晟康贫嘴道。

他心中可没有想那么多，依旧在耿耿于怀，没能多一些时间感受刚才的自然气息，那是在这世界上其他地方感受不到的真正野性的气息。曹晟康对这种气息很敏感，甚至沉溺其中。

"是啊,曹老师,出来还是安全第一。"同样坐在后座的一名男青年说道。

的确,现在不是我曹晟康一个人的旅行,不能只顾自己的享受,而不顾他人的安危。

曹晟康不好意思地朝青年点了点头。

爱就是让别人感到愉快,让与你交谈的人愉快,让喜欢你、为你付出的人愉快,让帮助你的人愉快,让得到你帮助的人愉快。

越野吉普中共有四人,除了司机、曹晟康、旁边的男青年外,在副驾驶座上还有一名男青年。司机是非洲国家肯尼亚当地土著。两名青年来自中国苏州,刚才呼唤曹晟康回来、同在后座的青年,名字叫苏华,副驾驶座的叫黄铮,他们是结伴来非洲旅行的,曹晟康与他们在旅行社相识,于是共乘一辆吉普车,深入非洲大草原。

有苏、黄两名青年的帮助,曹晟康一路上有意思多了。他们为曹晟康讲解车窗外的各种动物,有鬣狗、非洲狮、猎豹、角马、长颈鹿、犀牛、野牛、羚羊、鳄鱼、河马、斑马……曹晟康听得心花怒放,简直如同是亲眼所见一般。他趴在车窗玻璃上,"看"着窗外一望无际的草原。

对他来说,这里就像是另外一个世界,真的,即使他已经走过了亚洲、美洲、欧洲、大洋洲的诸国,但是在那些地方的体验,与这里的体验完全不同,以致曹晟康以为自己是在另外一个星球。

在亚欧美澳等国,曹晟康总是喜欢一个人独自行走,不受其他人的束缚,自由自在,想快就快想慢就慢,即使磕碰跌倒,心中依旧充满兴奋。

但是此刻,他却只能隔着车窗,在奔驰的越野车上,感受原本应该是最自然,没有这些所谓现代化机械出现的天然世界中。

司机严厉警告,这里不是只有人类为王的大都市,这里是布满纯野生动物的自然世界。所谓自然世界,就是弱肉强食。像曹晟康这种抱有天真幻

第五章 非洲：爱

想的人实在太多，由得你们出去乱跑的话，一瞬间就会被狮子、鬣狗盯上，几条命都不够丢的。

人类在这里，显得太过弱小。所有人都是乘坐越野车，才敢穿过这片大草原，没有人能徒步穿越，那只是送死。

"安全第一，忍一忍就好了。"苏华安慰曹晟康说道。

没错，是安全第一。他们给曹晟康带来了便利，曹晟康也必须照顾他们的安危，不能任性妄为。

这便是曹晟康不爽的原因之一。

在这里，他的行为处处受到限制。而且，不仅仅只是在穿越大草原上，从他一进入非洲世界的国度开始，他所有的行为都被各种限制，缚手缚脚。

每到一个新的国度新的城市，他都喜欢先去寻找当地的华人圈子唐人街，那里都是语言相通，方便交流的同胞。但是在这里，朋友们却劝他打消这个念头。

"这里与世界上其他地方都不一样，这里的唐人街充斥着吸毒、卖淫、盗窃，甚至是公然抢劫，无论你是不是盲人、残疾人，都照抢不误。这里绝不是和平世界里想象的那种文明，这里的文明，还停留在'我要活下去'的阶段，为了活下去，是可以不择手段，考验人性最下限的。"

大部分时间，曹晟康不喜欢与人同行，主要因为他不愿意因为自己双眼看不见，给同行者带来麻烦和困扰，成为他人的负担，使得他自己内心歉疚，另外，他喜欢独行的自在，不需要迁就他人的时间，自己决定向左走向右走。

但在这里，这种权利却被无情地剥夺了。如果还在乎自己的生命，还想要留着这条命去做更有意义的事的话……

要曹晟康不出房间一步，这简直与要了他的命无异啊！那他还费尽心

力,跨越千里大洋来到这里做什么呢?

"绝不能一个人出行。"

这是朋友的最后忠告。

在这里,曹晟康深深感到,自己生在一个和平的国度,是多么幸运的事,简直就是与生俱来的"天赋"加成!在这里生活的人们,每天都要为还能否活过今天而担忧。

【2015-11-25 美国 纽约—墨西哥 坎昆—智利 圣地亚哥】

来非洲之前,曹晟康先去了南美洲,跟以往一样,依旧孤身前往。墨西哥、智利、秘鲁、巴西……走得越远、经历得越多,就越胆大、越自由,似乎没有什么能束缚他。或许,这与经历无关,而完全是性格所致。历史上那些勇于创新的人,他们体内似乎暗藏着某种相同的东西;抑或,他们是完全不同的另一类物种。

1829年,一个德国穷苦的6岁男孩有了一个童话般的梦想——找到《荷马史诗》中的特洛伊城。48年之后,这个名叫海因里希·谢里曼的商人、语言学家和考古学家在希腊南部的一座小山丘上第一次挖掘出迈锡尼文明的王宫和墓穴。

2011年,一个只有小学三年级学历、安徽农村的盲眼青年有了一个天方夜谭的梦想——乘帆船环游世界。念头一出,这个名叫曹晟康的按摩店老板在一个月内就处理掉自己的按摩店,前往福建帆船基地进行训练。

在此之前,曹晟康从来没接触过任何船只,但善良的傅教练仍然接受了他,带领他走进神秘的海洋。这是个跟柔道、按摩完全不同的世界,这里有清新而咸涩的海风,男人般的巨浪和真正能赶得上梦想的速度与激情。

然而,世上没有一帆风顺的旅途。

由于看不见，仅凭声音和空间感定位的曹晟康错误地将帆船撞入码头……

他面临着巨额的赔偿。

怎么办？

赔是赔了，可是谁还敢把帆船再借给他训练呢？

【2015-12-31　美国　纽约—迪拜—肯尼亚　内罗毕】

在 2015 年的最后一日，曹晟康从纽约肯尼迪机场，经迪拜中转，飞往肯尼亚的内罗毕，正式开启此次非洲之行。这将是环球旅行的最后一个大陆，地球上最古老的大陆，人类这一物种的起源之地。

黑色的非洲就如同曹晟康黑色的眼睛，如同他的整个世界。自从迈出国门的第一步开始，他经历了多少磨难、坎坷，无数次地想要放弃，无数人劝说他放弃，无数人支撑着他前行……

任何胜利的秘诀都只有两个字：坚持。

你不需要最优秀、最聪明、最努力，甚至最有运气；只要坚持到底，胜利就是你的。真正的胜利不需要竞争，因为没有对手。

五年前的曹晟康赔偿了帆船的损失后，再次面临财务危机。

伯乐傅教练决心再次帮助这位坚韧不拔的盲人，并建议他由帆船转向帆板。

帆板看似简单，但如果你试一下，就会发现连站在板上都是非常困难的事情。尤其对于盲人……一天又一天满日程的训练，曹晟康仍然无法很好地站立。

直到第五天，曹晟康从早晨不间断地训练到中午，终于找到感觉的他兴奋地顾不上吃饭，继续独自体会那些变幻莫测的海浪。忽然，帆板的桅杆失去平衡，一下子砸在了他的头上，帆条也重重抵住他的肩膀。曹晟康的心

中充满恐惧,但是求生的本能让他的双手紧紧握住帆杆和拉绳。他知道,一旦松开帆杆,帆板失控,他就面临着生命危险。拉帆锁和连接器咯吱作响,风帆剧烈地摇摆,似乎要将他的手臂折断!

"看看咱们谁是主人!"曹晟康大叫着,用尽全身力气扳正帆板,让帆条重新直立起来。这一下让他心里有了底,平衡再次回到他的手中。海水顺着他的头发汩汩地流下来,一直跨过他的嘴唇。这味道……似乎是血的味道。直到这一刻,曹晟康才感到刚才被桅杆打到的头部一阵阵剧痛。

他有些头晕目眩,但依然坚持着将帆板驶回。

傅教练望着满脸是血的曹晟康,第一句话就是大叫:"老曹!你不要命啦!"

这次事故让这位运动员的头上又多了 10 个针孔的伤疤。

曹晟康依然没有放弃。

两个月后,曹晟康来到三亚,作为唯一的盲人选手参加了第二届"德贝杯"业余帆板挑战赛,并获得体育精神奖。大赛评委惊异地说,从没见过一个只训练了两个月的选手能获得如此成绩!

【2016-1-4 肯尼亚 马赛马拉草原】

此时,吉普车继续在大草原的星海下疾驰。由于今日一早两名青年晚起的拖延、曹晟康在路上总是止不住喊着要下车感受自然,他们已经比预定的时间严重迟延,土著司机索尔图瓦显得有些焦躁。

"要是出了什么事,你们要负责的!"他一直在车里抱怨。大家交了钱,他是要对车里的安全负责的,可是没想到这些人如此任性。"你们是我见过的,最任性的一批乘客了!"他用一口蹩脚的中文说道。

苏华连忙赔着笑道:"不要这么说嘛,索尔大哥,你这么厉害,一定没问题的!"

"你们是真不知道这里的危险!"索尔图瓦依旧嘀咕着。

曹晟康单手倚靠在车窗上,吹着窗外的劲风,不知为何,他并没有危机感。

既来之,则安之。反正现在在车里,自己也没法控制什么,不如好好享受。也许正如司机所说,他们这些"温室中长大的花朵",太天真了。

真是没想到,自己这样坎坷经历的人,有一天也能被人当作"温室中的花朵"。他不禁一阵好笑,看来,是自己眼光见识都太局限,没有出来看过,怎知道这世界之大。以前总以为自己有多可怜,是世界上最悲哀的人……现在想来,真是太可笑了。

爱就是换位思考,去体会所爱之人的感受,为他们高兴,和他们一起悲伤,共同任性。让成功的人感到自豪,失败的人不感觉孤独,让聪明人能沾沾自喜,愚蠢的人不会自惭形秽。

嘎吱!

"啊——"

忽然一个急刹车,曹晟康的脑袋,猛地往前排座椅的靠背撞了上去。苏、黄二人也都发出惊叫。

"怎么回事?"前排的黄铮捂着被安全带紧勒的胸口叫道。

"那,那是什么东西?"司机索尔图瓦指着前车窗说道,他的脸上充满了惊恐之色,语气有些颤抖。

苏华和黄铮被索尔图瓦的语气感染,朝车窗前面看着。

只见车窗前茫茫黑夜,车前灯发出的光亮中,一个影子从引擎盖前慢慢升起。那影子处于近距离光照之中,诡谲无比。

"啊——"苏、黄二人和刚才索尔图瓦的反应一样,同时发出了一声尖叫。

"是怪物,怪物……"黄铮声音发颤。

"不是,是什么野兽……"苏华纠正道,他也是怕得不行。

"撞！快撞过去，把它撞死！"黄铮惊慌地抓住旁边索尔图瓦紧握着方向盘的手，大吼道。

"车子会被撞坏的……"索尔图瓦犹豫不决，"都怪你们，本来在白天根本不会遇到这些事的，都怪你们！"

"现在不是说这些的时候啦！不会损坏车的，你开快些，它自然会被速度甩出去的！"黄铮摇晃索尔图瓦的手，恳求与强求并存。

"……好，好吧……"索尔图瓦终于像是下了决心，说道，"如果坏了，你们要赔我的车子！如果出了问题，你们要负责，我不会赔一分钱的！"

"好啦好啦，都答应你，快开！"黄铮焦急道。

"等等！"

背后的曹晟康忽然大吼道。

"别开车！"

他激动得直接从后座上站起来，壮硕的身体顶着车内天棚，身体前伸，也用手紧紧抓住索尔图瓦的手。

"你们，你们想要做什么？"一时间被两名中国游客同时抓住，索尔图瓦还以为他们要施行车内抢劫。

"是啊，曹老师，为什么不让立即开车？现在我们多停一刻，多一分危险啊！"黄铮叫道。

"前面的不是野兽，"曹晟康一字一字说道，"是人。"

"人？"三人都不敢置信。

"你怎么知道？你看不见，别胡说了！"黄铮说道。

"我听得见。"曹晟康说道，"我听见了前面那人的声音。"

那一刻，黄铮和苏华都想，这看不见的盲人，是不是出现幻听了？

但苏华稍微镇定一些，止住被恐惧支配的黄铮，说："如果真的是人，撞了就完了，杀人是犯法的啊。啊，你仔细看看！"

众人都看向前面，果然，仔细一看，那灯光之下，是一个人，一个黑色皮肤的人，似乎，还是一个小孩子！

"看，是人，是小孩子！"苏华惊喜地对黄铮说道，"并没有野兽！"

黄铮也松了一口气："那我们下车去看看吧。"

"不准下车！"

又是一人大叫，这一回是司机索尔图瓦。

"怎么了？我们要去救人啊！"黄铮说道。

"不准下车……"索尔图瓦的眼睛，直愣愣地注视着车前窗，盯着那个趴在炙热引擎盖上的黑色男孩。

"见人怎么能不救呢？"黄铮不解，就要打开车门。

"你要是敢下车去救，我就把你丢在这里。"索尔图瓦咬牙切齿说道。

黄铮不敢相信地看着一路上热情友好的非洲司机。

"为什么？那可是你的同胞啊！"

索尔图瓦的额上渗出了汗，视线又盯着前方，说道："你们没有经历过，我以前见过这种事情……"

"到底是怎么回事？索尔大哥，你和我们说说。"苏华说道。

索尔图瓦咽下一口口水，说道："现在天黑，这条只能依靠车子才能穿越大草原的路上，前后几千米内都没有人家，怎么会有一个小孩子忽然出现在这里？"

"这……"

"我说过，小时候我经历过，有村民强盗，就是利用这种办法来抢劫的。利用小孩，引诱路过的车子停下，当好心的乘客下车救小孩时，埋伏在周围的他们就会一拥而上，抢劫财物，男的杀死，女的为奴。你们再看，前方两边，散乱着许多裂谷断石。那里是他们埋伏的最好地方，搞不好现在他们正在倒数计时，忍耐不住想要冲上来了。"

两名年轻人听了，呆愣在那里。

"那，那如何是好？"黄铮问道。

"必须立刻离开这里，绝对不能离开这辆车子，这是保护我们的最后屏障。"索尔图瓦说。"坐好了。"

"等等。"又是曹晟康开口说道。

"你这瞎子，你看不见这里发生的事，你想做什么？"索尔图瓦怒道，不过在他口中，"瞎子"二字，并无恶意。

"我看不见，但是我能听见！"

曹晟康也大声说道，他可没空闲想清楚非洲人不明白中文博大精深这一茬，"瞎子"二字是他最大的忌讳。

"我能听见那男孩的呼吸，他是真的快不行了，不是装的，他在呼救。"

"你能听见他的呼吸？"索尔图瓦回头看着曹晟康在光线下轮廓分明的脸庞，不敢置信。他只能听见吉普车的轰鸣。"你到底是什么人？"

"我只是一个瞎子，精通推拿的瞎子。"曹晟康似乎领悟过来，和这个非洲人说"盲人"这个词，他不一定明白。

"他的嘴确实好像在说着什么。"苏华说道。

"……"索尔图瓦依旧不敢贸然出门。

"我出去，如果有危险，你们先走。"曹晟康忽然说道。

"曹老师，那怎么行？"苏华见曹晟康就要开门往外。

"放心，我没事的。"曹晟康笑道。

于是，他打开车门，甩开盲杖，跳下了车。不一会儿，他扶着那名男孩，上了车。果然是一名当地黑色皮肤的男孩，大概小学至初中的年纪，腿上受了伤，正在流着血，似乎是见到曹晟康的到来，一阵放松，然后昏厥过去。

苏华用随身带的一些救急药品，先止住了他的血，并没大碍。小孩似乎是被饿晕的，于是喂他喝下一些含糖分和盐分的饮料。

不久，小孩醒来。

"……"他嘴里，在叽里咕噜说着什么。

"他刚才在外面一直在呢喃着什么，我听不懂。"曹晟康说道。

"救命。"索尔图瓦说道，"他说，'救救老师'。"

救老师？什么意思？

小孩一恢复意识，神情显得极为焦急，不断地说着。

三名中国人，都看着索尔图瓦，期待他的翻译。

"老师受伤了，就在附近，赶快去救他，他是救我们才受伤的……我一直拦不到车，还摔倒了……"索尔图瓦说道。

小男孩一副很是焦急与自责的样子。

"我们去救。"曹晟康说道。

索尔图瓦用手捂着脸，一副拿曹晟康没有办法的样子："我要说多少遍，现在是晚上，我们是在大草原里，随便乱走是很危险的。除了现在我们正在行驶的主车路，其他都非常危险，万一车子发生故障，我们就真的要死在这个地方了！"

"这……"黄铮看着苏华，眼神似乎在说，我们还是走吧。

苏华犹豫着。

小男孩用手拽了拽曹晟康的衣袖，一双眼睛，直直地看着他，似乎在说着什么。

曹晟康看不见，但似乎能感觉到透过视线辐射过来的信息。他也知道危险，是有可能搭上自己性命的。但他的心中，两股声音正在正反两方辩席上辩论着。

"你们在这里等我，我去。"曹晟康一字一字说道。

这是赌上性命的一次抉择。

"曹老师……"苏华看着曹晟康，不知该说什么。

"行,我们在这里等你。"索尔图瓦知道,对此人说再多都没用,他是那种一旦决定,就绝不会改变的人。索尔图瓦欣赏他这种性格,但同时,心中也暗想,一旦发现有危险,我必须要开车先走,哪怕明早再带人过来救你。

曹晟康点点头,带着小孩又下了车,走了几步,又掉头回来了。车里众人还以为他改变主意。

曹晟康却对司机说道:"你对小孩说,让他拉着我前进,我看不见,也听不懂,他往哪个方向,我就跟着。"

司机照做。然后看着他们一高一矮两人,逐渐消失在黑暗之中。

爱就是容忍,容忍别人犯错,容忍别人按照自己的方式行事,容忍不同的观点、不同的思维方法,容忍别人的偏执、小气、斤斤计较、占小便宜、幼稚、苛刻、粗俗……

无论是否身在黑夜中,对曹晟康来说,影响不大,因为,他行动都不方便。小男孩牵引着曹晟康的衣角,两人在夜色下艰难行走,曹晟康虽有盲杖,还是时不时被遍地的杂草绊倒,他格外注意,以免救人不成,自己反跌得重伤。

走了约莫有半小时,曹晟康听见前面有微弱的声音,就听得小男孩与前面的男孩用当地语言对话。原来,那里不止一人,至少有三四人,似乎都是小孩子,嗯,有一名大人,是女性,看来那就是他们的老师了。

费了好大力气,终于找到目标,曹晟康不禁加快了几步,却被绊得一个趔趄,还好用盲杖急忙撑在地上,惹来几个童真小孩一阵笑,但他们很快发现,来的人有些不对劲,大晚上戴着墨镜,走路不稳,竟然是一个双眼看不见的人。

这怎么能帮到老师呢?

"你是中国人吗?"

第五章 非洲：爱

蓦地那位女老师一句问话，曹晟康惊异，那名老师是中国女孩！他急忙呼应。

"真是太好了！"女老师发出欣慰的声音，同时夹杂着痛楚。她借着草原下明朗的月光，看清了曹晟康的样貌。

女老师叫林小晓。她见曹晟康的反应，就笑道，自己早就习惯了，一听到这名人的姓名，大家都是这反应。她的脚在这裂谷的乱石嶙峋之中跌断了，已经有五六个小时了。

曹晟康自言能正骨，也是上前拿捏，林小晓发出一声呻吟，但随后就听不到了。

一个坚强的女孩。曹晟康心想。断骨下能坚持这么久，还能笑得出来，曹晟康这个大男人心中一股佩服油然而生。

他拿捏一番，发现只是脱臼错位，骨头没有断，于是和林小晓知会了一声，大力将她的骨节掰正。林小晓痛得大声呻吟，惊得旁边的小孩就要冲上来将曹晟康推出去。

"我没事……"林小晓额上渗着汗水，大声喘息，阻止孩子们的冲动。

孩子们见到老师似乎好转了，都欢呼雀跃，扑了上去。之前带曹晟康来的小男孩在其中年纪最大，他站在原地，向曹晟康行了个礼，叽里咕噜地说着什么。

"他在对你说谢谢呢！"林小晓对曹晟康说道，"谢谢你救了我。"

曹晟康习惯对他人道谢，此刻忽然收到他人的致谢，反而有些害羞起来，一把年纪了，摸着脑袋傻笑。

他用从车上拿来的一些应急物品，为林小晓做些初步处理，然后抱起她，继续让小男孩引路，往来时的越野车那走。

回程比来时更慢，曹晟康身抱一名受伤女性，不敢有丝毫疏忽，脚下

更是小心万分，一行 6 人几乎是像蜗牛一样，拖着脚步前进的。

林小晓渐渐不再那么痛苦，慢慢和曹晟康讲述她的来历，以免众人因为黑夜，心中恐惧渐盛。语言，能赋予大家以勇气，这是小时候，外婆对她说的。

她来自中国杭州，怀着一种美好的愿景，远涉来此贫困区，援助非洲人民。她认为，要使一个地方脱离贫困，必须先解决最基本的教育问题，其次才是送钱。一味地送钱，只会让贫富分化加剧，无法造福底层百姓，长久以来，什么都没有改变。所以，她为了贯彻自己的理想，到当地贫苦部族的村落支教，帮助那些父母无法支付小孩上学费用的家庭。

今天，她带孩子们来旷野玩乐，实际上应该是孩子们带她玩，因为他们都习惯了。林小晓与同伴分散在不同的村落，有一段时间没见面，这里有些村落，没有信号，对于习惯大城市丰富生活的她来说，实在是寂寞无聊，虽然知道不能乱走，却还是忍不住跟着孩子们出来玩。

几个孩子见到老师肯赏脸，更是如同天上撒下蜜糖一般开心，想尽一切法子给林小晓介绍他们最引以为豪的美景，以博得美女老师一句赞赏。孩子自控性差，不知不觉中深入裂谷腹地，果然发生了意外。而当时，林小晓为了救孩子，完全没有去考虑自己的安危，自己反而成了垫背，折断了腿，再也走不动了。这才出现了，年纪最大的男孩尼奥科塞回去寻求帮助，却不想遇到天黑，慌忙之间反而迷路。尼奥科塞心系老师安危，路上不知跌了多少跤，腿上尽是破皮伤口，他本来早上就没吃多少食物，后来更是饥渴难耐，只剩一个信念支撑。

曹晟康听林小晓娓娓道来，不禁带着羡慕："你的学生真是爱你啊！"这一刻，他想起自己的女儿，自己的家人，自己的朋友……

爱就是欣赏，欣赏每个人身上的优点，不同年龄、不同成就，无论这人多么弱小与卑微。

正行走之间，前方有光束在晃动，是苏华。他拿着手机打着灯光，接应曹晟康数人回到车内。司机索尔图瓦见来了这么多人，面露不悦。这辆本来只计划乘坐四人的吉普，并不宽敞。

四个孩子，虽然都很想跟在老师身边，但他们清楚，这是办不到的，于是表示，救老师要紧，村子就在附近，他们自己可以走回去。他们四人，更是不愿意分开，哪怕其中一人可以挤入车里。他们心里明白，留下，就代表危险。

林小晓见此，也表示自己不能丢下孩子们独行。苏华忽然变得强硬起来，他强烈恳求索尔图瓦，一起搭上孩子们，并表示愿意多付费用。

索尔图瓦黑着一张脸，很不情愿地挥手让所有人都挤进来。

于是，四名小孩都挤入了车里，苏、黄、曹、李四人，每人抱着一个孩子。

"坐好了，真是，我要开车了！"索尔图瓦不耐烦地叫道。

"谢谢。"尼奥科塞笑着用本地土著语对索尔图瓦说道。曹晟康觉得这句话有些耳熟。

索尔图瓦发出一声不屑的回应，重新发动车子，车灯大开。

林小晓微笑着对三名不解的中国男人解释，尼奥科塞是在向司机道谢。

"麻烦死了。"懂中文的索尔图瓦发出牢骚。

苏华不禁笑了起来，道："索尔大哥是嘴硬心软，其实你也不忍丢下这几个讲义气的孩子吧？"

"切！"索尔图瓦发出一句不知是不是中文的生硬吐槽。

众人都笑了起来。一时之间，夜晚的恐惧被完全驱散。越野吉普车，穿破草原浓厚的黑暗，朝前驶去。

林小晓在附近镇上的医院疗伤，恢复得很快。也由当地人通知孩子们

的村落，有人来接他们回去。苏、黄两名青年，本来还要继续往下旅行，决定在此停留几日，苏华陪在林小晓身边，给她说笑话解闷。她是有很久没和同胞交流了，也是开心不已。

曹晟康也给林小晓讲自己的旅行，有时候黄铮和苏华会在一旁起哄。

"老曹又在吹牛，哈哈！"

苏华无心的话不知为什么，在曹晟康看起来酸溜溜的。

"我哪里吹牛了，我真的在帆板大赛中获了奖！你会上网，可以去百度！"

黄铮打着圆场："你们两个大男人一见了漂亮姑娘智商就降低到负数了。"

"我看不见，所以不会以貌取人。"

"我也从来不以貌取人。"苏华也赶紧为自己正名："林小晓的美是内在的美！"

林小晓笑起来，她爽朗的笑声不含有一丝造作。曹晟康通过声音识别着不同人的个性、阅历，甚至品质。

"我的故事只想讲给你一个人听。"单独与林小晓相处时，曹晟康自己也不知道为什么脱口而出这样的心里话。

"曹老师，虽然你是盲人，但我从来都没觉得你是弱者。"林小晓说："你那么坚强，又有才华。"

"我当然不是弱者，我可以帮助很多人，也愿意帮助别人。"

过了几日，三个旅行者和美女老师去往孩子们所在的村落，受到了村民的热情欢迎。孩子们奔着冲向他们想念的好老师。

"她真是一个集美貌与善良于一身的女孩啊！"苏华看着被围绕在孩子们中的林小晓，感叹道。

黄铮瞟了一眼同伴："追啊！"

苏华叹了口气。

第五章 非洲：爱

这里是非洲一支古老的民族，马赛族。身为尼罗河游牧部落文化的传承者，他们依旧生活在严格的部落制度之下，由部落首领和长老会议负责管理。

他们的思想还是趋于保守，坚定相信万物有灵，拒绝政府定居的建议，选择游牧生活，与动物生活在一起，鄙视农耕，厌恶现代交通工具……

从地域上划分，马赛族有十二个部落，每个部落有自己的风俗习惯和语言文化，并且有自己的领导者。带他们穿越马赛马拉草原的司机索尔图瓦，其实也是马赛族人，但他和小男孩尼奥科塞明显属于不同的部落。

不过如今，先进思潮也开始渗入这里，村民渐渐对一些新的事物，不再抱有完全的抵触，孩子们也开始接受现代教育。

这里实行的是一夫多妻制，尼奥科塞的爸爸，有四个老婆，尼奥的兄弟姐妹，就有几十个……苏、黄、曹三人听了，真是不敢想象。这也是他们家庭贫困的原因之一。尼奥科塞和弟弟妹妹们，本来因为没钱上不起学的，忽然而来的林小晓，对他们来说，真的好像是一位美丽智慧的女神。

他们在村里，感受当地的风土人情，还遇到了难得一见的"成人礼"。他们的成人礼，其实有着许多规矩与仪式，许多在我们看来，有些残忍。

他们穿着红色的袍子，头发也用泥土染成红色。

过去，年轻人需要猎杀一头狮子，能正式从守卫村子的"勇士"转变为"成人"，娶妻生子，组织家庭。只是现在当地政府保护狮子，因此，只有在受到攻击时，他们才会猎杀狮子。

众人一同欢庆。

林小晓人气颇高，仪式刚结束，就立刻有马赛男子奔来向她表白，弄得她又是开心又是尴尬。

黄铮推了推苏华，怂恿他："快，去跟情敌决斗。"

"出什么事了？"不明就里的曹晟康赶紧问，"是不是那个黑人说了什么？"

黄铮笑弯了腰:"土著人在向女神求婚呢,曹老师再不去就晚了!"

这个时候,尼奥科塞引着一帮男生,冲进人群,解救出他们的女神老师。

夜晚,大火围坐在篝火旁聊天。有小孩给他们送上了当地菜肴美味,曹晟康感激,并掏出小费,小孩雀跃不已。以尼奥科塞为首的一群小孩,很快和曹晟康混熟,成天围着他,拉着他去这去那,他们对于双眼看不见的曹晟康,没有歧视,反而多了许多孩童的天真好奇,对曹晟康反而更加贴心,处处照顾他的行走起居,简直比他在中国家乡受到的照顾还细心周到。曹晟康深深体会到了少数民族的热情。

一位老者仔细观察着曹晟康,他看出,和其他人不同,有一种淡淡的不安栖息在这位双目失明的旅行者身上,这是长途跋涉者特有的装饰。这是个睿智的老人,但他的智慧很少有人能懂。或许他能给这位见多识广的中国人些许启示?借着同族懂英语的年轻人,他对曹晟康说:

"只问耕耘,不问收获。"

老人的眼中闪烁着孩子般纯真的光。曹晟康虽然看不见这光,但老人的话语,那睿智的语气却穿透了他整个身体。只问耕耘,不问收获,这是怎样的境界啊!

老人接着说:"人靠功利活着,但是功利无法带来真正的幸福。你寻找梦想,但最快乐的东西并不在梦想里,而是在寻找梦想的途中。"

"旅途很艰辛啊。"曹晟康感慨道,"到底什么才是幸福?梦想实现了我才会感到幸福。"

"幸福是灵魂的和谐与安宁。"

曹晟康思考着他的话,一阵清风吹过,他们的衣服被吹得鼓鼓的,像张开的风帆,呼啦呼啦地响。

这里时常遇见死亡,曹晟康也是无可奈何。感受着告别故人的仪式,他不禁感慨，这片沃野千里的土地上，每天都在发生着生老病死，不断地繁衍生息。这里的人民真心地热爱着他们的土地！

生命无常，要寻找到，活着的意义。

跟土著人待久了，就会更加热爱土地。这里跟农村不同，农村的土地上生长着人类的延伸，小麦、向日葵、玉米、猪、牛、鸡……它们是人的一部分，也依赖于人类。而这里，土地就是土地自己，草也是草自己，就连庄稼，也是庄稼自己。

在这里待久了，就会生出另一只眼睛来。在这只眼睛看来，城市就是怪兽，将土地、草原撕个粉碎，它吞噬一切，威力无穷。可最令人惊奇的是，这巨大、冰冷和坚硬的怪兽，居然是一些如蝼蚁般的小小人类控制的！他们忙碌着，跑来跑去，没有一刻停息，将地球一口一口吃掉，将海洋一口一口喝掉，将世界搅个底朝天。

【2016-1-9 肯尼亚—乌干达—坦桑尼亚】

不知不觉，过了多日，再度出发的时刻终于来了。孩子们都很舍不得曹晟康，但他必须走下去，那是他的"宿命"。林小晓听过曹晟康的经历，仰慕不已，两人彼此敬佩对方的理想与勇气。于是，林小晓大胆地决定与曹晟康同行，这大大出乎孩子们的预想，自是一番挽留、不舍的洒泪之景。曹晟康在一边，听着他们叽里咕噜的对话，也不禁动容，眼中泛湿。

他们的下一站，是乌干达，经过尼罗河的源头——维罗利亚湖，然后前往坦桑尼亚。

愿为君之瞳

【2016-1-16　坦桑尼亚　达拉斯萨拉姆—坦桑尼亚　桑岛】

桑岛全名桑给巴尔（Zanzibar，又译占吉巴），位于印度洋西部，原来是由二十多座岛屿组成的独立群岛国家，1964年加入坦桑尼亚。岛上盛产丁香，素有"世界最香之地"和"香岛"之称。最神奇的是岛上融汇着非洲传统黑人文化、伊斯兰文化及印度文化。

林小晓带着苏、黄、曹三人从达拉斯萨拉姆起程，乘船来到她在桑给巴尔岛的家。之前，在村子里时，苏华总是出现在林小晓的旁边，两个人聊着各种话题，有说有笑。但来到桑岛之后，林小晓却总是搀扶着曹晟康，和他谈论着自己想要环游世界，看遍世上所有稀奇古怪的风俗文化的梦想。

女孩的手柔软而轻盈，她就像一只蝴蝶落在曹晟康粗壮的手臂上。

"我帮你揉揉肩膀吧。"曹晟康道。

"好啊。"女孩说。

她的颈是如此纤细，引起曹晟康一阵怜爱。

"你太柔弱了。"他说："以后让我来保护你。"

女孩的嘴角泛出不易察觉的微笑。

爱就是尊重，尊重你最亲近的人，不用言语和行为伤害他们，不轻视他们、忽略他们；尊重上司和下属，尊重贫穷的人、弱势的人、被你所施舍的人、即使被欺负也无力还击的人。

四人一行在海边玩帆板、划独木舟。曹晟康虽然已经一年多没摸过帆板，但他当年好歹是用命去学习的这项运动，绝非泛泛之辈，于是在一边指导他们如何操作。

苏华几次都没有成功，翻身落海，忍不住话中带刺说："老曹你不是帆板明星吗？为啥不下来给我们示范一下。"

曹晟康早就按捺不住了，一直没有下定决心而已，被苏华如此一激，于是大步上前。

"林小晓，来，我教你。"

女老师拉着这位看不见的教练的手，战战兢兢地伸出右脚，可刚一将重心移上去，就控制不住向后仰。

曹晟康一把揽住学生的腰，可就在同时，两个人都失去的平衡，人仰马翻栽进海水中。

黄铮哈哈大笑，苏华却觉得怪怪的，怎么也笑不出。

曹晟康再次爬上帆板，并将林小晓拉上来，这一次，在这男人熟练的控制下，林小晓居然站了起来！

"你来做我的眼睛。"曹晟康说："我来控制风帆。"

于是，两人一道用力。林小晓指引着方向，曹晟康努力控制平衡，不一会儿，竟然成功跑了起来，迎着浪花飞驰出去。

"哇——"林小晓大声欢呼，如同一个小孩子一般。

"小心小心，别掉下去。"曹晟康像是一个父亲，不断叮嘱着。

"别担心，我会游泳！哈哈，左，快向左，过了过了，稍微向右一点……"林小晓在他旁边，指挥着他往左、往右，曹晟康操纵着帆板。两人配合无间，越漂越远，不亦乐乎。

"我真想要乘坐这帆船，去环游整个世界啊！"曹晟康感受着海风的速度与爽快。海上环游跟陆地不同，背起包就可以走。航海要有船，有懂航海的人同行；要买装备、选设备……光是花销就绝非一般的土豪能承受得了。

"我和你一起去！"女孩看出了他的无奈之情。

"来。"曹晟康慢慢移动着身体,将林小晓拉到自己身体前面:"手抓住帆杆这里,对,就这,握紧,你来操作。"

"不行,不行,我不行。"

"我说过,我会保护你!"曹晟康强有力的手控制着帆杆,让女孩的背靠紧他坚实的胸膛:"别怕,身体向后倾,膝盖再弯曲点,对,就这样,下蹲。"

林小晓紧张得全身的肌肉都收紧了,她不敢有丝毫怠慢,按照曹晟康的指令,控制着身体的平衡。

"放松,越放松越好控制。"

女孩感受到身后曹晟康呼吸的起伏,这个男人的热度似乎能将海水蒸发。海风将她的头发吹散,掠过曹晟康的面颊。

"你比这岛上最香的丁香更香。"曹晟康陶醉其中。

林小晓的手一颤,帆板猛地失去平衡。

啊!女孩吓得大叫。

"别慌,别慌,我来!"

很快,曹晟康再次控制了帆板。

"林小晓,帮我看好,你是我的眼睛。"

"曹老师,做你的眼睛真好。"林小晓忽然说道。

"真好?"曹晟康一时空白,心底深处的一丝悸动,渐渐地,开始如同火苗一样跳跃起来。"林小晓,你要是喜欢我们可以去更远的地方……"他不敢相信。

"更远?"

"嗯,我们一起去旅行,去环游世界。你想不想来一场说走就走的旅行?"

女孩笑而不答。

"明天就走,你说去哪儿就去哪儿。"

"好啊。"

"林小晓,待在我身边好吗?你是我的眼睛,我是你的风帆!"

"我是你的眼睛,你是我的风帆。"迎着吹乱头发的海风,林小晓爽朗地重复着。"曹老师,你感到幸福吗?"

曹晟康点点头。这一刻,他简直幸福到爆炸了。

一直以来,他都是一个人在旅行。

——"这是我曹晟康一个人的旅行。"

他一直是对自己这么说的。可是,当他在旅途中遇到各种家庭,看到他人身边总有人陪伴,而自己身边的总是过客。他只能安慰自己,我是在做一件伟大的事,这件事,不能麻烦别人,只有自己才能做到。

但是,每每独处的时候,心底压抑的寂寞,就冲破了理性的防线,那个声音在告诉他,我其实也想要有人陪伴啊!

谁会愿意主动自找,去陪伴一个双眼看不见的人呢?

这对曹晟康来说,是可望而不可即的一个梦想,不,不是梦想,只是一个梦而已。

今天,这一刻,没想到,真的没想到,梦想成真了!

他们一边在海里漂游,一边谈梦想与未来,再聊到彼此的过往。此刻,印度洋上,一切是那样平静,却是那样快乐。风时而吹来,时而静止。

曹晟康发现,一切都是如此美妙,忘记了时间的流逝,更早把苏、黄二人给抛在脑后天边。他们竟然在海上漂了五六个小时,直到天色逐渐暗了下来。

爱是投入,愿意为所爱的人投入时间、精力、金钱、荣誉、地位甚至生命……

到了岸边，与苏、黄会合，苏华一阵抱怨，却发现曹、林二人，一副喜滋滋的样子，明显感觉到二人之间气氛不同一般。

敏感的苏华叹了口气。

"他们不会有结果的。"他对黄铮说，"恋爱的人都是傻瓜。"

"你更白痴。"

"呵呵，我就是白痴。但我跟你说，他们真的不会有结果。"

林小晓从小就喜欢听宋庆龄与孙中山的故事，那种冲破所有观念的限制，将爱情与梦想融合在一起，是最最幸福的爱情。她反对父母强求自己去相亲，去认识那些自己不喜欢的男人，勉强和他们成为夫妇，要和那样的人度过一生，只是为了过日子而过日子，林小晓根本无法想象，根本无法接受。她宁可远走异国，去帮助贫困的孩子，无私奉献于公益事业，哪怕一辈子不嫁，都还觉得对这个世界，同时对自己的人生，更有意义。

孤身来到这里后，没有国人的交流，没有花花世界和丰富多彩的网络，说实在的，在无数个夜里，林小晓也会后悔地流下眼泪，但她都咽了下去。

现在，她终于遇见了曹晟康，和她有着同样远大的理想，并且不是空谈之辈，而是有踏出一步的勇气，她羡慕他，仰慕他，进而爱上了他。

是共同的理想，还是共同的孤独？

共同的孤独、共同的焦灼、空虚、迷茫……痛苦的力量远远大于快乐的力量。

不过既然爱了，就要奋力去爱！林小晓不喜欢事后才后悔当初的无所作为。

苏华只能充满绅士地选择退场，和同伴黄铮继续前进，不日回国。

临别时，他捶了一下曹晟康的肩膀，说道："曹老师，不要把你的梦想强加在林小晓身上。"

曹晟康微笑："我们已经在梦想的路上了。"

第五章 非洲：爱

恋爱是甜蜜的，却总是令人心痛。

当爱情填补了孤独、焦灼、空虚和迷茫，人就会去寻求更多快乐；这个时候他们会对之前填补漏洞的爱情产生更高的要求；这个时候他们会重新审查爱情。

如果一切都通过了审查，那么就到了每个爱人都面临的必然考验：

你打算拥有对方的多少自我？

曹晟康坐在沙发中，他向她伸出手："你朋友介绍的工作至今都没给我答复。""工作不要着急。"林小晓握住他的手，安慰道："你才来了十几天，我又不会赶你走。"

曹晟康一把将林小晓拉入怀中，林小晓惊叫着跌倒在沙发上。

"林小晓，我相信咱俩一定能做点什么与众不同的事情，两个人比你一个人走得更远。你那么热心，愿意做公益，几年来无私地帮助过很多黑人学生。"

"我的确是帮助过很多人。但是我不明白为什么帮助过的人都不说我好？包括我爸妈也很难接受我到这来，结果他们来了一段时间被我气走了，赶走了。"

"你把你爸妈赶走了？"

"嗯，他们有时候太气人了，什么都要管，我做什么都不对。"林小晓抱住曹晟康的脖子："我是不是不孝的女儿啊。"说完恶作剧般亲吻着男人的嘴唇。

曹晟康一阵激动，他紧紧捧住爱人的脸，用力回应她。

没想到林小晓却挣扎着，一把将他推开："不要啊，不要占我的便宜！"

"是你先亲上来的啊！"

"人家就是轻轻亲一下嘛！"女人撒起娇来："我还小，没发育好呢！咱

们只能像小孩儿那样相互亲吻。"

"没发育好？你都快……"

"闭嘴！"林小晓腾地站起来，她按住男人的鼻子："不许提我的年龄！否则也把你赶走！这是人家的隐私。"

"好吧，你还没成年。"

……

又过了三天，工作方面的人还是没有给他回微信。

曹晟康坐在石头城的台阶上惴惴不安，他不想被当成吃软饭的。陪同他一起来的李玉萍建议他自己开个店。

"我们帮你投资。"她说："要不你加盟我们店，我主要做外国人生意，不喜欢跟华人打交道。"

"华人怎么了？"

"华人怎么了，你还记得上次小黑请你吃饭吗？他们一直在问你我的生意做得怎么样，客户是什么人？你当初跟我说的时候我就不开心，华人就是太精明，钩心斗角。"

曹晟康摇摇头："处处是陷阱，处处要提防。"

曾经有个朋友对租的房子不满意，想提前搬走，但又不想付违约金。所以他把曹晟康请去看风水，以风水不好为由提出毁约。知道实情后，曹晟康郁闷了好多天。

之后李玉萍送曹晟康回林小晓的家，天色已晚，一阵海风吹来，下起淅淅沥沥的雨。

没想到一进家门，林小晓就冷冷地问：

"不回来吃晚饭至少发个信息吧！"

"我还没吃晚饭呢。"

"等你等了两个小时，发短信也不回！饭在锅里自己吃吧。"

第五章 非洲：爱

"对不起，跟李玉萍聊着聊着忘了时间。"

"你跟我聊天咋从来没忘记时间？"

"别瞎想，人家是信佛的，你怎么这么不可理喻。"

"我不可理喻？"一股酸酸的怒气从女教师心头升起，她一把拉开大门："滚！立即滚！"

"外面下雨呢！"

林小晓二话不说将男人推出门外，用力关上门。巨大的关门声和雷声交织在一起，回应在夜晚的坦桑尼亚上空。

曹晟康无奈地敲敲门："别生气了，李玉萍找我是谈合作开按摩店的事。"

"别臭美了，我才不会吃你的醋呢！"林小晓隔着门大喊。

"快开门，让我尝尝你烧的饭，我最喜欢尝你的手艺了。"

"曹晟康！我告诉你，今天我就不开门，以后别住在我家，你自己找地方去住吧！我自己都不做饭，你在这里我还要给你做饭，照顾你，快成你保姆了！"

"林小晓，你不会真的这样想吧？我不用你照顾，我不是废人。"

女人不再出声。

她将耳朵贴在门上，听到走远的脚步声。

雨越下越大，他躲在屋檐下，但还是感觉湿漉漉的。

"女人就是要把你玩弄于股掌之间。"流水般的雨滴中夹杂着心魔的声音："她们就是要占有男人，控制你，要你们言听计从。她们的存在感是通过男人来实现的。"

"林小晓还是个孩子，我想保护她。"

"所谓保护就是控制。你们两个在一起就是相互吞噬，相互蚕食。"

"你胡说！"

这时，手机响起了音乐，是美国一个开按摩店的朋友打来的，他想请

曹晟康去做按摩师。

……

不知过了多久，门开了。

林小晓站在门口，她将老曹淋湿的外衣脱下来，一把将他抱在怀里。

"林小晓，我能不能最后麻烦你一件事，帮我订一张去美国的机票。"男人这回也生气了。

"行啊，你哪天走？"女人不甘示弱。

"明后天吧，能再住两天吗？"

"可以。"

……

第二天一早，曹晟康就听到厨房里叮叮当当的碗碟声。

是林小晓在煎鸡蛋，做三明治。

曹晟康循声走过去："我会怀念这声音的，家的声音。"

林小晓今天心情不错："机票订好了，后天晚上六点。这两天我可得对你好点，不能让你有心理阴影。"

"林小晓，和我一起走吧，一起走天涯。"

林小晓叹了口气："老曹，我怕你受不了我的脾气。或许真应该在年轻的时候恋爱结婚，那个时候可塑性强，两个人慢慢磨合。现在年纪大了，定型了，谁也改变不了谁。"

"我喜欢真实的你，两个人在一起谁也不需要改变，相互容忍就好。"

"老曹，我不能和你去环游世界，你是天神，是无法超越的。"

"我哪有那么伟大，我只是想做什么就义无反顾。我要粉碎以前的一些梦想，我还要去爬乞力马扎罗山，还要去更多的地方，还有我想去写毛笔字，想去学习，想去干点什么不一样的东西。"

"你真是与众不同的人！老曹，今天我没课，咱俩就在家里聊天、听音

第五章 非洲：爱

乐吧。"林小晓建议。

"我知道你嫌弃我，怕别人看见我，怕见到你同事，不想带我出去。"

"什么呀，我就是今天想唱歌，我唱许茹芸的、Beyond、伍佰的歌给你听。"

"好，你唱什么我都爱听。"

……

2016年3月8日，林小晓早早收拾好行李，来敲曹晟康的房门。

"老曹，你好了没有，咱们得先去买船票。"

曹晟康打开房门："我把去美国的飞机票退了。"

"退了？"

"嗯，退了，想给你一个惊喜。"

林小晓笑起来，她搂住曹晟康，将面颊贴在他的胸膛上："傻瓜，李玉萍不会真的让你加盟的。"

"这跟李玉萍无关，我不想离开你。"

"对不起，对不起……"

"我知道咱俩总是吵架，可是谁也不记仇，这样不是挺好？"

"这样的确挺好，做好朋友。我喜欢跟你保持这样的关系，不愿意做你未来的妻子和女朋友。"

"永远的好朋友。"曹晟康把她抱得更紧了。

爱情，会失去它最初的模样。林小晓不愿意变成那样。

爱是放下，放下控制与干涉，放下虚荣与傲慢，放下偏见。

然而，爱不可能放下，爱是独占，是控制，是干涉，否则，就不是爱。

"还记得你跟我说过的那个朋友吗？骑自行车环游世界的张志文，他建议我去南部非洲走一走，马拉维、赞比亚、南非等等。"曹晟康说。

"去吧，不要走回头路。我给你订船票。"

"林小晓……"

"老曹，你的世界太大太远，我跟不上你的步伐。"

"你等着，我还会回来找你的。"

她苦笑了一下："你回来我已经离开这里了，回国了。"

最后一天晚上，他们聊了很多，聊过去，聊现在，聊未来……

……

她送他上了船，两个人拥抱在一起。

"老曹，我会想你的。你这一走，就没人陪我玩了，也没人陪我闹了。"

她紧紧地拉着他的手，两个人似乎有千言万语，但却塞在喉咙中发不出来；似乎有许多泪水，却停在眼眶中没有流下来。

每个人的爱情故事都是很有限的，但对爱情的渴望却是无限的。这就是为什么人们都要听别人讲故事，在别人的故事里重生。

我的爱情，并没有结束。

既然林小晓说了，要为实现梦想而努力，那么，我也不能落后，绝对不能。

此后，曹晟康又周游了非洲列国：马拉维、赞比亚、埃塞俄比亚、南非的约翰内斯堡、开普敦、好望角、纳米比亚的红沙漠、莫桑比克……

一段时期，非洲肯尼亚与坦桑尼亚之间，流传一则传说，一个双眼失明的黄种人，游走在大草原的各个部落之间，无私地帮助他们，凭借着高超的正骨疗法，帮助了许多因游牧奔袭而无法及时送医救治的骨折脱臼的族人，向他们传达来自东方世界的一股不畏现实挫折、敢于朝着自己梦想勇往直前的精神，甚至受到了莫桑比克总统的礼遇。

爱是分享，分享一个正确的发音，分享一个微笑，一道小窍门，一段经历，一点知识，一点时间。

尾 声

虽然我看不见世界,却想让世界看见我

【2016-10-8　坦桑尼亚与肯尼亚的交界的荒谷】

没有一个人说话。

在姆克瓦瓦荒谷客店里,大家都安静地听着曹晟康述说往事,仿佛已经置身其中,以至于曹晟康说完停止良久,还没有人反应过来。

"也就是说,您接下来要征服的目标是……"姆克瓦瓦说道。

"登顶,乞力马扎罗山。"曹晟康说道,"要成为第一个身为盲者的传说。"

这是在生与死的边界上,又一次挑战。

"是爱情,让你有此勇气?"那位对雪山有着阴影的强壮汉子问道。

爱情?理想?

曹晟康摇了摇头,然后低下头,笑了笑。

"爱情,和我的梦想,并不冲突。"

他那双看不见的眼睛,在发光。

"它们,是相互缠绕在一起的。"

不久之前，曹晟康终于得到消息。

高钰老师曾说过的，要完成小说著作，还需要寻找的一个人，一个能看见曹晟康内心所想，并能将之编织出一个故事之人。

那个人，如今终于出现，正身处上海的一名建筑师小说家——施聪。

那个人，能将他——曹晟康一直以来的梦想，最终呈现给这个世界所有的人。

"就要让全世界都看见了，看见我盲人曹晟康！"

刻画在心中的世界地图，已经日渐清晰！

窗外，渐渐亮了起来。

不知不觉，漫漫长夜已经过去。

新的一天，来临了。

丁零——

旅店门扉开启，有人进来了。

曹晟康笑了笑。

"那么，开始吧。"

他提起早已备好的精简行囊，甩开盲杖，大步朝店门外的光明中走去。

"我只是一个普通人，既没有超人的智力，也没有过人的体力，我有的只不过是毅力，和坚定不移追逐梦想的信念。抓住每一次机会，没有机会就去创造机会！"

这就是曹晟康，他的故事既很传奇，也很普通；有人说他是英雄，有人说他是浑蛋；很多人佩服他、喜爱他，也有人厌恶他、憎恨他。

无论如何，这就是人生。